DIE GEFANGENE DES KRINAR

Anna Zaires

Aus dem Amerikanischen von
Grit Schellenberg

♠ Mozaika Publications ♠

Veröffentlicht von Mozaika Publications, einer Druckmarke von Mozaika LLC.
www.mozaikallc.com

Lektorin: Fehler-Haft.de

Cover: Okay Creations
www.okaycreations.com

e-ISBN: 978-1-63142-229-4
ISBN: 978-1-63142-230-0

KAPITEL 1

Ich will nicht sterben. Ich will nicht sterben. Bitte, bitte, bitte, ich will nicht sterben.

Diese Worte wiederholten sich in ihrem Kopf, ein hoffnungsloses Gebet, das nie erhört werden würde. Ihre Finger rutschten weitere Zentimeter auf dem hölzernen Brett entlang, und ihre Nägel brachen ab, als sie versuchte, nicht den Halt zu verlieren.

Emily Ross krallte sich – im wahrsten Sinne des Wortes – an einer kaputten, alten Brücke fest. Hunderte Meter unter ihr rauschte das Wasser über die Felsen, da der Gebirgsbach durch die jüngsten Regenfälle angeschwollen war.

Diese Regenfälle waren zum Teil verantwortlich für ihre derzeitige Notlage. Wäre das Holz auf der Brücke trocken gewesen, wäre sie vielleicht nicht ausgerutscht und hätte sich auch nicht den Fuß dabei verdreht. Und sie wäre mit Sicherheit nicht auf das Brückengeländer gefallen, das unter ihrem Gewicht zerbrochen war.

Allein ihr verzweifeltes Zugreifen in der letzten Sekunde hatte verhindert, dass Emily nach unten in den Tod stürzte. Während des Fallens hatte ihre rechte Hand einen kleinen Vorsprung an der Seite der Brücke zu fassen bekommen, so dass sie jetzt einige hundert Meter über den harten Steinen in der Luft hing.

Ich will nicht sterben. Ich will nicht sterben. Bitte, bitte, bitte, ich will nicht sterben.

Das war nicht fair. Das hätte nicht passieren dürfen. Das waren ihre Ferien, ihre Zeit, wieder zu sich zu finden. Wie konnte sie jetzt sterben? Sie hatte noch nicht einmal begonnen zu leben.

Bilder der letzten zwei Jahre gingen Emily durch den Kopf, wie die PowerPoint-Präsentationen, mit deren Erstellung sie so viele Stunden verbracht hatte. Jedes Arbeiten bis spät in die Nacht, jedes Wochenende, das sie im Büro verbracht hatte – das alles war umsonst gewesen. Sie hatte ihren Job während der letzten Entlassungswelle verloren, und jetzt war sie kurz davor, ihr Leben zu verlieren.

Nein, nein!

Emily ruderte mit den Beinen und grub ihre Nägel tiefer in das Holz. Sie hob den anderen Arm in die Höhe und streckte ihn nach oben zur Brücke aus. Das würde nicht geschehen. Das würde sie nicht zulassen. Sie hatte zu hart gearbeitet, um sich von einem blöden Dschungel alles kaputtmachen zu lassen.

Blut lief an ihrem Arm hinunter, als sie sich an dem rauen Holz die Haut ihrer Finger abschürfte. Ihre einzige Hoffnung, doch noch zu überleben, war, zu versuchen, mit ihrer linken Hand die andere Seite der Brücke zu ergreifen, damit sie sich wieder hochziehen konnte. Es gab hier niemanden, der ihr helfen konnte, niemanden, der sie retten konnte, wenn sie sich nicht selbst rettete.

Die Möglichkeit, dass sie allein im Regenwald sterben könnte, war ihr nicht in den Sinn gekommen, als sie diese Reise angetreten hatte. Sie ging häufig wandern und zelten. Und trotz der Hölle, die ihr Leben in den letzten zwei Jahren gewesen war, war sie immer noch gut in Form, kräftig und durchtrainiert vom Laufen und den ganzen anderen Sportarten, die sie an der Highschool und an der Uni ausgeübt hatte. Costa Rica wurde durch seine niedrige Kriminalitätsrate und seine touristenfreundliche Bevölkerung als ein sicheres Reiseziel angesehen. Und ein billiges – ein wichtiger Aspekt bei ihrem schnell schwindenden Sparguthaben.

Sie hatte diese Reise schon vorher gebucht. Bevor die Börse erneut eingebrochen war, bevor eine neue Entlassungswelle kam, die Tausende von Menschen, die an der Wall Street arbeiteten, ihre Jobs gekostet hatte. Bevor Emily am Montag zur Arbeit gegangen war, übernächtigt von der ganzen Wochenendarbeit, nur um am gleichen Tag das Büro mit einem kleinen Karton zu verlassen, in dem sich alle ihre privaten Habseligkeiten befanden.

Bevor ihre Beziehung nach vier Jahren zerbrochen war.

Ihr erster Urlaub in zwei Jahren, und sie war kurz davor, zu sterben.

Nein, das darfst du nicht denken. Das wird nicht passieren.

Aber Emily wusste, dass sie sich selbst belog. Sie konnte spüren, wie ihre Finger weiter abrutschten und ihr rechter Arm und ihre Schulter von der Anstrengung brannten, das Gewicht ihres ganzen Körpers halten zu müssen. Ihre linke Hand war nur noch einige Zentimeter davon entfernt, die andere Seite der Brücke zu erreichen, aber diese Zentimeter hätten genauso gut Meter sein können. Ihr Halt war nicht stark genug, um sich mit nur einem Arm hochzuziehen.

Tu es, Emily! Denk nicht lange darüber nach, tu es einfach!

Sie nahm ihre ganze Kraft zusammen, schwang ihre Beine in die Luft und nutzte die Schwungkraft, um ihren Körper für den Bruchteil einer Sekunde etwas in die Höhe zu ziehen. Ihre linke Hand ergriff das hervorstehende Brett, hielt sich daran fest … und das schwache Holzstück zerbrach. Die überraschte Emily schrie entsetzt auf.

Ihr letzter Gedanke, bevor ihr Körper auf dem Boden aufschlug, war, dass sie hoffentlich augenblicklich tot sein würde.

Der vollmundige und kräftige Geruch der Dschungelvegetation umspielte Zarons Nase. Er atmete tief ein, damit die feuchte Luft seine Lunge füllen konnte. Dieses winzige Fleckchen Erde hier war so sauber, so unverschmutzt wie sein Heimatplanet.

Genau das brauchte er gerade. Er brauchte die frische Luft, die Isolation. In den letzten sechs Monaten hatte er versucht, vor seinen Gedanken wegzulaufen, nur den Augenblick zu leben, aber das war ihm nicht gelungen. Selbst Blut und Sex reichten ihm nicht mehr. Er konnte sich zwar während des Fickens ablenken, aber der Schmerz kam danach sofort zurück, genauso stark wie immer.

Schließlich war ihm das alles zu viel geworden: der Schmutz, die Menschenmengen, ihr Gestank. Sobald er nicht von einem Nebel der Ekstase umgeben war, wurden seine Sinne von der vielen Zeit, die er in menschlichen Städten verbrachte, überreizt. Hier, wo er Luft holen konnte, ohne Gift einzuatmen, wo er Leben anstatt Chemikalien riechen konnte, war es besser. In einigen Jahren würde alles anders sein, und er könnte vielleicht erneut versuchen, in einer menschlichen Stadt zu leben, aber jetzt noch nicht.

Nicht, bis sie sich nicht vollständig hier niedergelassen hatten.

Das war Zarons Aufgabe: die Niederlassung zu überwachen. Er hatte jahrzehntelang Nachforschungen über die Flora und Fauna der Erde durchgeführt, und als der Rat ihn um seine Hilfe bei der anstehenden Kolonisation gebeten hatte, hatte er nicht gezögert. Alles war besser als zu Hause zu sein, wo die Erinnerungen an Laritas Gegenwart überall waren.

Hier gab es keine Erinnerungen. Trotz seiner Ähnlichkeiten mit Krina war dieser Planet fremd und exotisch. Sieben Milliarden Menschen auf der Erde – eine unglaubliche Anzahl –, und sie pflanzten sich mit einer schwindelerregenden Geschwindigkeit fort. Wegen ihrer kurzen Lebensspanne fehlte ihnen allerdings ein gewisses Langzeitdenken, und sie verbrauchten die Ressourcen ihres Planeten, ohne auch nur das kleinste bisschen an die Zukunft zu denken. Auf eine gewisse Weise erinnerten sie ihn an die Schistocerca gregaria – eine Spezies der Grashüpfer, die er vor einigen Jahren untersucht hatte.

Natürlich waren die Menschen intelligenter als Insekten. Einzelne Individuen wie Einstein ähnelten den Krinar in einigen ihrer Denkweisen sogar. Das überraschte Zaron nicht besonders; er hatte immer angenommen, dass das die Absicht des großen Experiments der Ältesten gewesen war.

Während er durch den costa-ricanischen Wald lief, dachte er über seine Aufgabe nach. Dieser Teil des Planeten war vielversprechend; er konnte sich leicht vorstellen, dass essbare Pflanzen von Krina hier gedeihen würden. Er hatte den Boden ausgiebigen Tests unterzogen, und jetzt hatte er einige Ideen, wie er ihn für die krinarische Flora noch verbessern könnte.

Der Wald um ihn herum war saftig und grün, roch nach blühenden Helikonien, und Zaron konnte das Rauschen der Blätter und das Gezwitscher der einheimischen Vögel hören. In einiger Entfernung ertönte der Schrei eines Alouatta palliata, eines in Costa Rica heimischen Mantelbrüllaffen, und etwas anderes.

Zaron runzelte seine Stirn und hörte genauer hin, aber das Geräusch wiederholte sich nicht.

Neugierig eilte er in die Richtung, aus der es gekommen war, da seine Jagdinstinkte in Alarmbereitschaft versetzt worden waren. Eine Sekunde lang hatte das Geräusch ihn an den Schrei einer Frau erinnert.

Zaron, der mit Leichtigkeit die dichte Vegetation des Dschungels durchdrang, begann zu rennen, wobei er über einen kleinen Bach und einige Büsche sprang, die sich in seinem Weg befanden. Hier draußen, weit entfernt von menschlichen Augen, konnte er sich wie ein Krinar bewegen, ohne sich Sorgen machen zu müssen, dabei gesehen zu werden. Nach einigen wenigen Minuten nahm er einen durchdringenden, metallischen Geruch wahr, durch den sein Mund wässrig und sein Schwanz steif wurde.

Blut.

Menschliches Blut.

Als er sein Ziel erreichte, blieb Zaron stehen und starrte auf den Anblick vor ihm.

Vor ihm befand sich ein Bach, ein Gebirgsbach, der wegen der jüngsten Regenfälle angeschwollen war. Und auf den großen schwarzen Steinen in der Mitte, unter einer alten Holzbrücke, die über den Bach führte, befand sich ein Körper.

Der gebrochene und verdrehte Körper eines menschlichen Mädchens.

KAPITEL 2

Leise fluchend sprang Zaron in den Bach. Wäre er menschlich, hätte die starke Strömung ihn umgehend mit sich gerissen. Obwohl das nicht der Fall war, musste er seine ganze Kraft aufbringen, um durch das schäumende Wasser zu schwimmen. Mehrere Male stießen seine ausschlagenden Beine unter Wasser gegen Felsen, aber er ignorierte den Schmerz. Seiner Rasse machten blaue Flecken nicht viel aus; wenn er die großen Steine vor sich erreicht haben würde, wären die Verletzungen bereits wieder verschwunden.

Endlich kam er dort an, kletterte auf den glitschigen Felsen und kniete sich neben das Mädchen, das dort lag. Sie lebte. Er konnte ihren schwachen, unregelmäßigen Herzschlag und die gurgelnden Geräusche ihrer Atmung hören.

Sie lebte, aber ihren Verletzungen nach zu urteilen nicht mehr lange.

Ihre untere Körperhälfte stand in einem eigenartigen Winkel ab, und ihre schlanken Gliedmaßen waren an mehreren Stellen derart gebrochen, dass Knochensplitter aus dem zerfetzten, hellen Fleisch ragten. Ihr halbes Gesicht war blutüberströmt, da die dunkelrote Flüssigkeit aus einer tiefen Schnittwunde an ihrem Kopf strömte. Ihr kurzärmeliges T-Shirt bedeckte den Großteil der Verletzungen an ihrem Oberkörper, aber Zaron vermutete, dass sie innere Blutungen hatte, da ihr Brustkorb durch den Fall wahrscheinlich zertrümmert worden war.

Zarons Brust zog sich mit einer Mischung aus Mitleid und einer eigenartigen Verzweiflung zusammen, während er auf den verletzten Menschen blickte. Die Frau war jung und, soweit er das sehen konnte, ziemlich hübsch. Lange, hellblonde Haare, reine Haut, eine schlanke, wohlgeformte Figur … Wenn sie nicht gerade an der Schwelle des Todes stehen würde, hätte er sich vielleicht von ihr angezogen gefühlt.

Aber sie war bereits so gut wie tot. Sie hatte bestenfalls noch einige Minuten zu leben. Mit diesen schweren Verletzungen war es erstaunlich, dass ihr Herz überhaupt noch schlug. Menschen waren zerbrechliche Kreaturen, leicht zu verletzen und gesundeten langsam. Er bezweifelte, dass menschliche Ärzte sie retten könnten, selbst wenn sie schnell hier sein würden. Krinarische Medizin könnte sie natürlich retten, aber Zaron hatte nichts bei sich, und das Mädchen würde den Weg zu seinem Haus höchstwahrscheinlich nicht überleben.

Er hob seine Hand, um sanft die unverletzte Seite ihres Gesichts zu berühren und fuhr mit seinen Fingern ihren Kinnbogen entlang. Ihre Haut war weich und glatt, wie die eines Babys. Ein scharfes Bedauern machte sich in seiner Brust breit; unter anderen Umständen hätte er sie sehr genossen.

Plötzlich entschlüpfte ihrer Kehle ein leises, abgehacktes Geräusch, und Zaron erschrak. Danach öffneten sich zu seinem Entsetzen ihre Augen.

Sie waren leuchtend blau-grün, umgeben von vollen, braunen Wimpern – und umwerfend schön.

Einen Moment lang schien sie desorientiert zu sein, ihre meeresfarbenen Augen vor Schmerzen benebelt, aber dann schärfte sich ihr Blick, konzentrierte sich auf sein Gesicht.

Sie wusste, dass sie gleich sterben würde. Zaron konnte das von ihrem Gesicht ablesen. Sie wusste es und kämpfte dagegen mit jeder Zelle ihres Körpers an.

Ihr Mund bewegte sich, ihre Lippen öffneten sich zu einem wortlosen Flehen, und er wusste, was er zu tun hatte.

Zaron streckte sich nach dem Mädchen aus, hob es sanft hoch und drückte es gegen seine Brust.

Er war sich fast sicher, dass es den Weg nicht überleben würde, aber er konnte sie nicht einfach so gehen lassen.

Niemand, der so entschlossen an seinem Leben hing, sollte kampflos sterben.

Der Heimweg schien endlos zu sein, auch wenn Zaron so schnell rannte, wie er konnte, während er darauf achtete, das Mädchen möglichst ruhig zu halten. Der schwierigste Teil war der Fluss gewesen; mit einer Hand gegen die Strömung anzukämpfen und gleichzeitig die junge menschliche Frau mit der anderen über dem Wasser zu halten war selbst für ihn eine Herausforderung gewesen.

Sie war wieder bewusstlos. Er konnte das heisere Rattern in ihren Lungen hören, und er wusste, dass sie nicht mehr lange durchhalten würde. Ihr Gesicht war leichenblass, und ihre Haut durch den Fluss kalt und klamm.

Endlich waren sie da.

Zaron trug sie in seine Unterkunft und legte sie vorsichtig auf das Bett. Nach einem scharfen Sprachkommando öffnete sich eine der Wände und eine Jansha – ein kleines, röhrenförmiges Heilgerät – schwebte zu ihm. Zaron ergriff sie aus der Luft und legte sie auf das Bett, bevor er damit begann, das Mädchen auszuziehen. Es trug nicht viel – nur ein T-Shirt und eine abgeschnittene Jeans –, und er machte kurzen Prozess mit ihrer Bekleidung, da sich seine Brust bei dem Anblick der hervorstechenden Knochen und des zerfetzten Fleisches zusammenzog.

Er nahm den Apparat in die Hand, fuhr damit über den nackten Körper der jungen Frau und ließ ihn ihre Verletzungen diagnostizieren. Wie er erwartet hatte, waren sie schwer. Sie betrafen nicht nur ihre inneren Organe, sondern auch ihre Wirbelsäule. Selbst wenn sie es geschafft hätte, ohne seine Hilfe zu überleben, wäre sie von der Taille an gelähmt gewesen.

Außerdem hatte sie jede Menge weitere Verletzungen. Gebrochene Knochen, eine Schnittwunde an ihrem Schädel, Schürfwunden und Blutergüsse – sie alle schienen von dem Unfall zu sein. Es gab allerdings auch Anzeichen eines älteren Traumas. Irgendwann einmal hatte sie sich ihr Handgelenk gebrochen, und auf einem ihrer Beine hatte sie Narbengewebe von einem weiteren Missgeschick. Sie hatte sich auch in die primitive menschliche Zahnbehandlung begeben, da ihre Zähne ausgehöhlt und mit einer nicht organischen Füllung geschlossen worden waren.

Zaron zögerte nur einen kurzen Augenblick, bevor er den vollständigen Heilungsmodus der Jansha aktivierte. Wenn er mehr Zeit hätte, und ihre Verletzungen nicht so schwer wären, hätte er das Gerät dahingehend einstellen können, sich auf bestimmte Verletzungen zu konzentrieren. Aber unter den gegebenen Umständen war die Ganzkörpertechnik ihre beste Chance, um zu überleben.

Das Gerät vibrierte eine Sekunde lang, als es die Heilnanozyten freisetzte, und Zaron sah dabei zu, wie sich das beschädigte Fleisch des Mädchens zusammenfügte, als jede einzelne Zelle sich von innen heraus regenerierte.

KAPITEL 3

Während Emily langsam aufwachte, bemerkte sie, dass sie sich gut fühlte.

Sehr gut sogar.

Ihr war weder warm noch kalt, und die Decke, unter der sie sich befand, hatte genau das richtige Gewicht und die perfekte Dicke. Die Matratze, auf der sie lag, war ebenfalls unglaublich angenehm; es fühlte sich an, als würde sie auf etwas schlafen, das für ihren Körper maßgefertigt worden war. Sie war außerdem erstaunlich entspannt. Die allgegenwärtigen Verspannungen ihres Nackens waren zum ersten Mal seit Monaten verschwunden.

Ein zufriedenes Lächeln machte sich auf Emilys Lippen breit, und sie kuschelte sich tiefer unter die Decke. Diese Nacht musste sie besser geschlafen haben als seit Ewigkeiten. Sie konnte kaum glauben, dass das in einem billigen kleinen Gasthof in einer abgelegenen Gegend in Costa Rica geschehen war.

Das waren bestimmt die frische Luft und die Bewegung, entschied sie und wollte ihre Augen immer noch nicht öffnen. Dieses ganze Wandern musste sie erschöpft haben. *Wandern … Irgendetwas stieg in ihrem Hinterkopf auf, etwas Beunruhigendes …*

Der Fall von der Brücke! Nach Luft schnappend, setzte sich Emily ruckartig hin und öffnete ihre Augen.

Sie war nicht in dem Gasthof.

Sie war auch nicht tot.

Eine Sekunde lang schienen diese beiden Tatsachen unvereinbar zu sein. Wenn sie dieses furchtbare Ereignis geträumt hatte, sollte sie dann nicht an dem Ort aufwachen, an dem sie sich zuletzt schlafen gelegt hatte? Und falls es kein Traum gewesen war, wo war sie? Warum war sie nicht tot oder zumindest schwer verletzt?

Mit rasendem Herzen betrachtete Emily ihre Umgebung, während sie sich die Decke schützend um die Brust legte. Sie konnte fühlen, wie das weiche Material ihren Körper berührte – ihren nackten Körper –, und die Erkenntnis, dass sie keine Kleidung trug, verschlimmerte ihre Panik um ein Tausendfaches.

Wo zur Hölle war sie?

Das hier war kein Krankenhaus, dessen war sie sich sicher.

Sie saß auf einem großen, runden Bett, dessen Matratze die eigenartigste Textur hatte, auf die sie jemals gestoßen war. Es war weder ein Federkern noch Memory Foam, der sich ihrem Körper anzupassen schien. Dieser Eindruck war so stark, dass sie förmlich fühlen konnte, wie sich das Ding unter ihr bewegte.

Abgesehen von dem Bett war der Raum völlig leer. Emily konnte nicht einmal die Lichtquelle ausmachen, die alles in einem sanften Ton erhellte. Die Wände, der Boden und die Decke waren cremefarben, genauso wie der Bezug des eigenartigen Bettes.

Es gab weder Fenster noch Türen.

Was zum Teufel …?

Da sie sich fühlte, als würde sie hyperventilieren, versuchte Emily tief und beruhigend durchzuatmen. Es musste eine Erklärung für das alles geben – eine rationale Erklärung. Sie war einfach noch nicht auf sie gekommen.

Mit vorsichtigen Bewegungen rutschte sie bis zur Bettkante und schwang ihre Füße auf den Boden. Die Tatsache, dass sie sich so leicht bewegen konnte, ohne Schmerzen oder andere Unannehmlichkeiten, war beunruhigend. Falls sie sich nicht nur eingebildet hatte, von der Brücke gefallen zu sein, sollte sie dann nicht wenigstens ein paar gebrochene Knochen haben? Die Alternative – dass das alles ein lebhafter Traum gewesen war – ergab wegen ihres derzeitigen Aufenthaltsorts nicht viel Sinn.

Emily stand auf, zog die Decke vom Bett, um sie um sich zu wickeln, und versuchte gleichzeitig, der Panik, die sich in ihrem Hinterkopf ausbreitete, nicht nachzugeben, als sich ein Teil der Wand vor ihr auflöste.

Sie löste sich im wahrsten Sinne des Wortes auf und ließ einen Mann in den Raum.

Er trat durch die Öffnung in der Wand, als sei sie ein Türrahmen, und bewegte seinen großen und kräftigen Körper mit der geschmeidigen Leichtigkeit eines Athleten.

»Hallo Emily«, sagte er sanft, während er seine dunklen Augen auf sie richtete. »Ich hatte nicht erwartet, dass du so schnell aufwachen würdest.«

KAPITEL 4

𝒟a Emily ihre Sprache verloren hatte, konnte sie ihn einfach nur anstarren.

Der Mann vor ihr war umwerfend.

Nicht attraktiv. Nicht gut aussehend. Nicht einmal schön.

Absolut umwerfend.

Sein glänzendes schwarzes Haar war oben etwas länger und so dick, dass es einige Zentimeter zu seiner ohnehin schon beeindruckenden Größe hinzufügte. Sein Gesicht war sehr männlich und trumpfte mit den perfektesten Zügen auf, die Emily jemals gesehen hatte. Seine Wangenknochen waren hoch, sein Kinn ausgeprägt und seine Lippen voll – so als hätte ein Bildhauer beschlossen, die Nachahmung eines griechischen Gottes zu erschaffen. Selbst seine bronzefarbene Haut schien makellos zu sein, so wie auf einem geairbrushten Bild.

Er sah fremd aus, exotisch … und umwerfend schön. Emily hatte keine Ahnung, welcher Rasse oder ethnischen Gruppe er angehörte, aber sie hatte noch nie jemanden gesehen, der so wunderschön war. Sie hatte nicht einmal gewusst, dass Männer wie er existierten.

Und er kannte ihren Namen.

Sobald sie diese Tatsache begriff, schoss ihr Herzschlag in die Höhe, und die Realität ihrer Lage wurde ihr bewusst. Es war egal, wie der Mann aussah; was Emily wissen musste, war, wo sie sich befand und was mit ihr passiert war.

»Wer sind Sie?«, fragte sie und zog die Decke noch fester um sich. »Wo bin ich? Woher kennen Sie meinen Namen?«

Sein Blick war finster und unleserlich. »Dein Führerschein war in deinem Portemonnaie«, sagte er sanft, und seine tiefe Stimme ließ einen Schauer über ihren Rücken laufen. »Er enthielt einige Informationen über dich: Emily Ross aus New York City.«

Emily blinzelte. »Stimmt, okay. Und Sie hatten zufällig mein Portemonnaie, weil …?«

»Weil es sich in der Tasche deiner Shorts befand«, sagte er, während er weiter in den Raum kam. Die Wand hinter ihm schloss sich wieder, und der Eingang verschwand, als wäre er nie da gewesen.

Emily spürte, wie sich das feine Haar in ihrem Nacken aufstellte. »Was zur Hölle ist das für ein Ort? Wo bin ich?« Sie konnte den hysterischen Unterton in ihrer Stimme hören und zwang sich dazu, tief durchzuatmen. In einem leicht ruhigeren Ton fragte sie: »Was ist mit mir geschehen?«

»Setz dich hin, Emily.« Der Mann machte eine Handbewegung Richtung Bett. »Du musst dich immer noch ausruhen. Dein Körper hat sich gerade von einigen sehr schweren Verletzungen erholt.«

Emily ging einen Schritt nach hinten und ignorierte seine Aufforderung. »Wollen Sie mir gerade sagen, dass ich von der Brücke gefallen bin?« Sie fühlte sich, als befände sie sich in einer Folge von The Twilight Zone. »Ist das hier ein Krankenhaus? Sind Sie ein Arzt?«

Seine sinnlichen Lippen verzogen sich zu einem leichten Lächeln. »Nicht wirklich, aber in deinem Fall schon.«

»Ist das eine Art Forschungseinrichtung?«

»Nein.« Der Mann sah sie leicht belustigt an. »Nein, es ist nichts dergleichen.«

»Also, was ist es dann?«, fragte Emily frustriert. »Wer sind Sie?«

»Du kannst mich Zaron nennen.« Er ging zu ihrem Bett hinüber, setzte sich hin und streckte seine langen, muskulösen Beine aus. Zum ersten Mal bemerkte Emily, dass er normale Kleidung trug: eine blaue Jeans und ein weißes T-Shirt ohne Ärmel, das bronzefarbene, muskelbepackte Arme freilegte. An seinen Füßen trug er graue Sandalen, und sein einziger Schmuck war eine eigenartig aussehende Armbanduhr an seinem linken Handgelenk. Sollte er ein Arzt sein, war er mit Sicherheit nicht wie einer angezogen.

»Zaron?«, wiederholte sie stirnrunzelnd. »Ist das Ihr Vor- oder Nachname?«

Er blickte sie weiterhin einfach nur mit einem dunklen unleserlichen Blick an, und Emily schluckte, weil sie verstand, dass er nicht vorhatte, ihr zu antworten. »Okay, Zaron«, sagte sie langsam, wobei sie den eigenartigen Namen betonte. »Was ist mit mir geschehen? Warum bin ich hier?«

»Du bist von der Brücke gefallen, Emily.« Seine Stimme war ruhig und sein perfektes Gesicht ausdruckslos. »Ich habe dich gefunden und dich hierhergebracht.«

»Ah, okay.« Sie blickte ihn ungläubig an. »Und wie kommt es dann, dass es mir hervorragend geht?«

»Hast du Hunger?«

»Was?« Emily blinzelte, da sie dieser Themenwechsel überraschte.

»Ich habe dich gefragt, ob du Hunger hast«, wiederholte er geduldig, ohne seine dunklen, auf exotische Weise wunderschönen Augen von ihr abzuwenden. »Du hast während der zwei Tage, in denen du geheilt worden bist, nichts gegessen. Möchtest du jetzt etwas essen?« Etwas in seinem Blick erinnerte sie an ihren Kater George – eine eigenartige Intensität, durch die sie sich fühlte wie eine Maus, mit der gleich gespielt werden würde.

Plötzlich schien dieser Vergleich sehr passend zu sein – und extrem bedrohlich. »Was ich gerne hätte, wäre etwas zum Anziehen«, antwortete Emily ruhig, da sie sich der Tatsache völlig bewusst war, dass sie splitternackt unter ihrer Decke mit einem fremden Mann in einem Raum eingeschlossen war.

Einem sehr großen, muskulösen Mann.

Einem, der sie ausgezogen hatte.

Ihre Handflächen begannen zu schwitzen, und ihr Herz raste noch schneller. Zum ersten Mal dämmerte ihr das ganze Ausmaß ihrer Verletzlichkeit. Der Mann, der auf dem Bett saß, war nicht nur umwerfend, sondern auch groß. Viel größer – und zweifellos auch viel stärker – als Emily. Mit ihren ein Meter siebzig war sie durchschnittlich groß, aber Zaron war mindestens einen Kopf größer, und jeder Millimeter seines breitschultrigen Körpers war muskulös.

Sollte er ihr etwas antun wollen, gab es nichts, was sie tun könnte, um ihn aufzuhalten.

Ein Teil dessen, was sie gerade fühlte, musste sich auf ihrem Gesicht widergespiegelt haben, weil er sich mit einer für seinen kräftigen Körper eigenartig anmutigen Bewegung hinstellte. »Natürlich«, meinte er sanft. »Ich werde dir sofort Kleidung bringen.«

Und unter Emilys entsetztem Blick löste sich die Wand erneut auf, um ihn hindurchzulassen, bevor sie sich wieder schloss und sie in dem Raum festhielt.

***

Sobald die Wand hinter ihm wieder fest war, atmete Zaron tief durch, und seine Hände ballten sich zu Fäusten. Er konnte spüren, dass sein Herz raste, sein ganzer Körper angespannt und sein Geschlecht vor Verlangen hart und geschwollen war. Zum Glück hatte sie ihren Blick nicht von seinem Gesicht abgewendet, als er den Raum verließ; hätte sie nach unten geschaut, hätten sich ihre natürlich weiblichen Bedenken in pure Angst verwandelt – und das aus gutem Grund.

Es war beunruhigend, wie stark sein Körper auf sie reagierte. Selbst jetzt konnte Zaron die leichte Süße ihres Dufts immer noch riechen, und seine Hände sehnten sich danach, sie erneut zu berühren, ihre weiche, cremige Haut unter seinen Fingern zu spüren. Er hatte seinen ganzen Willen aufwenden müssen, um zu gehen, sich von ihr zu entfernen, anstatt das zu tun, was sein Körper verlangte: sich tief in ihrem seidigen Fleisch zu vergraben.

Er hatte seit Jahren keine Frau so sehr gewollt.

Seit acht Jahren, um genau zu sein.

Diese Erkenntnis war wie ein Schlag in den Magen. Einen Moment lang drohten die Erinnerungen Zaron erneut aufzufressen, ihn in dieses dunkle Loch voller Verzweiflung zu ziehen. Mit seiner ganzen Willenskraft schaffte er es, seine Gedanken zurück auf das menschliche Mädchen zu lenken – ein viel sichereres Thema für Grübeleien.

In den letzten zwei Tagen hatte er sich um alle ihre Bedürfnisse gekümmert, hatte sichergestellt, dass sie sauber war und bequem lag, während ihre Verletzungen heilten. Er hatte sie gebadet, ihre Haare gewaschen und über sie gewacht, während sie schlief. Jetzt kannte er ihren Körper bereits besser als den der meisten Frauen, die er gefickt hatte, aber trotzdem war er für Emily immer noch ein Fremder.

Ein Fremder, der sein Verlangen nach ihr kaum zügeln konnte.

Er war sich nicht sicher, wann sich sein Wunsch, dem Mädchen zu helfen, in diesen starken, unkontrollierbaren Hunger verwandelt hatte. Am Anfang war alles, was er gesehen hatte, eine verletzte Kreatur gewesen, die geheilt werden musste – eine zerbrechliche menschliche Frau, die mit überraschender Entschiedenheit an ihrem Leben hing. Er hatte ihre Verletzungen heilen, ihre Qualen stoppen wollen, und Sex war das Letzte gewesen, an das er gedacht hatte.

Irgendwann in den letzten zwei Tagen hatte sich das allerdings geändert. Als sich ihr Körper erholte, hatte er begonnen, die Fülle ihrer Brüste zu bemerken, die Weichheit ihrer Lippen, ihre sinnliche Lendenraute … obwohl sie schlank war, war ihre Figur köstlich weiblich, und nach einer Weile war alles, an was er denken konnte, sie zu berühren, sie zu schmecken … sie zu ficken.

Das war verrückt. Auch wenn sie hübsch war, war sie eigentlich überhaupt nicht sein Typ. Während seiner Zeit auf der Erde hatte Zaron herausgefunden, dass er große, schlanke Brünette mochte, die ihn an die krinarischen Frauen erinnerten, nicht zerbrechlich aussehende Blondinen mit eindeutig menschlichen Farbtönen. Kein Krinar hatte so helles Haar oder Augen in dieser eigenartigen blauen Farbe, aber bei ihr – Emily – war diese Kombination merkwürdigerweise anziehend, erinnerte ihn an die Bilder von Engeln, die er in menschlichen Büchern gesehen hatte. Was seine eigene Spezies betraf, war sein kleiner Gast mehr als hübsch.

Sie war geradezu hervorstechend.

Zumindest schien sein Schwanz davon überzeugt zu sein.

Zaron atmete ein weiteres Mal tief durch und zwang seine Hände dazu, sich zu öffnen, da er entschlossen war, seine Ausgeglichenheit wiederzuerlangen. Er hatte keine Ahnung, warum er dieses menschliche Mädchen so unglaublich begehrte, aber Geduld war in diesem Fall der Schlüssel zu allem, Geduld und Selbstkontrolle. Er wollte sie nicht verängstigen. Sie war bereits verwirrt und besorgt, weil sie an einem fremden Ort aufgewacht war, in einem Zustand, den kein Mensch leicht verstehen konnte. Er würde vorsichtig bei ihr vorgehen müssen, ihr die Wahrheit Stück für Stück enthüllen, damit sie nicht in Panik verfiel.

Er wollte nicht, dass sie Angst vor ihm hatte, wenn sie in sein Bett kommen würde.

Und sie würde zu ihm kommen. Dessen war sich Zaron sicher. Eine schnelle Überprüfung des Hintergrunds seines Gastes hatte enthüllt, dass das Mädchen unverheiratet und kinderlos war und allein in einem kleinen Studioapartment in dem Stadtteil Manhattan in New York City lebte. Sie war an niemanden gebunden, und Zaron wollte sie mehr als jede andere Frau seit Larita.

Er wollte sie, und er hatte vor, sie zu bekommen.

Alles, was er brauchte, war ein kleines bisschen Geduld.

KAPITEL 5

*E*mily wartete darauf, dass Zaron zu ihr zurückkam, und ihr Fuß schlug immer wieder ungeduldig auf dem Boden auf.

Nachdem er verschwunden war, war sie zur Wand gegangen und hatte sie berührt, um herauszufinden, wie sie funktionierte. Mit Sicherheit besaß sie irgendeinen Gleitmechanismus und sah einfach nur aus, als würde sie sich auflösen.

Zu ihrer Enttäuschung hatte sie nichts gefunden, auch wenn sie bemerkt hatte, dass die Wand eine eigenartige Textur besaß. Sie hatte sich unter ihren Fingerspitzen warm angefühlt – warm und glatt, fast wie ein Lebewesen. Sie hatte sich einige Minuten lang damit beschäftigt, an ihr entlangzustreichen, aber dann war sie dessen müde geworden und hatte sich auf das Bett gesetzt, um darauf zu warten, dass dieser eigenartige Nicht-wirklich-Arzt zurückkam.

Zum ersten Mal, seit sie erwachsen war, hatte Emily keine Ahnung, was sie tun sollte. Sie war immer die Ruhige, Einfallsreiche gewesen – diejenige, die jedes Problem auf eine ordentliche, analytische Weise lösen konnte und eine umsetzbare Lösung fand. Sie hatte sich allerdings noch nie in einer Situation wie dieser hier befunden. Sie hatte keine Ahnung, wo sie war oder wie sie hierhergekommen war oder warum sie überhaupt am Leben war. Diese ganze Sache fühlte sich surreal an, angefangen bei dem exotischen, wunderschönen Mann mit dem fremdartig klingenden Namen bis zu dem Zimmer, das sie an etwas aus der Science-Fiction erinnerte.

Könnte das vielleicht eine geheime Forschungseinrichtung der Regierung sein? Zaron hatte das zwar verneint, aber er musste ihr ja nicht unbedingt die Wahrheit gesagt haben. Dieser ganze Ort – oder was auch immer das war – könnte geheim sein, und er könnte Probleme bekommen, wenn er ihr etwas darüber erzählte.

Die Tatsache, dass sie über Verschwörungstheorien und geheime Labore der Regierung nachdachte, amüsierte Emily irgendwie. Sie war immer eine rationale Person mit gesundem Menschenverstand gewesen und nicht jemand, der Hirngespinsten nachging. Selbst als Kind hatte sie niemals an den Weihnachtsmann geglaubt oder Dinge, die nachts herumpoltern; diese Möglichkeiten waren ihr nie logisch erschienen – genauso wie geheime Labore der Regierung in Costa Rica jetzt.

Aber was war die Alternative? Diese Frage nagte an Emily und verschlimmerte ihre Ungeduld. Ihr fiel nichts ein, was die derzeitige Situation erklären könnte – außer, dass sie sich die ganze Geschichte einbildete. Könnte das sein? War es möglich, dass sie sich den Kopf gestoßen hatte und jetzt mit einer Kopfverletzung im Krankenhaus lag?

Bevor sie diesen Gedanken zu Ende denken konnte, öffnete sich die Wand erneut, und Zaron betrat den Raum. Er bewegte sich mit derselben eigenartigen, fließenden Anmut, die ihr schon zuvor aufgefallen war.

»Hier, bitte«, sagte er und reichte ihr ein hellrosafarbenes Kleid und ein Paar weiße Sandalen. »Du kannst das anziehen, wenn du möchtest.«

»Ja, danke«, antwortete Emily unsicher und nahm ihm die Kleidungsstücke ab. »Gibt es hier ein Badezimmer, das ich benutzen könnte?«

»Natürlich.« Er durchquerte den Raum und ging auf die gegenüberliegende Wand zu. »Komm, ich zeige es dir.«

Emily folgte ihm und fragte sich, wo sich das Badezimmer verstecken könnte. Als sie sich der Wand näherte, löste sie sich erneut auf und gab einen Eingang zu einem kleinen Raum frei. Zaron betrat ihn und gab ihr ein Zeichen, ihm zu folgen.

»Das ist die Toilette«, erklärte er ihr, als sie in den Raum kam, und deutete dabei auf ein weißes, zylinderartiges Objekt in der Ecke. »Du musst dich einfach nur daraufsetzen, es kümmert sich um den Rest. Danach kannst du dich in dieser anderen Ecke frischmachen.« Er zeigt auf einen kleinen, waschbeckenartigen Vorsprung.

»Wenn du später duschen möchtest, kann ich dir zeigen, wie du es benutzen musst.«

Emily spürte, wie ihr Gesicht heiß wurde. »Okay, danke. Ich denke, ich komme jetzt zurecht. Könnten Sie mich bitte allein lassen? Ich bräuchte mal eine Minute.«

Seine Mundwinkel hoben sich zu einem kleinen Lächeln an. »Natürlich«, antwortete er und verschwand mit einer weichen Bewegung, um Emily wieder allein zu lassen.

Sobald sich die Wand geschlossen hatte, ließ Emily die Decke auf den Boden fallen und zog das Kleid an, das ihr der Mann gegeben hatte. Es war ein Sommerkleid mit dünnen Trägern. Zu Emilys Überraschung passte es perfekt und schmiegte sich sanft an alle Rundungen ihres Körpers. Selbst ihre Brust fühlte sich durch das dünne, aber feste Futter in dem Oberteil des Kleides angenehm gestützt an. Das Material war allerdings ebenfalls ungewöhnlich. Seine Textur war wie Fleece, allerdings mit dem leichten Gefühl von Baumwolle. Die Sandalen passten ihr ebenfalls; es war, als seien sie für ihre Füße maßgeschneidert worden. Er hatte ihr keine Unterwäsche gegeben, aber Emily entschied sich dagegen, sich in diesem Moment deswegen zu beschweren. Sich überhaupt etwas anziehen zu können war schon eine deutliche Verbesserung.

Als Nächstes wandte sie ihre Aufmerksamkeit der eigenartigen Toilette zu. Es handelte sich dabei um einen aufrecht stehenden, hohlen Zylinder mit abgerundeten Kanten. Darin befand sich weder Wasser noch war ein sichtbarer Spülmechanismus an ihm befestigt. Zaron hatte gesagt, dass sie sich einfach nur daraufsetzen sollte. Emily zögerte einen Moment lang und dachte darüber nach, bevor sie den Rock ihres Kleides nach oben schob und sich mit einem gedachten Schulterzucken auf den Zylinder plumpsen ließ.

Wenn man muss, muss man.

Als sie fertig war, fühlte sie eine warme Brise auf ihrem freiliegenden Fleisch. Ihre Haut kribbelte einen Moment lang, und Emily schnappte nach Luft, während sie gleichzeitig von dem Zylinder sprang. Das Kribbeln hörte augenblicklich auf. Als sie zurück in den Zylinder schaute, sah sie, dass er blitzblank war, genauso perfekt sauber, wie er es zu Beginn gewesen war. Gleichzeitig bemerkte sie, dass sie sich ebenfalls sauber und trocken fühlte, obwohl sie kein Toilettenpapier benutzt hatte – eine weitere Sache, die es in diesem eigenartigen Badezimmer nicht gab.

Emily runzelte verwirrt ihre Stirn und ging zu dem waschbeckenähnlichen Objekt in der anderen Ecke. Sie fand keine Wasserhähne oder Knöpfe, also bewegte sie einfach ihre Hände in seine Richtung, weil sie hoffte, dass es Bewegungssensoren besaß. Fast augenblicklich kam ein warmer, flüssiger Strahl heraus, der ihre Hand mit einer angenehm riechenden Substanz bedeckte, die eine entfernte Ähnlichkeit mit Seife besaß. Bevor Emily ihre Handflächen zusammenbringen konnte, verdunstete die Substanz und ließ ihre Hände sauber und trocken zurück.

Ein schickes Gerät zum Desinfizieren der Hände. Nett.

Nachdem Emily alle dringenden Angelegenheiten erledigt hatte, ging sie zu der Wand, an der sich der Eingang befunden hatte. Als sie sich ihr näherte, erschien der Durchgang erneut, so als hätte er gespürt, dass sie kam.

»Okay«, murmelte sie und ging durch die Öffnung, bevor diese sich wieder schließen konnte. Sobald sie das Schlafzimmer betreten hatte, verschwand die Tür zum Badezimmer.

Emily starrte die Stelle der Wand einige Sekunden lang an und schüttelte dann ihren Kopf. Sie musste mit Zaron reden und schnell einige Antworten bekommen. Das war lächerlich.

Als sie aus dem Augenwinkel eine Bewegung wahrnahm, drehte sie sich herum und sah, dass der Durchgang, der aus dem Raum führte, erneut erschienen war. Zaron stand auf der anderen Seite.

»Komm«, sagte er und gab ihr ein Zeichen, durch die Öffnung zu treten. »Ich würde mich freuen, wenn du mit mir mittagessen würdest.«

»Natürlich.« Emily trat vorsichtig aus dem Raum, während sie diesmal die Kanten der Wand betrachtete, weil sie herausbekommen wollte, wie sie bedient wurde. Zu ihrer Enttäuschung gab es auch dort keinen sichtbaren Mechanismus. Sie waren glatt und poliert, ohne Rillen oder Grate, die auf eine Art von Schiebetür hinweisen würden.

Sobald sie sich auf der anderen Seite befand, schloss sich die Wand wieder und verfestigte sich vor Emilys Augen.

Unglaublich.

Emily drehte sich zu Zaron um und starrte ihn frustriert an. »Wie funktioniert dieses Ding?«, fragte sie und klopfte gegen die Wand. »Was für ein Material ist das?«

Zaron schaute sie ruhig an. »Ich könnte dir seinen Namen nennen, aber er würde dir nichts sagen. Und dazu, wie sie funktioniert, kann ich dir auch keine gute Erklärung geben, weil ich kein Designer bin.«

Kein Designer? Was meinte er damit? »Und was sind Sie dann?«

Der Hauch eines Lächelns erschien auf seinen umwerfenden Lippen. »Ich bin, was du einen Biologen mit dem Spezialgebiet Bodenkunde nennen würdest. Ich untersuche alle Arten lebender Kreaturen, genauso wie den Boden, der sie ernährt.«

Emily blinzelte. »Ich verstehe.« Also war er eine Art Forscher. »Und das ist Ihr Labor?«

»Nein.« Er schüttelte seinen Kopf. »Das ist mein vorübergehendes Zuhause.«

Zuhause? Emily schaute sich ungläubig im Raum um. Wie das Schlafzimmer, das sie gerade verlassen hatte, war auch in diesem Raum alles um sie herum in verschiedenen Elfenbein- und Cremetönen dekoriert, und eine unbestimmte Quelle verströmte sanftes Licht. Es gab weder Fenster noch Türen, und die Möblierung war ebenfalls minimal. Abgesehen von einem weißen Brett in der Mitte, das einer flachen Bank ähnelte, und einigen blühenden Pflanzen in den Ecken, war der Raum völlig leer.

Stirnrunzelnd ging Emily einen Schritt auf das bankartige Brett zu. Sie war sich ziemlich sicher, dass sie ihren Augen nicht trauen konnte, weil … »Schwebt dieses Ding in der Luft?«, fragte sie ungläubig und kniete sich hin, um unter das Brett zu schauen. »Wird es von Magneten in der Luft gehalten?«

»Natürlich nicht«, antwortete Zaron und ging zu ihr, um sich neben sie zu stellen. »Es benutzt Kraftfeldtechnologie.«

Emily, die immer noch auf allen vieren kniete, schaute zu ihm hoch. So über ihr sah er noch größer aus – und kraftvoll männlich. Eine unwillkommene Angstwelle rollte erneut ihren Rücken hinunter. »Kraftfeldtechnologie?«, wiederholte sie langsam und fühlte sich, als sei sie in einen Science-Fiction-Kaninchenbau gefallen. »Wovon reden Sie?«

Er betrachtete sie mit einem kühlen, dunklen Blick. »Warum essen wir nicht etwas, und währenddessen erkläre ich es?«, schlug er freundlich vor. Sein Ton war sanft, aber sie konnte den Stahl darunter heraushören. Er hatte nicht vor, ihr ihre Fragen sofort zu beantworten.

»In Ordnung«, erwiderte sie vorsichtig und begann, sich hinzustellen. »Ich …« Und dann hörte sie fast auf zu atmen, weil seine Hand ihren Ellenbogen umfasste, um ihr beim Aufstehen zu helfen. Seine Berührung war sanft, fürsorglich, aber sein Griff hatte etwas Besitzergreifendes, weil seine Finger einige Sekunden länger auf ihrem Arm liegenblieben als nötig, bevor sie ihn wieder losließen.

Das Herz schlug ihr bis zum Hals. So unlogisch das auch war, sie fühlte sich durch seine Berührung gebrandmarkt, und ihre Haut kribbelte an der Stelle, auf der seine Finger gelegen hatten. Er schaute sie ebenfalls an, und seine Augen leuchteten eigenartig gefühlsgeladen. Zum ersten Mal bemerkte Emily, dass seine Iris nicht dunkelbraun waren, wie sie ursprünglich gedacht hatte – sie waren schwarz.

Da sie das völlig aus der Bahn warf, tat Emily das, was sie während schwieriger Zeiten in ihrem Leben immer getan hatte.

Sie setzte ein Lächeln auf.

»Okay«, sagte sie fröhlich. »Gehen wir essen und reden.«

Diese plötzliche Begeisterung des Mädchens für das Essen belustigte Zaron, und er führte sie in die Küche.

Er war froh, dass er die Möglichkeit gehabt hatte, sie auf eine beiläufige, nicht sexuelle Art und Weise zu berühren. Es war wichtig, dass sie sich an seine Berührungen gewöhnte. In vielen Punkten würde die Verführung von Emily wie die Domestizierung einer wilden Kreatur ablaufen. Er musste sich ihr langsam nähern und ihr Vertrauen gewinnen. Sie musste glauben, dass er ihr nicht wehtun würde; ansonsten würde sie bei dem ersten Hinweis auf seine sexuellen Absichten in Panik verfallen.

Das Gute war, dass sie sich seiner bewusst war. Es war das primitive, weibliche Bewusstsein der Gegenwart eines gesunden, attraktiven Mannes. Sie hatte sich vielleicht erschreckt, als er sie berührt hatte, aber sie war auch unterschwellig erregt gewesen. Ihre Pupillen hatten sich leicht geweitet, und ihr Herzschlag war schneller geworden. Ihr weiblicher Geruch hatte sich ebenfalls verstärkt. Hätte Zaron die zarten Falten zwischen ihren Oberschenkeln berührt, wären sie zweifellos warm und feucht gewesen, da sich ihr Körper instinktiv auf den Paarungsakt vorbereitet hätte.

Seine Rasse hatte vor langer Zeit herausgefunden, dass sie mit den Homo sapiens sexuell kompatibel war. Auch wenn die DNA ihrer Spezies zu verschieden waren, um eine

Fortpflanzung zu ermöglichen, hatten die Bemühungen der Ältesten sichergestellt, dass die Menschen den Krinar ziemlich ähnlich sein würden, was die äußere Erscheinung und den Aufbau des Körpers betraf. Niemand wusste, warum die Ältesten beschlossen hatten, das zu tun, aber das endgültige Ergebnis war eine Spezies, die viele Krinar als Bettgefährten recht begehrenswert fanden – besonders wegen der aphrodisischen Eigenschaften des menschlichen Blutes.

Und dieser spezielle Mensch war begehrenswerter als die meisten, dachte Zaron, während er beobachtete, wie Emily mit vor Entsetzen weit aufgerissenen Augen den Tisch und die Stühle in der Küche betrachtete. Wie das Sofa im Wohnzimmer wurden auch sie durch irgendein Kraftfeld an Ort und Stelle gehalten und machten den Eindruck, als schwebten sie in der Luft. Auf eine typische menschliche Frau des einundzwanzigsten Jahrhunderts musste eine solche Technologie eher magisch wirken – auch wenn die meisten Menschen mittlerweile verstanden hatten, nicht alles übernatürlichen Kräften zuzuschreiben.

Zaron wägte immer noch ab, wie viel er dem Mädchen erzählen sollte. Während der letzten zwei Tage, in denen er sie gepflegt hatte, hatte er über die Möglichkeit nachgedacht, ihr nichts zu erzählen – so zu tun, als sei er menschlich. Er hatte sogar überlegt, sie zurück zu der Brücke zu bringen und sie dort zurückzulassen, bevor sie zu Bewusstsein kam. Sie hätte denken können, dass sie ihr Überleben einem Wunder verdankte oder dass ihr Fall ein Traum gewesen war, was auch immer ihr Kopf einfacher akzeptiert hätte. Er hatte allerdings gezögert, da seine wachsende Lust auf sie gegen seinen Wunsch gekämpft hatte, eine potentiell schwierige Situation zu vermeiden – und dann war sie aufgewacht, einige Stunden eher, als er erwartet hatte.

Jetzt hatte er eine misstrauische und verwirrte menschliche Frau bei sich – eine menschliche Frau, die ihn mit einem frustrierten Ausdruck in ihren hellblauen Augen anblickte.

»Lassen Sie mich raten«, sagte sie und machte mit ihrer Hand eine Geste Richtung Tisch. »Mehr Kraftfeldtechnologie?«

Zarons Belustigung verstärkte sich durch diesen kaum verhüllten Sarkasmus in der Frage des Mädchens. »Ja, genau«, sagte er und ging zu einem der schwebenden Sitze, um sich daraufzusetzen. Das intelligente Material passte sich augenblicklich an seinen Körper an, korrigierte die Form, um ihm die bequemste Sitzposition zu ermöglichen

»Ich soll mich da draufsetzen?« Sie erhob ihre Stimme. »Auf ein Brett, das in der Luft schwebt?«

»Ich verspreche dir, dass du nicht fallen wirst«, antwortete Zaron und unterdrückte seinen Drang, zu lächeln, als das Mädchen sich mit einer Begeisterung dem Tisch näherte, die der einer Person glich, gegen die wegen Mordes verhandelt werden soll. »Eigentlich ist es recht nett.«

»Ja, ja«, murmelte sie und setzte sich vorsichtig hin. Dann bekam sie große Augen. Sie musste gespürt haben, dass sich der Stuhl unter ihr bewegte, um sich an sie anzupassen. Innerhalb weniger Sekunden hatte sich eine

Lehne hinter ihrem Rücken gebildet, und sie sah schockiert aus.

Dieses Mal konnte Zaron ein Lachen nicht unterdrücken. Er hatte nicht erwartet, diesen Teil so sehr zu genießen, aber das tat er. Diese kleine, menschliche Frau in seine Welt einzuführen könnte auf mehr als eine Art Spaß machen, dachte er, während er sie dabei beobachtete, wie sie sich umdrehte, weil sie versuchte, die Rückenlehne ihres Stuhls zu sehen. Natürlich bewegte sich der intelligente Stuhl mit ihr, und die Lehne verschwand genau in dem Moment, in dem Emily sie betrachten wollte.

Als sie sich wieder zu ihm drehte, war ihr Gesichtsausdruck unbeschreiblich. »Ehrlich, was ist dieses Zeug?«, wollte sie wissen und umfasste die Tischkante. »Wo bin ich?«

Zaron lachte leise. »Du bist in meinem Haus, Emily«, sagte er und wiederholte damit geduldig das, was er ihr bereits gesagt hatte. »Und dieses Zeug sind meine Möbel.«

»Welche Art von Möbeln tut so etwas? Das Ding hat sich gerade bewegt. Es ist hinter mir verschwunden.«

»Ja, das ist es«, stimmte Zaron ihr zu. »Es wurde dahingehend designet, sich deinem Körper anzupassen, um so bequem wie möglich zu sein. Als du dich umgedreht hast, war es nicht länger bequem für dich, also hat es sich verändert.«

»Natürlich.« Sie kniff ihre Augen zusammen und massierte sich ihre Schläfen mit einem schmerzverzogenen Gesicht.

Zaron, der sich sofort Sorgen machte, streckte sich über den Tisch aus und legte die Rückseite seiner Hand auf ihre Stirn. »Geht es dir gut?« Menschen waren unglaublich empfindlich, ihre Körper waren schwach und anfällig für alle möglichen Krankheiten, die seiner Rasse fremd waren. Kopfschmerzen zum Beispiel. Zaron hatte noch nie darunter gelitten, außer einige kurze Momente nach einer Kopfverletzung, aber er wusste, dass sie unter Emilys Spezies weit verbreitet waren.

Als er sie berührte, zuckte sie zurück und riss die Augen auf. »Natürlich«, sagte sie mit gespielter Fröhlichkeit. »Mir geht es großartig.« Als Zaron sie weiterhin zweifelnd anschaute, fügte sie hinzu: »Ehrlich, es geht mir gut. Ich bin mir ziemlich sicher, dass ich einige hundert Meter in die Tiefe gestürzt bin, aber trotzdem geht es mir hervorragend.«

Zaron beschloss, den letzten Teil ihrer Antwort zu ignorieren. »In Ordnung«, sagte er und lehnte sich zurück. »Aber solltest du Kopfschmerzen haben, lass es mich wissen. Ich kann sie verschwinden lassen.«

Sie atmete langsam tief ein und zog damit seinen Blick auf die weichen Rundungen ihrer Brüste. »Wie können Sie sie verschwinden lassen?«, fragte sie, und Zaron zwang sich dazu, sich wieder auf ihr Gesicht zu konzentrieren.

Jetzt war kein Zeitpunkt, um dieser Verlockung nachzugeben.

»Haben Sie mich zuvor schon geheilt?«, hakte sie nach, als Zaron ihr nicht sofort antwortete. »Wie kann es sein, dass es mir so hervorragend geht, nachdem ich so tief gefallen bin?« Ihre Augen wurden groß, so als sei ihr gerade etwas eingefallen. »Moment, welcher Tag ist heute? War ich im Koma oder so?«

»Nein, du warst nicht im Koma«, antwortete Zaron, als er ihre Besorgnis verstand. »Heute ist Donnerstag, der 6. Juni.«

»Also war ich zwei Tage bewusstlos.«

Zaron nickte. »Ja, genau.« Er bekam Hunger, und er war sich sicher, dass es bei dem Mädchen genauso war. Erklärungen konnten warten. Er wechselte zu Krinarisch und bestellte einen Salat für sie.

Emily runzelte ihre Stirn. »Was haben Sie gerade gesagt?«

»Ich habe Essen für uns bestellt«, erklärte ihr Zaron. »Es tut mir leid, dass mein Haus nicht darauf programmiert ist, auf englische Befehle zu reagieren.«

»Aha.« Sie blickte ihn an, als sei er verrückt. »Aber Ihr Haus ist darauf programmiert, auf Befehle in der Sprache zu reagieren, in der Sie eben gesprochen haben?«

»Die betreffende Sprache ist Krinarisch«, erwiderte Zaron, nachdem er endlich eine Entscheidung getroffen hatte. Er konnte das Mädchen weiterhin im Dunkeln lassen, aber das war nicht wirklich nötig. Nachdem sie bereits so viel gesehen hatte, konnte er sie sowieso nicht mehr gehen lassen – und sie würde die Wahrheit früh genug erfahren.

»Krinarisch?« Sie sah verwirrt aus, als sie das Wort mit einem leichten amerikanischen Akzent wiederholte. »In welchem Teil der Welt wird sie gesprochen?«

»Krinarisch ist die Sprache, die auf Krina gesprochen wird«, erklärte Zaron leise, ohne seinen Blick von Emilys Gesicht abzuwenden. »Meinem Heimatplaneten.«

KAPITEL 6

𝓔mily starrte den umwerfenden Mann vor ihr an und konnte nicht glauben, was sie gerade gehört hatte. »Warten Sie … was? Haben Sie gerade Heimatplanet gesagt?«

Er nickte, und sein Gesicht sah ruhig aus. »Ja, Emily. Ich weiß, es widerspricht dem, was deine Gesellschaft derzeit als Wahrheit akzeptiert. Wenn du mir nicht glauben möchtest, ist das in Ordnung. Du wolltest verstehen, warum du lebst und warum mein Haus auf dich so fremdartig wirkt, und ich gebe dir eine Erklärung. Wenn sie nicht das ist, was du hören möchtest, kannst du auch gerne etwas anderes glauben.«

Emily schluckte, und ihr Herz schlug schneller. Er sah nicht so aus, als würde er gerade Witze machen. Er betrachtete sie mit diesen dunklen Augen, und auf seinem Gesicht war nicht der Hauch eines Lächelns.

Entweder war er verrückt, oder sie war doch in einen Kaninchenbau gefallen.

»Wollen Sie mir gerade ernsthaft erzählen, dass Sie ein Außerirdischer sind?«

»Aus deiner Perspektive gesehen bin ich das wohl«, antwortete er nachdenklich. »Ich ziehe trotzdem die Bezeichnung Krinar vor.«

»Ein Außerirdischer? So etwas wie ein Alien?« Emily konnte nicht glauben, dass diese Worte aus ihrem Mund kamen. Das musste ein ungewöhnlich realistischer Traum sein. Das musste es einfach. Das war die einzige logische Erklärung für diese ganze Kette von Ereignissen. Sie musste das alles geträumt haben – einschließlich des Falls von der Brücke – und schlief gerade in ihrem Hotelzimmer.

»Ja«, antwortete er geduldig. »Ich komme von Krina, nicht der Erde, also macht mich das, was dich betrifft, zu einem Außerirdischen.«

Okay, jetzt war es offiziell. Emily träumte gerade. Wie sonst konnte sie in diesem Moment auf einem schwebenden Stuhl vor einem schwebenden Tisch einem Mann gegenübersitzen, der zu schön war, um echt zu sein?

Oder zu schön, um menschlich zu sein, flüsterte eine leise Stimme in ihrem Hinterkopf, und ein Schauer lief über ihren Rücken.

»Okay«, sagte sie langsam. »Nehmen wir mal kurz an, dass das stimmt. Wenn Sie von einem anderen Planeten stammen, wie sind Sie dann hierhergekommen, und wieso sehen Sie so menschlich aus?« *Lass den Traummann antworten,* dachte sie. Ihr Gehirn musste seine Grenzen haben, was die Fähigkeit betraf, sich logisch klingende

Erklärungen während des Schlafens auszudenken. Emily würde jeden Moment aufwachen und sich fragen, wie sie überhaupt so etwas Eigenartiges hatte träumen können.

Zu ihrer Bestürzung schien ihre Frage den Mann zu amüsieren. »Wie du dir wahrscheinlich denken kannst, bin ich auf einem Schiff hierhergekommen«, antwortete er, und seine sinnlichen Lippen verzogen sich zu einem leichten Lächeln. »Einem Raumschiff, wenn dir das lieber ist. Warum ich menschlich aussehe, ist allerdings die falsche Frage, Emily. Ich sehe nicht menschlich aus.« Er machte eine Pause und sah sie eindringlich an. »Du bist diejenige, die einem Krinar ähnelt.«

Emily öffnete ihren Mund, um ihn zu fragen, was er damit meinte, aber in diesem Moment löste sich die Wand rechts von ihr auf, und eine Schüssel mit farbenfrohem Inhalt schwebte heraus. Sie erreichte den Tisch und landete vor Emily. Eine zweite Schüssel folgte ihr und landete vor Zaron auf dem Tisch.

Emily starrte auf den Tisch und bekämpfte ihren Drang, sich die Augen zu reiben. *Ein Traum*, sagte sie sich. *Es ist nur ein Traum.*

Die Schüsseln waren mit Salat gefüllt – einer ungewöhnlichen Mischung aus Früchten und Gemüse, die mit einem hellgrünen Dressing bedeckt war. In der Mitte jeder Schüssel befand sich ein eigenartiges Ding, das einer Minizange ähnelte.

Vorsichtig nahm sie das Gerät in die Hand und spießte ein Stück Tomate damit auf. »Das sieht nicht sehr außerirdisch aus«, meinte sie und warf Zaron einen zweifelnden Blick zu.

»Das ist es nicht. Das sind gerade alles Pflanzen von der Erde – wie diese Citrus sinensis.« Er hob mit seinem eigenen Besteck ein Stück Orange auf, schob sie in seinen Mund und begann, mit offensichtlichem Genuss zu essen.

Emily starrte ihn an. »Okay. Also können Sie unsere Lebensmittel essen?«

Er schluckte seinen Bissen herunter und nickte. »Sicher. Einiges davon ist sogar ziemlich gut«, sagte er und aß dann genüsslich weiter.

Emily, die immer noch das Besteck in der Hand hielt, betrachtete ihn einige Sekunden lang. Sie fühlte sich, als würde sich der Kaninchenbau um sie herum ausdehnen und sie immer tiefer hineinziehen. Warum wachte sie nicht auf? War es eigentlich normal für jemanden, der sich in einem Traum befand, zu wissen, dass er sich in einem Traum befand, und trotzdem nicht aufwachen zu können?

Da sie nicht wusste, was sie sonst tun sollte, begann sie, den Salat zu essen. Die frischen Aromen explodierten auf ihrer Zunge, da die Kombination aus knackigem Gemüse und süßen Früchten ungewöhnlich, aber köstlich war. Das Dressing war gleichzeitig würzig und vollmundig. Emily konnte sich nicht daran erinnern, schon einmal etwas Derartiges gegessen zu haben. Sie mochte Salate, und dieser hier war einer der besten, die sie jemals probiert hatte.

Dieser Traum war viel zu realistisch.

Sie schluckte den Bissen, den sie gekaut hatte, herunter und legte ihr Besteck weg. »Ich träume das nicht, stimmt's?«, fragte sie ruhig und schaute Zaron dabei an.

»Hattest du gedacht, das sei der Fall?« Er neigte seinen Kopf zur Seite. »Warst du deshalb so ruhig? Ich habe mich darüber gewundert. Alles, was ich über eure Art weiß, hatte darauf hingedeutet, dass deine Reaktion viel extremer ausfallen sollte.«

Emily fühlte sich, als hätte sie diese »viel extremere« Reaktion genau jetzt.

Sie stellte sich langsam hin, trat vom Tisch weg und starrte Zaron an. Sie konnte das schnelle Schlagen ihres Herzens hören und sie atmete schnell und flach. Es fühlte sich an, als gäbe es nicht genug Luft in diesem Raum.

Wenn das hier wirklich passierte – wenn ihr Kopf ihr nicht einen grausamen Streich spielte –, gab es keine Möglichkeit, das, was sie gesehen hatte, zu erklären, ohne in das Reich des Unwahrscheinlichen einzudringen.

»Können Sie es beweisen?« Ihre Stimme war leise und zitterte. »Können Sie mir beweisen, dass Sie von einem anderen Planeten kommen?«

Er lehnte sich in seinem Stuhl zurück, und ein leichtes Lächeln umspielte seine Lippen. »Wie soll ich es dir denn beweisen, Emily? Reicht es nicht, dass du lebendig und gesund bist, wenn du eigentlich an deinen Verletzungen gestorben sein solltest? Kennst du irgendeine menschliche Medizin, die solche schweren Verletzungen heilen kann?«

Emily befeuchtete ihre Lippen. »Wie schlimm war ich verletzt?« Diese Worte waren ein kaum hörbares Flüstern. Sie dachte an die Brücke und die großen Steine darunter, und ihr Magen zog sich zusammen. Zum ersten Mal wurde sie sich der Tatsache bewusst, dass sie am Leben war.

Sie war am Leben ... obwohl sie eigentlich tot sein sollte.

»Du hattest einige Knochenbrüche, und deine inneren Organe waren ebenfalls schwer verletzt«, antwortete Zaron und strich sich eine dicke Locke seines Haares von der Stirn. »Deine Wirbelsäule war ebenfalls gebrochen.«

Emily fühlte sich, als würde ein Stahlband ihren Brustkorb umgeben, und schaffte es kaum, Luft zu holen. Jetzt erinnerte sie sich daran – an diesen kurzen, entsetzlichen Augenblick, in dem ihr Körper auf die Steine prallte. Sie erinnerte sich daran, dass sie sich einen schnellen Tod gewünscht, aber stattdessen unter quälenden Schmerzen gelitten hatte.

Mit brennenden Augen hob sie ihre Arme hoch und betrachtete sie, so als hätte sie sie noch nie gesehen. Ihre Haut war glatt und blass, völlig unbeschädigt. Es gab keine Spur einer Verletzung, nicht einmal einen blauen Fleck oder einen Kratzer.

Sie war am Leben.

Sie. War. Am. Leben.

Als sie das begriff, begann Emily zu zittern. Sie hätte sterben können. Sie hätte sterben müssen. Sie war sich sicher gewesen, dass sie sterben würde.

Und wenn es den Mann neben ihr nicht gäbe, wäre genau das geschehen.

Als sie ihren Blick hob, sah sie, dass er sie mit dem gleichen kühlen, amüsierten Gesichtsausdruck betrachtete. »Sie haben mich gerettet ...« Ihre Stimme war vor Entsetzen ganz dünn. »Sie haben mir das Leben gerettet.«

Er nickte und stellte sich mit einer geschmeidigen Bewegung hin. »Ja«, sagte er und näherte sich ihr mit dem Anmut eines Raubtiers. »Das habe ich.« Er blieb weniger als dreißig Zentimeter von ihr entfernt stehen, hob seine Hand und strich mit der Rückseite seiner Finger leicht über eine Seite ihres Kinns.

Emily atmete erschrocken ein, da sie diese unerwartete besitzergreifende Zärtlichkeit überraschte. Seine Nähe war überwältigend und verstärkte ihr innerliches Durcheinander. Ihre Haut kribbelte durch seine Berührung, und sie fühlte, wie ihr heiße Wellen über den Rücken liefen und ihr ganzer Körper vor Schock zitterte.

Der Mann, der sie gerade berührt hatte – der Mann, der auch ihr Leben gerettet hatte –, behauptete, von einem anderen Planeten zu sein.

Mit klopfendem Herzen ging Emily einen Schritt zurück. »Warum haben Sie mich gerettet?«, flüsterte sie und blickte zu ihm hoch. »Was möchten Sie von mir?«

»Du musst keine Angst haben, Emily.« Seine Stimme war sanft, beruhigend, aber sie hatte erneut die beunruhigende Assoziation einer Katze, die mit ihrer Beute spielt. »Ich werde dir nichts tun.«

Sie schluckte belegt und machte einen weiteren Schritt zurück. Sie war sich nicht sicher, ob sie ihm glaubte – ob sie irgendetwas von alldem glaubte. Wie konnte es humanoide Außerirdische geben? Das war genau wie Bigfoot und Meerjungfrauen. Ein geheimes Labor der Regierung war ein viel plausibleres Szenario, auch wenn es nicht erklärte, wie sich Emily so schnell von ihrem Sturz erholten konnte.

Diese Art medizinischer Technologie wäre nicht lange ein Geheimnis geblieben.

Sie hatte keine andere Wahl, als die Möglichkeit zuzulassen, dass er die Wahrheit sagte, und sollte das der Fall sein, dann befand sie sich in der Gegenwart eines wirklichen, echten Außerirdischen.

Eines Außerirdischen, der ihr Leben gerettet hatte.

Eines Lebewesens von einem anderen Planeten, das sie so anschaute wie ein hungriger Löwe eine Gazelle.

KAPITEL 7

Zaron beobachtete, wie sich Emily mit großen Augen in ihrem blassen Gesicht langsam von ihm zurückzog. Er konnte das leichte Zittern ihrer Lippen sehen, und der Drang, sie an sich zu ziehen, sie zu halten, war so stark, dass er sich kaum kontrollieren konnte. Die kurze zärtliche Berührung von eben hatte seinen Appetit nur verstärkt.

Er wollte sie. Er wollte sie berühren, die seidige Textur ihrer Haut spüren. Er wollte ihr die Kleidung vom Leib reißen, ihre Beine weit spreizen und sie offenhalten, während er in sie eindrang. Er wollte sie an sich drücken und sie ungezügelt ficken … und dann mit seinen Zähnen über die zarte Haut an ihrem Hals fahren und die heiße, metallische Vollmundigkeit ihres Blutes schmecken.

Bei diesem Gedanken lief ihm das Wasser im Munde zusammen.

»Warum haben Sie gesagt, dass ich aussähe wie ein Krinar?« Ihre zögerliche Frage unterbrach seine Gedanken, drang durch den Nebel der Lust, der sein Gehirn in ihrer Gegenwart einzuhüllen schien. Sie war auf der anderen Seite des Raumes stehen geblieben und sah ihn vorsichtig an. Sie fühlte sich mit einigem Abstand zwischen ihnen sicherer, bemerkte er; sie wusste nicht, wie einfach es für ihn wäre, diesen Abstand mit einem einzigen Sprung zu überwinden. »Anstatt dass Sie wie ein Mensch aussehen, meine ich«, erklärte sie ihm.

Zaron atmete beruhigend ein und zwang sich dazu, still stehen zu bleiben und ihr den Raum zu geben, den sie benötigte. Es war natürlich, dass sie verängstigt und überfordert war; schließlich wussten die Menschen noch nichts über die Krinar.

»Weil wir die ursprüngliche intelligente Spezies sind«, beantwortete er ihre Frage. »Eure Rasse wurde nach unserem Vorbild erschaffen und nicht andersherum.«

Die Zunge des Mädchens fuhr nervös über ihre Lippen, was eine Hitzewelle in Zarons Lendenbereich schickte. »Nach Ihrem Vorbild? Wovon reden Sie?«

»Ich rede über die Tatsache, dass wir eure Spezies kreiert haben … alle Spezies auf diesem Planeten eigentlich.« Zaron machte eine Pause, damit sie diese Information verarbeiten konnte. »Wenn es uns nicht gäbe, gäbe es kein Leben auf der Erde.«

Ihre Augen weiteten sich, und ihr Gesicht nahm einen ungläubigen Ausdruck an. »Was? Wollen Sie mir gerade sagen, dass Sie uns erschaffen haben? Wie in einem Labor oder so?«

»Nein, nicht in einem Labor«, meinte Zaron. Er wollte gerade mit einer längeren wissenschaftlichen Erklärung beginnen, aber fing sich noch rechtzeitig. »Wir haben vor einigen Milliarden Jahren DNA hierhergebracht«, sagte er stattdessen. »Danach haben wir eure Evolution heimlich angestoßen, damit sich im Laufe der Zeit eine Spezies entwickelte, die den Krinar ähnelte.« Das war eine starke Vereinfachung, aber er glaubte nicht, dass Emily zu diesem Zeitpunkt evolutionäre Details wissen musste.

Auf jeden Fall öffnete sich Emilys Mund und schloss sich wieder, ohne dass sie auch nur einen Laut von sich gegeben hatte. Zaron konnte quasi sehen, wie ihr flinkes Gehirn in diesem hübschen Kopf arbeitete. Sie wusste nicht, ob sie ihm trauen konnte oder nicht, und ihre anfängliche Tendenz war, alles abzulehnen, was nicht in ihre vorhandene Weltanschauung passte. Aber sie konnte das, was sie heute gesehen hatte, nicht einfach abstreiten.

»Vor einigen Milliarden Jahren?«, fragte sie und starrte ihn dabei an. »Sie wollen mir erzählen, dass Ihre Zivilisation so alt ist?«

Zaron nickte. »Ja, wir existieren schon sehr, sehr lange. Unser Planet ist viel älter als eurer.«

Emily atmete zitternd ein. »Ich verstehe.« Sie hob ihre Hände und massierte sich erneut ihre Schläfen, so als hätte sie Kopfschmerzen.

Zarons Augen zogen sich zusammen. Er mochte den Gedanken nicht, dass sie Schmerzen haben könnte – nicht, wenn er etwas dagegen tun könnte. Es war eigenartig, aber auf eine gewisse Weise fühlte er sich, als gehöre sie zu ihm und als sei er dafür verantwortlich, dass es ihr gut ging. Er durchquerte den Raum mit wenigen Schritten und blieb vor ihr stehen. »Emily ... Soll ich dir Medizin holen gehen?«

Sie ließ ihre Hände sinken und schaute ihn an, wobei ihre von dichten Wimpern umgebenen Augen in diesem Licht eher grün als blau aussahen. »Nein, danke. Mir geht es hervorragend. Es ist einfach eine Menge zu verarbeiten.«

»Natürlich.« Zaron fühlte erneut den Drang, sie in seine Arme zu ziehen – diesmal, um sie zu beruhigen. Leider war sie für derartige Intimitäten noch nicht bereit, und jeder Schritt, den er in ihre Richtung machte, würde ihre Angst eher verstärken, als ihre Anspannung zu vermindern. Er entschied sich dazu, sie nur beruhigend anzulächeln. »Ich verstehe.«

»Ich bin immer noch in Costa Rica, stimmt's?«, fragte sie, und ihre feinen Augenbrauen zogen sich zusammen, so als sei ihr dieser Gedanke gerade erst gekommen. »Ich bin nicht irgendwo auf deinem Schiff, oder?«

»Nein, das bist du nicht – und ja, wir befinden uns in Costa Rica. Wir sind nur etwa zwanzig Kilometer von jener Brücke entfernt. Wie ich dir gesagt habe, ist das hier im Moment mein Zuhause.«

Ihre Stirn glättete sich, und ein leichtes Lächeln erschien auf ihren Lippen. »Oh, ich verstehe.« Sie schien sich wieder gefangen zu haben, und Zaron unterdrückte seinerseits ein Lächeln, als ihm dämmerte, dass ihre Frage wahrscheinlich von dem Stereotyp ihrer Kultur über Entführungen von Außerirdischen herrührte.

Während er das Mädchen beobachtete, bemerkte Zaron, dass er sich seit Jahren nicht mehr so unbeschwert gefühlt hatte. Er hatte niemals zuvor viel Zeit mit einem Menschen verbracht, und er hatte nicht erwartet, dass er es so angenehm finden würde. Von ihrem Führerschein wusste er, dass Emily vierundzwanzig Jahre alt war – ein bisschen älter als ein Jugendlicher im Vergleich zu seinen sechshundertundnochwas Jahren. Trotzdem schien sie reifer zu sein als Krinar im selben Alter, wahrscheinlich, weil ihre Spezies in diesem Alter bereits den Erwachsenenstatus erreichte.

Plötzlich fiel ihm auf, dass er in der letzten Stunde nicht ein einziges Mal an Larita gedacht hatte. Ein scharfer Schmerz durchfuhr ihn bei dieser Erkenntnis, und er schob den Gedanken sofort beiseite. Er mochte die Art und Weise, wie er sich in der Gegenwart des menschlichen Mädchens fühlte, und er hatte vor, dieses Gefühl beizubehalten.

Emily räusperte sich und lenkte damit seine Aufmerksamkeit erneut auf sie. »Zaron«, sagte sie ruhig und erwiderte seinen Blick. »Ich habe Ihnen noch nicht dafür gedankt, dass sie mich geheilt haben. Ich erinnere mich an den Sturz, und ich weiß, dass ich gestorben wäre«, sie schluckte, und ihre Stimme wurde belegt, »und ich kann Ihnen gar nicht genug für das danken, was auch immer Sie mit mir gemacht haben …«

»Das ist in Ordnung, Emily«, unterbrach Zaron sie, da er spürte, dass sie gleich in Tränen ausbrechen würde. »Ich bin froh, dass du am Leben bist.«

Sie schluckte erneut, bevor sie ihn scheu und ängstlich anlächelte. »Entschuldigen Sie bitte, ich wollte vor Ihnen nicht derart gefühlsduselig werden. Ich nehme an, dass selbst Aliens sich unwohl fühlen, wenn ein Mädchen kurz davor ist, zu weinen.«

»Du kannst dir gar nicht vorstellen, wie sehr«, erwiderte Zaron trocken. Er hasste es, Frauen weinen zu sehen, er fühlte sich dann immer so hilflos. Jedes Mal, wenn Larita geweint hatte, hatte er sich ein Bein ausgerissen, um das aus der Welt zu schaffen, was sie beschäftigte. Emily schien keine Neigung zum häufigen Weinen zu haben, und das mochte er. Die engelhafte Schönheit des menschlichen Mädchens verdeckte einen harten Kern, den er einfach bewundern musste.

Emilys Lächeln wurde breiter und erhellte ihr ganzes Gesicht. »In diesem Fall werde ich nicht weinen. Ich wollte mich einfach nur bei Ihnen bedanken, mehr nicht.«

Zaron lachte. »Gut, genau so …«

Ein leises Vibrieren an seinem Handgelenk schnitt ihn mitten im Satz ab. Zaron blickte auf den Apparat, den er an seinem Arm trug, und sah, dass eine wichtige Nachricht auf ihn wartete. »Entschuldige mich bitte«, sagte er und warf Emily einen entschuldigenden Blick zu. »Ich bin gleich zurück.«

Bevor sie antworten konnte, ging er schnellen Schrittes in sein Arbeitszimmer.

Einer Bitte des Rates, ein Meeting abzuhalten, musste immer sofort Folge geleistet werden.

Mit rasendem Herzen sah Emily dabei zu, wie Zaron in dem anderen Raum verschwand. Eine Sekunde lang hatte sie den Beginn einer echten Verbindung gespürt – einer

Verbindung, die gleichzeitig aufregend und beunruhigend war.

Er machte sie nervös, aber trotzdem fühlte sie sich von ihm angezogen. Als sie miteinander geredet hatten, hatte sie sich dabei erwischt, wie sie sich gefragt hatte, wie es wäre, die geraden Linien seiner Augenbrauen mit ihren Fingerspitzen entlangzufahren und die Textur seines dicken, glänzenden Haares zu spüren. Als er so dicht neben ihr gestanden hatte, war sie sich seines großen, muskulösen Körpers mehr als bewusst gewesen – seiner reinen männlichen Perfektion.

Das war lächerlich. Er war umwerfend, aber er hatte selbst zugegeben, nicht menschlich zu sein. Er war ein Krinar, ein Außerirdischer einer Zivilisation, die mehrere Milliarden Jahre alt war.

Einer Zivilisation, die angeblich das Leben auf der Erde erschaffen hatte.

Emily kniff die Augen zusammen und massierte sich erneut ihre Schläfen. Als sie Zaron gesagt hatte, dass sie eine Menge verarbeiten müsste, war das keine Lüge gewesen. Ihr Gehirn fühlte sich an, als würde es gleich explodieren, und ihre Gedanken drehten sich im Kreis. Sie hatte keine ausgewachsenen Kopfschmerzen, aber hinter ihrer Stirn verspürte sie definitiv eine Anspannung.

Seufzend öffnete Emily ihre Augen, ging zu dem Tisch zurück und setzte sich auf einen der schwebenden Stühle. Als sich das Objekt um sie herumbewegte und sich ihrem Körper anpasste, entspannte sie sich, damit es das tun konnte, wozu es erschaffen war. Sie gewöhnte sich langsam an

Zarons Technologie – zumindest an die einfachste, häusliche Art.

Aber wie fortgeschritten waren sie?, fragte sie sich, als ein Teil ihrer Anspannung nachließ, weil der Stuhl zu vibrieren begann, um ihre Muskeln zu entspannen. Offensichtlich war Zaron in der Lage gewesen, zur Erde zu gelangen, also mussten sie interstellares Reisen beherrschen. Vielleicht konnten sie sogar schneller als mit Lichtgeschwindigkeit reisen? Nach den derzeitigen wissenschaftlichen Theorien war so etwas unmöglich, aber das Gleiche traf auf das Heilen der Verletzungen zu, die Emily sich durch ihren Fall zugezogen hatte. Die Medizin der Krinar war allem, von dem Emily gehört hatte, derart überlegen, dass sie sich gar nicht vorstellen konnte, was sie sonst noch tun konnten. Vielleicht teleportieren? Ihr Kopf drehte sich wegen der ganzen Möglichkeiten cooler Technologien.

Emily hatte sich schon immer für Wissenschaft interessiert, hatte oft Artikel über die neuesten Entdeckungen gelesen und Naturreportagen im Fernsehen geschaut. Manchmal hatte sie sich sogar gewünscht, sie hätte sich für ein Biologie- oder Astrophysikstudium entschieden. Aber das hatte sie nicht. Sie hatte sich stattdessen mit Finanzwirtschaft beschäftigt, da sie sich von dem Versprechen auf viel Geld an der Wall Street locken lassen hatte. Nachdem sie in Pflegefamilien aufgewachsen war, hatte Emily Sehnsucht nach finanzieller Sicherheit und Stabilität, und das Bankwesen schien der perfekte Weg zu sein, das schnell zu erreichen. Um im wissenschaftlichen Umfeld Erfolg zu haben, musste man einen Hochschulabschluss haben – einen Doktortitel oder wenigstens einen Master. Aber um ein Analyst für Investmentbanking zu werden, waren vier Jahre an einer namhaften Universität, einige Sommerpraktika und die Bereitschaft, auch einmal mehr als achtzig Stunden pro Woche zu arbeiten, völlig ausreichend. Mit vierundzwanzig Jahren war Emily auf einem guten Weg gewesen, ihr Ziel der materiellen Sicherheit zu erreichen, da ihr Sparkonto gesund war und wuchs – zumindest bis zum letzten Sturzflug des Aktienmarktes.

Jetzt hatte sie nur noch die Hälfte ihrer Ersparnisse, und sie hatte den Job verloren, der ihr Leben die letzten zwei Jahre vereinnahmt hatte. Emily wartete darauf, dass die vertraute Bitterkeit sie überrollte, aber alles, was sie fühlte, war eine leichte Enttäuschung. Zum ersten Mal seit den Entlassungen machte sie sich keine Sorgen um ihre Zukunft. Sie hatte viel wichtigere Dinge in ihrem Kopf – wie die Tatsache, dass ein Außerirdischer ihr Leben gerettet hatte.

Sie musste bei diesem absurden Gedanken beinahe laut auflachen. Einen Augenblick lang hatte sie erneut dieses schwindelerregende Alice-im-Wunderland-Gefühl, aber dann atmete sie einige Male beruhigend durch und bekam sich wieder unter Kontrolle. Sie musste ruhig bleiben, um über die atemberaubenden Folgen dieser Enthüllungen nachdenken zu können, vorausgesetzt, Zarons Behauptungen stimmten.

Da draußen gab es eine andere Spezies – eine Spezies, die viel weiter fortgeschritten war als die Menschen. Eine Spezies, die angeblich indirekt die Menschen erschaffen hatte. Was wollten sie? Warum lebte Zaron hier, im costa-ricanischen Dschungel? Warum hatte er sich die Mühe gemacht, Emilys Leben zu retten?

Und außerdem, warum wusste niemand etwas von den Krinar? Wenn Zarons Spezies die wahre Schöpferin der Menschheit war, sollten die Menschen nicht schon vor langer Zeit von ihr erfahren haben?

Kälte breitete sich in Emilys Körper aus, während sie einen zittrigen Atemzug und dann noch einen tat. Ihre Brust fühlte sich erneut eng an.

Auf diese Frage gab es nur eine Antwort.

Niemand wusste von den Krinar, weil sie den Menschen ihre Existenz nicht enthüllen wollten.

Und trotzdem hatte Zaron genau das riskiert, als er Emily sein Zuhause sehen ließ, als er ihr erzählt hatte, was er war und woher er kam. Er schien nicht besorgt zu sein, dass sie mit diesem Wissen zu den Medien gehen würde, oder er hatte ein jahrtausendelanges Geheimnis seiner Rasse aufs Spiel gesetzt.

Emily stand langsam auf und starrte auf die elfenbeinfarbene Wand, während ihre Hände sich, ohne dass sie es merkte, am Tisch festhielten.

Erzählte Zaron ihr das alles, weil er sie nicht wieder gehen lassen würde?

KAPITEL 8

$\mathcal{A}$ls Zaron sein Arbeitszimmer betrat, aktivierte er den Meetingmodus seines Computers und schloss seine Augen einen Augenblick lang. Als er sie wieder öffnete, stand er in einem großen, weißen Saal – dem Ort, an dem sich der Rat auf Krina versammelte. Er war hier natürlich nicht körperlich anwesend, aber die Simulation war so realistisch, dass er alles sehen, fühlen, berühren und riechen konnte, fast so, als befände er sich wirklich hier.

Es warteten nur drei Ratsmitglieder auf ihn: Korum, Arus und Saret. Es handelte sich also nicht um ein formelles Treffen, verstand Zaron; dafür hätten alle fünfzehn Ratsmitglieder anwesend sein müssen. Er nickte respektvoll und wartete dann darauf, herauszufinden, warum er hierherbestellt worden war.

Die drei Männer, die vor ihm standen, gehörten zu den einflussreichsten auf Krina, und jeder von ihnen war länger ein Mitglied des Rates, als er selbst am Leben war. Der Rat – das offizielle Beschlussorgan von Krina – musste sich nur vor den Ältesten rechtfertigen, den neun ältesten Krinar, die existierten. Und da sich die Ältesten selten in irgendetwas einmischten, bedeutete das, dass der Rat fast uneingeschränkte Macht besaß, was das Beschließen von Gesetzen oder die Einhaltung der gesellschaftlichen Ordnung betraf.

Bis vor zwei Jahren hatte Zaron nur ab und an eines der Ratsmitglieder bei gesellschaftlichen Anlässen gesehen. Aber seit der Rat sich für seine Forschungen interessierte, hatte er die meisten Mitglieder kennengelernt.

»Es ist schön, dich zu sehen, Zaron«, sagte Arus, während er einen Schritt nach vorne trat. »Danke, dass du so schnell geantwortet hast. Wir sind kurz davor, abzureisen, und wollten uns schnell von dir auf den neuesten Stand bringen lassen, um zu sehen, ob du Fortschritte bei der Auswahl der Siedlungsgebiete gemacht hast.« Sein Gesichtsausdruck war freundlich und interessiert, damit man sich wohlfühlte. Mit seinem Hintergrundwissen in Gesellschaftswissenschaften war Arus der perfekte Politiker, beliebt und respektiert von fast jedem – Zaron eingeschlossen. Es war Arus gewesen, der vor zwei Jahren auf ihn zugekommen war, um die Besiedlung voranzutreiben, und der ihn damit aus der dunklen Depression gerissen hatte, die ihn seit Laritas Tod aufgefressen hatte.

»Das habe ich«, antwortete Zaron. »Ich glaube, dass das vielversprechendste Gebiet die Region Guanacaste in Costa Rica ist.« Eine leichte Bewegung mit seinem

Handgelenk rief eine detaillierte dreidimensionale Karte der Erde auf, und er zoomte an den Ort, auf den er sich bezog. »Das Klima ist mit dem einiger Gebiete Krinas vergleichbar, und ich sollte in der Lage sein, den Boden so weit zu verbessern, dass viele unserer essbaren Pflanzen dort wachsen können.«

»Was ist mit den anderen neun Siedlungen?« Diesmal war es Korum, der sprach. Von den drei anwesenden Ratsmitgliedern war er das einschüchterndste, da er den Ruf hatte, dass seine Skrupellosigkeit weit über gewöhnlichen Ehrgeiz hinausging. Er war außerdem die treibende Kraft hinter der bevorstehenden Invasion.

»Ich habe bereits sieben Gebiete ausgewählt«, erklärte Zaron ihm. »Die letzten zwei folgen in den nächsten Wochen. Sie sollten sich in den USA befinden, damit wir dort präsent sind. Ich habe sie auf Florida, Arizona und New Mexico eingegrenzt, aber jeder dieser Orte muss näher untersucht werden, bevor wir eine endgültige Entscheidung treffen.«

»Sehr gut.« Arus lächelte ihn anerkennend an. »Das ist ein großer Fortschritt. Ich nehme an, dass wir in den ersten Monaten die meiste Zeit sowieso auf den Schiffen verbringen werden, bis die menschliche Bevölkerung die Gelegenheit hatte, sich an unsere Gegenwart zu gewöhnen.«

»Erwartest du viele Unruhen?«, wollte Zaron wissen, da er versuchte, sich vorzustellen, wie alles ablaufen würde. Nach Emilys Reaktion auf seine Enthüllungen vermutete er, dass viele Menschen Probleme damit hätten, mit etwas zurechtzukommen, was so weit von ihrem akzeptierten Weltbild abwich.

»Hoffentlich nicht so viele«, antwortete Saret und sprach damit zum ersten Mal. Er wurde als bester Gedankenexperte auf Krina angesehen, war ruhig und generell zurückhaltend, mit einer Tendenz, neben den energischeren Ratsmitgliedern im Hintergrund zu verblassen. »Ich erwarte, dass einige ziemlich aufgebracht sein werden, wenn wir ankommen, aber sobald wir alles erklären, werden sie hoffentlich …«

»Sie werden sich daran gewöhnen.« Korum hörte sich ungeduldig an. »Sie werden keine andere Wahl haben. Und davon abgesehen ist ihre Spezies, von dem, was ich beobachtet habe, ziemlich anpassungsfähig.«

Arus runzelte die Stirn und sah in Korums Richtung, bevor er sich zurück zu Zaron drehte. »Vielen Dank für das Update. Das ist genau das, was ich hören wollte. Gibt es noch etwas, was wir wissen sollten?«

»Nein«, antwortete Zaron, auch wenn er dabei eigenartigerweise an Emily dachte. Der Rat würde sich nicht für etwas so Unbedeutendes interessieren wie die Tatsache, dass sich gerade ein menschliches Mädchen in seinem Haus aufhielt, also gab es auch keinen Grund dafür, es ihm mitzuteilen.

»In diesem Fall, sehen wir dich auf der Erde«, meinte Arus, und der Raum verschwamm um Zaron, so dass er seine Augen schließen musste.

Als er sie wieder öffnete, war die virtuelle Umgebung des Treffens verschwunden, und er stand in seinem eigenen Arbeitszimmer.

Als Zaron zurückkam, war Emily ein nervöses Wrack. Sie war zurück in das Zimmer gegangen, von dem sie annahm, dass es als Wohnzimmer diente – das mit dem langen, schwebenden Brett, welches sich in das gemütlichste Sofa verwandelte, das man sich vorstellen konnte, sobald man sich daraufsetzte. Sie hatte sich einige Minuten lang dort hingesetzt, um über ihre Situation nachzudenken, bis sie aufgestanden war, um nach einem Ausgang zu suchen, weil sie einfach zu aufgewühlt war, um stillsitzen zu können. Sie fuhr mit ihren Fingern über die Wände, da sie versuchte, etwas zu finden, irgendetwas, was auf die Existenz einer Tür hinweisen würde, aber die Wände waren enttäuschend glatt und warm unter ihren Fingern.

Emily gab dieses sinnlose Unterfangen auf und begann, im Zimmer hin und her zu gehen.

Soweit sie das beurteilen konnte, wollte Zaron die Existenz seines Volkes geheim halten, und sollte das der Fall sein, hatte er Emily betreffend nur drei Möglichkeiten. Er konnte sie gehen lassen und darauf vertrauen, dass sie schweigen würde, er konnte ihre Erinnerungen verändern (vorausgesetzt, dass sie eine derartige Technologie besaßen) oder er konnte etwas tun, was verhinderte, dass sie es jemandem erzählte – so etwas wie sie mit zu seinem Planeten zu nehmen, wenn er abreiste. Theoretisch konnte er sie auch töten, aber das würde nicht viel Sinn ergeben, da er sich ja in diese Schwierigkeiten gebracht hatte, um ihr das Leben zu retten.

Sie hoffte mit ganzem Herzen, dass er zu der »Vertraue-ihr-Möglichkeit« tendierte.

»Entschuldige bitte.« Zarons tiefe Stimme drang in Emilys Gedanken ein, und sie drehte sich überrascht um. Trotz seiner Größe war ihr Retter unglaublich leichtfüßig. Er befand sich nur noch etwa einen Meter von ihr entfernt, und sie hatte nicht einmal gehört, dass er eingetreten war.

»Das ist kein Problem.« Emily schenkte ihm ein mehr als strahlendes Lächeln, um ihre Nervosität zu verbergen. »Ich bin mir sicher, dass Sie eine Menge wichtiger Dinge zu tun haben und ich Sie wahrscheinlich davon ablenke. Wenn es Ihnen recht ist, werde ich mich einfach auf den Weg machen …« Sie verstummte, als sich Zarons Gesichtsausdruck verdunkelte.

»Du lenkst mich nicht ab.« Er kam mit lautlosen Schritten auf sie zu. Zum ersten Mal fiel ihr auf, dass die Art, auf die er sich bewegte, nicht wirklich menschlich war, eine Beobachtung, die sie an ein Raubtier denken ließ, das seine Beute verfolgte. »Du musst dich immer noch erholen, Emily, und es ist mir eine Freude, dich hier zu beherbergen.«

»Oh nein, ich fühle mich hervorragend«, protestierte sie, und ihr Herz begann zu rasen, als sie verstand, dass er nicht die »Vertraue-ihr-Option« gewählt hatte. »Welche Medizin Sie auch bei mir benutzt haben mögen, sie hat hervorragend gewirkt, und ich bin so gesund, wie ich nur sein kann …«

»Emily …« Zaron blieb kurz vor ihr stehen, und seine dunklen Augen brannten sich in ihr Gesicht. »Bitte rege dich nicht auf. Dein Körper war schlimm verletzt, und du brauchst Zeit, um vollständig gesund zu werden.«

»Wie viel Zeit?«

»Einige Wochen.«

»Einige Wochen?« Emily starrte ihn an, und ihr ungutes Gefühl ließ ein klein wenig nach. »Ich kann nicht so lange in Costa Rica bleiben. Ich muss nach Hause zurückkehren; meine Flugtickets sind für Samstag.«

Zaron betrachtete sie schweigend. »Ich werde dir neue Tickets besorgen«, erwiderte er nach einem Augenblick. »Das sollte kein Problem sein.«

»Wirklich?« Emily blinzelte. »Sie können mir Flugtickets kaufen?« Wie würde er das tun? Sie online mit Kreditkarte kaufen? Besaßen Außerirdische Kreditkarten? Sie stellte sich vor, wie er von seinem Raumschiff aus eine Kreditkarte beantragte, und musste sich auf die Innenseite ihrer Wange beißen, um nicht in ein halb hysterisches Lachen auszubrechen.

»Natürlich.« Ihre Frage schien ihn überrascht zu haben. »Wir haben keinen Mangel an menschlichen Reichtümern. Ich kann dir alles kaufen, was du möchtest, Emily.«

Ihr Drang, zu lachen, verschwand spurlos. »Das ist sehr großzügig von Ihnen«, sagte sie und versuchte, ruhig zu bleiben. »Aber ich würde mich schrecklich fühlen, wenn ich Sie bitten müsste, Ihr Geld für mich auszugeben.« Sie versuchte erneut, zu lächeln. »Warum rufe ich nicht einfach bei der Fluggesellschaft an und lasse mein Flugdatum ändern? Wenn Sie denken, dass es mir noch nicht gut genug geht, um reisen zu können, könnte ich wahrscheinlich einige Tage länger bleiben. Ich müsste nur einige Vorkehrungen treffen …«

»Emily …« Er seufzte sehr menschenähnlich. »Wie du dir wahrscheinlich schon gedacht hast, kann ich dich das nicht tun lassen.«

Ihr Herz schlug bis zum Hals. »Ich werde niemandem etwas von Ihnen erzählen – ich schwöre, dass ich das nicht werde.« Emily wusste, dass sie plapperte, aber sie konnte nichts dagegen tun. »Sie haben mir das Leben gerettet, und ich würde Sie nicht verraten. Davon abgesehen, wer würde mir schon glauben? Niemand glaubt an Außerirdische …«

»Das ist egal«, erwiderte er und schnitt damit ihr ausschweifendes Bitten ab. »Es ist gar nicht nötig, dass du etwas sagst. Alles, was sie tun müssten, wäre, deine Zähne aus den älteren zahnärztlichen Aufzeichnungen mit deinen derzeitigen Zähnen zu vergleichen.«

»Meine zahnärztlichen Aufzeichnungen?«

»Dein Körper wurde der kompletten Heilprozedur unterzogen«, erklärte ihr Zaron. »Das bedeutet, dass alle deine Verletzungen geheilt wurden, einschließlich derjenigen, die dir durch eure primitive Zahnheilkunde zugefügt wurden. Deine Zähne haben jetzt keine Anzeichen von Löchern oder Füllungen, und lebendes Material dieser Art nachwachsen zu lassen ist nichts, zu dem eure Wissenschaft bereits in der Lage ist.«

Mit steigender Panik fuhr sich Emily mit der Zunge über ihre Zähne, um herauszufinden, ob das, was er behauptete, stimmte. Ihr Mund fühlte sich ein wenig anders an, aber sie wusste nicht, ob sie sich das einfach nur einbildete.

»Haben Sie einen Spiegel?«, fragte sie und versuchte, ihr rasendes Herz zu beruhigen. Was hatte diese Prozedur noch alles mit ihr angestellt? War sie jetzt irgendwie anders?

Als Antwort lächelte er und sagte etwas in seiner eigenen Sprache. Seine Worte hörten sich für sie leicht kehlig an.

»Hier«, meinte er und zeigte auf die Wand rechts von ihr. »Schau dich an.«

Aus der Wand war ein riesiger Spiegel geworden – eine Verwandlung, die Emily zu diesem Zeitpunkt schon kaum noch beunruhigte. Als sie vor dem Spiegel stand, öffnete sie ihren Mund ganz weit, weil sie ihre Backenzähne sehen wollte, in denen ihre Liebe zu Süßigkeiten in Kindertagen einige Löcher hinterlassen hatte.

Es gab keine Spur von Löchern oder Füllungen. Ihre Zähne waren so weiß und perfekt, als hätte sie neue bekommen.

Zaron hatte nicht gelogen. Seine Prozedur hatte eine unauslöschliche Spur hinterlassen – einen Beweis, dass mit Emily etwas geschehen war, was die moderne Wissenschaft nicht erklären konnte.

Emily schloss ihren Mund und drehte sich zu Zaron um, der amüsiert beobachtete, was sie tat. »Gibt es noch mehr?«, fragte sie ruhig. »Habe ich mich sonst noch irgendwie verändert?«

Auf seinen Lippen formte sich ein leichtes Lächeln. »Nein, Emily. Außer du zählst ein paar verschwundene Narben als Veränderung.«

Sie zog den Rock ihres Kleides einige Zentimeter hoch und schaute auf ihren linken Oberschenkel. Einer ihrer Pflegebrüder hatte sie in eine Mülltonne geschubst, als sie zwölf Jahre alt gewesen war, und sie hatte sich ihr Bein an Glasscherben aufgeschnitten. Die Narbe, die sie davongetragen hatte, hatte sie während ihrer Teenagerzeit derart belastet, dass sie fünf Jahre lang keine Shorts getragen hatte. Erst als Erwachsene hatte Emily begonnen, sie als Teil ihres Körpers zu akzeptieren … und jetzt war diese Narbe verschwunden.

Restlos verschwunden. Durch außerirdische Technologie entfernt.

Erstaunt hob Emily ihren Blick, um Zaron anzuschauen, der am anderen Ende des Zimmers stand. »Sie ist nicht mehr da. Sie und meine Füllungen – sie sind verschwunden.«

Er nickte. »Das sind sie.«

»Also, was haben Sie jetzt mit mir vor?« Sie versuchte, ihre Panik unter Kontrolle zu halten. »Werden Sie mich mit zu Ihrem Planeten nehmen?«

»Nein, natürlich nicht.« Er sah wieder amüsiert aus. »Ich habe dir doch gesagt, dass du nur einige Wochen hierbleiben musst. Siebzehn Tage, um genau zu sein.«

»Warum? Was wird in siebzehn Tagen anders sein?« Emily würde immer noch ihre perfekten Zähne und ihren narbenlosen Körper haben. Wenn er ihr jetzt nicht vertraute, warum dachte er, dass er ihr später vertrauen konnte?

»In siebzehn Tagen wird es egal sein, ob du mit deiner Geschichte an die Öffentlichkeit gehst«, antwortete er und durchquerte den Raum, um zu ihr zu kommen. »Es wäre sogar egal, wenn die Zeitungen dir glauben.« Er machte eine kurze Pause, bevor er sanft sagte: »Weil mein Volk bereits hierhergekommen sein wird, Emily.«

KAPITEL 9

Zaron sah, dass sich Emilys Pupillen weiteten, und ihr Gesicht noch blasser wurde. »Was?«, flüsterte sie. »Was meinen Sie damit, dass Ihr Volk dann bereits hierhergekommen sein wird?«

»Wir bereiten uns gerade darauf vor, uns eurer Spezies offiziell vorzustellen.« Zaron lehnte an der Spiegelwand. »In siebzehn Tagen werden wir Kontakt zu euren Staatsoberhäuptern aufnehmen – und dann kannst du dein normales Leben wieder aufnehmen, wenn du das möchtest.«

»Sie werden uns gegenüber Ihre Existenz enthüllen?«

»Ja«, bestätigte Zaron. »Wie du siehst, gibt es nichts, worüber du dir Sorgen machen musst. Du kannst mein Gast sein und dich noch eine kleine Weile hier ausruhen.«

Sie holte tief Luft. »Okay, Ihr Gast sein. Bis Ihr Volk hier eintrifft. Bis alle wissen, dass Außerirdische existieren.

Verstanden.« Sie hörte sich an, als ob sie unter Schock stand, und Zaron wollte sie an sich ziehen und sie hin und her schaukeln, um ihre Angst verschwinden zu lassen – und sie danach zu seinem Bett tragen und sie lange nehmen. Diese eigenartige Mischung aus Beschützerinstinkt und Lust, die sie in ihm erweckte, hatte er noch niemals zuvor gespürt. Selbst mit Larita …

Nein. Er brach diesen Gedankengang ab, bevor er zu weit ging. Es war lächerlich, die Gefühle für seine Partnerin mit der primitiven körperlichen Anziehung zu vergleichen, die er zu dieser menschlichen Frau verspürte. Die beiden hatten nichts gemeinsam. Genauso gut könnte er versuchen, Larita durch ein Haustier zu ersetzen, wie das einige Homo sapiens taten, wenn sie einen geliebten Menschen verloren.

Obwohl Emily ehrlich gesagt ein sehr fickbares Haustier abgeben würde, dachte er trocken, als sein Blick auf die köstliche Fülle ihrer Brüste unter dem dünnen Material ihres Kleides fiel.

»Warum nicht?« Ihre Stimme riss ihn aus seinen Gedanken, in denen er gerade das Oberteil ihres Kleides herunterzog und diese weichen, weißen Hügel mit seinen Händen bedeckte. Unter Anstrengungen richtete er den Blick wieder auf ihr Gesicht und bemerkte, dass ein Teil ihres Entsetzens verschwunden war. »Warum haben Sie sich jetzt dazu entschlossen, Ihre Existenz zu enthüllen?«

»Weil es an der Zeit ist«, antwortete Zaron. »Weil wir denken, dass ihr dafür bereit seid.« Und weil der Rat sich wegen der zerstörerischen Einflüsse der Menschen auf ihren Planeten sorgte, aber das war nichts, was er Emily zu diesem Zeitpunkt erklären wollte.

Sie starrte ihn an. »Ich verstehe. Also werden Sie einfach in einem Raumschiff hier aufschlagen und sagen: ›Hallo, wir sind da‹?«

Seine Lippen verzogen sich kurz zu einem Lächeln. »Ja, so in etwa.« Es war ein wenig komplizierter, aber das musste sie auch noch nicht wissen.

»Okay, wenn das stimmt, verstehe ich Ihr Problem mit dem Timing«, sagte sie langsam. »Und ich bin sehr dankbar für alles, was Sie für mich getan haben. Aber ich habe auch ein Problem. Ich kann nicht so lange Ihr Gast sein, weil ich zu Hause Verpflichtungen habe.« Sie holte Luft. »Ich habe nächste Woche ein Vorstellungsgespräch. Es ist ein sehr wichtiges Vorstellungsgespräch, das ich auf gar keinen Fall verpassen kann. Außerdem habe ich eine Katze, auf die eine Freundin von mir aufpasst, und sie wird sich Sorgen machen, wenn ich Samstag nicht zurückkomme.«

»Deine Katze?« Zaron zog verwirrt seine Stirn in Falten. Er hatte die Spezies Felis catus vor kurzem untersucht, und sie zeigte kaum eine derart tiefe Bindung zu Menschen.

»Nein, natürlich nicht.« Emily warf ihm einen verzweifelten Blick zu. »Meine Freundin.«

Zaron konnte ein Grinsen nicht unterdrücken. »Ah, das ergibt mehr Sinn.«

Als Antwort blitzte ein Lächeln in Emilys Gesicht auf. »Ja, das stimmt.« Sie wurde wieder ernst und meinte: »Aber Sie müssen sich mich betreffend wirklich keine Sorgen machen. Ich werde zu niemandem auch nur ein Wort darüber sagen, was hier geschehen ist – und ich werde alle Ärzte die nächsten siebzehn Tage lang wie die Pest meiden, damit niemand auf den Gedanken kommt, mich auf Anzeichen von außerirdischen Eingriffen zu untersuchen.«

Zaron seufzte. Er konnte bereits erkennen, dass es nicht so leicht sein würde, Emily davon zu überzeugen, ihre verlängerten Ferien zu genießen, wie er gehofft hatte. Sie hatte recht: Wahrscheinlich würde es keinen Schaden anrichten, sie jetzt zu ihrem normalen Leben zurückkehren zu lassen. Allerdings war er bis zur offiziellen Kontaktaufnahme an die Verschwiegenheitserklärung gebunden, auf die die Ältesten bestanden hatten, und in der Erklärung stand, dass er; bevor die Schiffe landeten; nichts tun durfte, was den Menschen die Existenz seiner Spezies enthüllte.

Außerdem gab es einen weiteren Grund – einen, den Zaron sich selbst gegenüber nur ungern eingestand. Er wollte Emily nicht gehen lassen, bevor er sie nicht geschmeckt hatte … bevor er nicht den Hunger gestillt hatte, der in ihm brannte.

Nein, das war es nicht, sagte er sich selbst. Er hielt sich einfach nur an das Abkommen, genauso wie das jeder gesetzestreue Krinar tun sollte.

»Es tut mir leid, Emily«, erwiderte er. »Ich verstehe, dass du nicht vorhast, irgendetwas zu enthüllen, aber ich muss den Gesetzen folgen. Ich befürchte, dass ich darauf bestehen muss, dass du noch ein wenig hierbleibst.«

Ihr weicher Mund spannte sich an. »Alles klar. Für zweieinhalb Wochen … ohne jemanden wissen zu lassen, wo ich bin oder was mit mir geschehen ist.«

Zaron atmete aus und wurde langsam ungeduldig. »Du kannst deiner Freundin eine E-Mail schicken, wenn du möchtest.« Es sollte einfach sein, den Inhalt dieser E-Mail zu überprüfen, besonders wenn er sich den Zugang zu ihrem E-Mail-Account verschaffte und die Nachricht persönlich abschickte.

»Das wäre gut, aber ich habe immer noch das Vorstellungsgespräch – und ich kann es weder verpassen noch verschieben«, sagte Emily. »Es ist bei dem größten Hedgefonds in New York, und es geht um meinen Traumjob. Ich habe mich seit zwei Monaten darauf vorbereitet, seit dem Tag, an dem der Job ausgeschrieben wurde. Bei Evers Capital werden keine Entschuldigungen akzeptiert, und sie werden mir auch keine zweite Chance geben, wenn ich die erste versaue. Bill Evers – der Kopf des Fonds – ist bekannt dafür, dass die Arbeit für ihn an erster Stelle steht, und alles andere dahinter. Er war einmal in einen Autounfall verwickelt, durch den er ins Koma fiel, und an dem Tag, an dem er erwachte, bestand er darauf, mit einem Rollstuhl ins Büro gebracht zu werden.« In ihrer Stimme war ein Hauch von Bewunderung, der Zaron aus irgendeinem Grund ärgerte.

Sein Temperament begann zu köcheln. »Hör mir zu, Emily, du musst eine Sache verstehen«, sagte er und schob sich von der Wand weg. »Der einzige Grund, aus dem du noch am Leben bist, ist, dass ich dich gefunden und dich hierhergebracht habe. Wenn es mich nicht gäbe, würdest du gerade in einem Sack nach Hause zurückgebracht werden …«

Sie erblasste, als ihr Gesicht seine Farbe verlor.

»Daran solltest du vielleicht das nächste Mal denken, wenn du dir Sorgen darüber machst, Vorstellungsgespräche zu verpassen.« Er hielt inne, weil er immer noch unerklärlich wütend auf sie war. Als er weitersprach, waren seine Worte deshalb auch härter, als er es beabsichtigt hatte. »Du bist mein Gast, und das wirst du auch bleiben, bis die Erklärung ihre Gültigkeit verliert.«

»Ich verstehe.« Ihre Stimme war ruhig, aber in ihren Augen konnte er ein verdächtiges Funkeln sehen, als sie ihn betrachtete. »Also bin ich die nächsten siebzehn Tage lang deine Gefangene.«

Zaron zog seine Augen zu Schlitzen zusammen. »Nenn es, wie du möchtest.«

Bevor er etwas sagen oder tun konnte, was er später bereuen würde, drehte er sich von ihr weg und ging schnell in sein Arbeitszimmer.

Als er verschwunden war, lehnte sich Emily gegen die Spiegelwand und schlang ihre Arme beschützend um sich selbst. Sie wusste nicht, was Zarons Wut hervorgerufen hatte, aber sie wusste, dass es nicht clever war, ihn in ihrer Situation zu provozieren. Sie sollte seine Gastfreundschaft einfach akzeptieren, anstatt sich mit ihm darüber zu streiten.

Es könnte schlimmer sein, redete sie sich ein und ignorierte ihren aufgewühlten Magen. Er hielt sie nur einige Wochen lang hier fest und hatte nicht vor, sie mit zu seinem Planeten zu nehmen, wie sie befürchtet hatte. Auf eine gewisse Weise hatte er recht: Es war dumm von ihr, sich über ein verpasstes Vorstellungsgespräch Sorgen zu machen, wenn sie vor zwei Tagen fast gestorben wäre. Als Emily an der Brücke gehangen hatte, war ihre Karriere das Letzte gewesen, an das sie gedacht hatte. Sie war dankbar, dass Zaron beschlossen hatte, sie zu retten … auch wenn alles in ihr dagegen protestierte, eine Gefangene zu sein, ihrer Freiheit beraubt zu werden, so lange er das für nötig erachtete.

Wenn es eine Sache gab, die Emily hasste, war das, eingesperrt zu sein. Bevor sie zu Pflegeeltern gekommen war, hatte sie mit der Schwester ihres Vaters gelebt – einer Person mit zweifelhafter sozialer Kompetenz, die keine Ahnung gehabt hatte, wie sie mit einer Vierjährigen umgehen sollte, die gerade ihre Eltern verloren hatte. Wann immer Emily sich nicht gut benahm, schloss ihre Tante sie zur Bestrafung in ihr Zimmer ein, manchmal einige Tage lang. Wendy Ross hatte sie niemals misshandelt – sie brachte Emily Essen und gab ihr Spielsachen –, aber Emily hasste es immer noch, eingesperrt zu werden. Selbst jetzt fühlte sie sich allein bei dem Gedanken daran, irgendwo gegen ihren Willen festgehalten zu werden, wie ein Tier im Käfig: eingesperrt und wütend.

Nein, denke nicht darüber nach. Was sie jetzt überhaupt nicht gebrauchen konnte, war, dass ihre eigenartige Angst davor, sich in einem Gebäude zu befinden, einsetzte. Sie atmete beruhigend ein, ging zu dem Sofabrett und setzte sich hin, damit das außerirdische Möbelstück ihren Körper umhüllen und ihre Anspannungen verschwinden lassen konnte. Wenn sie sich nicht auf die Tatsache konzentrierte, dass sie gefangen gehalten wurde, konnte sie ihre derzeitige Situation eigentlich als eine fantastische Möglichkeit sehen – eine Chance, ein intelligentes Wesen einer anderen Spezies kennenzulernen.

Eine Spezies, die alle Menschen bald kennenlernen würden.

Das Ausmaß dessen, was Zaron ihr gerade erzählt hatte, war kaum zu begreifen. Emily schwirrte der Kopf durch die Millionen von Fragen, die sich ihr stellten. Warum hatte Zarons Volk beschlossen, dass die Menschen bereit waren für die Kontaktaufnahme? Was würde passieren, wenn sie auftauchten? Sie konnte sich nicht vorstellen, dass die Krinar mit offenen Armen aufgenommen werden würden, selbst wenn sie friedliche Absichten haben sollten. Welche Absichten hatten sie überhaupt? Ein einfaches Kennenlernen oder doch mehr? Und wie würden die Bewohner der Erde auf ihre Ankunft reagieren? Auf die Enthüllung, dass die Menschen nicht allein waren, dass sie von einer uralten außerirdischen Rasse erschaffen worden waren?

Einer umwerfend schönen, sehr menschlichen Rasse.

Zu ihrem Entsetzen erkannte Emily, dass sie sich von Zaron ernsthaft angezogen fühlte. Sie war von allem, was er ihr erzählt hatte, so überwältigt gewesen, dass sie ihr einfach entgangen war, diese rein körperliche Wirkung, die er auf ihre Sinne hatte. Selbst jetzt konnte sie spüren, dass sich allein durch den Gedanken an ihn ihre Haut erhitzte und sich warme Feuchtigkeit zwischen ihren Oberschenkeln sammelte. Eine solche Anziehung, wie er auf sie ausübte, hatte sie noch nie verspürt, und sie war genauso stark wie erschreckend.

Zaron sah aus wie ein menschlicher Mann – *okay, um einiges besser als ein menschlicher Mann –*, aber er war kein Mensch. Wenn sein Volk wirklich auf einem anderen Planeten entstanden war, musste es einige ziemlich entscheidende Unterschiede zwischen ihnen geben, und zu diesem Zeitpunkt konnte Emily nur darüber spekulieren, was diese Unterschiede sein könnten. Es ergab keinen Sinn, sich von ihm sexuell angezogen zu fühlen, aber ihrem Körper war das egal. Soweit es ihre Hormone betraf, war Zaron das Köstlichste, auf das sie jemals gestoßen waren.

Toll. Genau das brauchte sie gerade: einen schlimmen Fall von Stockholm-Syndrom, und das auch noch mit einem Außerirdischen. Emily stöhnte innerlich auf und vergrub ihr Gesicht in ihren Händen. Wenn diese Zivilisation wirklich so fortschrittlich und alt war, wie er gesagt hatte, war die Wahrscheinlichkeit groß, dass er sie als einen besonders cleveren Affen ansah – als etwas, was man untersuchen und beobachten konnte. Er hatte sogar gesagt, dass er Biologe sei, erinnerte sie sich mit einem immer schlechter werdenden Gefühl in der Magengegend.

Nein, ihn zu begehren war dumm. Sie waren unterschiedliche Spezies, und selbst wenn sie es nicht wären, würde schon allein die Ausgangssituation keine gute Voraussetzung für eine Beziehung bieten. Wenn Zaron nicht gelogen hatte, sollte sie in siebzehn Tagen gehen können und würde ihn danach wahrscheinlich nie wiedersehen.

Alles, was sie bis dahin tun musste, war, nicht ihren Verstand zu verlieren.

KAPITEL 10

Zarons Kiefer war vor Wut angespannt, als er sein Arbeitszimmer betrat und sich hinsetzte. Er rief eine dreidimensionale Darstellung der hiesigen Landschaft auf und setzte das Bild einer möglichen Siedlung darauf, bevor er die Berechnungen startete. Er musste noch eine Menge Arbeit erledigen, bis der Rat eintraf, aber alles, an was er denken konnte, war sein undankbarer menschlicher Gast.

Er hatte dieser menschlichen Frau das Leben gerettet. *Das. Leben. Gerettet.* Ohne ihn wäre Emily eine verwesende Leiche. Und sie beschwerte sich darüber, einige Wochen länger in seinem Haus zu bleiben? Er knirschte mit den Zähnen und lehnte sich in seinem Stuhl nach vorne. Fand sie den Gedanken, Zeit mit ihm zu verbringen, so abstoßend? Oder hatte sie es einfach eilig zurückzukehren, damit sie mit diesem verrückten Kopf des Hedgefonds arbeiten konnte, den sie zu verehren schien?

Zarons Wut steigerte sich bei diesem Gedanken. Er gab seinem Computer einen kurzen Befehl, um Zugang zu Bill Evers' Unterlagen zu bekommen, und überflog danach schnell alle verfügbaren Informationen über diesen Menschen, angefangen von Zeitungsartikeln bis hin zu seiner Privatadresse. Was er sah, war nicht beruhigend. Das Objekt Emilys Begierde war erst Mitte dreißig und in seinem bisher kurzen Leben gesellschaftlich weit aufgestiegen. Für einen Menschen sah er außerdem recht gut aus, mit einem gleichmäßigen Knochenbau, einem durchschnittlich großen, schlanken Körper und sandbraunem Haar.

»War Emily deshalb so entschlossen, einen Job in seinem Fonds zu bekommen?«, fragte sich Zaron verärgert. Wollte sie diesen Menschen als potentiellen Lebenspartner? Wenn ja, war ihre Glückssträhne vorbei. Er hatte nicht vor, ein anderes männliches Lebewesen in ihre Nähe zu lassen – zumindest nicht, solange er nicht die Gelegenheit gehabt hatte, seinen Hunger auf ihren köstlichen kurvigen Körper zu stillen.

Und genau das war der Grund für seine Wut, fiel ihm auf, während er blind auf die dreidimensionale Karte vor ihm schaute. Egal wie sehr Zaron auch versuchte, ein aufgeklärter, rationaler Wissenschaftler zu sein, war er doch zuallererst ein männlicher Krinar, und er fühlte Emily gegenüber einen Besitzanspruch. Er wollte sie, und er wollte nicht, dass jemand anderes sie bekam – oder dass sie an einen anderen Mann dachte. Ihre grenzenlose Bewunderung für Evers hatte ihn wütend gemacht, weil sie damit einen anderen Mann in ihrem Leben angesprochen hatte – einen, den sie sehr zu respektieren schien.

Das war nicht logisch, aber so war es nun einmal. Zaron fühlte sich, als habe er einen Besitzanspruch auf Emily … einen genauso großen Besitzanspruch, wie er ihn bei Larita gefühlt hatte.

Nein. Alles in ihm stritt diese Erkenntnis sofort ab. Das hier war anders. Diese hübsche weibliche Frau hatte vielleicht seine primitiven krinarischen Instinkte angesprochen, aber nur weil Zaron fühlte, dass er ein Recht auf sie hatte.

Ja, genau das war es. Er hatte sie gerettet, und jetzt meinte er, dass sie ihm gehörte – dass sie schon seine war. Das ergab nicht wirklich Sinn, aber das war ihm egal.

Wenn er nicht den Verstand verlieren wollte, musste er sie haben. Bald.

KAPITEL 11

>>*W*as machst du da?«

Als sie die vertraute männliche Stimme hörte, zuckte Emily zusammen und drehte sich abrupt um, während sie gleichzeitig versuchte, nicht schuldbewusst auszusehen. »Ich habe mir nur die Textur der Wand näher angeschaut«, erklärte sie lächelnd.

»Aha.« Zaron sah nicht so aus, als würde er ihr glauben. Und dann wusste sie mit Sicherheit, dass er es nicht tat, weil er sanft hinzufügte: »Emily, sie werden sich nicht für dich öffnen, egal wie lange du nach dem Mechanismus suchst. Das ist ein intelligentes Haus, und es ist darauf programmiert, auf mich zu hören, nicht auf dich.«

Emilys Mund wurde hart. »Ja, natürlich.« Das hatte sie bereits vermutet. Sie hatte die letzten vier Stunden damit verbracht, jede Ecke und jeden Winkel des Wohnzimmers und der Küche nach einem Weg nach draußen abzusuchen, und soweit sie das beurteilen konnte, gab es keinen.

Bis Zaron tat, was auch immer er tat, um die Wände zu öffnen, saß sie fest.

Er durchquerte den Raum und blieb neben ihr stehen. »Warum machst du es dir so schwer?«, murmelte er. Seine Finger strichen über ihre Wange und sandten dabei einen warmen Schauer durch sie hindurch. »Das muss keine schlechte Erfahrung für dich werden, mein Engel. Ganz im Gegenteil, es kann ziemlich schön sein …« Seine große Hand umfasste ihre Wange, und sein Daumen rieb sanft über ihre Unterlippe. »Sehr schön sogar.«

Geschockt starrte Emily ihn mit rasendem Herzen an. Seine Worte waren eindeutig – genau wie der Hunger in seinen Augen. Hatte er vorhin irgendwie ihre Gedanken gelesen? Konnte er Gedanken lesen? »Ähm …« Ihr Gehirn musste sich in Brei verwandelt haben, denn sie war nicht in der Lage,   einen zusammenhängenden   Satz herauszubringen. »Ähm, was … was …?«

»Du musst keine Angst haben, Emily«, meinte er sanft und kam dabei näher. »Ich werde dir nicht wehtun.« Und während sie einfach nur ungläubig und überrascht dastand, beugte er seinen Kopf nach unten und nahm ihre Lippen in Besitz.

Seine Lippen waren samtweich und sein Atem warm und leicht süß. Er schien es nicht eilig zu haben, den Kuss zu vertiefen; es war, als würde er sie gerade kosten, die Kontur und Textur ihrer Lippen aufnehmen. Gleichzeitig wusste er ganz genau, was er tat. Seine Handlungen waren weder zögerlich noch das kleinste bisschen unsicher. Er küsste sie, als habe er das bereits eine Million Male getan, seine Finger glitten in ihr Haar, und er hielt sie in einem sanften, aber unausweichlichen Griff.

Zuerst war Emily zu überrascht, um zu reagieren, aber als er sie weiterhin mit diesem unfehlbaren Können küsste, schmolz sie durch eine Hitze dahin, die sich von ihrem Unterleib ausgehend in ihrem ganzen Körper ausbreitete. Ihre Hände wanderten unbewusst zu seiner Brust, legten sich auf die harte Wand aus Muskeln, und sie sank gegen ihn, weil sie weiche Knie bekam.

Als er ihre Reaktion bemerkte, vertiefte Zaron den Kuss, seine Zunge öffnete ihre Lippen und tauchte in die warme Höhle ihres Mundes ein. Er hielt immer noch mit einer Hand ihren Kopf fest, als er die andere auf ihr Kreuz wandern ließ, um sie enger an seinen kräftigen Körper zu ziehen. Sie konnte fühlen, wie seine harte, dicke Erektion gegen ihren Bauch drückte, und sie stöhnte auf, als sich ihr Geschlecht mit plötzlichem Verlangen zusammenzog.

Ein leises Knurren ertönte tief aus seiner Brust, und er zog seine Hand aus ihrem Haar zurück, um damit den dünnen Träger ihres Kleides zu ergreifen. Bevor Emily verstand, was er vorhatte, hörte sie ein Reißen und fühlte seine Handfläche auf ihrer Brust. Seine großen, starken Finger bedeckten die weiche Fülle mit erstaunlichem Besitzanspruch, sein Daumen fuhr über ihre harten Nippel, und Emilys Körper brannte vor Begehren.

Irgendwo in ihrem Hinterkopf begannen Alarmglocken zu läuten, die den Nebel der Lust durchdrangen. »Warten Sie, hören Sie auf«, stöhnte sie und drehte ihren Kopf weg, um den Kuss zu verhindern. »Zaron … bitte hören Sie auf!«

Sein Körper spannte sich an, und seine Hand auf ihrer Brust verstärkte ihren Griff, so dass seine Finger schon fast schmerzhaft ihr Fleisch zusammendrückten. Eine schreckliche Sekunde lang dachte Emily, dass er nicht auf sie hören würde, aber dann ließ er sie los und trat einen Stück zurück, um ihr den so dringend benötigten Raum zu geben.

Emily zitterte am ganzen Körper und versuchte, ihre Brüste mit dem zerfetzten Material ihres Kleides zu bedecken. Wie hatte sie das tun können? Wie hatte sie es zulassen können, beinahe mit einem fremden Mann – nein, einem fremden Außerirdischen – Sex gehabt zu haben? Hatte sie ihren gesunden Menschenverstand verloren?

Das Kleid hielt nicht von allein, also gab sie es schließlich auf. Sie hielt den Stofffetzen fest um ihre Brust gewickelt, als sie aufschaute, um Zarons Blick zu treffen, obwohl sie sich immer noch völlig aus der Bahn geworfen fühlte.

Er betrachtete sie mit unverhüllter Lust, und seine Augen waren rabenschwarz und glitzerten. In seiner Hose war eine riesige Ausbeulung, und sein muskulöser Körper vibrierte praktisch vor Anspannung. Er sah aus, als müsse er alle seine Selbstbeherrschung aufbringen, um sie nicht anzufallen.

Emilys außerirdischer Geiselnehmer wollte sie.

Das war nicht gut. Überhaupt nicht gut.

Emily ging einen Schritt zurück, da sich ihre Panik verstärkte.

Zarons Nasenflügel bebten, als er ihren instinktiven Rückzug bemerkte. »Ich werde dich nicht zwingen«, sagte er ruhig. »Du musst keine Angst vor mir haben.«

»Klar, natürlich nicht.« Emily zwang sich dazu, sich nicht noch weiter zurückzuziehen. »Schauen Sie, Zaron …« Sie holte tief Luft. »Ich bin mir nicht sicher, was Sie uns betreffend vorhaben, aber das hier ist eine schlechte Idee …«

»Warum?« Sein brennender, schwarzer Blick hielt sie fest. »Du begehrst mich. Oder habe ich mir deine Reaktion nur eingebildet?«

Emily schluckte. »Nein, die haben Sie sich nicht nur eingebildet«, gab sie zu und bekam ein heißes Gesicht. »Aber das bedeutet nicht, dass ich Sex mit Ihnen haben möchte. Ich kenne Sie kaum und … und Sie sind nicht einmal menschlich.«

Sein Mund zuckte plötzlich vor Belustigung. »Hast du Angst, dass ich Tentakel oder einen dritten Arm habe? Ich kann dir versichern, dass ich die gleichen Körperteile besitze wie ein menschlicher Mann.«

»Das weiß ich«, erwiderte Emily schnell, auch wenn sie es nicht wirklich wusste. Er sah menschlich aus, aber das bedeutete nicht zwangsweise, dass das auch auf seine Ausstattung zutraf. Aber sie hatte nicht vor, ihre Zweifel darüber jetzt zuzugeben.

»Also, was ist dann das Problem?«, murmelte er und schloss den Abstand zwischen ihnen wieder. »Du wirst meine Erfahrenheit genießen, das verspreche ich dir.« Seine Hand ergriff ihre, und seine große Handfläche bedeckte ihre fest geballte Faust, die das Kleid an Ort und

Stelle hielt. Sie konnte die Wärme spüren, die sein Körper ausstrahlte, seinen männlichen Duft riechen, und ihre Nippel verhärteten sich erneut, während ihre Atmung sich beschleunigte, weil ihr Körper begann, dahinzuschmelzen. Ohne dass sie es bemerkte, lockerte sich ihr Griff an dem Kleid … und plötzlich fiel das weiche Material zu Boden, so dass ihr Oberkörper bis zur Taille nackt war.

Zarons Augen schienen noch dunkler zu werden, und bevor Emily reagieren konnte, fühlte sie, wie seine großen Hände ihre Pobacken bedeckten und sie mit erstaunlicher Leichtigkeit anhoben, bis ihre Brüste sich auf seiner Augenhöhe befanden. Mit einem sanften Knurren beugte er seinen Kopf nach vorne und nahm einen rosigen Nippel mit seinem Mund in Besitz, um kräftig an ihm zu saugen. Emily zog scharf Luft ein, und ihre Hände klammerten sich an seinen starken Schultermuskeln fest, als ihre Zehen sich durch das intensive, unerwartete Lustgefühl durchbogen. Die feuchte Hitze seines Mundes und der Druck seiner Zunge verstärkten das schmerzhafte Pochen zwischen ihren Schenkeln, und sie stöhnte, während sie sich ohne nachzudenken an ihm rieb, um der Anspannung nachzugeben, die sich in ihr aufbaute.

»Ja, mein Engel, das ist es«, flüsterte er, und sein heißer Atem fuhr über sie, als er sie langsam nach unten gleiten ließ. Sie spürte die harten Konturen seines Körpers und seinen Mund, der sich nach oben bewegte, um die empfindliche Stelle zu kosten, an der sich ihr Hals und ihre Schulter trafen. Sie erzitterte hilflos, als die Gefühle sie übermannten, und sie spürte, wie seine Finger zwischen ihre Beine glitten, während er sie immer noch mit einer

Hand in der Luft hielt. Sein Daumen umkreiste zum Verrücktwerden langsam ihre Klitoris, und jeder Kreis verstärkte diese Spirale der Anspannung tief in ihrem Unterleib. Ein langer Finger stieß in ihren nassen Kanal, und sie hörte, wie er aufstöhnte, als ihr Körper sich um seinen Finger zusammenzog, ihre inneren Wände den Eindringling begierig umschlossen. Sie fühlte, dass ihre Haut heiß wurde, und dann war sein Daumen genau auf ihrer Klitoris und massierte sie mit einer runden, rhythmischen Bewegung. Emily schrie auf, ihre Hüften zuckten durch den intensiven Peitschenhieb aus Gefühlen, und sie spürte, wie ihr Körper in eine Million Stücke zersprang.

Bevor sie sich erholen konnte, veränderte sich ihre Perspektive des Raumes. Orientierungslos ergriff sie Zarons Shirt – und verstand, dass er sie auf den Boden legte und seine Hand von ihrem Geschlecht entfernte. Ihr Rücken berührte die harte, kalte Oberfläche, und ihre Überraschung darüber riss sie aus ihrer sinnlichen Benebelung.

Was tat sie gerade? Ein weiterer Alarm ertönte in Emilys Kopf, als Zaron den Rock nach oben schob, ihre untere Hälfte freilegte und seine Knie sich zwischen ihre Beine zwängten, um sie zu spreizen. Etwas Hartes und Glattes fuhr über ihren inneren Oberschenkel, und auf einmal wurde ihr klar, dass er im nächsten Moment in ihr sein würde.

Sie war nicht bereit dafür. Als Zarons Mund erneut an ihr herabfuhr, drückte Emily ihn mit aller Kraft weg und drehte ihren Kopf zur Seite. »Hören Sie auf. Zaron, bitte hören Sie auf!«

Er versteifte schwer und abgehackt atmend über ihr, und Emily blieb bewegungslos liegen, da sie verzweifelt hoffte, dass er sein Wort halten und sie nicht zwingen würde. Sie konnte die pochende Hitze seiner Erektion an ihrem Eingang spüren, und ein Schauer überkam sie, der eine Mischung aus Beklemmung und Erregung war. Langsam drehte sie ihren Kopf zurück, erwiderte seinen Blick und versuchte, nicht wegen des gewaltigen Hungers in seinen Augen in Panik zu geraten.

»Ich möchte das nicht tun«, flüsterte sie, während ihre Hände weiterhin gegen seine Brust drückten, ohne etwas ausrichten zu können. Sie konnte die harten Muskeln unter ihren Fingern spüren, und ihr Magen zog sich durch das Wissen zusammen, dass sie es nie schaffen würde, sich gegen ihn zu wehren. »Zaron, bitte … lassen Sie mich gehen.«

KAPITEL 12

$\mathscr{S}$ie wollte, dass er aufhörte.

Er war eine Sekunde davon entfernt, sich in ihrer engen, feuchten Wärme zu vergraben, und Emily wollte, dass er aufhörte.

Einen Augenblick lang war sich Zaron nicht sicher, ob er ihrer Bitte nachkommen konnte. Sie lag ausgestreckt unter ihm, ihr weicher, schlanker Körper war durch ihre Erregung gerötet, und ihr erhitzter Geruch entflammte seine Sinne. Ihre köstlichen runden Brüste vor seinen Augen waren nackt, die Nippel standen wie reife Beeren nach oben, und ihr Puls, der an der Seite ihres Halses hämmerte, erinnerte ihn an die flüssige Droge, die durch ihre Adern floss. Er konnte spüren, dass ihre schlanken Schenkel vor Anspannung auf den Seiten seiner Hüften zitterten. Ein Stoß, und er würde sie haben. Ein Stoß, und er würde tief in ihr sein, das Verlangen befriedigen, das in ihm wütete. Sein Schwanz war so hart, dass er schmerzte, und sein Körper führte Krieg mit seinem Kopf, als er grimmig darum kämpfte, die Kontrolle zu behalten.

Einzig und allein die Angst in ihren Augen schaffte es, dass sein Kopf diese Schlacht gewann. Sie mochte ihn körperlich begehren, aber wenn er jetzt weitermachte, wäre das fast eine Vergewaltigung.

Mit fest zusammengebissenem Kiefer zwang Zaron sich dazu, von ihr herunterzurollen. Er stellte sich hin, drehte sich um und ordnete seine Kleidung, um seinen geschwollenen Schwanz zu verbergen. Er blickte sie nicht an. Er konnte nicht – nicht, wenn er sein Versprechen halten wollte.

Er hörte, wie sie aufstand. Ihre Bewegungen waren unsicher, und sie atmete schneller als sonst. Er wusste nicht, ob es wegen ihrer Erregung oder ihrer Besorgnis war, aber das war auch egal. Zaron setzte ein gelassenes Gesicht auf und drehte sich zu ihr um, während er versuchte, seine Erregung verschwinden zu lassen.

Emily sah ihn misstrauisch an und hielt ihr Kleid so vor ihren Körper, dass es ihre Brust verdeckte. Ihre blonden Haare waren zerzaust, fielen wie eine Wolke aus blassen Wellen ihren Rücken hinab, und ihre Lippen waren durch den Druck seines Mundes geschwollen und gerötet. Mit ihrer durch den Orgasmus rosafarben glühenden Haut sah sie verdammt lecker aus.

Zum Verschlingen sogar.

Er musste seine gesamte Selbstkontrolle aufbringen, um ruhig zu sagen: »Es tut mir leid, dass ich dir Angst gemacht habe, Emily. Das wollte ich nicht.«

»Was wollten Sie dann?« Ihre Stimme war genauso ruhig wie seine, auch wenn die Art und Weise, wie sie ihr T-Shirt festhielt, ihre Nervosität verriet. »Was wollen Sie von mir, Zaron? Ist das so eine Art Fetisch, Sex mit einer Frau zu haben, die Sie in Ihrem Haus gefangen halten? Eine Frau, die nicht einmal Ihrer Spezies angehört? Haben Sie mich deshalb gerettet?«

Während sie sprach, verwandelte sich Zarons Lust langsam in Wut. Die Tatsache, dass das, was sie sagte, nicht völlig falsch war, verstärkte seine Wut nur. »Na ja, ja«, antwortete er in einem seidigen Ton. »Das stimmt genau, mein Engel. Ich habe dich gerettet, damit ich dich ficken kann. Wäre es dir lieber, wenn ich dich zum Sterben auf den Felsen liegen gelassen hätte?«

Sie erwiderte trotzig seinen Blick, aber ein leichtes, kaum wahrnehmbares Zittern lief über ihre Haut, so dass er seine harten Worte bereute. »Nein«, erwiderte sie und bewegte ihre Lippen dabei kaum. »Ich bin natürlich dankbar, am Leben zu sein. Ist das die Bezahlung, die Sie von mir erwarten? Sex?«

Plötzlich war Zaron von sich selbst angewidert und schüttelte seinen Kopf. »Nein.« Frustriert fuhr er sich mit seinen Fingern durch die Haare. Diese kleine, menschliche Frau hatte ihn völlig verwirrt. »So habe ich das nicht gemeint.« Da er wusste, dass alles, was er jetzt sagen würde, die Situation nur verschlimmern würde, ging er zur Wand, damit der Durchgang zu Emilys Zimmer erschien.

»Warum legst du dich nicht ein wenig hin?«, schlug er vor und deutete mit der Hand auf die Öffnung. »Ich muss jetzt arbeiten, und du kannst vor dem Abendessen ein wenig schlafen.« Er wusste, dass Menschen viel Schlaf benötigten, und es war möglich, dass sie bereits müde war.

Sie nickte fast unmerklich und ging an ihm vorbei in das Zimmer, wobei sie es vermied, ihn anzusehen. Sie hielt das zerrissene Kleid immer noch schützend vor ihre Brust, und ihr zarter Duft umspielte seine Nase, als sie an ihm vorbeiging.

»Ich werde dir neue Kleidung besorgen«, meinte Zaron mit angespannter Stimme und ging in sein Arbeitszimmer, bevor er erneut Hand an sie legen konnte. Er nahm seinen Fabrikator hervor, um ihr einige Kleider herstellen zu lassen, und nutzte die Wartezeit dazu, sich selbst in einer Wanne mit eiskaltem Wasser vorzustellen – ein Bild, von dem er hoffte, dass es ihm mit seiner Selbstbeherrschung helfen würde.

Als er sich sicher war, sie nicht anzufallen, ging er zu ihrem Zimmer.

Emily saß auf ihrem Bett und hatte ihre schlanken Beine überkreuzt. Sie hatte es irgendwie geschafft, die zerrissenen Fetzen ihres Kleides zu verknoten, und jetzt hielten sie von allein.

»Hier, bitte«, sagte Zaron und öffnete eine der Wände, hinter der sich ein Kleiderschrank befand. »Das ist deiner, solange du hier bist. Du kannst einfach zu ihm gehen, und die Wand wird sich für dich öffnen.« Er legte die Kleider in den Schrank und drehte sich zu ihr, um sie anzublicken.

»Danke«, antwortete sie ruhig und betrachtete ihn mit ihren ungewöhnlich meeresfarbenen Augen. »Haben Sie zufällig auch Bücher, die ich lesen könnte? Oder vielleicht Zeitschriften?«

Zaron dachte einen Moment darüber nach, bevor er ein knappes Kommando auf Krinarisch gab, woraufhin das Haus ein dünnes Tablet aus dem anderen Zimmer in seine Richtung schweben ließ. Er ergriff es aus der Luft, gab einige Anweisungen auf Krinarisch, damit Emily es mit englischer Sprache bedienen konnte, und reichte es Emily. »Damit solltest du Zugang zu allen Büchern haben, die du möchtest«, erklärte er ihr. »Sag ihm einfach, was du lesen möchtest, und dann solltest du es bekommen.«

»Ernsthaft?« Sie schaute nach oben, als sie das Tablet entgegennahm. »Ist das wie ein E-Book-Reader?«

Er lächelte. »Etwas in der Art.« Das war kein schlechter Vergleich, auch wenn das Gerät, das er ihr gegeben hatte, um einiges fortgeschrittener war. »Du kannst auch damit fernsehen, wenn du möchtest. Sag ihm einfach, was du sehen möchtest, und es wird das Video für dich abspielen.«

»Ich rede einfach damit und dann funktioniert es?«

»Ja.« Er wusste, dass es mittlerweile auch menschliche Technologie gab, die auf diese Weise funktionierte, also durfte ihr das Prinzip bekannt sein. Für die Krinar waren gesprochene Befehle und Gesten der altmodische Weg, Dinge zu tun, aber Zaron zog sie aus irgendeinem Grund vor. Die Alternative war, sich einen Computer in seinen Körper einpflanzen zu lassen, mit dessen Hilfe er Technologie mit seinen Gedanken kontrollieren könnte. Er hatte vor, das irgendwann zu tun, aber bis jetzt war er noch nicht dazu gekommen.

»Okay, kannst du mir Avatar abspielen?«, sagte sie und blickte auf das Gerät. Sie sprach so langsam und laut, als würde sie sich an eine taube Person wenden. »Bitte spiele Avatar ab.«

»Es hat dich auch beim ersten Mal verstanden«, meinte Zaron und sah belustigt dabei zu, wie Emily große Augen bekam, als ein dreidimensionales Bild im Raum erschien. »Du solltest den Film jetzt sehen können, wenn du möchtest.«

»Heilige Scheiße«, presste sie heraus, als das Bild sich ausbreitete und fast den ganzen Raum bei der Wand einnahm. »Das ist Wahnsinn!«

»Viel Spaß«, meinte Zaron und musste wegen ihrer Begeisterung lachen. »Ich sehe dich in ein paar Stunden.«

Er war sich sicher, dass sie nicht einmal mitbekam, wie er den Raum verließ, da sie sich voll und ganz auf den Anblick konzentrierte, der sich ihr bot. Er müsste ihr bald eine Simulation zeigen, dachte er und grinste, als er sich ihre Reaktion darauf vorstellte.

KAPITEL 13

$\mathscr{E}$s gab Filmeschauen, und dann gab es Filmeschauen mit krinarischer Technologie. Emily hatte Avatar zweimal im Kino gesehen, jedes Mal in IMAX 3D, aber heute fühlte es sich so an, als sähe sie ihn zum ersten Mal. Die Bilder waren so real, so lebendig, als ob sie sich wirklich auf Pandora befinden würde, während sie dabei zusah, wie die Handlung sich abspielte.

Die nächsten Stunden vergingen wie im Fluge, so sehr war Emily in den Film vertieft. Es war eine Erleichterung für sie, ihre Gedanken auf etwas anderes zu konzentrieren als auf ihre verrückte Situation – auch wenn sie ziemlich schnell feststellte, dass ein Film über humanoide Außerirdische vielleicht nicht die beste Wahl dafür gewesen war.

Als der Film zu Ende war, ging sie erneut in das eigenartige Badezimmer und staunte darüber, dass alles, was sie brauchte, vorhergesehen wurde, dass die Technologie so intuitiv funktionierte, dass es sich fast so anfühlte, als würde das Haus ihre Gedanken lesen. Sie schaffte es, Wasser aus dem waschbeckenartigen Gegenstand fließen zu lassen und wusch sich ihr Gesicht damit, bevor sie sich nach etwas umsah, mit dem sie ihre Haut eincremen konnte. Sofort spürte sie eine sanfte Brise auf ihrem Gesicht. Als die Brise wieder verschwunden war, entdeckte sie, dass sich ihre Haut nicht länger trocken und angespannt anfühlte, sondern so glatt, als sei sie in einem Spa gewesen. Sie wünschte sich, dass sie einen Spiegel hätte, und sobald sie nach einem zu suchen begann, schimmerte eine der Badezimmerwände vor ihren Augen und verwandelte sich in eine glänzende, spiegelartige Oberfläche. Das war wirklich gruselig.

Emily trat näher an den Spiegel heran und betrachtete das Gesicht, das ihr entgegenblickte. Es war gleichzeitig vertraut und fremd. Als sie sich das letzte Mal betrachtet hatte, war Emily zu überwältigt gewesen, um sich auf ihr Spiegelbild zu konzentrieren, weshalb sie jetzt genauer hinschaute.

Es sah so aus, als hätte Zarons Heilprozedur mehr getan, als nur ihre Zähne und Narben zu heilen. Sie hatte auch die unterschwelligen Zeichen von Stress und Schlafmangel verschwinden lassen, die sich im Laufe der letzten zwei Jahre in ihre Haut gebrannt hatten. Die dunklen Ringe, die ihre Augen umgeben hatten, waren verschwunden, genauso wie die leichten Stressfalten um ihren Mund. Sie sah zum ersten Mal seit einigen Monaten gesund und ausgeruht aus.

Und sie sah außerdem so aus, als sei sie intensiv geküsst worden.

Emily schluckte, wandte sich von dem Spiegel ab und ging zurück zu ihrem Zimmer. Sie wollte nicht darüber nachdenken, aber sie konnte die Bilder nicht mehr länger aus ihrem Kopf verdrängen. Was vorhin geschehen war, war instinktiv gewesen, sexuell … und sehr verstörend.

Ihr außerirdischer Geiselnehmer begehrte sie. Daran gab es keinerlei Zweifel mehr. Wenn sie ihn nicht gestoppt hätte, hätte er sie an Ort und Stelle genommen, auf dem Boden. Ihre Atmung beschleunigte sich bei den Erinnerungen an seinen kräftigen Körper über ihr, den festen Druck seiner Beine, die ihre Oberschenkel gespreizt hatten, die feuchte Hitze seines Mundes auf ihren Nippeln …

Stöhnend ließ sich Emily auf das Bett fallen und vergrub ihren Kopf in der weichen Decke.

Sie hatte niemals einfach nur Sex gehabt – nicht einmal zu Universitätszeiten, als One-Night-Stands weit verbreitet waren. Sie war immer zu bedacht gewesen, zu vorsichtig. Sich der möglichen Folgen zu bewusst. Für sie war diese Art der Intimität etwas, was auf Vertrauen basierte, und sie war niemand, dessen Vertrauen leicht zu gewinnen war. Mit ihrem Ex-Freund Jason war sie ein Jahr lang befreundet gewesen, bevor sie angefangen hatten, mehr als nur Freunde zu sein, und selbst dann hatte es einen ganzen Monat gedauert, bis sie schließlich mit ihm ins Bett gegangen war.

Aber trotzdem hatte sie fast auf dem Fußboden seines futuristischen Hauses Sex mit einem Fremden gehabt

– einem nicht menschlichen Fremden –, den sie weniger als einen Tag kannte. Er hätte nicht einmal ein Kondom benutzt, erinnerte sich Emily mit einem kalten Schauer. Hätte er sie schwängern oder ihr eine Krankheit übertragen können? Als sie genauer darüber nachdachte, entschied sie, dass die letzte Möglichkeit wegen ihrer fortschrittlichen medizinischen Technologie eher unwahrscheinlich war, aber sie war sich nicht sicher, wie das bei der ersten Möglichkeit aussah. Emily hatte aufgehört, die Pille zu nehmen, nachdem ihre Beziehung zu Jason vor vier Monaten in die Brüche gegangen war, also war eine Schwangerschaft jetzt ein ernsthaftes Risiko.

Was würde geschehen, wenn Zaron das nächste Mal versuchte, sie zu verführen? Und er würde es versuchen, dessen war sie sich sicher. Würde sie ihn aufhalten können? Würde sie ihn aufhalten wollen? Sie hatte sich noch nie so stark von einem Mann angezogen gefühlt, hatte noch nie ein so verzweifeltes, alles einnehmendes Verlangen gespürt. Emily hatte Sex immer genossen, aber was sie heute erlebt hatte, war nicht zu vergleichen gewesen mit dem lauwarmen Beischlaf, den sie mit Jason gehabt hatte. Das heute war eher ein Feuersturm gewesen, der sie fast bei lebendigem Leibe verbrannt hatte.

Und sie hatte den gleichen unkontrollierbaren Hunger in seinen Augen gesehen. Er würde sie auf jeden Fall bekommen.

Emily war sich nicht sicher, ob dieses Wissen sie erregte oder ihr Angst machte.

KAPITEL 14

Zum Abendessen bestellte Zaron eine große Auswahl an Gerichten, von denen er hoffte, dass sie Emily schmecken würden. Das Einzige, was es nicht gab, waren jegliche tierische Produkte. Er hatte während seiner Zeit auf der Erde zweimal Fleisch probiert, aber er konnte sich nicht an den unangenehmen Geschmack und die Konsistenz gewöhnen. Er hatte keine Ahnung, wie Menschen in den Entwicklungsländern in den letzten zwei Jahrzehnten eine derartige Fleischeslust entwickelt hatten; das war mit Sicherheit nichts, was irgendjemand auf Krina vorausgesehen hatte. Bis heute erstaunte es ihn, dass Emilys Spezies dachte, es sei normal, jeden Tag Fleisch zu essen – sogar dreimal am Tag in extremen Fällen.

Als alles fertig war, ging er zu Emily.

Als er ihr Zimmer betrat, lag sie auf dem Bauch und las etwas auf dem Tablet. Sie hatte sich ein weißes Kleid angezogen, und ihre kleinen, nackten Füße wippten rhythmisch gegen das Laken, während sie etwas vor sich hin summte.

»Emily.« Er sagte ihren Namen leise, da er sie nicht erschrecken wollte, aber trotzdem zuckte sie zusammen, drehte sich schnell herum und setzte sich auf, um ihn anzusehen. »Das Abendessen ist fertig.«

»Okay, großartig.« Sie beugte sich vorne über, zog sich ihre Sandalen an und stand auf. »Ich freue mich darauf.« Ihr Ton war fröhlich, aber Zaron bemerkte, dass sie versuchte, ihn nicht anzublicken. Sie war entschlossen, einen gewissen Abstand zu ihm einzuhalten, wurde ihm mit dunkler Belustigung klar.

Sie setzten sich an den Tisch, der bereits voller verschiedener Gerichte war. »Wow, das ist ja ein Festessen«, meinte sie überrascht und füllte ihren Teller mit einer Kostprobe jeden Gerichts. »Essen Sie immer so?«

»Nein«, gab Zaron zu und griff nach einem Cucurbita pepo, der mit gebratenen Pleurotus ostreatus gefüllt war – oder, wie Emily es wahrscheinlich ausdrücken würde: Zucchini mit Austernpilzen. »Ich habe das für dich bestellt. Ich wollte sichergehen, dass du das Essen mögen würdest.«

Sie sah überrascht aus, aber dann erschien ein kurzes, strahlendes Lächeln auf ihrem Gesicht. »Danke. Sie müssen sich aber nicht so viel Mühe geben. Was Essen betrifft, bin ich so anspruchslos, wie man nur sein kann.«

»Ach?«

Sie nickte. »Ich esse alles. Hauptsache, ich bekomme etwas zu essen.«

»Warum? Hast du schon einmal Hunger gelitten?«, fragte Zaron neugierig nach. Laut ihres Führerscheins hatte sie in den USA gelebt, einer der wohlhabendsten menschlichen Nationen.

Sie zuckte mit den Schultern und sah unangenehm berührt aus. »Einige Male. In einer der Pflegefamilien, in denen ich gelebt habe, wurden Lebensmittel sehr stark rationiert. Bei ihr lebten zwölf Kinder, und das Geld war ständig alle.«

»Pflegefamilien?« Zaron versuchte, sich daran zu erinnern, ob er jemals von dieser speziellen menschlichen Einrichtung gehört hatte. Das Wort vermittelte den Eindruck, als habe sie von ihrer Familie getrennt gelebt – etwas, was er nicht erfahren hatte, als er ihren Hintergrund am Anfang überprüft hatte.

Sie nickte, aber gab keine weitere Erklärung ab. Stattdessen fragte sie: »Wieso sprechen Sie so gut Englisch? Ich nehme an, dass es nicht Ihre Muttersprache ist?«

»Das ist es nicht, das stimmt.« Ihr Versuch, das Thema zu wechseln, war alles andere als unauffällig gewesen, aber Zaron beschloss, nicht darauf einzugehen, und behielt sich im Hinterkopf, später Nachforschungen über Pflegefamilien anzustellen. »Ich habe ein kleines Implantat, das alles übersetzt.«

»Ein Implantat? In Ihrem Gehirn?«

Zaron lächelte. »Genau.«

»Das ist unglaublich.« Jetzt schien sie aufgeregt zu sein. »Sprechen Sie auch andere Sprachen?«

»Ja, das tue ich.«

»Welche noch?«

»Alle.«

Sie zog scharf Luft ein, und ihre Kinnlade fiel nach unten. »Alle Sprachen, die es gibt?«

»Ja«, bestätigte Zaron, den ihre Reaktion amüsierte. »Jede Sprache, die derzeit existiert, und einige, die ausgestorben sind.«

Sie atmete hörbar aus. »Heilige Scheiße …« Sie schüttelte bewundernd ihren Kopf und begann zu essen.

Die nächsten Minuten lang herrschte angenehmes Schweigen, während sie sich über die Gerichte hermachten, die auf dem Tisch standen. Zaron bemerkte, dass Emily sich einen Salat nachnahm, der aus *Beta-vulgaris*-Kugeln und getrockneten *Vitis-vinifera*-Trauben bestand. Nein, ein Salat aus Roter Bete und Rosinen, korrigierte er sich in Gedanken. Er hatte häufig Probleme, den Wissenschaftler abzulegen, aber es war besser, den gebräuchlichen Namen für essbare Pflanzen zu benutzen.

»Das war großartig«, meinte Emily und schob ihren leeren Teller weg. »Es sieht aus, als wisse Ihr Volk, wie man gut isst.«

»Das tun wir.« Er lächelte sie langsam an. »Wir haben den Hang, alle Aspekte unseres Lebens in vollen Zügen zu genießen, und die Sinne zu befriedigen ist ein großer Teil davon.«

Ihre blassen Wangen erröteten leicht. »Ich verstehe.«

Zarons Lächeln verschwand, als sein Körper auf diesen Anblick reagierte. Er sah, dass das Mädchen über das nachdachte, was vorhin geschehen war: Er konnte ihren schnellen Herzschlag hören, und den Puls an der Seite ihres Halses pochen sehen. Die Haut an dieser zarten Stelle sah weich aus, lud zum Anfassen ein, und der Drang, dort mit seinen Zähnen entlangzufahren und die Vollmundigkeit ihres Blutes zu schmecken, war so stark, dass Zaron sich fast nach ihr ausstreckte.

Als würde sie seinen Hunger spüren, bewegte sich Emily in ihrem Stuhl, um ein wenig vom Tisch abzurücken. Ihre Hand umgriff das Besteck, welches sie hielt, fester, und Zaron zwang seine angespannten Muskeln, sich zu entspannen. Er wusste nicht, warum es ihm in ihrer Gegenwart so schwerfiel, sich zurückzuhalten, aber er hatte nicht vor, seine Beherrschung zu verlieren und sich wie ein Barbar auf sie zu stürzen. Es war noch nicht einmal ein ganzer Tag vergangen, seit sie aufgewacht war, und sie war zweifellos von allem überwältigt. Er musste ihr mehr Zeit geben.

»Zaron«, fragte sie ruhig, ohne sein Gesicht dabei aus den Augen zu lassen, »können Sie mir mehr über sich erzählen? Was genau machen Sie hier auf der Erde? Wie ist Ihr Volk?«

Zaron überlegte, wie er am besten auf ihre Fragen antworten sollte. An der offiziellen Verschwiegenheitsvereinbarung für die Zeit nach ihrer Ankunft wurde noch gearbeitet, aber er wusste, dass der Rat nicht vorhatte, der breiten menschlichen Öffentlichkeit zu viel zu enthüllen, also musste er vorsichtig sein.

»Ich habe dir bereits gesagt, dass wir hier sind, um uns eurer Spezies zum ersten Mal vorzustellen«, antwortete er ihr. »Deine Frage, wie wir sind, ist so, als würde ich dich fragen, wie Menschen sind. Es ist nicht einfach, alle eure Eigenschaften aufzulisten.«

»Aber inwiefern unterscheiden Sie sich von mir?«, beharrte sie. »Warum genau ist ein Krinar nicht menschlich?«

Zaron seufzte. Das würde schwierig werden. »Na ja, zum einen leben Krinar länger«, antwortete er und konzentrierte sich damit auf den harmlosesten Punkt. »Viel länger sogar.«

»Ach? Wie viel länger?«

»Ich bin sechshundertneun Jahre alt«, sagte Zaron und beobachtete sie, als ihre Kinnlade vor Entsetzten herunterklappte. »So viel länger.«

»Sechshundert Jahre alt«, flüsterte sie, während sie ihn von oben bis unten betrachtete. »Warum sehen Sie dann so jung aus?«

»Wir altern nicht«, erklärte ihr Zaron und lehnte sich in seinem Stuhl zurück. »Nicht so wie Menschen. Nachdem wir unsere Volljährigkeit erreicht haben, verändern wir uns unser ganzes Leben lang nicht mehr sehr.«

Ihre Augen wurden vor Entsetzen riesengroß. »Sind Sie unsterblich?«

»Nein, nicht unsterblich, aber wir sterben nicht an Altersschwäche. Hast du jemals von vernachlässigbarer Seneszenz gehört?«

Sie zog ihre Stirn in Falten, da sie offensichtlich darüber nachdachte. »Der Begriff kommt mir bekannt vor. Ich habe das Gefühl, dass ich ihn erst kürzlich gelesen habe.«

»Vielleicht hast du das«, erwiderte Zaron. »Unter euren Wissenschaftlern werden gerade einige Untersuchungen zu diesem Thema durchgeführt. Vereinfacht gesagt verliert ein Organismus, der über eine vernachlässigbare Seneszenz verfügt, im Alter seine reproduktiven oder funktionellen Fähigkeiten nicht. Es gibt auf der Erde einige solcher Spezies, also ist es kein krinarspezifisches Phänomen. Es gibt zum Beispiel die Planarien-Plattwürmer ...«

»Das stimmt«, hauchte sie, während ihre Augen erneut seinen Körper abfuhren. »Jetzt erinnere ich mich daran, darüber gelesen zu haben. In dem Artikel wurde darüber spekuliert, dass Schildkröten so sein könnten – dass sie nicht altern, wenn sie älter werden.«

Zaron nickte. »Ja, genau. Die Krinar sind genauso.«

Sie atmete tief durch und erwiderte seinen Blick. »In diesem Fall können nicht viele genetische Gemeinsamkeiten zwischen unseren beiden Spezies bestehen, stimmt's?«

»Nein, wir haben überhaupt keine genetischen Gemeinsamkeiten mit euch«, antwortete Zaron lächelnd. Das Mädchen verstand schnell. »Was die DNA betrifft, hast du mehr mit einem Delphin gemeinsam als mit mir.«

Sie blickte ihn ungläubig an. »Wenn das stimmt, wieso wollen Sie dann Sex mit mir? Und wie genau funktioniert so etwas?«

Zaron lachte leise. »Es funktioniert ziemlich gut, das kann ich dir versichern.« Er beugte sich nach vorne und streckte seine Hand über dem Tisch aus, um ihre schlanke Hand zu nehmen. »Ich kann dich nicht schwängern, mein Engel, aber ich kann dir mehr Lust verschaffen, als du jemals in deinem Leben verspürt hast.« Er strich sanft mit seinem Daumen über die Mitte ihrer Handfläche und drückte leicht auf die Punkte, an denen er Spannung spüren konnte. Frauen – Menschen und Krinar – waren höchst empfänglich für die Lust durch eine einfache Berührung;

das war etwas, was er vor Jahrhunderten gelernt hatte. Die körperliche Bindung entstand immer durch einen harmlosen Kontakt von Haut auf Haut, und ein cleverer Mann ging sicher, dass es genau den reichlich gab.

Zu seiner Genugtuung errötete Emilys Haut vor Erregung, und ihre Hand zuckte in seinem Griff. Zaron konnte hören, dass ihr Herz schneller zu schlagen begann, und sein eigener Körper reagierte mit durchdringender Intensität, indem sein Schwanz sofort versteifte. Da er seine Selbstbeherrschung nicht überstrapazieren wollte, gab er ihre Hand frei und ließ es zu, dass sie sie sofort aus seiner Reichweite zog.

»Warum nennen Sie mich ›mein Engel‹?«, fragte sie mit unsicherer Stimme. »Gibt es ein solches Konzept auf Ihrem Planeten?«

»Nein.« Zaron holte tief Luft und inhalierte ihren warmen Geruch. »Das ist eine menschliche Erfindung. Aber deine Farben erinnern mich an einige Gemälde von Engeln, die ich hier auf der Erde gesehen habe.«

Ein unerwartetes Lächeln umspielte ihre Lippen »Sind Sie ein Bewunderer der religiösen Kunst? Ich muss zugeben, dass ich das nicht von einem Außerirdischen erwartet hätte.«

»Ich bewundere Schönheit in allen Formen«, antwortete Zaron und betrachtete ihre feinen Gesichtszüge. »Und ich muss sagen, dass Menschen es geschafft haben, während ihrer kurzen Existenz einige unglaublich schöne Dinge zu erschaffen.«

»Und die Krinar? Gibt es bei Ihrem Volk Kunst, Philosophie, Musik?«

»Ja, alle drei Dinge.« Er lächelte sie an. »Einige von uns widmen ihr ganzes Leben dem künstlerischen Streben, während andere sich kaum damit beschäftigen. Aber wie dem auch sei, sind solche Beiträge für uns sehr wertvoll – ein Künstler ist in unserer Gesellschaft genauso wichtig wie ein Designer oder ein Wissenschaftler.«

Ihre Augen verengten sich neugierig zu Schlitzen. »Wie, wertvoll? Werden sie finanziell unterstützt? Und überhaupt, wie funktioniert die Wirtschaft bei Ihnen? Was für eine Währung haben Sie? Gibt es so etwas wie einen Aktienmarkt?«

Zaron musste wegen der Flut von Fragen grinsen. »Den haben wir, aber er ist nicht ansatzweise so wichtig wie hier«, sagte er und beantwortete damit ihre letzte Frage. »Die meisten Unternehmen werden privat finanziert, und wenn das Projekt groß genug ist, beteiligt sich der Staat. Reichtum ist nichts, nach dem wir unbedingt streben; er kommt mit dem Erfolg in unseren gewählten Gebieten, da wir als Experten gut bezahlt werden – im privaten Sektor als auch vom Staat.«

»Also haben Sie keinen Kapitalismus?«

»Nein, nicht auf die gleiche Art wie ihr.« Er machte eine Pause, weil er nach dem besten Weg suchte, es ihr zu erklären. »Weil wir so lange leben – und weil unsere Bevölkerung mit Millionen von Einwohnern anstatt Milliarden viel kleiner ist – funktioniert unsere Gesellschaft ganz anders als eure. In manchen Bereichen ist sie einfacher, in manchen komplexer. Das ganze moderne Krina ist eine zusammenhängende sozioökonomische Einheit, mit allem, was das mit sich bringt.«

Sie schien fasziniert zu sein. »Also ist der ganze Planet wie ein Land?«

»Mehr oder weniger. Wir haben ein Entscheidungsorgan – den Rat –, und es trifft Entscheidungen, die uns allen zugutekommen, und nicht nur einer speziellen Region oder Einheit weiterhelfen.«

»Das ist definitiv anders als bei uns«, meinte sie. »Unsere Politiker sind überhaupt nicht so. Wie werden die Mitglieder des Rates festgelegt? Werden sie gewählt?«

»Nein.« Zaron schüttelte seinen Kopf. »Die Ratsmitglieder sind Teil des Rates, weil sie es sich irgendwie verdient haben – weil ihr Beitrag zur Gesellschaft höher war als der der meisten anderen.«

Sie nickte, als würde das Sinn für sie ergeben. »Also regieren die cleversten Individuen, die das meiste erreicht haben, den Planeten? Das scheint eine Verbesserung zu unserem System zu sein.«

»Bei uns funktioniert es«, sagte er und wollte gerade das Konzept der sozialen Anerkennung vertiefen, als sein Computer am Handgelenk sanft vibrierte, um ihn an sein bevorstehendes virtuelles Meeting zu erinnern. Er sollte sich mit einem Verteidigungsexperten und verschiedenen Designern treffen, um das beste Layout für die zehn Siedlungen zu finden. Zaron, den die Unterbrechung störte, überlegte kurz, das Treffen abzusagen, aber er wollte keine Verspätung riskieren.

Widerwillig stand er auf. »Es tut mir leid, aber ich muss gehen. Du solltest dich hinlegen und schlafen. Ich muss heute den ganzen Abend arbeiten.«

»Natürlich, das verstehe ich.« Sie stand ebenfalls auf, warf ihm ein kurzes Lächeln zu, und Zaron erkannte, dass sie erleichtert darüber war, dass das Abendessen auf diese Weise beendet wurde. Wahrscheinlich hatte sie sich Sorgen gemacht, dass er erneut versuchen würde, sie zu verführen, dachte er plötzlich gereizt – und das hätte er vielleicht auch, wenn er dieses Meeting nicht gehabt hätte.

»Gute Nacht«, sagte sie und ging nach einem kurzen Winken in ihr Zimmer. Er hörte ihre leichten Schritte und das Geräusch von Schuhen, die ausgezogen wurden, bevor er in sein Arbeitszimmer ging und sein Bestes gab, sich auf etwas anderes als das Mädchen zu konzentrieren, das er bis zur Bewusstlosigkeit ficken wollte.

Als sie allein in ihrem Zimmer war, legte sich Emily auf das bequeme Bett, schloss die Augen und versuchte, ihren Kopf so weit frei zu bekommen, dass sie einschlafen konnte.

Sie hatte wieder einmal das futuristische Badezimmer benutzt und dort sogar geduscht – was wirklich ein Erlebnis war, da Wasser aus allen Richtungen mit einem perfekten Druck und einer perfekten Temperatur auf sie traf. Eine Auswahl an Seifen, Shampoos und köstlich riechenden Lotionen war auf ihre Haut aufgetragen worden, ohne dass sie auch nur einen Finger krümmen musste, und warme Luftströme hatten sie danach getrocknet. Als sie fertig war, war sie porentief rein gewesen, und selbst ihr Mund hatte sich frisch angefühlt, so als habe sie gerade ihre Zähne geputzt.

Jetzt weigerte sich ihr Gehirn allerdings, sich zu entspannen, und ihr Kopf drehte sich wegen der ganzen Dinge, die sie heute erfahren hatte. In nur wenigen Stunden war ihre Welt auf den Kopf gestellt worden, und sie konnte nicht aufhören, über die unglaublichen Auswirkungen dessen nachzudenken, was Zaron ihr erzählt hatte.

Die Erde war kurz davor, eine außerirdische Rasse kennenzulernen – eine Rasse, die eine Technologie und Medizin besaß, die viel weiter entwickelt war, als sich die moderne Wissenschaft vorstellen konnte. Eine Rasse, die im Grunde genommen die Menschen kreiert hatte.

Wenn Zaron die Wahrheit sagte, würde in siebzehn Tagen nichts mehr so sein wie vorher. Würden die Krinar Krebs heilen? Konnten sie Armut und Hunger abschaffen? Das Führen von Kriegen beenden? Es sah so aus, als habe Zarons Zivilisation solche Dinge hinter sich gelassen. Bedeutete das, dass die Menschheit das jetzt auch tun würde? Was wollten die Vertreter seines Volkes sagen, wenn sie hier erschienen? Wie würden sie sich der Öffentlichkeit vorstellen, und welche Folgen würde das haben? Sie stellte sich die reißerischen Schlagzeilen vor, die Hysterie der Ende-der-Welt-Fanatiker …

Als sie endlich einschlief, waren ihre Träume eine eigenartige Mischung aus erotischen Bildern, Szenen aus Independence Day, hungrigen Löwen mit rabenschwarzen Augen und dreidimensionalen Exceltabellen, die mit Schüsseln voller exotischem Obst gefüllt waren.

KAPITEL 15

*A*m nächsten Morgen wachte Emily mit einem viel klareren Kopf auf. Zu ihrer Überraschung hatte sie gut geschlafen, viel besser, als unter diesen Umständen erwartet werden konnte. Offensichtlich beunruhigte der Gedanke, dass Außerirdische existierten, ihr Unterbewusstsein nicht besonders – oder die Tatsache, dass sie vorübergehend gegen ihren Willen festgehalten wurde.

Sie stand auf, zog sich die Bekleidung an, die Zaron ihr gegeben hatte, und suchte das Badezimmer auf. Danach ging sie mit einem unguten Gefühl im Bauch zur Wand. Nachdem sie gegen die Mauer geklopft hatte, wartete sie, und ihre Finger spielten nervös mit dem weichen Stoff ihres Kleides.

Die Wand vor ihr löste sich auf und erschuf einen Eingang ins Wohnzimmer. Zaron stand auf der anderen Seite.

»Guten Morgen«, sagte er sanft und schaute sie an. »Ich hoffe, du hast gut geschlafen?«

»Das habe ich, danke.« Emily gab ihr Bestes, um ihn nicht anzustarren, aber das war unmöglich. Sie hatte es irgendwie geschafft, zu vergessen, wie umwerfend ihr Gastgeber aussah … und wie ihr Körper auf ihn reagiert hatte. Sie konnte spüren, dass ihr Herzschlag bereits schneller wurde und sich ihr Unterleib mit plötzlichem Verlangen zusammenzog. Sie hatte niemals einen Mann auf diese Weise begehrt – so augenblicklich, so stark. Nichts an dieser Hitze, die durch ihre Adern schoss, war vernünftig oder angemessen; sie war animalische Lust, pur und primitiv. Ihr Kopf sagte ihr, dass er nicht menschlich war, dass sie nichts über ihn oder sein Volk wusste, aber das war ihrem Körper egal.

Er trug ein weißes T-Shirt und khakifarbene Shorts – ein schlichtes Outfit, das seine dunkle, männliche Schönheit noch weiter unterstrich. Sein dickes Haar war leicht durcheinander, seine breiten Schultern dehnten den dünnen Stoff des Shirts aus, und seine Muskeln waren unter der Bekleidung deutlich zu erkennen.

Emily schluckte, trat durch die Öffnung und versuchte, ihren rasenden Puls zu ignorieren.

»Möchtest du etwas frühstücken?«, bot Zaron ihr an, und seine schwarzen Augen glänzten leicht amüsiert. Emily hatte keine Zweifel, dass er sich ihrer körperlichen Reaktion auf ihn bewusst war – und sie ungemein genoss.

»Ja, gerne.« Emily holte tief Luft. »Aber könnten Sie mir bitte als Erstes sagen, wo meine Sachen sind? Sie sagten, dass Sie mein Portemonnaie haben, stimmt's?«

Ihr war heute Morgen aufgefallen, dass sie weder ihr Portemonnaie noch ihr Telefon gesehen hatte, seit sie aufgewacht war – eine Erkenntnis, durch die sie sich noch mehr wie eine Gefangene gefühlt hatte.

Zaron nickte und sagte etwas in seiner Sprache. Einen Augenblick später öffnete sich eine seiner Wände, und ihre Sachen schwebten aufeinandergestapelt heraus. Zaron ergriff sie aus der Luft und gab sie ihr. »Bitte. Die Kleidung ist kaputt, aber ich habe sie trotzdem für dich aufgehoben. Das Geld in deinem Portemonnaie ist ein wenig nass geworden, aber ich denke, es sollte noch in Ordnung sein. Dieses kleine Stück Technologie allerdings« – er deutete auf ihr Smartphone – »hat sein Bad im Fluss nicht überlebt.«

Emily, die in einer Hand ihre Kleidung hielt, nahm das Handy in die andere und versuchte, es anzuschalten. Das Display blieb schwarz, und sie konnte die Restfeuchte in der Schutzhülle fühlen. Zaron hatte recht, was das Telefon betraf, es war tot. Natürlich bezweifelte sie, dass er es ihr zurückgegeben hätte, wenn es noch funktionieren würde.

Als Nächstes kontrollierte sie das Portemonnaie. Zu ihrer Erleichterung waren ihr Führerschein, ihre Kreditkarten und das Bargeld noch da, auch wenn alles ein wenig feucht war.

»Ich habe nichts gestohlen, falls du dir darüber Sorgen machst«, meinte Zaron ironisch, als sie damit fertig war, alle Fächer zu untersuchen.

»Ich hatte nicht angenommen, dass Sie das getan haben.« Emily sah zu ihm hoch. »Ich wollte einfach sichergehen, dass ich während meines Sturzes nichts verloren habe. Danke, dass Sie es mir zurückgegeben haben.«

»Natürlich. Wie ich dir gesagt habe, bist du mein Gast.«

»Ein Gast, der nicht abreisen kann«, erwiderte Emily, ohne ihren Blick abzuwenden.

Seine Augen verengten sich leicht, aber er antwortete nicht auf ihre Bemerkung. »Was hältst du von einem Obstsalat mit Macadamia-Himbeer-Dressing zum Frühstück?«, fragte er stattdessen.

»Hört sich gut an.« Emily legte ihre Sachen auf dem schwebenden Sofa ab und folgte Zaron in die Küche. Sie setzte sich auf eines der schwebenden Bretter am Tisch und hörte ihm dabei zu, wie er bei dem Haus die Essensbestellung aufgab – oder zumindest nahm sie an, dass er das tat, als er Krinarisch sprach.

Sie rutschte unruhig auf ihrem Sitz hin und her und atmete langsam mehrere Male ein, um ruhig zu bleiben. Sie konnte die ersten Anzeichen dieses eingesperrten, klaustrophobischen Gefühls spüren, das sie immer bekam, wenn sie sich zu lange drinnen aufhielt – ein Gefühl, das durch das Wissen verstärkt wurde, dass sie wirklich eingeschlossen war, dass ihre Freiheit von jemand anderem kontrolliert wurde. Theoretisch verstand sie, dass ihre Gefangenschaft nur vorübergehend war, aber Logik hatte nichts mit der erstickenden Enge in ihrer Brust zu tun.

Emily wusste aus Erfahrung, dass diese Enge nur schlimmer werden würde. Das letzte Mal, als sie dazu gezwungen wurde, länger als einen Tag im Haus zu sein, war vor vier Jahren während eines schlimmen Wintersturms in Chicago gewesen. Damals war über ein Meter Schnee innerhalb von zweiunddreißig Stunden gefallen, und fast drei Tage lang war es unmöglich gewesen, die Eingangstür zu öffnen. Emily, die sich ein kleines Stadthaus mit vier Mitbewohnern geteilt hatte, war so klaustrophobisch geworden, dass sie schließlich aus ihrem Schlafzimmerfenster im Erdgeschoss auf einen Schneehaufen gesprungen war – sie hätte alles getan, um diesem erstickenden Gefühl, in einem geschlossenen Raum für längere Zeit festzusitzen, zu entkommen.

Seit sie gestern in Zarons Haus aufgewacht war, war sie nicht ein einziges Mal draußen gewesen.

Nein, denke nicht darüber nach. Atme, und denke nicht darüber nach.

»Was ist los?« Zaron runzelte seine Stirn, da er offensichtlich spürte, dass es ihr nicht gut ging. »Fühlst du dich krank?« Er setzte sich ihr gegenüber hin und blickte sie fragend an.

Emily biss sich auf die Lippe. Sie hasste es, ihre Schwäche zuzugeben, aber sie konnte nicht für die nächsten zwei Wochen und einige weitere Tage im Haus bleiben. Sie konnte einfach nicht.

»Es gibt da etwas«, antwortete sie nach einem Moment. »Ich werde verrückt, wenn ich mich zu lange in geschlossenen Räumen aufhalte. Das ist eine Art Klaustrophobie. Ich komme zwar mit engen Räumen zurecht, aber nicht, wenn ich mich lange in ihnen aufhalten muss.«

Er zog überrascht seine Augenbrauen in die Höhe. »Gestern ging es dir gut.«

Sie nickte. »Normalerweise halte ich es einen Tag aus, ohne dass es allzu schlimm wird, aber dann brauche ich etwas frische Luft – oder ich drehe durch. Wenn ich auf der Arbeit bin, biete ich mich immer freiwillig an, kleine Botengänge zu übernehmen … Sie wissen schon, Kaffee holen, zur Post gehen, das Mittagessen für meine Abteilung abholen – alles, was ich tun kann, um das Gebäude für einige Minuten zu verlassen. Normalerweise ist es kein großes Problem, aber ich kann nicht allzu lange eingesperrt sein.«

Zaron lehnte sich zurück und betrachtete Emily durch halb geschlossene Augenlider. »Ich verstehe. Musst du jetzt rausgehen oder kann es bis nach dem Frühstück warten?«

Eine Welle der Erleichterung durchflutete sie und verjagte einen Teil der erstickenden Enge in ihrer Brust. »Ich kann warten«, meinte sie und schenkte ihm ein ehrliches Lächeln. »Es ist noch nicht zu schlimm.« Ihr war fast schwindelig vor Glück.

Er würde sie also nicht die ganze Zeit im Haus einsperren.

Während sie sprachen, landete ihr Frühstück auf dem Tisch.

»Wir können schwimmen gehen«, sagte Zaron und griff nach der Schale mit dem Obst und den Nüssen in einer exotisch aussehenden Sauce. »Es gibt einen hübschen See hier.«

»Schwimmen gehen? Das wäre toll«, antwortete Emily und stürzte sich hungrig auf das Obst. Der Salat war köstlich, aber sie konnte ihn kaum schmecken, weil sie so ungeduldig war, endlich draußen zu sein. Abgesehen davon, dass sich ihre Klaustrophobie verbessern würde, würde das

Hinausgehen in die Welt ihr auch die Möglichkeit geben, nach einem Fluchtweg zu schauen.

Wenn Zaron dachte, dass sie lammfromm die Jobmöglichkeit ihres Lebens aufgeben würde, war er auf dem Holzweg. Emily hatte zu hart gearbeitet, um ihre Karriere so leicht entgleisen zu lassen.

Irgendwie musste sie nach Hause kommen.

———

Nach dem Frühstück stellte Zaron einen Bikini für Emily und eine Badeshorts für sich selbst her. Wie im Verschwiegenheitsmandat festgelegt war, musste alles, was er trug, wenigstens wie menschliche Kleidung aussehen, weshalb er das Design für Emilys Bikini im menschlichen Internet gesucht hatte.

Zaron betrat Emilys Zimmer, gab ihr die beiden Kleidungsstücke und ging wieder hinaus, damit sie sich umziehen konnte. Ihm machte der bevorstehende Ausflug nichts aus, aber ihr Zustand überraschte ihn. Sobald er sie heute Morgen gesehen hatte, hatte er eine eigenartige Anspannung in ihr gespürt, und ihre Angst schien im Verlauf des Morgens nur schlimmer zu werden. Zu dem Zeitpunkt, als sie sich hinsetzten, um zu frühstücken, hatte Emily ausgesehen, als würde sie aus ihrer Haut fahren wollen. Er hatte auch nicht gedacht, dass sie ihm das nur vorspielte; außer wenn sie eine Schauspielerin auf Weltklasseniveau war, hatte sie sich wirklich unwohl gefühlt.

Ein Klopfen unterbrach Zarons Überlegungen. Er gab einen kurzen Befehl, und die Wand zu Emilys Zimmer öffnete sich, um einen Durchgang für sie zu erschaffen.

Sie stand dahinter und hatte das gleiche Kleid an wie vorher, nur dass jetzt die blauen Träger ihres Bikinis darunter hervorblitzten. Als sie seinen halbnackten Körper sah, erröteten ihr Gesicht und ihr Hals, so dass ihre blasse Haut zart glühte.

»Können wir los?«, fragte Zaron und unterdrückte ein Lächeln über die Art und Weise, wie sie versuchte, ihren Blick nicht unterhalb seines Halses wandern zu lassen. Er hatte sich gerade seine eigene Badebekleidung angezogen und sich nicht die Mühe gemacht, auch noch ein Shirt überzuziehen. Ihre weibliche Reaktion auf seinen Körper gefiel ihm; je größer die Anziehung, desto einfacher würde er sie in sein Bett locken können.

Emily nickte und folgte ihm zur Wand auf der anderen Seite des Wohnzimmers. Als sie sich ihr näherten, teilte sich das intelligente Material, um eine Öffnung nach draußen zu erschaffen.

Als er hinaustrat, holte Zaron tief Luft und genoss die Hitze der Sonne auf seiner nackten Haut. Es war bereits später Vormittag, die warme und feuchte Luft roch intensiv nach Bromelien, und es ertönten Geräusche verschiedenster lebender Kreaturen. Diese Region der Erde erinnerte ihn an seine Heimat – der ausschlaggebende Grund dafür, weshalb er diesen Ort für die Hauptsiedlung der Krinar ausgewählt hatte.

Als er sich umdrehte, sah er, dass Emily einen Meter von ihm entfernt stand und das Haus hinter ihnen anstarrte. »Nicht gerade das, was du erwartet hattest, stimmt's?«, erriet er wegen ihres Gesichtsausdrucks.

Im Gegensatz zu den meisten krinarischen oder menschlichen Behausungen war sein Übergangszuhause überhaupt kein Gebäude. Es war eine High-Tech-Höhle tief in einem kleinen Berg. Wenn die Öffnung nach draußen geschlossen war, war sie hinter einer dicken Wand aus Pflanzen völlig unsichtbar. Außer wenn jemand bereits wusste, wo sie sich befand, war es unmöglich, sie zu entdecken – weder aus der Luft noch zu Fuß.

»Nein«, antwortete Emily und drehte sich zu ihm um. »Das hatte ich überhaupt nicht erwartet. Ist das so, weil Sie sich verstecken möchten?«

»Ja. Ich möchte nicht, dass irgendein Flugzeug oder Helikopter ein eigenartiges Gebäude in eurem Dschungel entdeckt und beschließt, es näher zu untersuchen.«

Emily sah ihn nachdenklich an, stellte aber keine weiteren Fragen, während sie durch den Wald zum See gingen. Jetzt, da sie sich draußen befanden, konnte Zaron spüren, dass ihre Angst nachließ, und sehen, dass ihr bedrückter Gesichtsausdruck verschwand. Zum ersten Mal, seit er es kannte, schien das menschliche Mädchen entspannt und glücklich zu sein, und auf seinen weichen Lippen formte sich ein Lächeln, als es einen Sceloporus malachiticus – einen Malachit-Stachelleguan – dabei beobachtete, wie er schnell von einem nahegelegenen Felsen verschwand.

»Für jemanden, der in New York City wohnt, scheinst du dich hier ziemlich wohl zu fühlen«, bemerkte er, als ihm die Leichtigkeit auffiel, mit der sie sich im grünen Dschungel bewegte. Sie schien die Natur zu respektieren, ohne Angst vor ihr zu haben, weil sie vorsichtig, aber trotzdem sicher durch das dicke Gras ging. Er wollte sie gerade vor dem schmerzhaften Stich der Paraponera clava warnen, aber sie umging die Kolonie der 24-Stunden-Ameisen bereits, bevor er etwas sagen konnte.

»Ich fühle mich hier wohl«, erwiderte Emily und lächelte ihn kurz an. »Eigentlich bin ich im halb ländlichen Georgia aufgewachsen und nur der Arbeit wegen nach New York gezogen. Ich war als Kind immer draußen, bin auf Bäume geklettert und habe den ganzen Tag Insekten gefangen. Wenn es nach mir gegangen wäre, hätte ich in einem Baumhaus gelebt.«

Zaron grinste, als er sich eine kleine Emily vorstellte, die durch die Wälder rannte. Wenn sie jetzt wie ein Engel aussah, wie musste sie dann als Kind ausgesehen haben, mit diesen großen strahlenden Augen und dem sonnigen Haar?

»Was ist mit Ihnen?«, fragte sie, als sie eine schmale Lichtung betraten. »Wie war Ihre Kindheit? Konnten Sie oft draußen spielen? Ich könnte mir vorstellen, dass Ihre Städte sehr hochtechnologisiert sind …«

»Das sind sie«, antwortete Zaron. »Aber sie sind anders als eure Städte. Wir bauen in der Regel um die natürliche Umgebung herum anstatt auf ihr. Eigentlich sehen unsere Siedlungen eher aus wie dieser Dschungel als wie eine eurer Städte.«

»Ernsthaft?« Sie schaute ihn überrascht an. »Keine Wolkenkratzer, keine Straßen, keine Autos?«

»Nein.« Er schüttelte seinen Kopf. »Nichts dergleichen. Wir haben einige größere Gebäude für öffentliche

Veranstaltungen, aber es gibt nicht viele davon. Wir mögen es nicht, auf einem Haufen zu leben, so wie Menschen das tun, also sind unsere Gebäude normalerweise verstreut – und wir brauchen keine Straßen, weil wir entweder gehen oder ein fliegendes Transportmittel benutzen.«

Zaron konnte sehen, dass Emily ihm weitere Fragen stellen wollte, aber in diesem Moment kamen sie an ihrem Ziel an.

Mit über drei Kilometer Länge und fast fünf Kilometer Breite war der See ein ziemlich großes Gewässer, das von verschiedenen Gebirgsbächen gespeist wurde – Bäche, die zu dieser Jahreszeit eher Flüsse waren. Da er tief im Wald lag, war der See von Wänden dichter, grüner Vegetation umgeben und zog alle möglichen wilden Tiere an – der perfekte Ort für einen Biologen. Zaron kam oft hierher, um einerseits das Wasser zu genießen und andererseits die lokale Fauna zu untersuchen.

»Pass bei diesem Manchinelbaum auf«, warnte er Emily und ergriff ihren Arm, um sie von der Pflanze wegzuziehen, als sie zum Wasser hinabstiegen. »Die Hippomane mancinella ist hochgiftig, und ich habe keine medizinische Ausrüstung mitgebracht.« Der milchige, weiße Saft des Baumes enthielt starke Giftstoffe; allein während eines Regens unter seinen Blättern zu stehen konnte Blasen auf der menschlichen Haut verursachen.«

»Oh, danke«, murmelte sie und blickte kurz zu ihm nach oben, bevor sie ihre Aufmerksamkeit wieder dem Wasser zuwandte. »Ab jetzt werde ich ihn mit Sicherheit meiden.« Ihre Stimme hörte sich leicht erstickt an, und Zaron bemerkte, dass er sie immer noch an ihrem

Oberarm festhielt. Seine Hand war erstaunlich dunkel auf ihrer elfenbeinfarbenen Haut, und seine Finger umgriffen fast ihren schlanken Arm.

Einen Moment lang war die Verlockung, sie näher an sich zu ziehen, fast unerträglich. Die Luft zwischen ihnen schien zu knistern, die Atmosphäre war sexuell angespannt. Sie wollte ihn; er konnte ihr Verlangen riechen und ihren schnellen Herzschlag hören. Warum widerstand sie dem Unausweichlichen? Emily musste mit Sicherheit wissen, dass sie die seine werden würde, dass er sie nicht gehen lassen würde, ohne vorher tief in ihrem weichen, zarten Fleisch versunken zu sein.

»Ist es sicher, in dem See zu schwimmen?« Ihre Stimme war höher als normal, und die Worte kamen schnell aus ihrem Mund. Sie konnte die Richtung seiner Gedanken spüren, fiel ihm auf, und sie gab ihr Bestes, um ihn von seinem wachsenden Hunger abzulenken. »Gibt es nichts Gefährliches darin?«

»Nein«, antwortete Zaron und ließ widerstrebend ihren Arm los. »Du musst dir um nichts Sorgen machen.« So gern er diese Angelegenheit beschleunigen würde – sie war immer noch zu ängstlich. Er würde sie bald haben, versprach er sich. Bald, aber jetzt noch nicht.

Zaron drehte sich von Emily weg, zog seine Sandalen aus und ging zu dem kleinen Streifen felsigen Ufers hinunter.

Eine Abkühlung im See hörte sich mit jeder Sekunde verlockender – und nötiger – an.

KAPITEL 16

*E*mily konnte kaum atmen, als sie Zaron dabei zusah, wie er ins Wasser ging und die Sonne von seinem dicken, glänzenden Haar reflektiert wurde. Ihr Herz klopfte wie verrückt in ihrer Brust, ihr war zu warm, und ihre Haut prickelte nach seiner Berührung.

Sie hatte gewusst, dass er einen guten Körperbau besaß, natürlich; seine Kleidung hatte seine kräftigen Muskeln nicht wirklich versteckt. Aber es zu wissen und es zu sehen waren zwei unterschiedliche Dinge – wie Emily entdeckt hatte, als sie aus ihrem Zimmer gekommen war, und er mit nichts weiter als einer hellgrauen Schwimmshorts bekleidet im Wohnzimmer gestanden hatte.

Ihr außerirdischer Entführer war umwerfend, unmenschlich schön. Glatte, dunkelbronzene Haut, die nicht einen Hauch von Unvollkommenheit aufwies, bedeckte jeden Millimeter seines muskulösen Oberkörpers.

Breite Schultern, eine schlanke Taille und schmale Hüften formten eine beeindruckende V-Form, und er hatte kein Gramm Fett zu viel. Von der leichten, dunklen Behaarung seiner Brust bis zu dem klar definierten Eightpack seines flachen Bauches war er ein unglaublich hinreißendes männliches Wesen.

Emily hatte kaum ihren Blick von ihm abwenden können, als sie neben ihm durch den dichten Wald gelaufen war, und in dem Augenblick, als er sie erneut berührte, hatte sie sich gefühlt, als habe er sie in Brand gesteckt. Seine starken Finger hatten ihren Arm in einem eisernen Griff gehalten, angeblich, um sie vor dem giftigen Baum zu schützen, und in ihrem Körper war augenblicklich Verlangen aufgewallt, das ihr Geschlecht mit warmer Feuchtigkeit überschwemmt hatte.

Warum weigerst du dich immer noch?, flüsterte eine leise, heimtückische Stimme in ihrem Kopf. Wäre es so schlecht, die Vorsicht in den Wind zu schlagen und einfach einmal Spaß zu haben? Wie oft bekam man die Gelegenheit, Sex mit einem so heißen Mann zu haben? Und was machte es schon, wenn sie keine Zukunft hatten, wenn er von einer anderen Spezies war und sie ihn nie wiedersehen würde, wenn sie erst einmal nach Hause ging? Tausende Frauen hatten auf Reisen Sex mit Fremden. Emilys Partnerwahl war vielleicht exotischer, aber letztendlich wäre es das Gleiche: ein kurzer Urlaubsflirt mit jemandem, der allerdings im wahrsten Sinne des Wortes nicht von dieser Welt war.

Nein. Emily schüttelte ihren Kopf, schälte sich aus ihrem Kleid und schob die gefährlichen Gedanken beiseite.

Sie musste sich darauf konzentrieren, ihr Leben und ihre Karriere wieder in den Griff zu bekommen, und eine Affäre mit einem Außerirdischen – einem Außerirdischen, der sie außerdem gefangen hielt – war das Letzte, was sie im Moment brauchte.

Sie zog sich ihre Schuhe aus, ging zum Wasser und war dankbar dafür, dass Zaron gerade vom Ufer wegzuschwimmen schien, ohne ihr Aufmerksamkeit zu schenken. Sie hatte keine Ahnung, wie vielen weiteren seiner Versuche, sie zu verführen, sie noch widerstehen konnte, und sie hatte die starke Vermutung, dass die Tatsache, dass sie beide fast nackt waren, nicht hilfreich dabei war, einen angemessenen Abstand zu halten.

Nur kurz schwimmen, versprach sich Emily und genoss das kalte Wasser, das ihre Haut umspielte. Nur kurz schwimmen, um einen klaren Kopf zu bekommen, und dann konnte sie beginnen, einen Ausweg aus dieser Zwickmühle zu finden.

Der Grund des Sees war genauso steinig wie das Ufer und schmerzte an ihren Füßen, aber sie musste nicht lange laufen, bevor das Wasser tief genug war, um darin zu schwimmen. Sie bewegte sich gemächlich im Wasser und sah, dass Zaron in einiger Entfernung schwamm.

In sehr großer Entfernung.

Ihr Puls raste plötzlich vor Aufregung. Er war so weit von ihr entfernt, dass sie kaum seinen dunklen Kopf im Wasser erkennen konnte. Er befand sich tatsächlich fast in der Mitte des Sees. Sie musste viel länger dagestanden und auf das Wasser gestarrt haben, als sie gedacht hatte.

Das war ihre Gelegenheit, ihre Chance, zu flüchten, bevor die siebzehn Tage vorbei waren. Emily war gut in Form, was das Laufen betraf, und sie hatte eine grobe Vorstellung davon, wo sie waren, da sie auf der Karte, die sie für ihre Wanderung benutzt hatte, etwas gesehen hatte, was wie dieser See gewirkt hatte. Sie konnte nicht mehr als zwanzig bis fünfundzwanzig Kilometer von einer der Städte entfernt sein. Wenn sie einen guten Vorsprung vor Zaron aufbauen könnte, bestand eine große Wahrscheinlichkeit, dass sie es bis in die Zivilisation schaffte, bevor er sie einholte – und sie wäre rechtzeitig zum Bewerbungsgespräch wieder zu Hause.

Ohne den schwarzen Kopf vor sich aus den Augen zu lassen, stieg sie aus dem Wasser, ging wie beiläufig zu ihren Sandalen und gab ihr Bestes, so zu tun, als wärme sie sich einfach auf. Sie zog ihre Schuhe und ihr Kleid an, warf einen letzten Blick auf Zaron, um sicherzugehen, dass er sich immer noch in der Mitte des Sees befand, und rannte in Richtung Wald.

Zaron schwamm durch das ruhige Wasser und genoss dabei diese entspannende Geschwindigkeit, die Bewegungen seiner Muskeln, die sich bei jedem langsamen, bewussten Zug anspannten und ausdehnten. Da er sich Emilys Gegenwart bewusst war, versuchte er angestrengt, seine Geschwindigkeit auf die eines Menschen zu verlangsamen, aber er war sich nicht sicher, ob es ihm gelang. Selbst nach sechs Monaten auf der Erde fand er es schwierig, sich wie ein Homo sapiens zu bewegen – ein weiterer Grund für seine Entscheidung, die menschlichen Städte für eine abgelegenere Region zu verlassen.

Als er einen Blick auf das Ufer warf, sah er, dass Emily aus dem See stieg. Mit seiner scharfen krinarischen Sicht konnte er alles sehen, bis hin zu den Wassertropfen, die auf ihrer blassen Haut funkelten. Bei diesem Anblick stockte sein Atem, und sein Schwanz versteifte sich. Zaron hatte bis jetzt absichtlich darauf verzichtet, sie anzuschauen, da er sich nicht sicher war, wie groß seine Selbstbeherrschung war, und jetzt erkannte er, dass er recht damit gehabt hatte, dieser Versuchung zu widerstehen. Nur mit einem kleinen, blauen Bikini bekleidet, war sein menschlicher Gast eine Symphonie aus langen, wohlgeformten Beinen und weiblichen Kurven. Ihre Brüste waren voll und fest, und ihre schmale Hüfte verbreiterte sich nach und nach, bis sie in einen festen, herzförmigen Po überging. Mit ihren blonden Haaren, die sie unordentlich auf ihrem Kopf zusammengebunden hatte, sah sie wie ein Sonnenstrahl aus, da ihre Haut aus der Entfernung eigenartig leuchtete.

Zaron, der seinen Blick nicht abwenden konnte, beobachtete hungrig, wie sie sich nach unten beugte und sich erst ihre Sandalen und danach ihr Kleid anzog. Ihre Bewegungen waren entspannt, fast träge. Trügerisch entspannt, bemerkte er, da ihm ihre angespannten Schultern auffielen. Sie richtete sich auf, schaute kurz mit gegen die Sonne zusammengekniffenen Augen in seine Richtung … und rannte dann schnell weg.

Sie rannte vor ihm weg.

Rein instinktiv tauchte Zaron unter und schoss blitzschnell durch das Wasser. Starke, irrationale Wut strömte durch seine Adern und verstärkte seinen intuitiven Drang, fliehender Beute nachzujagen. Wie konnte sie es wagen, wegzurennen? Er hatte ihr Leben gerettet, und sie gehörte ihm – er konnte sie ficken, er konnte sie so lange behalten, wie er wollte.

Er benötigte weniger als zwei Minuten, um die Entfernung bis zum Ufer hinter sich zu bringen. Als er aus dem Wasser auftauchte, erhaschte er eine Spur ihres Geruchs, die in den Wald führte. Sie war nicht weit gekommen, aber selbst wenn das der Fall gewesen wäre, wäre es egal gewesen. Kein Mensch könnte jemals schneller laufen als ein Krinar.

Mit einem grimmig angespannten Kiefer begann Zaron die Jagd.

KAPITEL 17

*W*ährend sie durch den Wald rannte, spürte Emily, dass sie begann, in einem gleichmäßigen Rhythmus zu atmen – einem, der es ihr ermöglichen würde, ihre Geschwindigkeit für die nächsten Kilometer beizubehalten. Zu ihrer Erleichterung saßen die Riemchensandalen, die Zaron ihr gegeben hatte, perfekt an ihrem Fuß, ohne dass sie ein Reiben verspürte, wie das normalerweise bei einem solchen Schuhwerk der Fall war.

Auch wenn ihre letzten zwei Jahre hart gewesen waren, da ihr Job fast die ganze Zeit in Anspruch genommen hatte, in der sie wach war, hatte Emily es normalerweise geschafft, alle paar Tage einen Acht-Kilometer-Lauf einzuschieben. Das war nichts im Vergleich zu ihrem strengen Fitnessprogramm an der Uni gewesen, aber es war besser, als sich in einen kompletten Stubenhocker zu verwandeln – und jetzt war sie extrem dankbar dafür. Sie konnte fühlen, wie sich ihre Muskeln aufwärmten und dehnten, ihre Lungen leicht arbeiteten, und sie wusste, dass sie mindestens eine Stunde durchhalten würde. Zu dem Zeitpunkt sollte Zaron sich weit hinter ihr befinden, vorausgesetzt, dass er sich überhaupt die Mühe machen würde, sie zu verfolgen, wenn er erst einmal das Ufer erreicht hatte.

Wenn alles gut ging, würde sie ihn nie wiedersehen.

Der Gedanke war eigenartig deprimierend, also verbannte sie ihn aus ihrem Kopf. Jetzt gab es kein Zurück mehr. Fest stand, dass sie geflohen war, und jetzt musste sie sicherstellen, schnell die Zivilisation zu erreichen.

Einfach einen Fuß vor den anderen, Emily. Einen Fuß vor den anderen.

Während sie sich auf das bekannte Mantra für Läufer konzentrierte, sprang sie über einen abgebrochenen Ast … und rannte mitten in einen unglaublich harten Körper.

Der Zusammenstoß nahm ihr den Atem. Sie taumelte nach hinten, stolperte über den Ast und wäre gefallen, wenn starke Hände sie nicht genau in diesem Moment aufgefangen hätten. Im nächsten Augenblick fand sich Emily ausgestreckt auf dem Boden wieder, ihre Arme wurden über ihrem Kopf festgehalten, und auf ihr befand sich ein über 1,80 Meter großer, tropfnasser, muskulöser Mann.

Zaron. Irgendwie hatte er sie eingeholt.

Er atmete angestrengt, und sie konnte sehen, dass ein Muskel in seinem fest angespannten Kiefer zuckte. Sein dickes Haar klebte am Kopf, und seine schwarzen Augen glühten wie Kohlen.

Er sah wild aus – und mehr als wütend.

»Wohin zum Henker, denkst du, gehst du?« Seine Stimme war ein wildes Knurren, und seine Finger an ihren Handgelenken fühlten sich wie ein Schraubstock an. »Du kannst nicht vor mir wegrennen.«

Ihre Lungen begannen endlich wieder zu funktionieren, und Emily saugte gierig Luft ein, während sie versuchte, sich wieder zu sammeln. Wie war Zaron so schnell von der Mitte des Sees hierhergekommen? Selbst der beste Olympiaschwimmer sollte diese Entfernung nicht in einer so kurzen Zeit hinter sich bringen können. »Was ... wie konnten Sie ...?« Sie schien nicht mehr als einige Worte herauszubekommen, während das Blut in ihren Ohren laut pochte. Sie konnte jeden Millimeter seines harten, halbnackten Körpers spüren, die Feuchtigkeit seiner Haut, die von ihrem Kleid aufgenommen wurde, und ihr Fleisch reagierte augenblicklich, indem sich ihre Nippel zu straffen, abstehenden Knospen zusammenzogen.

»Wie habe ich was gemacht?« Er beugte seinen Kopf nach unten, bis er nur noch einige Zentimeter von ihrem entfernt war, und sein Blick brannte sich in sie. Wasser tropfte von seinem Haar auf ihre Stirn, und das Wasser fühlte sich auf ihrer überhitzten Haut überraschend kalt an. »Wie ich dich gefangen habe?«

Emily schaffte es, zu nicken.

»Ich kann dich immer fangen.« Seine Stimme wurde leiser, bis sie nur noch ein raues Flüstern war, und seine Augen schimmerten heiß und dunkel. »Es gibt keinen Ort auf diesem Planeten oder woanders, an dem ich dich nicht finden könnte, mein Engel ... wenn ich es wollte.«

Ihr Herz setzte einen Schlag aus und begann danach, wie verrückt in ihrer Brust zu rasen. Sie konnte eine wachsende Härte an ihrem Bein spüren, die eine Hitzewelle in ihrem Körper auslöste, obwohl sich ihr Magen gleichzeitig zusammenzog, weil sie sich ihrer Verletzlichkeit immer bewusster wurde. »Lassen Sie mich los«, flüsterte sie. Es fühlte sich an, als würde sie von einem Berg festgehalten werden, und dieses Gefühl der Hilflosigkeit war angsteinflößend und machte sie gleichzeitig wütend. »Zaron, lassen Sie mich los …«

Er starrte sie an, seine Kiefermuskulatur zuckte, und der brennende Hunger in seinem Gesicht sandte eine Welle beunruhigender Erregung durch sie. Sie konnte spüren, dass er um Selbstbeherrschung kämpfte – und sie spürte den genauen Augenblick, in dem er den Kampf verlor.

Mit einem gequälten Stöhnen beugte er seinen Kopf nach unten und nahm ihren Mund mit seinem in Besitz.

Dieser Kuss hatte nichts Süßes und Zärtliches; er war ein ungezügeltes, körperliches Einfordern. Zarons Lippen und seine Zunge waren überall, verzehrten sie, nahmen ihr den Atem und den Willen, sich zu wehren. Seine rechte Hand hielt mühelos ihre beiden Handgelenke über ihrem Kopf fest, und seine linke glitt an ihrem Körper hinunter, um nach ihrem Kleid zu greifen und es nach oben zu ziehen. Wo auch immer seine Finger über ihre Haut strichen, brannte ihr Fleisch, da es sich nach seiner Berührung sehnte. Überwältigt bog Emily sich ihm entgegen, unsicher, ob sie näher an ihn heran oder ihn abwerfen wollte, und sie spürte, wie sein Knie ihre nackten Schenkel spreizte, während er nach dem Bikinihöschen griff und es zerriss.

Nur das nasse Material seiner Shorts trennte sie jetzt noch, und sie spürte den starken Druck seiner Erektion an ihrem freiliegenden Geschlecht.

Plötzlich waren ihre Hände frei. Keuchend hielt sich Emily an Zarons Schultern fest, und ihre Finger gruben sich in seine Haut, als er begann, seine Hüfte stoßend zu bewegen, wobei sein harter, großer Schwanz mit jeder Bewegung über ihre Klitoris rieb und damit Hitzewellen durch ihren Körper jagte. Er küsste sie immer noch tief und berauschend, was ihren Verstand benebelte, und irgendwo in ihrem Unterleib begann sich eine vertraute Spannung aufzubauen, als er ihr Bikinioberteil abnahm und seine Hand auf ihre Brust legte, um die weiche Rundung unter dem dünnen Stoff ihres Kleides fest zu massieren.

Emily wurde schwindelig, und sie stöhnte in seinen Mund, da sie sich auf nichts anderes konzentrieren konnte, als die atemberaubende Lust, die durch sie strömte. Alle ihre Ängste und Zweifel lösten sich in Luft auf, wurden durch die versengende Hitze seiner Umarmung in Asche verwandelt. Ihre Finger glitten in sein dickes Haar, zogen ihn näher an sie heran, und ihre Hüfte begann, sich in seinem Rhythmus zu bewegen.

Zaron stöhnte erneut auf, und sie nahm am Rande ein weiteres reißendes Geräusch wahr. Er hatte seine Shorts heruntergerissen, bemerkte sie verschwommen, als sie spürte, dass der glatte Kopf seines Schwanzes an ihrem inneren Oberschenkel entlangstrich. Die Anspannung in ihr verstärkte sich, ihr Unterleib pochte mit brennendem Verlangen, und sie hob ihm ihre Hüften entgegen, da sie unbewusst nach mehr bettelte.

Zaron versteifte bei ihrer Bewegung und hob seinen Kopf an, um sie anzublicken, während er sich auf einem seiner Ellenbogen abstützte. Seine Atmung war scharf und schnell, und seine Lippen glänzten von ihren Küssen. »Möchtest du das?«, flüsterte er mit einer Stimme voll rauer Lust. Er schob seine Hüften nach vorne, so dass sich die Spitze seines steifen Geschlechts in die weiche Kerbe zwischen ihren Beinen schob. »Möchtest du das, Emily?«

Seine Augen bohrten sich in sie, forderten eine Antwort, und sie nickte hilflos, da sie nichts weiter sagen konnte. Sie hatte niemals ein solch schmerzliches Verlangen empfunden, ein so intensives Begehren, dass es fast quälend war. Sie würde es nicht ertragen, wenn er jetzt aufhörte, und ihre normale Stimme, die sie immer zur Vorsicht mahnte, schwieg, als er ihren Oberschenkel mit einer starken Hand ergriff, ihre Schenkel weiter spreizte und begann, zuzustoßen.

Trotz ihrer Erregung war das erste Eindringen nicht einfach. Sein Geschlecht war dick und lang, viel größer als das der Männer, mit denen sie zusammen gewesen war, und als er tiefer in ihr nachgiebiges Fleisch vordrang, entwich ihren Lippen ein Schrei, da der Druck so stechend und ausdehnend war. Emily spannte sich an, ergriff seinen Arm und spürte, wie ein Schauer durch seinen Körper lief, als sich ihre inneren Muskeln um seine harte Masse zusammenzogen, da sie vergeblich versuchten, das Eindringen zu verhindern.

Ihr schmerzerfüllter Schrei ließ Zaron innehalten, auch wenn sein großer Körper wegen der Anstrengung, sich nicht zu bewegen, zitterte, und Emily sah, dass seine

Augen durch seinen Hunger ganz benebelt waren. Aber als er seinen Kopf hinunterbeugte und mit seinen Lippen an ihrem Hals entlangfuhr, war diese Geste überraschend zärtlich. »Alles in Ordnung?«, murmelte er, und sein warmer Atem, der über ihr linkes Ohr wusch, sendete Lustschauer durch ihren Körper.

Emily schloss ihre Augen und schlang ihre Arme um seinen Nacken und ihre Beine um seine Hüften. Das unangenehme Gefühl verschwand bereits, und das Fieber kam zurück. »Ja«, flüsterte sie, bog sich nach oben, um ihn tiefer in sich aufzunehmen, und erschauderte durch den hilflosen Genuss, als die Bewegungen die Gefühle verstärkten, die von ihrem Unterleib ausströmten.

Zaron erschauderte ebenfalls, als das letzte bisschen seiner Kontrolle verschwand, und er begann, hart zuzustoßen, mit zerstörerischer Kraft in sie zu gleiten. Stöhnend hielt sich Emily an ihm fest und fühlte sich wie ein Blatt, das in einem Sturm hin und her geworfen wird. Ihre Welt verengte sich, und alle ihre Sinne konzentrierten sich auf ihn. Seine Haut war durch das Wasser und seinen Schweiß feucht, und seine Muskeln traten hervor und spannten sich unter ihren Fingerspitzen an. Sie konnte fühlen, wie sich sein dickes Geschlecht in ihr bewegte, sein warmes Moschusaroma riechen, und die Anspannung in ihr stieg spiralartig an, konzentrierte sich auf das Nervenbündel an der Spitze ihres Geschlechts. Ihre Haut kribbelte mit Gänsehaut, ihr Herz schlug bis zum Himmel … und dann kam sie mit einem keuchenden Aufschrei, der ihrer Kehle entwich, als ihr Körper mit dem stärksten Orgasmus ihres Lebens explodierte.

Er ritt sie durch ihn, stieß hart und unnachgiebig zu und gab ihr keine Zeit, sich zu erholen, bis sie entsetzt bemerkte, dass sie sich einem weiteren Orgasmus näherte, da ihr empfindliches Fleisch dieses Mal nur minimale Stimulation benötigte. Als er das spürte, wurde er schneller, rieb seine Lende mit jedem Stoß gegen ihre Klitoris, und Emily schrie, als ein weiterer gewaltiger Höhepunkt sie in Wellen überkam.

Die krampfhafte Umklammerung durch ihr Geschlecht schien Zarons eigene Entladung auszulösen, und sie fühlte, wie er sich anspannte, hörte ein raues Geräusch in seiner Brust grollen, als er aufhörte, sich zu bewegen, und nur noch seine Lende härter an ihr rieb. Emily konnte sein Geschlecht tief in sich pulsieren und seinen Samen in warmen Strahlen herausschießen spüren, und sie krallte sich an seinen Seiten fest, da sie die Intensität dieser Erfahrung völlig überraschte.

Einige Augenblicke lang lagen sie da, ohne sich zu bewegen, und ihre Körper klebten durch den Schweiß zusammen, während ihre Atmung sich langsam wieder normalisierte. Zaron lag schwer auf ihr, und zum ersten Mal bemerkte Emily, dass sie auf dem harten Boden lag und kleine Steine und Zweige sich in die nackte Haut ihres Rückens drückten. Sie bewegte sich ein wenig, da sie sich bequemer hinlegen wollte, und Zaron stützte sich wieder auf seinen Ellenbogen ab, um sie von seinem Gewicht zu befreien. Sein mittlerweile fast weiches Geschlecht befand sich immer noch in ihr, und die Intimität dieser Stellung ließ ihre Wangen erröten, als sie seinem Blick begegnete.

»Du wirst nirgendwohin gehen, mein Engel«, sagte er ruhig. Irgendetwas hatte sich jetzt an der Art und Weise, wie er sie ansah, geändert, sein Blick hatte etwas Dunkles und Besitzergreifendes, das zuvor nicht da gewesen war. »Nicht, bis ich dich gehen lasse. Verstehst du mich?«

Emilys Mund spannte sich an, aber sie nickte kurz. Jetzt war kein Zeitpunkt, sich zu streiten – nicht, solange er immer noch tief in ihrem Fleisch vergraben war, nicht, während sie von der zerstörerischen Lust noch ganz erschöpft war. Später würde sie versuchen, sich zu sammeln, um einen Weg zu finden, wie sie flüchten konnte, aber jetzt musste sie ihn erst einmal beschwichtigen, die Rolle der unterwürfigen Gefangenen spielen. Sie könnte es nicht ertragen, wenn er beschließen würde, sie nach dem heutigen Zwischenfall im Haus einzuschließen.

»Gut.« Zaron beugte seinen Kopf nach unten, gab ihr einen kurzen Kuss auf die Lippen und zog sich vorsichtig aus ihrem geschwollenen Kanal zurück. Als er sich hingestellt hatte, zog er sie nach oben.

Emily hatte ihren Bikini verloren, aber ihr Kleid hatte es irgendwie geschafft, zu überleben, und es passte sich ihrem Körper an, bis es ihren Po bedeckte. Allerdings lagen Zarons Shorts zerrissen auf dem Boden, was ihn aber nicht zu stören schien, da er den Eindruck machte, sich nackt genauso wohl zu fühlen wie angezogen. Sie konnte seine Hoden schwer zwischen seinen Beinen schwingen sehen, sein Geschlecht schimmerte durch die Kombination ihrer Körperflüssigkeiten, und sie bekam einen trockenen Mund, als ihr bewusst wurde, dass sie ihn in sich gehabt hatte – dass sie wirklich Sex mit diesem Mann gehabt hatte.

Mit diesem Außerirdischen, berichtigte sie ihre innere Stimme, und Emily schluckte, da sie nicht allzu sehr über diese Tatsache nachdenken wollte. Ihre Beine fühlten sich wie Wackelpudding an, aber sie trat einen Schritt zurück, da sie etwas Abstand zwischen sie bringen wollte. Zaron ließ sie allerdings nicht, sondern festigte seinen Griff um ihren Arm. Bevor sie protestieren konnte, bemerkte sie, dass sie hochgehoben und bequem in seinen Armen platziert wurde.

»Wir gehen nach Hause«, sagte er und blickte zu ihr hinunter, während er auf das Haus zuhielt und sie dabei so mühelos trug, als würde sie nichts wiegen. »Ich denke, dass das genug frische Luft für heute war.«

***

Der Heimweg war schneller, da Zaron nicht so langsam ging wie auf dem Hinweg und sich leicht in dem vertrauten Wald orientierte. Emily protestierte dagegen, getragen zu werden, und meinte, dass sie genauso gut allein gehen könnte, aber er weigerte sich, sie wieder hinzustellen, da er sie sicher gegen seine Brust gedrückt spüren wollte. Sie hatte es nicht geschafft, zu flüchten, und das würde sie auch nie, aber trotzdem zögerte er, sie loszulassen, da ihn jedes Mal, wenn er an ihren Fluchtversuch dachte, ein eigenartiges Gefühl überkam.

Trotz seiner anfänglichen Wut verstand Zaron, warum sie es getan hatte. Das menschliche Mädchen war an ihre Unabhängigkeit gewöhnt, daran, ihr Leben selbst zu bestimmen. Zweifellos wurmte es sie, dass sie dazu gezwungen wurde, sein Gast zu bleiben. Er verstand und bedauerte ihr

Dilemma bis zu einem bestimmten Grad sogar. Trotzdem änderte das nichts an seiner irrationalen und primitiven Überzeugung, dass Emily zu ihm gehörte, dass sie irgendwie seine war.

Der Sex mit ihr hatte dieses Gefühl nur verstärkt. Sein Körper war vorübergehend zufriedengestellt, aber er sehnte sich bereits nach mehr dieser süchtig machenden Lust, konnte es kaum erwarten, sie immer wieder zu ficken. Die Tatsache, dass er sich davon abgehalten hatte, ihr Blut zu nehmen, war auch nicht wirklich hilfreich. Er hatte nicht in aller Öffentlichkeit die Kontrolle verlieren wollen, aber er konnte nicht aufhören, an das flüssige Aphrodisiakum zu denken, das durch ihre Adern floss – und daran, wie es sein würde, sich tief in ihr zu befinden, wenn seine Zähne über ihren Hals fuhren, und er zum erste Mal ihr Blut schmecken würde.

»Sie sind stärker als ein Mensch, stimmt's?« Emilys Frage riss ihn aus seinen Gedanken, und er schaute zu ihr hinunter. Sie hatte ihre Arme um seinen Nacken gelegt und hielt sich an ihm fest, so als hätte sie Angst, dass er sie fallen lassen würde. »Sie haben mich fast einen Kilometer weit getragen und atmen nicht einmal schneller«, erklärte sie ihm, während sie ihn anschaute.

Zaron zögerte einen Moment lang, bevor er entschied, dass er ihr so viel verraten konnte. Menschen würden diese Eigenschaft der Krinar sowieso bald herausfinden. »Ja«, bestätigte er und machte einen Schritt über einen *Lippia-alba*-Busch. »Wir sind stärker als eure Spezies. Und schneller – weshalb ich dich einholen konnte.«

Ihr Adamsapfel bewegte sich, als sie schluckte. »Wie viel stärker und schneller?«

»So viel, dass keiner eurer Athleten eine Herausforderung wäre«, antwortete er, da er nicht zu sehr ins Detail gehen wollte. Er konnte ohne Anstrengung jeden Knochen eines menschlichen Körpers brechen, aber das musste Emily nicht unbedingt wissen. Er wollte auf gar keinen Fall, dass sie Angst vor ihm hatte. Er würde ihr niemals körperlichen Schaden zufügen, aber das würde sie ihm vielleicht nicht glauben – besonders dann nicht, wenn sie wüsste, dass die Krinar ursprünglich »Raubtiere« waren und eine Schwäche für Gewalt hatten.

Sie runzelte die Stirn, als sie seine Antwort hörte, aber bevor sie ihn mit weiteren Fragen löchern konnte, kamen sie an seiner Unterkunft an.

Zaron näherte sich dem Eingang, ging durch die Öffnung und trug Emily hinein, als sei sie eine Kriegsbeute. Erst als sich die Wand hinter ihnen geschlossen hatte, ließ er sie endlich gehen und stelle sie auf die Füße. Er wusste, dass er sich wahrscheinlich wie ein Barbar aufführte, aber das war ihm egal. Wenn sie nicht sein Gast sein wollte, wäre sie seine Gefangene, mit allem, was dazugehörte. Er hatte kein schlechtes Gewissen, sie wie eine Gefangene zu halten – nicht nachdem sie sein Vertrauen durch ihr Weglaufen missbraucht hatte.

Sobald er sie losließ, zog sie sich von ihm zurück und hob trotzig ihr Kinn in die Höhe. »Ich würde gerne duschen«, sagte sie und schaute ihn ruhig an. Allerdings konnte Zaron erkennen, dass ihre Hände leicht zitterten. Emily war aufgewühlter, als sie zeigen wollte. Bereute sie, was zwischen ihnen passiert war? Oder versuchte sie immer noch, ihn auf Abstand zu halten und so zu tun, als habe sich nichts verändert?

Wie dem auch sei, Zaron hatte nicht vor, es zuzulassen. Sie hatte ihn in ihren Körper gelassen, und jetzt gehörte sie ihm. Es würde kein Zurück für sie geben.

»Natürlich«, erwiderte er. »Du musst duschen – genau wie ich.«

Ohne ihre Antwort abzuwarten, ging er zu ihr. Er ergriff ihren Rock und zog ihr das Kleid mit einer fließenden Bewegung über den Kopf, so dass sie völlig nackt dastand.

Danach nahm er sie wieder hoch, trug sie in ihr Zimmer und ging direkt ins Badezimmer.

KAPITEL 18

Zaron betrat mit Emily an seine Brust gedrückt die große, runde Duschkabine und gab einen kurzen Befehl, um das Wasser anzustellen.

»Sie können mich hinstellen, das wissen Sie, oder?«, bemerkte sie trocken, als das Wasser begann, sich über ihre Körper zu ergießen. »Ich kann auf meinen eigenen zwei Beinen stehen – und offensichtlich kann ich hier nirgendwohin rennen.«

Zarons Mundwinkel zuckten, weil er ein Lächeln nicht vollständig unterdrücken konnte. Er verhielt sich wirklich wie ein Barbar. »In Ordnung. Aber hör endlich auf, mich zu siezen.« Er stellte sie vorsichtig auf den rutschigen Boden, ließ die intelligente Dusche reinigende Flüssigkeiten auf Emilys Haar und ihre Haut auftragen, während er die gleiche Behandlung genoss.

Er hatte keine Ahnung, warum es ihm so schwerfiel, seine Hände von Emily zu lassen, aber er konnte es kaum ertragen, sie nicht zu berühren. Das war auch kein rein körperliches Bedürfnis, auch wenn sein Körper bereits auf ihre Nähe zu reagieren begann. Nein, dieser Zwang saß tiefer, fiel ihm mit einem kalten innerlichen Schauer auf. Er wollte sie in seiner Nähe haben, sie die ganze Zeit bei sich haben … um sie zu halten und sie zu besitzen.

Genau so, wie er Larita begehrt hatte.

Dieses Mal war der alles zerreißende Schmerz in seiner Brust zu stark, um ihn zu ignorieren, und Zaron wandte sich von Emily ab, da er nicht wollte, dass sie die Qualen auf seinem Gesicht sah. Er konnte nicht ernsthaft einen Menschen auf die gleiche Weise begehren, wie es bei seiner Partnerin der Fall gewesen war. Larita war für mehr als vierzig Jahre sein ganzer Lebensinhalt gewesen, und die Tatsache, dass er im gleichen Atemzug an sie und Emily dachte, fühlte sich für ihn an, als würde er ihr Andenken entehren.

Und trotzdem … er konnte sich nicht daran erinnern, wann er sich das letzte Mal so lebendig gefühlt hatte. Zum ersten Mal seit Laritas Tod wurde nicht jeder einzelne Augenblick, an dem Zaron nicht schlief, von düsteren Gedanken vereinnahmt, da seine Wut und seine Trauer in Emilys Gegenwart gedämpft wurden. Er hatte in den letzten Tagen mehr gelächelt und gelacht als im ganzen letzten Jahr, und der Sex mit Emily war genauso intensiv und befriedigend gewesen, wie er ihn mit seiner Partnerin erlebt hatte.

Das ergab keinen Sinn, aber er konnte es nicht länger verleugnen.

Zum ersten Mal seit Jahren fühlte Zaron sich wieder wie er selbst, und Emily war der Grund dafür.

Er drehte sich wieder zu ihr um, sah ihr dabei zu, wie sie sich mit geschlossenen Augen den Wasserstrahlen entgegenbog und ihre nassen Haare ihren schlanken Rücken hinunterfielen. Da sie ihm ihr Profil zugewandt hatte, bemerkte er ihre kleine, gerade Nase, die makellosen Konturen ihres Kinns und Kiefers. Ihr Mund sah weich und voll aus, geschwollen von ihrer vorangegangenen Vereinigung, und als sein Blick ihren Körper hinabwanderte, schwoll sein Schwanz an und versteifte sich, da er auf den sinnlichen Anblick vor ihm reagierte.

Er wusste nicht, warum genau dieses menschliche Mädchen diese Wirkung auf ihn hatte, aber er beschloss, dass er keine Zeit damit verschwenden würde, darüber nachzudenken, als sich Hitze unter seiner Haut ausbreitete. Er hatte seine kleine Gefangene noch für weitere sechzehn Tage, und er hatte vor, jeden einzelnen zu genießen.

Er ging einen Schritt näher an Emily heran, zog sie gegen seinen erregten Körper und unterbrach ihr überraschtes Schnappen nach Luft mit seinem Mund.

Sie schmeckte süß und durch das Reinigen leicht minzig. Ihre Lippen hingen an ihm, erwiderten seinen Kuss, und ihre Finger umklammerten das muskulöse Fleisch seiner Arme so stark, dass ihre zerbrechlichen Nägel sich in seine Haut gruben. Er konnte ihre nackten Brüste spüren, die gegen seine Brust drückten, ihre Nippel, die hart waren wie kleine Kieselsteine, und seine Eier zogen sich zusammen, als frisches Blut in seine Lenden strömte. Stöhnend drückte Zaron sie gegen die Wand der Duschkabine und ließ eine Hand bis zu der weichen, verführerischen Öffnung zwischen ihren Beinen an ihrem Körper hinuntergleiten.

Sie war bereits feucht, bereit für ihn, und Zaron fühlte, wie sich sein Hunger verstärkte, als sie sich an seine Finger schmiegte und ein leises Stöhnen ihrem Mund entwich. Während er seinen Daumen gegen ihre Klitoris drückte, schob er seinen Mittelfinger in den engen, feuchten Kanal, um den empfindlichen Punkt auf ihrer inneren Wand zu suchen. »Ja, genau so«, murmelte er und hob seinen Kopf an, um auf ihr errötetes Gesicht zu schauen. »Komm für mich, mein Engel …« Er konnte die weiche, schwammartige Stelle mit seinem Fingerballen spüren, und als er leicht darauf drückte, zog sich ihr Geschlecht um ihn zusammen und umschloss seinen Finger so stark, dass sein Schwanz mit Zucken reagierte.

Emily keuchte jetzt, ihre Pupillen waren geweitet, als sie ihn anschaute, und er verstärkte den Druck auf die weiche Stelle, während sein Daumen gleichzeitig ihre Klitoris umkreiste. Sie schrie auf, ihr Körper zuckte, und er fühlte, wie ihr Orgasmus begann und ihre inneren Wände sich in Wellen immer wieder um seinen Finger zusammenzogen

Da Zaron nicht noch länger warten konnte, zog er seinen Finger aus ihr heraus und ergriff die Hinterseite ihrer Oberschenkel, um sie vom Boden hochzuheben und ihre Beine zu öffnen. Ohne Umschweife führte er seine Eichel zu ihrem Eingang und drang in sie ein.

Wie zuvor fühlte sie sich berauschend an, wie eine Droge. Sie war unglaublich eng um seinen Schwanz, ihr weiches Fleisch drückte ihn zusammen und umarmte ihn, als er tiefer vorstieß. Er konnte den süßen Moschusduft ihrer Erregung riechen, das schnelle Schlagen ihres Herzen hören, und sein Blick fiel auf ihren Hals, wurde von dem Puls, der unter ihrer blassen, fast durchsichtigen Haut pochte, angezogen. Ein uralter, animalischer Hunger erwachte in ihm, das Verlangen eines Raubtiers, das durch keine genetische Manipulation jemals unterdrückt werden konnte, und er beugte langsam seinen Kopf nach unten, um mit seinen Lippen an der zarten Linie ihres Halses entlangzufahren. Sie stöhnte, legte ihren Kopf in den Nacken, und sein Verlangen wurde unerträglich. Zaron benutzte seine linke Hand, um sie in der Luft zu halten, ergriff Emilys Haare mit seiner rechten Hand und zwang sie dadurch dazu, stillzuhalten. Dann fuhren die scharfen Kanten seiner Zähne mit einer schnellen Bewegung über ihre Haut, und er drückte seinen Mund auf die frische Wunde.

Blut, heiß und metallisch, floss mit einem reichen und einzigartig befriedigenden Aroma auf seine Zunge. Emily schrie durch den unerwarteten Schmerz auf, spannte sich in seinen Armen an, aber dann spürte er bereits, wie sich der berauschende Effekt seines Speichels in ihr ausbreitete. Ihr Körper schmolz gegen ihn, ihr Geschlecht zuckte und pulsierte um seinen Schwanz, und er wusste, dass sie die gleichen Lustwellen überkamen, die auch ihn überrollten. Ekstase, heftig und überschäumend, zischte durch Zarons Nervenenden, verstärkte jeden einzelnen seiner Sinne, bis er sich fühlte, als würde er durch die überwältigenden Gefühle explodieren. Alles war leuchtender, heißer, intensiver, und er spürte, wie sein Verstand langsam schwand und sein Körper die Kontrolle übernahm, als der Geschmack ihres Blutes seine Lust unerträglich verstärkte.

Er war sich nicht sicher, wie lange er sie an der Wand der Duschkabine fickte oder wann er es geschafft hatte, sie ins Bett zu tragen. Alles, was er wusste, war, dass sie beide immer wieder gekommen waren, in einer gewaltigen orgastischen Ekstase, die kein Ende kannte.

Erst als Emily in seinen Armen ihr Bewusstsein verlor, konnte Zaron den Willen aufbringen, aufzuhören, auch wenn sein gesättigter Körper noch mehr verlangte.

KAPITEL 19

Als Emily langsam zu sich kam, bemerkte sie eine Reihe unerklärlicher Schmerzen. Jeder Muskel ihres Körpers tat weh, so als hätte sie extrem viel Sport getrieben. Als sie ihre Augen öffnete und sich leicht auf dem Bett drehte, fiel ihr auf, dass die Schmerzen tiefer gingen, ihr überstrapaziertes Geschlecht sich geschwollen und wund anfühlte.

Außerdem war sie unter der Decke nackt.

Emilys Herz schlug schneller, als sie frenetisch ihre Erinnerungen durchging, um das alles zu verstehen. Sie erinnerte sich daran, zu dem See gegangen zu sein, bevor sie einen vergeblichen Fluchtversuch unternommen hatte – ein Versuch, der mit dem unglaublichsten Sex ihres Lebens geendet hatte. Sie erinnerte sich auch lebhaft an die Dusche mit Zaron, dass er wollte, dass sie ihn duzte, und wie er sie danach wieder ergriffen hatte, ihre Sinne überwältigt und ihren Willen, sich ihm zu widersetzen, gestohlen hatte, bevor sie sich nach ihrem ersten Sex sammeln konnte.

Ab diesem Punkt waren die Dinge in ihrem Kopf verschwommen. Alles, an was sie sich erinnern konnte, war ein Wirrwarr von Gefühlen, die sie niemals zuvor verspürt hatte, und eine Lust, die beinahe quälend intensiv gewesen war.

Heilige Scheiße. Sie hatte Sex mit einem Außerirdischen gehabt. Ein Außerirdischer, der sie in seinem Haus gefangen hielt. Emily konnte sich die Folgen einer derartigen Tatsache nicht einmal ansatzweise vorstellen, also schob sie den Gedanken zur späteren Analyse beiseite.

Sie setzte sich stirnrunzelnd hin und sah sich im Raum um. Sie war wieder allein, ohne ein Zeichen von Zaron. Was war gestern geschehen? Warum fühlte sie sich so?

Emily kletterte aus dem Bett, ging zum Badezimmer und unterdrückte ein Stöhnen wegen der tiefsitzenden inneren Schmerzen zwischen ihren Schenkeln. Sie hatte sich noch nie so wund nach Sex gefühlt, nicht einmal nach ihrem ersten Mal. Als sie an sich herunterschaute, bemerkte sie leichte blaue Flecken und Striemen auf ihrer Haut. War der Sex mit Zarons Spezies doch anders? Ein Schauer lief ihr über den Rücken, auch wenn sich ihr Unterleib erwärmte, als sie sich an das Gefühlte erinnerte.

Nein, denk jetzt nicht darüber nach. Um ihre Gedanken von diesem Thema abzulenken, kümmerte sich Emily um ihre Grundbedürfnisse und wusch sich die Hände. Als sie gerade unter die Dusche gehen wollte, hörte sie, wie jemand das Zimmer betrat.

Sie drehte sich herum und starrte den Mann an, der ihr Liebhaber geworden war. Eigenartigerweise fühlte sie sich unwohl, nackt vor ihm zu stehen. Sie war bei ihren Freunden niemals besonders prüde gewesen, aber irgendwie war das hier anders. Weder Jason noch Tom hatten sie jemals auf die Art und Weise angesehen, wie Zaron sie gerade anschaute: mit einem tiefen, besitzergreifenden Hunger, auf den ihr Geschlecht mit Pochen reagierte. Es war ein Blick, der ihr ihren Körper, ihre Weiblichkeit auf das Eindringlichste bewusst machte.

»Du bist schon wach«, murmelte er, und seine Augen leuchteten, als er zu ihr kam. Mit einem hellblauen T-Shirt und einer eng anliegenden Jeans bekleidet, die sich an seine muskulösen Oberschenkel schmiegte, sah er genauso umwerfend aus wie immer und überwältigte ihre Sinne allein durch seine Anwesenheit im selben Raum.

Sie hatte wirklich Sex mit dieser atemberaubenden Kreatur gehabt.

»Ja, ich bin vor einer Weile aufgewacht«, konnte Emily kaum mit einer leicht rauen Stimme hervorbringen. Sie räusperte sich und versuchte, sich auf die weltlichen Dinge zu konzentrieren. »Wie spät ist es?«

»Erst kurz nach neun«, antwortete Zaron und zog seine Stirn leicht in Falten, als sein Blick über ihren Körper wanderte und an fingerförmigen blauen Flecken auf ihren Oberschenkeln hängen blieb. Einen Augenblick später befand er sich vor ihr, und seine Hände ergriffen ihre Oberarme, als er sie in alle Richtungen drehte, um jeden Millimeter ihrer Haut zu untersuchen.

»Hey!« Emily versuchte, sich wegzudrehen. »Was tust du da?« Sie hatte alles versucht, um vorzugeben, dass das einfach nur ein ganz normaler »Morgen danach« war, damit sie unnötige Peinlichkeiten vermeiden konnten, aber Zaron schien fest entschlossen zu sein, ihre Bemühungen zu ruinieren.

Er ignorierte ihre nutzlose Gegenwehr, ließ ihre Arme los und hockte sich vor ihr hin, um seine Hände leicht an ihren Schenkeln hinuntergleiten zu lassen. Als er sich wieder hinstellte, zuckte sie wegen seines wütenden Gesichtsausdrucks fast zusammen.

»Ich habe dich verletzt«, sagte er mit einer Stimme voller Selbsthass, und sie verstand, dass er auf sich selbst wütend war, nicht auf sie. »Scheiße, Emily, mir war nicht aufgefallen, dass ich dich derart zugerichtet habe. Ich wusste, dass Menschen zerbrechlich sind, aber ich hatte nicht geglaubt …« Er brach mitten im Satz ab, und seine Brust hob sich an, als er beruhigend einatmete. Als er erneut sprach, war sein Ton ein kleines bisschen weicher. »Hast du Schmerzen, mein Engel?«, fragte er, ohne seinen Blick von ihr zu lösen.

Emily fühlte, wie die aufsteigende Röte ihren Haaransatz erhitzte. »Ich bin ein wenig wund«, gab sie zögernd zu. Sie wollte nicht, dass er sie als einen zerbrechlichen Menschen betrachtete. Sie war immer stolz darauf gewesen, so kräftig und gut in Form zu sein; selbst als Kind hatte sie gerne Sport getrieben und andere körperlich anstrengende Aktivitäten ausgeübt, hatte immer Geländespiele den Puppen vorgezogen. Sie war keine zerbrechliche Maid, die wie ein rohes Ei behandelt werden musste. »Das ist nicht so schlimm«, fügte sie hinzu, als sie Zarons Gesichtsausdruck sah. »Nichts, was durch eine Dusche nicht verschwinden würde.«

Sein Mund spannte sich an, aber er sagte nichts. Als er sich umdrehte und den Raum verließ, bewegte er sich so schnell, dass Emily überrascht blinzelte.

Sie zuckte über sein unerklärliches Verhalten mit den Schultern und betrat die Duschkabine.

Bevor das Wasser starten konnte, tauchte Zaron mit einem kleinen silbrigen Objekt in seiner Hand wieder auf, das die Form einer Röhre hatte. »Halt bitte still«, wies er sie an und kniete sich vor sie.

Emily beobachtete irritiert, wie er das Objekt über ihren Körper bewegte und sich dabei auf die Stellen mit sichtbaren blauen Flecken konzentrierte. Aus dem kleinen Gerät strömte ein rotes Licht, ein Licht, das sich auf ihrer verletzten Haut angenehm warm anfühlte. Zu ihrer Überraschung verblassten die blauen Flecken fast augenblicklich und verschwanden danach spurlos.

»Wow«, hauchte sie, beugte ihr rechtes Knie und wackelte mit dem Fuß. Der Muskelkater, den sie gehabt hatte, war verschwunden. »Zaron, wirkt eure Heiltechnologie immer so?«

Er nickte und sah sie an. »Ja. Sie benutzt Nanozyten, falls dir das was sagt.«

»Nanozyten? Redest du gerade über ausgereifte Nanotechnologie?« Emily hatte darüber gelesen, als sie Nachforschungen über ein technisches Start-up-Unternehmen angestellt hatte, und wie sie es verstanden hatte, waren die Möglichkeiten einer derartigen

Technologie ziemlich grenzenlos. Nanomaschinen waren unglaublich kleine Roboter, die darauf programmiert werden konnten, auf sehr verschiedene Arten zu arbeiten – etwas, über das die moderne Wissenschaft zu diesem Zeitpunkt nur Theorien aufstellen konnte. »Moment mal … führst du die in meinen Körper ein?«

»Ja, genau.« Es schien ihm zu gefallen, dass sie das so schnell verstanden hatte. »Sie heilen deine Verletzungen«, erklärte er, während er das Objekt zu ihrem Becken bewegte. Bevor sie verstand, was er vorhatte, führte er seine Hände zwischen ihre Beine und ließ das Licht genau auf ihre wunde Öffnung scheinen. Sie verspürte ein kurzes Kribbeln, und danach war ihr inneres Wundsein verschwunden.

»Jetzt kannst du duschen«, meinte Zaron zufrieden und stand auf. Er beugte sich zu ihr hinunter, strich mit seinen Lippen in einem kurzen, besitzergreifenden Kuss über ihren Mund, und trat danach zurück. »Du solltest wirklich besser duschen, bevor ich wieder die Beherrschung verliere«, sagte er heiser, verließ den Raum, und die Tür schloss sich hinter ihm.

Emily duschte wie auf Autopilot, und ihre Gedanken sprangen in ein Dutzend verschiedene Richtungen. Die Idee, dass winzige außerirdische Maschinen sich durch ihren Körper bewegten, faszinierte sie genauso, wie sie sie abschreckte. Hatte er sie das letzte Mal auch damit geheilt? Das ergab Sinn. Genauso wie ein Chirurg eine Wunde zusammennähen konnte, konnte eine Maschine in Nanogröße theoretisch Schaden auf einer zellulärer Ebene reparieren. Nein, nicht theoretisch, berichtigte sie sich. Sie konnten es praktisch tun. Die Tatsache, dass sie sich völlig normal fühlte, war der Beweis dafür.

Emily trat aus der Dusche, ließ sich von den Luftströmen trocknen und ging dann wieder in ihr Schlafzimmer zurück, um sich anzuziehen. Erst als sie sich ihre Sandalen überstreifte, fiel ihr etwas auf.

Sie wusste immer noch nicht, weshalb das Heilen überhaupt nötig gewesen war. Ihre Erinnerungen an letzte Nacht waren genauso undeutlich, als hätte sie Drogen genommen.

KAPITEL 20

>> *Z*aron … Was genau ist letzte Nacht passiert?«

Emily saß ihm gegenüber am Küchentisch, aß einen Teller Obstsalat und schaute ihn fragend an. Mit dem hellgelben Kleid, das sie heute trug, sahen ihre Augen eher grün als blau aus und erinnerten Zaron an Burit – eine moosähnliche Pflanze auf seinem Heimatplaneten.

Er aß sein eigenes Frühstück auf, während er über ihre Frage nachdachte, da er nicht wusste, wie er sie am besten beantworten sollte. Auch wenn er nicht wusste, was das offizielle Protokoll nach der Ankunft vorschreiben würde, vermutete er, dass der Rat nicht allzu begierig darauf sein würde, die vampirischen Tendenzen ihrer Rasse sofort zu enthüllen.

»Was meinst du?«, fragte er, da er sich entschieden hatte, erst einmal den Ahnungslosen zu spielen. Er lächelte Emily leicht an, streckte sich über den Tisch und nahm ihre Hand in seine, um zärtlich mit seinem Daumen über ihre Handfläche zu streichen. »Du weißt, was passiert ist, mein Engel. Oder soll ich deinem Gedächtnis ein wenig nachhelfen?«

Sie leckte sich einen Tropfen Saft von den Lippen, betrachtete ihn eindringlich, und sein Körper spannte sich an bei der Erinnerung daran, wie diese Lippen geschmeckt und sich angefühlt hatten. »Natürlich erinnere ich mich daran, dass wir Sex hatten«, entgegnete sie und zog ihre Hand aus seinem Griff. »An was ich mich nicht erinnere, ist der Rest des Tages nach der Dusche, oder wie ich so wund geworden bin. Hast du mir etwas gegeben? Irgendeine Droge?«

»Nein, natürlich nicht«, antwortete Zaron, den dieser Gedanke amüsierte. Es war keine Droge, die ihre Erinnerung an die Nacht verschwommen gemacht hatte; es war eine natürliche Substanz, die im Speichel der Krinar vorkam, ein Überbleibsel aus der Zeit, als seine Rasse die Lonar jagte – eine Primatenspezies, deren Blut sie mit den grundlegenden Nährstoffen versorgt hatte. Er setzte einen unbewegten Gesichtsausdruck auf und fragte seidig: »Du erinnerst dich nicht an alle Orgasmen, die ich dir beschert habe?«

Emilys Wangen erröteten, aber ihr Blick haftete weiterhin auf seinem Gesicht. »Nein, das tue ich nicht. Willst du mir gerade sagen, dass wir den ganzen Tag und die ganze Nacht Sex hatten?«

Zaron nickte und musste bei der Ungläubigkeit in ihrer Stimme ein Lächeln unterdrücken. »Ja, das trifft es ziemlich gut«, bestätigte er. »Letztendlich bist du gegen drei Uhr morgens eingeschlafen.«

»Drei Uhr morgens?« Sie starrte ihn entsetzt an. »Aber es war noch nicht einmal Mittag, als wir zum See gingen!«

»Ich nehme an, dass mein Volk mehr Ausdauer beim Sex besitzt«, erwiderte Zaron und beobachtete ihre Reaktion. »Wir ermüden nicht so schnell wie Menschen.«

Die Farbe auf Emilys Gesicht verdunkelte sich. »Wenn das stimmt, denke ich nicht, dass wir besonders kompatibel sind«, meinte sie angespannt. »Eine krinarische Frau wäre in diesem Fall wohl besser für dich.«

»Aber ich möchte keine krinarische Frau.« Zaron streckte sich erneut nach ihrer Hand aus. Er umfasste ihre Finger und beugte sich nach vorn. »Ich möchte dich.«

Und das stimmte auch. Er wollte nicht einfach nur Sex – er wollte Emily. Die letzte Nacht war eines der unglaublichsten Erlebnisse in seinem Leben gewesen, und er konnte es kaum erwarten, sie erneut zu haben. Er konnte sehen, dass sie immer noch Vorbehalte dagegen hatte, mit ihm zusammen zu sein, aber er hatte nicht vor, zuzulassen, dass sie sich von ihm zurückzog.

Er hatte sie noch weitere fünfzehn Tage, und er plante, einen guten Teil dieser Zeit tief vergraben in ihrem süßen, kleinen Körper zu verbringen.

Emily zog ihre Stirn in Falten und versuchte, ihre Hand wegzuziehen. »Zaron, nur weil wir einmal Sex hatten – okay, mehrere Male –«, räumte sie wegen seines ironischen Gesichtsausdrucks ein, »bedeutet das nicht, dass das genau so weitergeht. Du hältst mich hier gegen meinen Willen fest, und selbst wenn du es nicht tätest, wäre das einfach keine gute Idee. Wir sind zu verschieden. Mit einem solchen Appetit könnte zu Hause ein ganzer Harem auf dich warten …«

»Den habe ich nicht«, unterbrach Zaron sie, und sein Brustkorb zog sich schmerzhaft zusammen. Er ließ ihre Hand los und lehnte sich zurück, da ihn die vertraute eisige Trostlosigkeit überkommen hatte. »Du musst dir, was das betrifft, keine Sorgen machen, das kannst du mir glauben.« Die Worte klangen ungewollt bitter, und er sah, wie Emily überrascht die Augen aufriss.

»Du hast niemanden, der zu Hause auf deine Rückkehr wartet?«

»Nicht in dem Sinne, den du meinst«, antwortete Zaron, dieses Mal ruhiger. »Meine Eltern und Großeltern sind auf Krina, aber ich habe keine ›Freundin‹, wie du es nennen würdest.«

»Warum nicht?«, fragte Emily und neigte ihren Kopf zur Seite. Ihre Augen betrachteten fragend sein Gesicht. »Du hast doch mit Sicherheit keine Probleme, Frauen für dich zu interessieren. Oder haben die auf deinem Planeten einen anderen Geschmack?«

Zaron starrte sie an, und eine starke Versuchung nagte in ihm. »Nein«, antwortete er langsam. »Den haben sie nicht.« Auch für krinarische Verhältnisse war er ein attraktiver Mann; das wusste er. Larita hatte immer darüber gescherzt, dass seine Eltern ihn zu schön gemacht hatten, und hatte ihn oft damit aufgezogen, dass er besser aussah als sie.

»Was ist es dann?«, beharrte Emily und ihre Augen leuchteten vor Neugier. »Du hast mir erzählt, dass du sechshundert Jahre alt bist. Solltest du dann nicht schon Frau und Kinder haben?«

»Ich hatte eine Frau«, erwiderte Zaron plötzlich und gab damit der Versuchung nach. »Sie ist vor acht Jahren gestorben.« Sobald die Worte seinen Mund verlassen hatten, wollte er sie zurücknehmen, aber es war zu spät. Die Neugier verschwand aus Emilys Gesicht, wurde zuerst von Entsetzen und danach von dem abgelöst, was er am meisten hasste: Mitleid.

Aber zu seiner Erleichterung begann sie nicht, irgendwelche Plattitüden herunterzuleiern. Stattdessen fragte sie leise: »Wart ihr lange zusammen?«

»Vierundvierzig eurer Erdenjahre.« Es hatten nur drei Jahre bis zur Feier der siebenundvierzig gefehlt – dem formellen Ereignis, das ihre Vereinigung in den Augen der krinarischen Gesellschaft öffentlich und fest gemacht hätte.

»Ich verstehe«, murmelt Emily und betrachtet ihn dabei eindringlich. »Darf ich fragen, was passiert ist?«

»Es war ein Unfall.« Zarons Mund zuckte. »Einfach ein dummer, sinnloser Unfall. Larita war, was du eine Astronautin nennen würdest, sie erforschte die Geologie des Tiefraums. Als sie starb, befand sie sich für ein Routineprojekt in einem nahegelegenen Sonnensystem und nahm Proben eines Methansees auf einem Planeten, der auf gewisse Weise dem Mond Titan eures Planeten Saturn gleicht – in seiner Atmosphäre fehlt Sauerstoff.« Er hielt inne, um den Knoten herunterzuschlucken, der sich in seinem Hals gebildet hatte. »Es gab eine unerwartete vulkanische Explosion in ihrer Nähe, und Laritas

Sauerstoffbehälter wurde durch die herumfliegenden Trümmer beschädigt. Das allein wäre kein Problem für sie gewesen, aber ein Teil des Sauerstoffs entwich in die Atmosphäre und verband sich mit dem darin vorkommenden Methan.«

Er konnte sehen, wie Emilys Wangen ihre Farbe verloren, als sie verstand, worauf er hinauswollte. »Ja«, sagte er leise. »Du kannst dir wahrscheinlich vorstellen, was als Nächstes geschah. Methan ist in Verbindung mit Sauerstoff höchst entflammbar, und da der Vulkan heißes Magma auswarf, wurde der See um sie herum zu einer Feuerhölle. Weder sie noch ihre beiden Kollegen überlebten.«

Dann schwieg er, da er nicht in der Lage war, mehr zu sagen. Erneut durchlebte er das Entsetzen, das ihn überkommen hatte, als er erfuhr, dass die Frau, die er mehr als sein Leben liebte, von ihm gegangen war, ihr Körper von einem Inferno auf einer weit entfernten Welt eingeäschert worden war. Er hatte die Nachricht zuerst nicht glauben können, hatte versucht, sie solange er konnte zu verleugnen. Erst als Reste von Laritas Anzug gefunden wurden, hatte er die Wahrheit akzeptiert: Seine Partnerin würde nie wieder von ihrer Routineexpedition zurückkommen.

Ein warmer, sanfter Druck auf seiner Hand brachte ihn aus seinen düsteren Erinnerungen zurück. Als er nach unten blickte, war Zaron überrascht, Emilys schlanke Finger auf seiner Handfläche vorzufinden. Sie hatte sich aus eigenem Antrieb über den Tisch gebeugt und seine Hand in einer Geste des schweigenden Beistands ergriffen. Als er seine Augen wieder ihrem Gesicht zuwandte, sah er, dass in ihren Augen unvergossene Tränen glitzerten.

»Es tut mir leid«, flüsterte sie schmerzerfüllt, und etwas an dem echten Mitgefühl auf ihrem Gesicht berührte sein Innerstes, verjagte einen Teil des kalten, schweren Gefühls in seinem Bauch. »Es tut mir wirklich leid, Zaron. Ich kann mir nicht einmal vorstellen, wie es sich angefühlt haben muss, jemanden zu verlieren, den du so lange geliebt hast.«

Er holte tief Luft, ließ sich von dem sanften Ton ihrer Stimme und dem Gefühl ihrer zarten Hand, die seine drückte, beruhigen. Er wusste nicht, warum er sich diesem Menschen anvertraut hatte. Das sah ihm gar nicht ähnlich. Zaron sprach niemals freiwillig über Laritas Tod; selbst nach acht Jahren waren die Erinnerungen zu frisch, zu schmerzhaft, und er war nicht eine der Personen, die andere mit ihren Problemen belasteten. Und trotzdem hatte er es aus irgendeinem Grund Emily erzählen wollen, um zu sehen, ob sie ihn verstehen würde.

Sie blickte ihn immer noch an, so als würde sie etwas abwägen. Dann traf sie offensichtlich eine Entscheidung, denn sie begann zu sprechen.

»Meine Eltern starben, als ich vier Jahre alt war«, sagte sie ruhig, und Zaron versteinerte, während ihm ein kalter Schauer über den Rücken lief. »Es war ein Autounfall. Sie überholten einen langsamen LKW auf der Autobahn und fuhren mit etwa 130 km/h, als einer ihrer Reifen platzte. Das Auto überschlug sich einige Male, bevor es am Straßenrand liegen blieb. Mein Vater war sofort tot, meine Mutter verstarb einige Stunden später im Krankenhaus.« Ihre Finger verstärkten krampfartig ihren Druck auf seine Hand, als sie rau hinzufügte: »Ich war damals mit einem Babysitter zu Hause, verstehst du, und meine Eltern haben sich beeilt, zu mir zurückzukommen, weil der Film später zu Ende war, als sie erwartet hatten.«

»Emily …« Zaron wusste nicht, was er sagen sollte. Auf viele Arten war ihr Verlust unendlich viel größer gewesen. Er war ein Erwachsener gewesen, und so sehr er Larita auch geliebt hatte, er war nicht auf die gleiche Weise von ihr abhängig gewesen wie ein Kind von seinen Eltern. »Es tut mir so leid«, sagte er schließlich, und sein Herz schmerzte für dieses menschliche Mädchen. »Wer hat dich danach aufgezogen? Waren das die Pflegefamilien, die du schon einmal erwähnt hast?«

Sie nickte. »Ja. Na ja, und meine Tante Wendy nehme ich an – die Schwester meines Vaters. Sie hat mich gleich nach ihrem Tod zu sich genommen. Keiner meiner Elternteile kam aus einer großen Familie, also war sie die einzige nahestehende Verwandte. Ich habe achtzehn Monate lang bei ihr gelebt, bis sie erkannte, dass sie nicht dafür geeignet war, um mit einem traumatisierten Kind zurechtzukommen, und steckte mich in Pflegefamilien.«

»Sie hat dich von irgendwelchen Fremden aufziehen lassen?« Wut brannte in Zarons Eingeweiden, als er sich daran erinnerte, dass Emily ihm erzählt hatte, in einer dieser Pflegefamilien nicht genug zu essen bekommen zu haben. Wie hatte ihre Tante das nur tun können? Was für ein Monster musste man sein, um sein eigenes Fleisch und Blut wegzugeben? Krinarische Waisen waren zur heutigen Zeit extrem selten, aber wenn ein solches Unglück geschah, würde jeder Verwandte, egal wie entfernt, gerne die Verantwortung übernehmen, sich um das Kind zu kümmern; alles andere wäre undenkbar.

Ein leichtes Lächeln erschien auf ihren Lippen. »Ja. Eigentlich war es gar nicht so schlimm. Ich fand es besser so. Tante Wendy war nicht … besonders gut im Umgang mit Kindern. Es war eine Erleichterung, aus ihrem Haus herauszukommen.«

Zarons Blut geriet in Wallung. »Hat sie dir wehgetan?« Er beugte sich nach vorn, um ihr Handgelenk mit seiner anderen Hand zu bedecken. Er hatte diese Arten von Geschichten in den menschlichen Nachrichten gesehen, und der Gedanke, dass Emily misshandelt worden sein könnte … »Hat sie dir etwas angetan?«

»Nein.« Emily schüttelte ihren Kopf. »Nichts, was du jetzt vielleicht denkst. Sie hat mich ab und an bestraft, indem sie mich in mein Zimmer einschloss, aber ansonsten hat sie mir nichts angetan. In den anderen Familien, in denen ich war, ist auch nichts geschehen. Ich hatte sehr viel Glück. Einige meiner Pflegeeltern interessierten sich nicht für mich, aber normalerweise waren sie gute Menschen, die wirklich helfen wollten – und die das zusätzliche Geld gebrauchen konnten, das ihnen der Staat für meinen Unterhalt gab.«

»Warte mal«, sagte Zaron langsam weil er bei einem ihrer nebenbei erzählten Dinge nachhaken wollte. »Deine Tante hat dich in dein Zimmer eingeschlossen? Ist das der Grund dafür, weshalb du es nicht magst, dich in Gebäuden aufzuhalten?«

Emily biss sich auf die Lippe und sah auf einmal unangenehm berührt aus. »Ja, wahrscheinlich.« Sie entzog ihm ihre Hand, und er fühlte sich ohne ihre Berührung eigenartig nackt. »Das ist nicht weiter schlimm. Wie ich dir schon gesagt habe, muss ich nur regelmäßig nach draußen gehen.« Sie sah ihn weiterhin an, als sie ruhig hinzufügte: »Ich kann es einfach nicht gut ertragen, gefangen zu sein – aber andererseits kenne ich auch nicht viele Menschen, die das tun.«

Zaron überkamen auf einmal unerwünschte Schuldgefühle, denen ein irrationaler Wutausbruch folgte. Er stellte sich langsam hin, und seine Hände umfassten kraftvoll die Tischkante. »Ich habe dir bereits erklärt, warum ich dich eine kurze Zeit hier festhalten muss«, sagte er, wobei er jedes Wort betonte. »Du bist diejenige, die darauf besteht, daraus ein Martyrium zu machen. Alles, was du tun musst, ist, die nächsten Tage bei mir zu bleiben. Warum ist das so schwer für dich?«

Sie stand ebenfalls mit verengten Augen auf. »Weil ich ein Leben da draußen habe.« Ihr scharfer Ton stand seinem um nichts nach. »Weil ich nicht hierbleiben kann, um Tag und Nacht Sex zu haben, während die Karriere, die ich mir durch harte Arbeit aufgebaut habe, komplett einstürzt. Ich bin kein Tier, das du retten und als Haustier halten kannst, Zaron – ich bin ein menschliches Wesen – und deine angebliche Angst, bloßgestellt zu werden, ist nichts weiter als eine Entschuldigung, um mir meine Freiheit vorzuenthalten. Du weißt genauso gut wie ich, dass ich auf dem Times Square herumrennen und aus vollen Lungen schreien könnte, dass es Außerirdische gibt, und niemand mir glauben würde …«

»Ob jemand es glaubt oder nicht, ist irrelevant«, unterbrach Zaron sie und umrundete den Tisch. Mit diesen vor Wut blitzenden Augen sah Emily so hinreißend aus, dass er spürte, wie sein eigener Zorn nachließ, weil er von einer vertrauten aufsteigenden Lust verjagt wurde. Sie hatte nicht ganz Unrecht mit dem, was sie sagte, aber er weigerte sich, jetzt darüber nachzudenken. Er blieb vor ihr stehen, nahm ihr Gesicht in seine großen Hände und entgegnete entschlossen ihrem stürmischen Blick. »Ich werde es jetzt nicht riskieren, das Abkommen zu brechen. Nicht einmal für dich, mein Engel.«

Ihre schlanken Hände erhoben sich, um seine Handgelenke zu umfassen. »Zaron, bitte«, flüsterte sie, und sie konnte hören, dass er schneller atmete, während er seine wachsende Erektion an ihren Bauch drückte. »Das ist keine gute Idee …«

»Ganz im Gegenteil …« Er beugte seinen Kopf nach unten, und seine Hüfte befand sich nur wenige Zentimeter von ihrer entfernt. »Ich glaube, dass das eine hervorragende Idee ist.« Er umarmte ihr Gesicht mit seinen Händen, küsste sie und genoss die Art und Weise, wie ihre weichen Lippen an ihm hingen. Es war, als könne sie auch nicht genug von ihm bekommen. Über Larita zu reden, und diese Dinge aus Emilys Vergangenheit zu erfahren, hatte Zaron durcheinandergebracht, ihn eigenartig verletzlich und hungrig nach etwas zurückgelassen, was er nicht definieren konnte, nicht einmal sich selbst gegenüber. Einen Moment lang war er versucht, das Mädchen erneut zu nehmen, aber er kontrollierte sich. So gerne er auch den ganzen Tag mit Emily im Bett bleiben würde, es gab Arbeit, die erledigt werden musste – und er durfte die Tatsache nicht vergessen, dass sein Gast menschlich war.

Zaron hob seinen Kopf, ließ widerwillig seine Hände sinken und trat einen Schritt zurück, während er das Drängen seines pochenden Schwanzes ignorierte. »Ich habe etwas, um was ich mich kümmern muss«, fügte er belegt hinzu, ohne seinen Blick von ihrem geröteten Gesicht abzuwenden. »Aber ich werde in einigen Stunden zurück sein, und dann gehen wir spazieren, versprochen. Kommst du damit klar, eine Zeit lang alleine zu sein?«

»Ja, klar.« Emily blinzelte, und das lustvolle Glühen ihrer Wangen verblasste langsam. »Das ist kein Problem.«

»Gut«, murmelte Zaron. »Dann bis gleich.«

Bevor er wieder in Versuchung geraten konnte, verließ er den Raum für ein weiteres virtuelles Meeting in seinem Arbeitszimmer. In den nächsten Tagen mussten eine Menge Dinge getan werden.

Das Hauptschiff würde bald hier eintreffen, und Zaron musste sicherstellen, dass alles bereit war.

KAPITEL 21

Als Zaron weg war, ging Emily in ihr Zimmer zurück. Zu ihrer Erleichterung funktionierten die Wanddurchgänge zwischen den Räumen jetzt für sie und öffneten und schlossen sich, wenn sie sich näherte. Zaron musste die Einstellungen der Türen irgendwann angepasst haben, um ihr mehr Bewegungsfreiheit im Haus zu geben. Die äußeren Wände veränderten sich natürlich nicht, aber das hatte sie auch nicht erwartet. Ob sie es mochte oder nicht, sie saß die nächsten Wochen hier fest – mit einem umwerfenden, unersättlichen Außerirdischen, der von ihr erwartete, in dieser Zeit sein Bett zu wärmen.

Seufzend setzte sich Emily auf das Bett. Sie konnte nicht leugnen, nicht einmal sich selbst gegenüber, dass sie mehr als willig war. Sie hatte nie zuvor Sex wie diesen gehabt, hatte sich nicht erträumt, dass eine solche Ekstase möglich war. Mit Jason hatte sie Spaß im Bett gehabt, aber es war niemals mehr als ein nettes Vergnügen für Emily gewesen. Immerhin hatte ihr Ex wenigstens gewusst, wie er ihr Orgasmen verschaffte. Mit Tom, ihrem Freund an der Highschool, hatte sie nie kommen können, und ihre Erlebnisse waren von schmerzhaft unbeholfen bis irgendwie angenehm gewesen. Aber mit Zaron war es etwas völlig anderes – zumindest soweit sie sich erinnern konnte.

Wieso waren ihre Erinnerungen an die letzte Nacht so verschwommen? Diese Frage beschäftigte Emily mehr als nur ein bisschen. Jetzt fiel ihr auf, dass Zaron am Morgen ihrer Frage ausgewichen war, und sie immer noch völlig im Dunkeln tappte. War es möglich, dass er irgendwie ihren Kopf manipulierte? Vielleicht mit Hilfe der Nanozyten, die er dazu benutzt hatte, sie zu heilen?

Dieser Gedanke war so beängstigend, dass ihr am ganzen Körper kalter Schweiß ausbrach. Konnte Zaron so etwas tun? Und was noch wichtiger war: Würde er es tun? Er hatte ganz offensichtlich kein Problem damit, sie mehr als zwei Wochen gefangen zu halten, aber ihr ihre Gedankenfreiheit zu nehmen war noch einmal etwas anderes. Das würde bedeuten, dass er sie überhaupt nicht als Person anerkannte, und das wollte Emily nicht von ihm glauben. Er konnte mit Sicherheit unglaublich dominant sein und hatte sich rücksichtslos über ihre Einwände zu ihrer Affäre hinweggesetzt, aber er behandelte sie nicht, als seien Menschen niedere Wesen. Ganz im Gegenteil, sie hatte den Eindruck, dass er nicht häufig über den Tod seiner Frau sprach, aber trotzdem hatte er sich Emily gegenüber geöffnet, ihr eine Sache anvertraut, die ihn offensichtlich sehr schmerzte.

Vierundvierzig Jahre. Er war mit seiner Frau vierundvierzig Jahre zusammen gewesen. Die unglaubliche Langlebigkeit war immer noch ein Schock für Emily. Die einzigen Menschen, die so lange mit ihren Ehepartnern zusammen waren, befanden sich bereits in ihren Sechzigern – und Zaron war ganz klar ein Mann in seinen besten Jahren. Hätte sie ihn auf der Straße getroffen, hätte sie geschätzt, dass er Ende zwanzig sei und hätte nicht einmal im Traum vermutet, dass er alt genug war, um die Renaissance miterlebt zu haben.

Sie hätte auch nie vermutet, dass er in seiner Vergangenheit eine solche Tragödie erlebt hatte. Emilys Brustkorb zog sich bei dem Gedanken daran, was er durchgemacht haben musste, als er seine geliebte Partnerin nach über vierzig Jahren verloren hatte, schmerzvoll zusammen. Könnte das der Grund dafür sein, dass sie sich von ihm angezogen fühlte? Weil sie gespürt hatte, dass er in diesem Punkt so war wie sie? Ein Kämpfer, jemand, der ebenfalls Leiden und Verlust kennengelernt hatte? Die Tatsache, dass sie kein Problem damit gehabt hatte, mit Zaron über ihre Eltern zu sprechen, schien darauf hinzudeuten. Sie brachte das Thema fast bei niemandem zur Sprache, der nicht bereits ein guter Freund war, aber trotzdem war es das Natürlichste der Welt gewesen, mit Zaron darüber zu reden. Auf eine eigenartige Weise fühlte sie sich Zaron nach drei Tagen näher, als das bei Jason nach drei Jahren der Fall gewesen war.

Wenn er menschlich wäre, würde es einfach sein, ihn zu lieben.

Dieser Gedanke kam aus dem Nichts, und Emily war entsetzt über seine Klarheit. Sie stand auf und begann, im Zimmer hin und her zu gehen, während sich in ihrer Brust ein Eisklumpen aus Verzweiflung ausbreitete. So sehr sie es auch verleugnen wollte, wusste sie, dass dieser Gedanke den Nagel auf den Kopf getroffen hatte. Das war der Grund, weshalb sie versuchte, sich dieser Anziehung zu widersetzen, warum sie sich nicht wohl mit der Wirkung fühlte, die Zaron auf ihre Sinne hatte. Es hatte nichts damit zu tun, dass sie clever und vorsichtig war.

Es war, weil sie Angst hatte.

Angst vor einem Mann, mit dem sie nie eine Zukunft haben konnte – ein Mann, der sie am Boden zerstört zurücklassen könnte, wenn sie ihn an sich heranließe.

Die Anziehungskraft, die Zaron auf sie ausübte, war mehr als rein sexuell. Das wusste sie jetzt. Alles an ihm faszinierte sie, und das lag nicht einfach an der Tatsache, dass er aus einer anderen Welt kam und ihr Dinge erzählen konnte, die kein Mensch wusste. Nein, so faszinierend sie es auch fand, dass er ein Außerirdischer war, das Wissen, nach dem sie sich sehnte, war gleichzeitig einfacher und komplexer. Sie wollte seine tiefsten Gedanken und Gefühle kennen, in seine Erinnerungen eintauchen. Sie wollte ihn lächeln und lachen sehen, die Schatten vertreiben, auf die sie heute einen flüchtigen Blick geworfen hatte. Und obwohl sie es ihm übel nahm, hier gefangen zu sein, konnte sie ihn dafür nicht wirklich hassen – weil er ihr das Leben gerettet hatte.

Sie begann bereits, sich in ihn zu verlieben, und dabei waren noch fünfzehn Tage auf ihrem Gefangenenkalender übrig.

Nein. Emily setzte sich wieder auf ihr Bett. Das war verrückt. Sie konnte – und würde – keine Bindung zu ihm aufbauen. In dieser Richtung erwartete sie eine Welt voller Schmerz. Sie musste sich einen Fluchtplan überlegen, und sie musste es jetzt tun.

Nach Emilys Berechnungen war es bereits Samstag, was bedeutete, dass sie ihren Flug nach Hause am Morgen verpasst hatte. Irgendwann heute Abend würde Amber vorbeikommen, um ihre Katze zurückzubringen und Neuigkeiten auszutauschen, und sie würde sich Sorgen machen, wenn sie Emily nicht erreichen konnte. Und Emilys Bewerbungsgespräch bei Evers Capital – das Bewerbungsgespräch, das ihre ganze Karriere in eine neue Richtung lenken konnte – fand am kommenden Donnerstag statt.

Frustriert griff Emily nach ihrem kaputten Telefon und nahm es von dem schwebenden Brett neben ihrem Bett. Sie hatte es dort hingelegt, nachdem Zaron es ihr zurückgegeben hatte, auch wenn sie nicht wusste, warum sie es überhaupt behalten hatte. Das Ding war nach seinem Bad im Fluss völlig tot. Sie entnahm es aus der immer noch feuchten Schutzhülle, schüttelte es und versuchte, es einzuschalten. Wie erwartet blieb das Display schwarz.

Emily legte das Telefon weg und begann erneut, im Raum hin und her zu laufen. Wie auch immer, sie musste einen Weg finden, von hier zu fliehen, bevor die fünfzehn Tage vorbei waren.

Ihre Karriere und ihr Seelenfrieden hingen davon ab.

DIE GEFANGENE DES KRINAR

Ihre Karriere und ihr Seelenfrieden hingen davon ab.

KAPITEL 22

*A*ls die meisten der verbliebenen logistischen Fragen geklärt waren, entließ Zaron sein Team für heute. Ellet blieb als Einzige seiner Kollegen in dem virtuellen Meetingraum zurück, weil er sie darum gebeten hatte. Sie war wie er eine Biologin, hatte sich in den letzten Jahrzehnten dazu entschieden, sich auf Homo sapiens zu spezialisieren, und wurde als aufsteigender Stern der krinarischen wissenschaftlichen Gemeinschaft angesehen. Außerdem war sie jemand, den Zaron als Freund betrachtete, auch wenn er sie erst seit zwölf Jahren kannte.

Als sie endlich allein in dem Zimmer waren, ging Ellet zu Zaron, setzte sich auf den schwebenden Sitz neben ihm und überschlug ihre Beine in einer unbewusst sinnlichen Geste. Sie war eine klassische Schönheit, und es gingen Gerüchte herum, dass sie seit einigen Monaten eine Affäre mit dem Ratsmitglied Korum hatte. Einige ihrer Neider meinten sogar, dass Korum der Grund dafür war, weshalb sie einen Platz in dem Team bekommen hatte, das für die Vorbereitungen der Siedlungen verantwortlich war – eine heiß begehrte Stelle unter den Experten für menschliche Biologie. Zaron wusste nicht, ob das stimmte, und es war ihm auch egal. Trotz ihres Ehrgeizes war Ellet eines der nettesten Individuen, die er kannte, und er mochte und respektierte sie wirklich.

»Also, wie geht es dir?«, fragte sie und betrachtete ihn mit ihren braunen Augen. »Magst du den Dschungel lieber als die Städte?«

»Definitiv«, antwortete Zaron lächelnd. Ellet war diejenige gewesen, die ihm geraten hatte, sein Zuhause näher an einer ihrer zukünftigen Kolonien aufzuschlagen, und er war ihr dankbar für diesen Rat. Selbst vor Emilys Erscheinen hatte er im Wald ein wenig Frieden gefunden, und seine Sinne hatten sich von dem überwältigenden Lärm und den Menschenmassen in den Städten erholt. »Wie sieht es bei dir aus? Gefällt dir Rio de Janeiro immer noch so gut?«

»Ja, das tut es.« Sie grinste und legte dabei weiß glänzende Zähne frei. »Es ist warm, und ich falle nicht auf. Immer, wenn ich nach draußen gehe, fragen mich die Menschen, ob ich mit Gisele verwandt sei. Sie ist offensichtlich ein lokales Supermodel.«

Zaron musste lachen. »Gut für dich. Es hört sich an, als hättest du deine Nische gefunden.«

»Ja, im Moment schon. Ich kann es trotzdem kaum erwarten, dass die Siedlungen gebaut werden. Ich denke nicht, dass ich mich jemals an die menschlichen Apparate gewöhnen werde. Kannst du dir vorstellen, deine Wäsche per Hand in die Waschmaschine zu packen?« Sie erschauderte dramatisch. »Mein Apartment ist so primitiv, dass es sich dabei genauso gut um eine Höhle handeln könnte. Ich wünschte mir, ich könnte hier ein normales Haus haben, so wie du, aber das ist ein zu hohes Risiko in einer großen Stadt – zu viele Menschen, eine zu hohe Chance, entdeckt zu werden …«

»Ja, natürlich«, erwiderte Zaron langsam und fragte sich, wie er am besten das Thema ansprechen konnte, das er besprechen wollte. »Wo wir gerade vom Entdecken sprechen, ich habe vielleicht etwas getan, was ein wenig … ungewöhnlich sein könnte.«

Ellet zog ihre dunklen Augenbrauen in die Höhe. »So? Was?«

»Ich habe einen Menschen in mein Zuhause gebracht.«

Sie blinzelte. »Einen Menschen? Warum? Sie sind nicht das, was du normalerweise untersuchst, oder doch?«

»Nein, das tue ich nicht.« Zaron konzentrierte sich eigentlich auf andere tierische und pflanzliche Spezies. »Ich habe sie nicht zu mir gebracht, um sie zu beobachten. Ich habe sie mitgenommen, weil sie kurz davor war, zu sterben, und ich sie retten wollte.«

»Sie?«, fragte Ellet vorsichtig. »Sprechen wir gerade über eine Frau? Vielleicht eine hübsche junge Frau?«

»Vielleicht«, gab Zaron zu, und ein leichtes Lächeln umspielte seine Mundwinkel. Emily war mehr als hübsch, aber das musste seine Kollegin ja nicht wissen.

»Okay, ich glaube, langsam verstehe ich«, meinte Ellet, und ihre Augen leuchteten amüsiert. Falls sie dieses

Eingeständnis entsetzte, versteckte sie es gut. »Ich nehme an, dass es dir gelungen ist, sie zu retten. Was hast du mit ihr vor? Weiß sie, was du bist?«

Zaron nickte. »Das tut sie. Ich werde sie die nächsten zwei Wochen, bis wir an die Öffentlichkeit gehen, bei mir behalten.«

»Ich verstehe.« Ellet betrachtete ihn neugierig. »Hast du schon ihr Blut genommen?«

»Ja, einmal.« Bei der Erinnerung daran rollte eine Hitzewelle über seine Haut. »Und ich möchte es wieder tun. Ellet, es gibt da etwas, was ich dich dazu fragen möchte …«

»Du möchtest etwas über die Abhängigkeit vom Blut wissen«, tippte sie, und ihr Gesichtsausdruck wurde ernsthafter. »Deshalb hast du mir von der ganzen Sache erzählt, stimmt's? Ich nehme an, dass du selber einige Nachforschungen angestellt hast?«

»Das habe ich, aber es gibt nicht viele Informationen dazu.« Zaron fuhr sich mit den Fingern durch die Haare. Als Wissenschaftler hasste er es, nicht alle Fakten zu kennen. »Ich weiß, dass es nicht ratsam ist, häufig das Blut vom gleichen Menschen zu nehmen, aber die meisten Informationen im Netzwerk schienen bestenfalls anekdotenhaft zu sein. Hast du dich damit beschäftigt? Wo liegen die Grenzen wirklich?«

»Na ja«, antwortete Ellet langsam, »ich habe mich ein wenig damit beschäftigt. Wie du bereits gesagt hast, sind die meisten Aussagen anekdotenhaft, und wir beginnen gerade erst damit, Simulationen zu fahren – es gibt also keine definitive Antwort. Was wir wissen, ist, dass die Menschen abhängig von der Erfahrung als solcher werden, während wir süchtig nach dem Blut eines bestimmten Menschen werden. Ich an deiner Stelle wäre vorsichtig. Lass wenigstens einige Tage dazwischen vergehen – vielleicht sogar besser ein paar mehr. Die Menschen unterliegen so vielen Schwankungen … Du willst nicht abhängig werden, glaub mir – noch würdest du wollen, dass sie süchtig nach dir wird.«

»Ja, natürlich.« Zaron wusste schon eine ganze Weile über dieses Phänomen Bescheid und hatte deshalb streng darauf geachtet, kein zweites Mal das Blut des gleichen Menschen zu nehmen. Das war nicht schwierig gewesen; es gab mehr als genug freiwillige Sexpartner in den großen Städten. Als er in Los Angeles und Miami gelebt hatte, hatte er jede Nacht problemlos eine andere Frau aus Bars und Clubs mitgenommen und mit ihr Spaß gehabt. Aus irgendeinem Grund drehte sich ihm jetzt bei dem Gedanken, mit jemand anderem als Emily zusammen zu sein, der Magen um. »Ich werde vorsichtig sein.«

»Gut«, erwiderte Ellet und stand auf. »Falls du noch etwas von mir brauchst, frag bitte einfach. Irgendwann in den nächsten Wochen werde ich in Costa Rica sein, also können wir uns vielleicht persönlich treffen.«

»Das wäre großartig.« Zaron erhob sich. »Du bist mehr als willkommen, vorbeizuschauen und ein wenig Komfort wie zu Hause zu genießen.«

»Danke.« Ellet lächelte ihn an. »Es kann sein, dass ich deine Einladung sogar annehme. Vielleicht könntest du mich dann auch deinem menschlichen Mädchen vorstellen. Sie hört sich nach jemand Besonderem an.«

»Das ist sie«, antwortete Zaron und erwiderte ihr Lächeln. »Ich bin mir sicher, sie würde sich auch freuen, dich kennenzulernen.« Mit diesen Worten verließ er die virtuelle Umgebung, die Realität verschob sich und verzerrte sich vor seinen Augen.

Als seine Sicht wiederhergestellt war, befand er sich wieder in seinem Büro und hatte den Berg Arbeit für diesen Tag erledigt.

KAPITEL 23

Als Zaron zurückkam, ging Emily schon fast die Wände hoch. Ihre Klaustrophobie war mit voller Wucht zurückgekehrt, und ihre Kehle war wie zugeschnürt, während sie Kreise durch das Zimmer zog. Neben ihrer Sorge um das Vorstellungsgespräch war das, was sie am meisten beschäftigte, ihre vernebelten Erinnerungen. Die fehlenden Stunden waren nicht komplett weg – sie hatte eine vage Erinnerung an intensive Lustgefühle – und das beunruhigte sie noch viel mehr.

Es war genau so, als sei sie betrunken gewesen oder hätte unter Drogen gestanden.

»Was ist gestern passiert?«, fragte sie, sobald Zaron den Raum betrat. Ihr Ton war zu scharf, aber das war ihr egal. Sie musste einige Antworten bekommen, bevor sie verrückt wurde. »Was hast du getan, damit ich vergesse?«

»Emily …« Der Blick ihres Entführers war undurchschaubar, als er neben ihr stehen blieb. »Mach das nicht, mein Engel. Ich kann dir das, was du wissen möchtest, nicht erzählen, ohne das Abkommen zu verletzen.«

Ihr Herz setzte einen Schlag aus. »Also hast du etwas getan?«

»Es ist nicht das, was du gerade denkst.« Er ergriff ihre Schultern, um sie davon abzuhalten, sich zurückzuziehen. »Was passiert ist, war eine natürliche Folge unserer Vereinigung, und nichts, über was du dir Sorgen machen musst. Es ist nichts Schlimmes geschehen.«

Emilys Puls hämmerte in ihren Schläfen. Ihr Kleid war ärmellos, und seine Handflächen fühlten sich auf ihrer nackten Haut stark und heiß an – so heiß wie die vagen Eindrücke, die ihr von den Erinnerungen geblieben waren. »Nichts Schlimmes?«, fragte sie sarkastisch, da die unkontrollierbare Reaktion ihres Körpers auf seine Berührung ihre Beklemmung verstärkte. »Mein Gehirn derart durcheinanderzubringen, dass ich eineinhalb Tage verliere, würdest du als nichts Schlimmes bezeichnen?«

Zarons Nasenlöcher bebten. »Du hattest während dieser Zeit sehr viel Spaß.«

»Hatte ich das? Und woher soll ich das wissen, wenn ich mich nicht daran erinnern kann?«

»Du kannst mir vertrauen«, entgegnete er, und seine Augen verengten sich. »Oder ich kann es dir zeigen – und diesmal wirst du dich an alles erinnern.«

»Nein, nicht.« Emily drehte sich aus seinem Griff und trat einen Schritt zurück. Ihre Atmung war schnell und flach, da sich ihre Klaustrophobie mit jeder Sekunde verstärkte. Sie musste aus diesen Mauern heraus, die sie einsperrten, bevor sie ihr letztes Fünkchen Verstand verlor. »Bitte. Du hast gesagt, du würdest mit mir nach draußen gehen.«

Sein Blick wurde verständnisvoll. »Ja, natürlich. Komm. Wir machen einen Spaziergang.«

Er legte seine Finger um ihr Handgelenk und führte sie durch eine sich auflösende Wand nach draußen – ein technologisches Wunder, über das Emily sich nicht länger wunderte. Eigentlich hätte sich in diesem Augenblick sogar ein Raumschiff vor ihr materialisieren können, und sie hätte nicht einmal geblinzelt.

Alles, was sie interessierte, war, nach draußen zu kommen.

In dem Moment, in dem Emily die warme Brise auf ihrer Haut spürte, begann sich das enge Band um ihren Hals zu lösen. Sie sog die frische Luft ein, schloss die Augen und legte den Kopf in den Nacken, um die Sonne über ihr Gesicht wandern zu lassen. Da Zaron ihren Arm festhielt, war sie hier nicht freier als in seiner Höhle, aber es fühlte sich anders an.

Sie fühlte sich anders.

»Besser?«, fragte Zaron, als sie ihre Augen öffnete, und Emily nickte. Das Gefühl, zu ersticken, war gegangen, und mit ihm ein Teil ihrer Wut und Angst. Sie konnte auch klarer denken. Wenn Zaron mit seiner Erklärung, dass ihr Gedächtnisverlust eine »natürliche« Folge ihrer Vereinigung gewesen war, nicht gelogen hatte, konnte sie nur eine Lösung des Problems sehen.

Sie konnten nicht noch einmal Sex haben.

Zaron würde das nicht mögen, aber er würde es akzeptieren müssen – zumindest bis sie einen Weg fand, nach Hause zurückzukehren.

Als sie einige Minuten gegangen waren, verlor Emily ihre starke Blässe, und der verkniffene Ausdruck auf ihrem Gesicht entspannte sich. Wenn Zaron eine weitere Bestätigung benötigt hätte, dass sie ihre Klaustrophobie nicht nur spielte, hätte er sie gerade bekommen.

Seine Gefangene – sein Gast – konnte es wirklich nicht ertragen, sich lange in einem Gebäude aufzuhalten.

»Bist du damit schon einmal zum Arzt gegangen?«, fragte Zaron, als sie auf eine sonnenüberflutete Wiese traten. Als sie sich ihnen näherten, flüchteten zwei *Ateles geoffroyi* – costa-ricanische Klammeraffen – von einem umgefallenen Baumstamm und kletterten die Baumstämme hoch. Emily sprang offensichtlich erschrocken zurück, bevor ein breites Lächeln auf ihrem Gesicht erschien und sie zu den Bäumen lief, um die Affen zu beobachten, die von Ast zu Ast sprangen. Zaron folgte ihr und musste über ihre zügellose Freude lächeln.

»Ich liebe Costa Rica«, meinte sie, als sie sich wieder zu ihm herumdrehte, nachdem die Affen verschwunden waren. »Die Natur hier ist absolut faszinierend.«

»Das ist sie wirklich.« Eigenartigerweise freute Zaron sich, dass sie einige seiner Interessen teilte. »Auf der Erde gibt es wirklich einige unglaubliche Kreaturen.«

»Bist du deshalb hier?«, fragte Emily. »Weil du dich für die Fauna der Erde interessierst?«

Sein Lächeln verblasste. »Teilweise, ja.« Er wollte nicht über den Hauptgrund nachdenken, aus dem er auf die Erde gekommen war, aber es war zu spät. Bilder von Larita, als er sie zum letzten Mal gesehen hatte, gingen ihm durch den Kopf, und mit ihnen überkam ihn eine überwältigende Trauer. Sie hatten am Abend vor ihrer Abreise über etwas Dummes gestritten, etwas wie das Urlaubsziel für das nächste Jahr, aber an dem Morgen, an dem Larita zur Expedition aufbrechen sollte, hatten sie sich versöhnt. Aber da sie es eilig gehabt hatte, hatten sie sich mit einem Quickie zufriedengeben müssen. Das war eines der Dinge, die Zaron am meisten bereute: Dass er an jenem Morgen nicht eher aufgewacht war und seine Partnerin länger im Arm gehalten hatte, dass er nicht versucht hatte, sich jedes Detail an ihr in seinen Kopf zu brennen. Es waren seit Laritas Tod erst acht Jahre vergangen, aber trotzdem erwischte er sich manchmal dabei, dass er nicht in der Lage war, sich an den exakten Ton ihrer braunen Augen zu erinnern oder an den genauen Geschmack ihrer Lippen. Mit jedem Tag, der verging, entglitt ihm seine Partnerin mehr, und es schmerzte, auch wenn er meistens versuchte, vor den Erinnerungen wegzulaufen, sich von allem zu distanzieren, was ihn an das erinnerte, was er verloren hatte.

»Oh, ich verstehe«, sagte Emily leise, und ihm wurde klar, dass sie ihn wirklich verstanden hatte. Ihre türkisfarbenen Augen waren voller Mitleid und einer gewissen zärtlichen Wärme. Vielleicht war der Grund dafür, dass sie selbst einen solchen Verlust erlebt hatte. Er kannte nur sehr wenige Krinar, die eine richtige Tragödie erlebt hatten. Es gab in ihrer Gesellschaft keine Krankheiten und keine Alterung. Keinen Tod, abgesehen von Kämpfen in der Arena und außergewöhnlichen Unfällen wie den, in den Larita verwickelt wurde. Für Zarons Freunde, Familie und Kollegen war Zarons Trauer etwas Fremdes gewesen, und sie hatten nicht gewusst, wie sie damit umgehen sollten, wie sie nach Laritas Tod an ihn herankommen konnten.

Aber dieses menschliche Mädchen wusste es. Sie wusste es und verstand ihn, und Zaron fühlte sich mit ihr nicht mehr so allein.

»Hier in der Nähe gibt es Wasserfälle«, meinte er. »Würdest du sie gerne sehen?«

Emily lächelte. »Ja, das wäre großartig.«

Auf dem Weg zu den Fällen sprachen sie nicht, und selbst das hatte etwas Beruhigendes. Im Laufe der Jahre hatten er und Larita sich so sehr aneinander gewöhnt, dass sie auch einfach nur zusammen sein konnten, die Gesellschaft des jeweils anderen genossen, ohne die ganze Zeit zu reden. Es war komisch, dass er sich ähnlich wohl bei Emily fühlte, obwohl er sie erst seit drei Tagen kannte, aber genau das tat er. Irgendetwas in ihm schien sich in ihrer Gegenwart gleichzeitig zu entspannen und zu beleben, so als wachte er aus einem angespannten, unschönen Traum auf.

»Also hast du schon einmal nach Hilfe für deinen Zustand gesucht?«, fragte er erneut, als er sich daran erinnerte, wie angespannt sie vorhin gewesen war. »Vielleicht mit einem eurer Gedächtnisexperten gesprochen?«

»Gedächtnisexperten?« Sie blickte ihn fragend an. »Ach, du meinst Therapeuten. Nein, nicht wirklich. Die meiste Zeit habe ich es unter Kontrolle – oder zumindest dann, wenn ich kontrollieren kann, wann ich hinausgehe.« Sie warf ihm einen vielsagenden Blick zu.

Das war offensichtlich ein Versuch, ihm Schuldgefühle zu machen, und es funktionierte. Zaron mochte den Gedanken nicht, dass er der Grund für Emilys Beschwerden war, sei es körperlich oder psychisch. Als er an diesem Morgen die blauen Flecken gesehen hatte, die seine Finger auf ihrer blassen Haut hinterlassen hatten, hatte er sich wie ein Monster gefühlt. Auch wenn er schon Sex mit menschlichen Frauen gehabt hatte, war er nie so mitgerissen worden, hatte niemals so völlig die Kontrolle verloren. Emily war so empfindlich im Vergleich zu ihm, so zerbrechlich, und er hatte sie verletzt. Und jetzt schien es so, als würde er sie dadurch, dass er sie gefangen hielt, erneut verletzen, nur auf eine andere Art.

Nur noch fünfzehn Tage, sagte er sich und unterdrückte seine Schuldgefühle. Er würde sicherstellen, dass sie regelmäßig nach draußen ging, damit ihre Phobie nicht zum Ausbruch kam, und er würde sein Bestes geben, um sanft mit ihr umzugehen. Jetzt konnte er sich auch eingestehen, dass Emily recht hatte: Das Abkommen war nur eine Entschuldigung, um sie ein wenig länger bei sich zu haben. Den Ältesten und dem Rat wäre es egal, ob die Menschen einige Tage früher von der Existenz der Krinar erfuhren – nicht, dass irgendeine seriöse Tageszeitung überhaupt Emilys Geschichte drucken würde, ohne umfassende Beweise zu haben.

Zaron hielt sie gefangen, weil er sie wollte, und aus keinem anderen Grund. Das war falsch von ihm, und egoistisch, aber das interessierte ihn nicht. Zum ersten Mal seit Jahren hatte er eine echte Verbindung zu jemandem, und er konnte es nicht ertragen, sie wieder zu verlieren.

Zumindest noch nicht.

Zaron streckte sich aus, um Emilys Hand zu ergreifen, und ignorierte ihren überraschten Blick. Ihre Finger fühlten sich in seiner Hand klein und schlank an, ihre Haut weich und warm. Zuerst war ihre Hand steif, aber während sie gingen, entspannte sich Emily, und ihre Finger umfassten seine Handfläche. Das war nicht viel, aber es war genug. Es war das, was er in diesem Moment brauchte: Eine Art Bestätigung, dass sie ihn nicht hasste, dass die eigenartige Verbindung zwischen ihnen nicht einseitig war.

Nach kurzer Zeit kamen sie an den Wasserfällen an. Es handelte sich dabei um einen Gebirgsbach, der sich nach den letzten Regenfällen in einen Fluss verwandelt hatte. An dieser konkreten Stelle fiel der Boden extrem ab, so dass ein Kliff entstanden war, von dem das stürmische Wasser in zwei ansehnlichen Wasserfällen nach unten strömte. Die Luft war voller Wassernebel, und an einigen Stellen, an denen das Sonnenlicht das dicke Laubdach der Pflanzen durchdrang, konnte Zaron sehen, wie das Licht gebrochen wurde und dieses wunderschöne Phänomen auftrat, das Regenbogen genannt wurde.

»Das ist umwerfend«, hauchte Emily, sobald sie die Wasserfälle erblickte. Sie zog ihre Hand aus seiner, rannte zum Ufer des Flusses, drehte sich im Kreis und lachte, als die Wassertropfen auf ihren Kopf und ihre Schultern fielen. Die winzigen Haare, die ihr Gesicht umgaben, kräuselten sich durch die Feuchtigkeit und erschufen eine Art Heiligenschein. Mit dem hellen Kleid, das sie trug, sah sie unglaublich engelsgleich aus und so sexy, dass sich Zarons Körper augenblicklich verhärtete.

Er schloss den Abstand zwischen ihnen mit einigen langen Schritten, zog sie gegen seinen erregten Körper, beugte seinen Kopf nach unten und würgte ihren erschrockenen Aufschrei mit seinen Lippen ab. Sie schmeckte warm und süß, ihre Lippen öffneten sich unter dem Druck seines Kusses, und er ließ seine Zunge in ihren Mund gleiten, da er mehr ihres einzigartigen Geschmacks brauchte. Seine Hände fuhren an ihrem Rücken herunter, um ihren Po zu umfassen, und als er sie näher an sich heranzog, fühlte er, wie sich ihre Nippel an seiner Brust härteten, als ihr Körper in seiner Umarmung nachgab und schmolz.

Doch dann wehrte sie sich auf einmal. Ihr Körper versteifte sich, und ihre Hände drückten gegen seine Schultern, als sie versuchte, sich wegzudrehen. »Hör auf, bitte«, keuchte sie, und Zaron ließ sie augenblicklich los, da er Angst hatte, ihr erneut wehzutun. Sein Bedürfnis, sie zu besitzen, war überwältigend, aber er war entschlossen, das Versprechen einzuhalten, das er sich selbst gegeben hatte.

»Was ist passiert?«, fragte er und zwang sich dazu, einen Schritt zurückzugehen. Selbst für seine Ohren klang seine Stimme rau und war voller Lust. »Geht es dir gut?«

Emily nickte, und ihre Brust hob und senkte sich durch die schnelle Atmung. »Ja, ich bin einfach …« Sie trat einige Schritte zurück, um den Abstand zwischen ihnen zu erhöhen. »Zaron, wir können das nicht tun.«

»Was?« Er zog seine Augenbrauen zusammen. »Warum nicht?«

»Weil ich nicht meinen Verstand verlieren möchte«, sagte sie und hob ihr Kinn an. »Ich weiß nicht, was gestern passiert ist, aber wenn Gedächtnisverlust eine natürliche Folge davon ist, Sex mit dir zu haben …«

»Das ist er nicht.« Zaron holte tief Luft. »Zumindest muss er es nicht sein. Was gestern geschehen ist, passiert nicht jedes Mal – oder, falls du es nicht möchtest, überhaupt nicht mehr.« So sehr er den Gedanken hasste, Emilys Blut nicht mehr schmecken zu können, er könnte darauf verzichten. Es könnte sogar eine gute Idee sein, da die Variablen für die Abhängigkeit, vor der Ellet ihn gewarnt hatte, unsicher waren. »Wir könnten einfach normalen Sex haben, so wie gestern am See«, meinte er. »Daran erinnerst du dich problemlos, richtig?«

Emily blinzelte. »Ja, aber …«

»Dann gäbe es also kein Problem.« Zaron trat auf sie zu, und bevor sie weitere Einsprüche hervorbringen konnte, hob er sie hoch und bedeckte ihren Mund mit seinen Lippen.

KAPITEL 24

Zum Abendbrot musste Emily jedes Mal, wenn sie an ihren Ausflug an die Wasserfälle dachte, dagegen ankämpfen, zu erröten. Wie ihr Entführer versprochen hatte, war sie sich aller Dinge, die sie getan hatten, völlig bewusst – und sie hatten eine Menge getan. Selbst jetzt fühlte sich ihr Geschlecht noch geschwollen an, und ihre Klitoris pochte in Folge der ganzen Orgasmen, die Zaron ihr beschert hatte. Er hatte sie auf dem Gras genommen, gegen einen Baum gelehnt und in dem Fluss unter den Wasserfällen, so dass die kühle Bergströmung ihre überhitzten Körper abgekühlt hatte. Sie waren stundenlang dort gewesen, und am Ende war Emily so erschöpft gewesen, dass Zaron sie nach Hause tragen musste.

Jetzt, nach einem kurzen Schläfchen, fühlte sie sich viel frischer, aber sie wusste, dass Zaron bald mehr Sex wollen würde. Sie sah es in der Art und Weise, wie er sie betrachtete, wie seine dunklen Augen jedem Bissen Essen folgte, der in ihren Mund wanderte, in der sexuellen Anspannung, die in der Luft lag, während sie über unverfängliche Themen wie die neuesten Filme redeten – von denen Zaron einige gesehen hatte – und Emilys Kater George.

»Ich habe ihn aus einem Tierheim adoptiert, als er noch ein Kätzchen war«, erzählte sie Zaron, als sie den Tisch abräumten. »Meine Freundin Amber hatte mich dorthin geschleift, als ich frisch in die Stadt gezogen war. Sie wollte einen Welpen, und sie überredete mich, mit ihr zu kommen. Ich war mir sicher, dass ich kein Tier wollte – ich arbeitete verrückt viele Stunden und hatte kaum Zeit für mich selber – aber dann sah ich George, und ich verliebte mich in ihn.«

»In einen Kater?« Zaron sah verwirrt aus.

Emily nickte. »Damals war er noch ein Kätzchen gewesen, aber ja. Er war einfach so süß und klein, und er rieb sich an mir und schnurrte … Ich nehme an, dass ihr keine Katzen habt?«

»Nein, wir haben generell keine Haustiere.«

»Wirklich? Warum nicht?«

Zaron zuckte mit den Schultern. »Wir sind niemals auf die Idee gekommen, Tiere zu domestizieren. Wir mögen es, sie in ihrem natürlichen Umfeld zu beobachten, und nicht, sie in unsere Unterkünfte zu sperren.«

»Ich verstehe. Aber ihr habt keine Probleme damit, Menschen in eure Unterkünfte einzusperren?« In dem Augenblick, in dem die Worte aus ihrem Mund kamen, wollte sie sie zurücknehmen, aber es war zu spät. Zarons Kiefer verhärtete sich, als eine feindselige Anspannung die freundschaftliche Atmosphäre ersetzte, die die ganze Mahlzeit über vorgeherrscht hatte.

Er stand mit einer geschmeidigen Bewegung auf, trat um den schwebenden Tisch herum und griff nach vorn, um Emily von ihrem Sitz hochzuziehen. Seine Hände waren unglaublich stark, als er sie an den Oberarmen festhielt, und seine Augen rabenschwarz. Er war wütend, das konnte sie spüren. Ihre Atmung beschleunigte sich, ihr Puls schoss vor Angst in die Höhe, aber er ließ ihre Arme los und trat zurück.

»Würdest du deiner Freundin gerne eine E-Mail schicken?« Seine Stimme war ruhig. »Diejenige, die auf deine Katze aufpasst?«

»Oh.« Das hatte sie jetzt völlig aus dem Gleichgewicht geworfen. »Ja, natürlich.« Sie hatte vorgehabt, das Zaron später am Abend zu fragen – ein weiterer Grund, weshalb sie bereut hatte, ihn vor den Kopf gestoßen zu haben – aber er war ihr bereits einen Schritt voraus. »Ja, bitte.«

»Alles klar.« Er murmelte etwas auf Krinarisch, und die Wand öffnete sich, um ein weiteres dünnes Tablet herausschweben zu lassen. Zaron ergriff es aus der Luft und gab es Emily. »Hier, bitte. Du kannst deine Nachricht einfach sprechen, und dann wird sie deiner Freundin über deinen Gmail-Account gesendet.«

Emily zog ihre Stirn in Falten und schaute kurz auf das Tablet, bevor sie wieder zu Zaron blickte. »Aber woher weiß ich, dass die Nachricht durchgegangen ist? Sagst du mir gerade, dass du Zugang zu meinem E-Mail-Account hast?«

»Natürlich.« Zaron blinzelte nicht einmal. »Du denkst doch nicht, eure Firewalls und Passwörter können euch vor unserer Technologie schützen, oder?«

Emilys Magen drehte sich um. »Nein, das denke ich nicht.« Nach allem, was sie bis jetzt gesehen hatte, mussten ihre Computer unvorstellbar fortschrittlich sein; wahrscheinlich hatte Zaron ihren E-Mail-Account in weniger als einer Nanosekunde gehackt. Wahrscheinlich würde es für die Krinar sogar ein Kinderspiel sein, das Pentagon zu hacken. Dann breitete sich ein viel verstörenderer Gedanke in ihr aus.

Würden irgendwelche Abwehrmaßnahmen des Militärs etwas nützen, sollten die Krinar doch nicht nur die allerfreundlichsten Absichten haben?

»Zaron …« Emilys Stimme zitterte leicht. »Du hast gesagt, dass dein Volk sich uns einfach nur vorstellen möchte, richtig? Sie möchten nichts weiter, oder?«

Sein wunderschönes Gesicht wurde ausdruckslos. »So etwas, wie …?«

»Ich weiß nicht.« Jetzt, da die Samen des dunklen Verdachts in ihrem Kopf ausgesät waren, begannen sie, auszutreiben. »Ressourcen? Land? Billige Arbeitskräfte? Was immer es auch ist, was Menschen jedes Mal wollen, wenn sie neue Orte entdecken.«

Zarons Zögern war so kurz, dass es ihr entgangen wäre, hätte sie sich nicht gerade derart auf ihn konzentriert. »Wir haben nicht vor, deinem Volk Schaden zuzufügen«, sagte er, und in Emilys Magen breitete sich ein Eisblock aus, als ihr auffiel, dass er keine der Möglichkeiten, die sie aufgezählt hatte, verneint hatte. Ihre Fantasie ging mit ihr durch, und jeder Film über die Invasion von Außerirdischen, den sie jemals gesehen hatte, blitzte in ihrem Kopf auf. Zaron hatte ihr niemals wirklich gesagt, weshalb sein Volk kam, und sie war auch nicht allzu neugierig gewesen. Zu erfahren, dass es Krinar gab, und dann Nonstop-Sex mit ihrem Entführer zu haben, hatte sie derart überwältigt, dass sie nicht über die weiteren Folgen nachgedacht hatte. Als Zaron ihr das erste Mal erzählt hatte, dass sein Volk bald hier eintreffen würde, hatte sie es nicht unlogisch gefunden, dass die Krinar sich einer intelligenten Spezies vorstellen wollten, die genauso aussah wie sie, und die sie angeblich erschaffen hatten. Jetzt allerdings, da sie darüber nachdachte, schien es naiv gewesen zu sein, seine anfängliche Erklärung ohne nachzufragen akzeptiert zu haben.

Wenn alles, was die Krinar wollten, war, der menschlichen Rasse ihre Existenz zu enthüllen, hätten sie eine Nachricht schicken können. Sie müssten nicht persönlich zur Erde fliegen. Eigentlich hätte ein Vorstellungsvideo als Vorwarnung, gefolgt von dem Besuch einer kleinen Delegation – von denen einige Personen vielleicht bereits auf der Erde gewesen waren, wie Zaron –, viel mehr Sinn ergeben als ein persönliches Freundschaftsangebot. Aber Zaron hatte gesagt, »sein Volk« würde bald hier eintreffen. Das hörte sich an, als ob es sich dabei um mehr als eine kleine Delegation handelte.

Es hörte sich nach einer Invasion an.

Nein, sie konnte nicht einfach solche Schlüsse ziehen. Zaron hatte ihr Leben gerettet und sie, abgesehen von der vorübergehenden Gefangenschaft, nicht schlecht behandelt. Sie konnte zumindest mehr über alles herausfinden, bevor sie das Schlimmste annahm.

»Wie weit ist dein Heimatplanet von der Erde entfernt?«, fragte sie und versuchte, sich beiläufig anzuhören. »Du hast mir niemals wirklich gesagt, wo Krina ist.«

Zarons Gesichtsausdruck veränderte sich nicht, aber sie konnte spüren, dass er sich ein wenig entspannte. »Er ist weit weg«, antwortete er. »In einer anderen Galaxie, um genau zu sein. Ich könnte dir die genauen Koordinaten geben, aber sie würden dir und deinem Volk nichts sagen.«

Emily hielt vor Staunen kurz den Atem an. »Eine andere Galaxie? Wie ist das überhaupt möglich? Ihr müsst schneller als mit Lichtgeschwindigkeit reisen.«

»Das tun wir. Das ist nicht mein Spezialgebiet, aber soweit ich das verstehe, kreieren die Warpantriebe unserer Raumschiffe eine riesige Energieblase, die im Wesentlichen die Raumzeit krümmt. Entfernung spielt dabei fast keine Rolle; zu einem benachbarten Sonnensystem zu fliegen dauert genauso lange wie zur Erde zu kommen.«

»Ich verstehe.« Ihre Technologie war sogar noch weiter fortgeschritten, als sie gedacht hatte. Emily fragte sich, ob Zaron das schnelle Schlagen ihres Herzens hören konnte. Er war stärker und schneller als ein normaler Mann. Könnte es sein, dass seine Sinne auch schärfer waren als die eines Menschen? Es gab so viel, was sie über Zaron und sein Volk nicht wusste, und was sie gerade erfuhr, war nicht gerade beruhigend. Sie versuchte, ihren beiläufigen Ton beizubehalten, als sie fragte: »Wie viele Vertreter deines Volks kommen dieses Mal eigentlich auf die Erde?«

»Warum schickst du nicht die E-Mail an deine Freundin?«, fragte er, anstatt ihr zu antworten. »Ich muss heute Abend noch ein wenig arbeiten, und ich will sichergehen, dass die Mail problemlos durchgeht.«

»Natürlich.« Emily unterdrückte ihre Enttäuschung und zwang sich dazu, ein strahlendes Lächeln auf ihre Lippen zu zaubern. »Also spreche ich einfach zu dem Tablet, und es wird wissen, was es zu tun hat und wohin es die Mail zu senden hat?«

»Ja, genau. Leg einfach los.« Er verschränkte seine Arme vor der Brust, und ihr Herz schlug noch schneller, als sie verstand, dass er ihr dafür keinerlei Privatsphäre einräumen würde.

»Okay«, erwiderte sie und hoffte, dass er nicht bemerkte, wie schwitzig ihre Handflächen waren. »Wie wäre es damit? ›Hallo Amber. Es tut mir leid, dass ich dir nicht eher Bescheid gesagt habe, aber ich wurde in Costa Rica aufgehalten. Sobald ich nach Hause komme, werde ich dir alles erklären. Würde es dir etwas ausmachen, George noch ein paar Tage bei dir zu behalten? Vielen Dank schon mal!‹«

»Wenn ich in zwei Wochen nach Hause komme«, korrigierte Zaron, und Emily sah, wie der Text – mit seiner Änderung – kurz auf dem Display des Tablets vor ihr erschien. Danach blitzte Gmail auf, um anzuzeigen, dass die Nachricht gesendet worden war, und danach wurde das Tablet wieder schwarz.

»Gut gemacht«, meinte Zaron, nahm ihr das Tablet wieder ab, und Emily beobachtete, wie das Objekt wieder in der Wand verschwand. »Und jetzt entschuldige mich bitte, ich muss jetzt schnell zu einem virtuellen Meeting. Wir sehen uns in ein paar Stunden.«

Er beugte sich hinunter, um ihre Lippen mit seinen sanft für einen schnellen Kuss zu berühren, bevor er durch eine Öffnung in der Wand verschwand und Emily mit ihren schlimmen Vermutungen allein ließ.

***

Zaron arbeitete den ganzen Abend lang. Als er endlich aus seinem Arbeitszimmer kam, schlief Emily schon halb. Er liebte sie einige Stunden lang, was sie noch mehr erschöpfte, und erst am nächsten Nachmittag, als sie spazieren gingen, bekam sie erneut die Möglichkeit, ihn weiter zu befragen. Zu diesem Zeitpunkt wusste Zaron bereits, dass er ihr diesmal etwas sagen musste, und er entschied sich für die Wahrheit.

Sie könnte Emily beunruhigen, und die nächsten zwei Wochen weniger angenehm gestalten, als sie eigentlich sein könnten, aber er wollte sie nicht anlügen.

»Also, wie viele von euch werden kommen?«, fragte sie, als sie zum See gingen. »Ist es eine große Delegation?«

Emilys Ton war ruhig, fast desinteressiert, aber er täuschte Zaron nicht. Sein menschlicher Gast war clever. Nachdem er den Schock überwunden hatte, ihn zu treffen und von den Krinar zu erfahren, hatte er nicht lange gebraucht, alles zu hinterfragen.

Seufzend antwortete er: »Etwa fünfzigtausend. Aber Emily …«

»Fünfzigtausend?« Sie blieb unter einem *Enterolobium cyclocarpum*, einem Guanacaste-Baum, stehen, und ihr

Gesicht verlor alle Farbe, während sie ihn mit offenem Mund anstarrte. »Fünfzigtausend Individuen eures Volkes kommen in zwei Wochen auf die Erde?«

»Ja. Aber wir haben nicht vor, euch Schaden zuzufügen, das verspreche ich dir.«

»Was habt ihr dann vor? Nicht nur zu kommen und euch vorzustellen, oder?«

»Nein, nicht wirklich«, gab Zaron zu. »Wir werden uns außerdem hier niederlassen.«

»Niederlassen?« Emilys Stimme wurde lauter. »Wo niederlassen?«

»An zehn verschiedenen auf der Erde verteilten Orten«, antwortete Zaron und fragte sich, wie viel er preisgeben konnte. Er entschied sich, lieber vorsichtig zu sein. »Wir suchen sie jetzt gerade aus.«

»Oh mein Gott.« Emily trat einen Schritt zurück und presste sich eine Hand vor ihren Mund. »Ihr wollt den Planeten kolonialisieren, ihn von uns stehlen …«

»Emily, hör auf.« Zaron war nach zwei großen Schritten bei ihr, zog sanft ihre Hand nach unten, weg von ihren zitternden Lippen. »So ist das überhaupt nicht. Wir werden einige Siedlungen hier aufbauen, aber wir stehlen euch nicht euren Planeten. Deine Spezies wird weiterhin in ihren Städten leben und sich selbst regieren, so wie immer. Eure Leben werden sich nicht großartig verändern. Wir werden eure Nachbarn sein, das ist alles.«

»Das ist alles?« Im Schatten des Guanacaste-Baums waren Emilys Augen fast komplett grün, als sie ihn anstarrte, und er konnte spüren, wie schnell der Puls in ihrem zarten Handgelenk schlug. »Für wie dumm hältst du mich eigentlich? Ihr werdet das Gleiche mit uns tun, was höher entwickelte Zivilisationen schon immer mit den Einheimischen getan haben …«

»Nein, das werden wir nicht«, widersprach Zaron. Er kannte die Langzeitpläne des Rates für die Erde nicht, aber er war sich ziemlich sicher, dass sie keine bösen Absichten mit den Menschen hatten. Wozu auch? Auf eine gewisse Weise waren die Menschen Kinder der Krinar, oder zumindest ihre Schöpfung.

Er strich mit seinem Daumen über die Innenseite von Emilys Handgelenk und sagte: »Wenn wir euch wehtun oder euch euren Planeten wegnehmen wollten, hätten wir das zu jedem Zeitpunkt eurer Evolution tun können. Wir hätten nicht warten müssen, bis ihr Atomwaffen und Satelliten hattet; wir hätten kommen können, als ihr noch in der Steinzeit wart. Das war für uns praktisch gestern. Wir haben es aber nicht getan, weil es nicht das ist, was wir möchten.«

Emily sah nicht beruhigt aus. »Was wollt ihr dann? Was wollt ihr von uns? Warum wollt ihr euch hier niederlassen?«

»Na ja, zum einen, weil unser Sonnensystem älter ist als eures.« Zaron ließ Emilys Handgelenk los und bemerke erfreut, dass sie sich nicht augenblicklich zurückzog. »In einhundert Millionen Jahren oder so wird unsere Sonne sterben, und wenn wir uns zu diesem Zeitpunkt immer noch dort befinden, werden wir mit ihr verschwinden. Ich weiß, das liegt noch weit in der Zukunft – wahrscheinlich eine Ewigkeit für eine Spezies, die so jung ist wie eure –, aber es ist etwas, dessen wir uns bewusst sein müssen.

Hierherzukommen ist eine Strategie, um uns zu verteilen, ein Weg, unser Überleben auch über die Lebensspanne unseres Sonnensystems hinaus abzusichern.«

»Also, weil euer Planet so alt ist, wollt ihr unseren nehmen?«

Zaron seufzte erneut. Sie hörte ihm nicht zu. »Nicht nehmen, teilen«, entgegnete er geduldig. »Alles, worüber wir zu diesem Zeitpunkt sprechen, sind fünfzigtausend von uns, ein Tropfen in einem Eimer, im Vergleich zur menschlichen Bevölkerung auf der Erde.«

»Vielleicht, aber ich nehme an, dass unsere Flugkörper verglichen mit den Waffen, die ihr besitzt, wie Spielzeugpistolen sind.« Sie erwiderte seinen Blick in einer schweigenden Herausforderung. »Oder etwa nicht?«

»Ja – aber das ist nur dann von Bedeutung, wenn ihr beschließt, jene Flugkörper gegen uns einzusetzen«, meinte Zaron. »Wie ich dir bereits gesagt habe, haben wir nicht vor, deiner Spezies Schaden zuzufügen.«

Emily wandte sich von ihm ab und ging einige Schritte auf die große Cyathea arborea zu, bevor sie herumwirbelte, um ihn wieder anzublicken. »Also, wie wollt ihr das machen? Ich kann mir nicht vorstellen, dass unsere Regierungen euch hier ohne einen Kampf leben lassen werden. Ihr könnt doch nicht erwarten, einfach hier aufzukreuzen und zu sagen: ›Hey, gebt uns etwas Land‹, und wie durch Magie geschieht es auch.«

»Ich bin mir sicher, dass der Rat das bedacht hat und einen Plan für eine solche Eventualität ausgearbeitet hat«, antwortete Zaron. »Ich bin kein Ratsmitglied, also …«

»Welche Rolle spielst du dann? Warum bist du hier? Du hast gesagt, du seist Biologe.«

»Das bin ich, und ein Bodenspezialist.« Zaron hatte gehofft, sie würde das Gespräch nicht in diese Richtung lenken, aber er wollte sie auch darüber nicht belügen. »Meine Aufgabe ist es, die geeigneten Orte für unsere Siedlungen zu finden – kaum bevölkerte Gebiete mit einem geeigneten Klima und Boden.«

Emily starrte ihn an. »Ich verstehe.«

Sie wandte sich erneut ab, und Zaron konnte die Barrieren spüren, die sie zwischen ihnen errichtete. Ihr schlanker Rücken war steif, und ihre Schultern angespannt. Sie glaubte ihm nicht, vertraute ihm nicht, und er konnte ihr keinen Vorwurf daraus machen. Sein Volk fiel auf ihren Planeten ein. Die Krinar mochten das Leben hierhergebracht haben, aber die Erde war so lange das Zuhause ihrer Spezies gewesen, wie sie existierten, und jetzt planten die Krinar, sich hier niederzulassen. Wäre die Situation andersherum, wäre sein Volk außer sich vor Wut – und es gab gute Gründe für die Annahme, dass die Menschen das auch sein würden.

»Emily.« Zaron ging zu ihr, ergriff ihren Arm und drehte sie um, damit sie ihn ansah. »Es tut mir leid, dass dich das derart bestürzt.«

Sie blickte zu ihm hoch, und ihr Gesicht hatte immer noch keinerlei Farbe. »Gibt es irgendeine Möglichkeit, dass du mit dem Rat sprechen und ihn überzeugen kannst, es nicht zu tun? Ihr habt für die nächsten hundert Millionen Jahre einen völlig intakten Planeten – ihr braucht unseren nicht.«

»Emily …« Er wusste, dass sie verstand, dass ihre Forderung unmöglich umzusetzen war; ihr Ton war matt und resigniert. Trotzdem fühlte sich seine Brust schwer an, als er sagte: »Es tut mir leid, das kann ich nicht. Alles ist bereits entschieden, und die Schiffe sind auf dem Weg.«

Ihre Lippen zitterten einen Moment lang, bevor sie sich zu einer schmalen Linie zusammenkniffen. »Okay. Ich verstehe. Lass mich jetzt bitte los.«

Zaron blickte hinab, und ihm fiel auf, dass er sie immer noch festhielt, immer noch seine Finger um ihren Oberarm gelegt hatte. Wut stieg in ihm auf, als er verstand, dass sie vorhatte, ihn wie einen Feind zu behandeln, und alles zu ignorieren, was zwischen ihnen geschehen war. »Nein«, sagte er, ergriff ihren anderen Arm und zog sie näher zu sich. »Ich werde dich nicht gehen lassen. Das ändert nichts, mein Engel. Die nächsten zwei Wochen lang gehörst du mir.«

Emilys Mund öffnete sich – zweifellos, um gegen seine Selbstherrlichkeit zu protestieren –, aber er beugte bereits seinen Kopf hinunter, um sie zu küssen.

Sie schmeckte weich und süß, selbst als sie versuchte, sich wegzudrehen, und ihre Hände anhob, um sie von seinen Bizeps wegzudrücken. »Nein«, konnte sie gerade noch herausbekommen, bevor Zaron ihre Lippen wieder einfing und sein Körper sich verhärtete, als er den Kuss vertiefte und die Hitze spürte, die von ihrer Haut ausstrahlte. Sie wurde feucht, der Duft ihrer Erregung entzündete seine Sinne, und ihre Gegenwehr wurde mit jedem Moment schwächer.

Sie wollte ihn immer noch, und Zaron hatte vor, das auszunutzen.

Er küsste sie weiterhin, ließ sie auf den Boden sinken und legte sie auf das harte Laken aus Blättern und Gras. Er hielt ihre Handgelenke mit einer Hand über ihrem Kopf fest, ließ seine freie Hand an ihrem Körper hinuntergleiten und schob den Rock ihres Kleides nach oben, bevor er seine Knie benutzte, um ihre Beine zu spreizen. Sie war jetzt für ihn geöffnet, ihr Geschlecht war warm und feucht, als seine Finger in ihren Falten tauchten, und sein Schwanz pochte, weil er sich schmerzhaft danach sehnte, in ihr zu sein.

Zaron löste seinen Mund, hob seinen Kopf an und blickte auf das menschliche Mädchen, da er sich an das erste Mal erinnerte, an dem er sie so gehabt hatte. Jenes Mal hatte sie ihn auch gewollt, aber sie hatte Angst gehabt, und er hatte sie gehen lassen.

Jetzt würde er sie nicht gehen lassen.

Emilys helle Augen waren benebelt, als sie zu ihm hochsah, und ihre Lippen waren durch die Küsse geschwollen und glänzten feucht. Blonde Haare lagen in einem Wirrwarr aus blassen Wellen um ihren Kopf herum, und ihre cremefarbenen Wangen erröteten, als seine Finger mit ihrer Klitoris spielten. Sie war jetzt nicht mehr in der Lage, ihn noch aufzuhalten, und der animalische Teil in ihm genoss das.

Genau so wollte er sie: vor Lust benebelt und unfähig, ihn zurückzuweisen.

»Genau so, mein Engel«, murmelte er, da er hörte, wie sich ihre Atmung beschleunigte, als er zwei Finger in ihren engen Tunnel schob und seinen Daumen über ihre Klitoris rollte. »Lass dich gehen. Lass dich gehen und komm für mich.«

Ihre Augen schlossen sich, und ein leiser, erstickter Aufschrei entsprang ihrer Kehle, als ihre inneren Wände krampften und sich um seine Finger zusammenzogen. Sie war jetzt so nass, dass seine Finger ohne Widerstand hinein- und hinausglitten, und er fickte sie durch ihren Orgasmus, während sich seine Eier mit jedem Stoß seiner Finger näher an seinen Körper zogen. Wenn er nicht die halbe Nacht lang in ihr vergraben gewesen wäre, hätte er zu diesem Zeitpunkt bereits die Kontrolle verloren, aber da er es zum Glück gewesen war, konnte Zaron sich beherrschen – gerade so.

Als sie erschöpft und keuchend unter ihm lag, öffnete er seine Jeans und befreite endlich seinen schmerzenden Schwanz. »Emily«, flüsterte er rau und drückte gegen ihre weiche Öffnung. »Schau mich an, mein Engel.«

Ihre Augenlider öffneten sich, ihre langen Wimpern schlugen langsam auf, und eine seltsame Wärme glühte in seiner Brust, als ihre Augen ihn anblickten. »Das hier hat nichts mit dem zu tun, was dort draußen vor sich geht«, sagte er mit tiefer und belegter Stimme. »Du und ich, wir sind keine Feinde, egal, was passiert. Verstehst du das? Die nächsten zwei Wochen wirst du hier bei mir sein, und das ist alles, was zählt.«

Emily hatte nichts gesagt, aber ihr Blick war gequält, und Zaron wusste, dass es nicht so einfach sein würde. Sie würde gegen ihn ankämpfen. Vielleicht nicht in diesem Augenblick, aber sie würde es tun, genauso wie ihr Volk gegen die Krinar ankämpfen würde, wenn sie hier eintrafen.

Erneut breitete sich in Zaron Wut aus, die sich mit brennender Lust vermischte, und er stieß tief in Emilys Körper, drang vollständig ein, ohne langsamer zu werden. Sie schrie auf – ein Schmerzensschrei, bemerkte er am Rande –, aber er konnte nicht aufhören, da er von einem Hunger angetrieben wurde, der von einem dunklen Ort in ihm zu kommen schien. Sie war feucht und eng um ihn, ihr Körper umklammerte ihn mit weicher, nasser Hitze, und er wollte sie mehr, als er jemals jemanden gewollt hatte. Alles in ihm konzentrierte sich auf ein einziges Bedürfnis: sie zu nehmen, sie zu besitzen, sie zu seiner zu machen.

Es dauerte nicht lange, bis sie seine Stöße erwiderte, ihre Hüften sich hoben, um ihn tiefer aufzunehmen. Er konnte keuchende Schreie und Stöhnen hören, und das Verlangen, ihr Blut zu nehmen, sie auch auf diese Weise zu schmecken, war genauso stark wie die kochende Lust in seinen Adern. Er ließ seinen Kopf bereits nach unten sinken, als Ellets Warnung irgendwo in seinem Hinterkopf aufflackerte, und anstatt mit seinen Zähnen über Emilys zarte Haut zu fahren, drehte er seinen Kopf weg und wurde schneller, hämmerte mit jedem Stoß in sie. Ihre Schreie wurden lauter und wilder, ihre Handgelenke in seinen Händen spannten sich an, und Zaron fühlte ihren wellenförmigen Orgasmus, durch den sich ihre inneren Muskeln um ihn schlossen. Er wollte durchhalten, die Ekstase, sie zu besitzen, in die Länge ziehen, aber das krampfartige Zusammenziehen ihres Körpers gab ihm den Rest. Ein raues Stöhnen entwich ihm, als er ein letztes Mal tief in sie stieß, bevor er kam und sein Samen in mehreren langen Salven in sie schoss.

Er schnappte nach Luft, rollte von Emily herunter, um sie an sich zu ziehen, und seine Gedanken zerstreuten sich, als er sie von hinten in seinen Armen hielt. Sie atmete ebenfalls schwer, ihr schlanker Körper zitterte, und ihre Haut war schweißnass. Als er seine Augen schloss, verstärkte Zaron seine Umarmung und vergrub seinen Kopf in ihrem Haar, um ihren süßen Geruch einzuatmen.

Es gab nur ein Wort, das ihm durch den Kopf ging, nur einen Gedanken, den er fassen konnte.

Meine.

KAPITEL 25

*I*n den darauffolgenden Tagen hatte Emily so viel Sex, dass sie sich fühlte, als würde sie in Lust versinken. Zaron war unersättlich und hatte eine unmenschliche Ausdauer, was bedeutete, dass sie zu dem Zeitpunkt, an dem er mit ihr fertig war, erschöpft und kurz davor war, einzuschlafen. Wenn es seinen praktischen Heilapparat nicht gegeben hätte, wäre sie ständig wund gewesen.

»Mein Gott, sind alle deiner Spezies so?«, murmelte sie, als er sie aufweckte, indem er von hinten in sie glitt, und sein dicker Schwanz damit zum dritten Mal in dieser Nacht in sie eindrang. »Wirst du niemals müde?«

»Deiner nicht«, hauchte er in ihr Ohr, während sich seine Hand auf ihrem Bauch nach unten bewegte, um das Nervenbündel am Ansatz ihres Geschlechts zu finden. »Dessen hier nicht. Ich könnte dich für alle Ewigkeit ficken.«

Das mit der Ewigkeit konnte Emily noch nicht bestätigen, aber mit Sicherheit, dass er jede Möglichkeit nutzte, die er bekam, und noch einige weitere. Sie vermutete, dass dieser Nonstop-Sex Zarons Art war, sie von seinen entsetzlichen Enthüllungen abzulenken, und die meiste Zeit funktionierte diese Strategie. Wenn sie in seinen Armen lag, konnte sie nicht denken, und noch weniger konnte sie sich Sorgen um die bevorstehende Invasion auf ihrem Planeten machen. Sobald er sie allerdings allein ließ, würde sich ihr Magen voller Angst zusammenziehen, und ihre Unterhaltungen während der Mahlzeiten waren häufig angespannt und feindselig.

»Es wird Krieg geben – einen interplanetarischen Krieg. Verstehst du das?«, platzte Emily heraus, als Zaron sie beim Mittagessen davon überzeugen wollte, dass sie sich über nichts Sorgen machen müsse. »Dein Volk wird kommen, und es wird einen Krieg geben.«

»Nein, das wird es nicht«, sagte er mit ruhiger Bestimmtheit. »Vielleicht ein wenig Widerstand, aber keinen Krieg.«

»Nein? Denkst du, dass wir einfach Platz machen werden und …«

»Emily.« Er streckte seinen Arm über den Tisch aus, um ihre Hand zu ergreifen. »Es wird keinen Krieg geben, weil wir es nicht dazu kommen lassen werden. Du hattest recht: Alle eure Waffen sind für uns wie Kinderspielzeuge. Gäbe es einen Krieg, wenn die Streitkräfte der USA in einen Kindergarten einmarschieren würden? Nein. Eure Soldaten würden einfach das tun, was sie wollen, und das ist alles. Und bei uns wird es das Gleiche sein.«

Emily starrte ihn entsetzt an. »Hörst du dir eigentlich selber zu? Du denkst, dass es irgendwie besser ist, dass dein Volk uns ohne einen Kampf bezwingen wird?«

»Natürlich ist es das.« Zaron tätschelte ihre Hand, bevor er weiteraß. »Kein Krieg ist immer besser als Krieg.«

Den Rest der Mahlzeit über weigerte Emily sich, mit ihm zu reden, und gab ihr Bestes, um ihm ihre kalte Schulter zu zeigen. Aber als er danach mit ihr spazieren ging, hatten sie letztendlich doch wieder Sex im Wald. Emily hasste sich dafür, für ihre Unfähigkeit, seiner Berührung widerstehen zu können, aber ihr Körper verriet sie. In dem Moment, in dem Zaron sie berührte, schmolz sie dahin, und ihr Entführer wusste das und nutzte diesen Vorteil schamlos aus.

»Bemerkst du nicht, wie falsch das ist?«, fragte sie, als sie an jenem Abend in seinen Armen lag und ihr Körper voller Zufriedenheit vibrierte, aber ihre Gedanken voller Selbsthass waren. »Was du mit mir machst, bringt mich völlig durcheinander.«

Zaron drehte sich herum, um sie anzuschauen, und seine Augen waren in dem gedämpften Licht, das den Raum beleuchtete, unleserlich. »Es wäre nur falsch, wenn du mich nicht wollen würdest, aber du willst mich.« Seine Stimme war leise und tief, hüllte sie in einen warmen, verführerischen Kokon ein. »Du willst mich genauso sehr, wie ich dich will, mein Engel, also sollten wir nicht versuchen, es zu etwas anderem als dem zu machen, was es ist.«

»Und was ist es?«, flüsterte Emily mit zugeschnürter Kehle. »Wie siehst du es denn? Von meinem Standpunkt aus ist es nämlich so, dass du mich gefangen hältst, und dein Volk kurz davor ist, meinen Planeten zu erobern. Und trotzdem machst du …« Sie hielt inne, als sich Zarons Gesichtsausdruck schnell verdüsterte.

»Ich mache was?« Seine Hand glitt an ihrer Seite hinunter. »Ich berühre dich?« Seine Finger drückten ihre Pobacke, als er sie näher an sich heranzog. »Ich ficke dich?«

Emily stockte der Atem, als sich seine Erektion gegen ihren Schenkel drückte, so hart, als sei er vor Tagen, und nicht erst vor einigen Minuten, das letzte Mal in ihr gewesen. »Ja, genau«, bekam sie gerade so heraus, während sie gegen seine muskulöse Brust drückte. »Ich bin nicht deine Sexpuppe, die du …«

»Du bist das, was ich möchte.« Er hob ihr Bein an und stieß in sie, womit er ihr ein überraschtes Aufstöhnen entlockte. Sie war immer noch empfindlich und geschwollen vom letzten Mal, und er fühlte sich riesig in ihr an, als er ihre zarten inneren Wände ausdehnte. »Meine Sexpuppe, mein Sexeinundalles. Ich kann nicht genug von dir bekommen, mein Engel. Und das muss ich auch gerade nicht – weil du mein bist. Oder nicht?«

Er bewegte seine Hüften, berührte ihren G-Punkt, und Emilys Körper spannte sich an und zog sich mit einem plötzlichen Verlangen um ihn zusammen. Sie versuchte, sich an ihrer Wut festzuhalten, trotz ihrer wachsenden Erregung weiter zu denken, aber er küsste sie bereits, und seine großen Hände kneteten ihre Brüste, während er sie hart und schnell nahm, so dass die restliche Nacht nicht mehr über richtig oder falsch gesprochen wurde.

Es gab nur noch Zaron und die dunkle Hitze, die sie beide bedeckte.

Donnerstagmorgen, zwei Stunden vor ihrem eigentlichen Termin zum Vorstellungsgespräch bei dem Hedgefonds, wachte Emily auf und war allein in ihrem bequemen außerirdischen Bett. Das intelligente Material hatte sich ihrem Körper angepasst, während sie schlief, und sie spürte, wie es ihren Nacken und ihre Schultern massierte – eine Eigenschaft, die Zaron aktiviert hatte, nachdem er erfahren hatte, dass Emilys Rückenmuskulatur oft verspannt war. Sie lag einige Minuten bewegungslos da und genoss die Behandlung des Bettes, bevor sie aufstand. Obwohl sie ziemlich lange geschlafen hatte, fühlte sie sich müde und rastlos, fast deprimiert.

Am Dienstag hatte Zaron ihr erlaubt, eine E-Mail an Evers Capital zu senden, um zu erklären, dass sie in Costa Rica aufgehalten wurde, und um zu fragen, ob sie das Bewerbungsgespräch um zwei Wochen verschieben könnten. Mittwochabend hatte sie immer noch keine Antwort bekommen, und Emily wusste, dass es das gewesen war: Sie hatte ihre einzige Chance, mit einer Hedgefondslegende zu arbeiten, versaut – und damit auch die einzige Möglichkeit, irgendwann in naher Zukunft einen Job in ihrem Bereich zu bekommen. Durch die jüngsten Entlassungen wurde die Wall Street mit Analysten, die über die gleichen Fähigkeiten verfügten wie sie, überschwemmt, und alle konkurrierten um die schnell schwindenden Arbeitsplatzangebote.

Falls die bevorstehende Invasion der Krinar nicht die Welt, wie Emily sie kannte, beenden sollte, würde sie viel länger arbeitslos sein, als sie gehofft hatte.

Der Gedanke brachte sie wieder auf den Boden der Tatsachen zurück. Es war dumm, sich um ein verpasstes Bewerbungsgespräch Sorgen zu machen, wenn ihrer ganzen Spezies eine so ernste Bedrohung wie die Krinar bevorstand. Während der letzten Tage hatte Emily versucht, mehr über Zarons Volk herauszufinden, und was sie erfahren hatte, war nicht beruhigend.

Sie hatte bereits gewusst, dass ihr Entführer stärker und schneller war als ein menschlicher Mann, aber sie hatte das teilweise seinem großen, athletischen Körperbau zugeschrieben. Sein Körper war prächtig, mit seiner glatten, glänzenden, bronzefarbenen Haut, die schlanke, stahlharte Muskelschichten bedeckte. Jeder Mann mit seiner Figur würde stärker sein als der Durchschnitt, und Emily hatte das volle Ausmaß, in dem sich Zaron von einem normalen Mann unterschied, nicht verstanden, bis sie vor zwei Tagen auf ihrem Spaziergang gesehen hatte, wie er einen umgefallenen Baum mit einer Hand aus dem Weg geräumt hatte.

Er hatte das völlig nebenbei getan, so als sei der dicke Stamm ein kleiner Ast, und Emily war stehen geblieben und hatte ihn ungläubig angestarrt. Sie schätzte, dass der Baum mindestens einen Durchmesser von fünfzig Zentimetern gehabt hatte.

»Was ist los?«, hatte er gefragt, aber sie hatte einfach nur mit dem Kopf geschüttelt, da sie vor Entsetzen die Sprache verloren hatte. Sie war zu dem Baum gegangen, hatte sich hingehockt und mit all ihrer Kraft dagegen gedrückt, weil sie gehofft hatte, dass er vielleicht leichter war, als er aussah, aber der Stamm hatte nicht einmal einen Millimeter nachgegeben. Der Baum war so schwer gewesen, als sei er mit dem Boden verwachsen, und trotzdem hatte Zaron ihn mit der gleichen Anstrengung hochgehoben, wie Emily ein Gewicht von einem Kilo stemmen würde.

Ihr Entführer hatte ihre Bemühungen ganz offensichtlich amüsiert beobachtet, da ein Lächeln auf seinen Lippen gelegen hatte, und Emily hatte einen kalten Angstschauer verspürt, als sie sich daran erinnerte, wie schnell er sie damals am See eingefangen hatte.

Die Krinar hatten nicht nur eine überlegenere Technologie; sie waren generell stärker.

»Wie habt ihr es geschafft, so schnell und stark zu werden?«, hatte sie ihn gefragt, als sie weitergingen, und er hatte mit den Schultern gezuckt und geschwiegen. Sie hatte bemerkt, dass Zaron zwar zu zögern schien, sie direkt anzulügen, dass er aber kein Problem damit hatte, ihr Informationen vorzuenthalten, wenn er es für das Beste hielt. Es gab bestimmte Themen, die er lieber vermied, und Emily vermutete, dass sie mit den Dingen zu tun hatten, die ihr Angst machen könnten. Wann immer sie versuchte, ihn zu der Art von Waffen zu befragen, die sein Volk besaß, oder was sie tun würden, wenn sie sich erst einmal auf der Erde niedergelassen hätten, lenkte er die Unterhaltung in eine andere Richtung oder lenkte sie mit Sex ab – und es schien so, als sei die Entwicklungsgeschichte der Krinar ebenfalls tabu.

Es war das Gleiche gewesen, als sie bemerkt hatte, dass alle Mahlzeiten in Zarons Haus aus Früchten, Gemüse oder anderen Lebensmitteln auf Pflanzenbasis bestanden. Zuerst hatte sie gedacht, es habe etwas mit seinem Beruf zu tun – er liebte Pflanzen und erklärte ihr immer interessante Details über die costa-ricanische Flora –, aber dann hatte sie sich gefragt, ob es einen anderen Grund für seine Ernährungsweise gab.

»Warum isst du überhaupt kein Fleisch?«, hatte sie ihn gefragt, während sie den Salat aß, den das Haus ihnen zum Abendessen zubereitet hatte. »Ist das deine persönliche Entscheidung oder essen die Krinar generell so?«

»Letzteres«, hatte Zaron geantwortet. »Wie die Menschen sind wir auch Allesfresser, aber wir bevorzugen Pflanzen. Auf Krina gibt es eine Menge Pflanzen, die viele Nährstoffe haben und kalorienreich sind, so dass wir niemals Tiere essen mussten, um zu überleben.«

»Ich verstehe.« Das hatte Emily überrascht. Aus irgendeinem Grund hatte sie angenommen, dass die Krinar irgendwann einmal Jäger und Sammler gewesen waren, so ähnlich wie die Urzeitmenschen. Und dann hatte sie verstanden, warum sie das angenommen hatte.

Die Anmut, mit der sich Zaron bewegte, hatte etwas Raubtierhaftes, etwas, was sie an eine jagende Raubkatze erinnerte. Sie hatte den beunruhigenden Eindruck, dass er, falls er provoziert wurde, denjenigen sofort anfallen würde. Sein Blick war scharf und klar, und oft verfolgte er ihre Bewegungen mit der Intensität einer Katze, die einen Schmetterling verfolgt.

»Gibt es viele große Raubtiere auf deinem Planeten?«, hatte sie ihn gefragt. Vielleicht waren die Krinar zu irgendeinem Zeitpunkt in ihrer frühen Geschichte die Beute gewesen und hatten ihre Schnelligkeit und Stärke benötigt, um zu überleben – auch wenn das nicht die ungewöhnliche Art und Weise erklären würde, auf die er sich bewegte.

»Einige wenige«, antwortete er, ohne ins Detail zu gehen, und Emily hatte gewusst, dass er sie wieder einmal abblockte.

Was auch immer Zaron verschwieg, musste schlimmer sein als die Kolonialisierungspläne seines Volks – und das machte Emily sehr, sehr nervös.

Trotzdem kehrten ihre Gedanken während sie duschte immer wieder zu ihrem verpassten Vorstellungsgespräch und dem Job, den sie jetzt nicht mehr bekommen konnte, zurück. Jeden Tag hielt sie die Augen nach einer Fluchtmöglichkeit offen, aber Zaron beobachtete sie sorgsam während ihrer Spaziergänge, und es gab keinen Weg, wie sie aus seinem intelligenten Haus gelangen konnte. Und jetzt war es zu spät: Evers Capital würde sie niemals einstellen.

Seufzend trat Emily aus der Dusche und ließ sich von der krinarischen Technologie trocknen. Sie zog eines der Kleider an, die Zaron ihr gegeben hatte, und ging ins Schlafzimmer zurück, in dem ihr nasses Telefon auf dem schwebenden Brett neben ihrem Bett lag.

Emily setzte sich hin und nahm es in die Hand. Es fühlte sich trocken an, aber das Display war dunkel und tot. Sie drückte automatisch auf den Knopf an der Seite und betrachtete das Handy, allerdings, ohne viel Hoffnung zu haben.

Das Display leuchtete auf.

Emily sprang mit hämmerndem Herzen auf und starrte ungläubig auf ihr Telefon. Die vertrauten Icons luden sich unerträglich langsam, aber das Telefon lebte offensichtlich noch.

Emilys Hand zitterte, als sie über das Display wischte, um das Telefon zu entsperren. Sie hatte vor ihrer Abreise für ein Roamingpaket bezahlt, aber ihr wurde nur ein Balken Empfang angezeigt. Nicht, dass die Anzahl der Balken wirklich wichtig war: Die Batterie war schon fast leer. Sie hatte bestenfalls noch wenige Minuten, bevor das Telefon ausging, und sie musste sie so gut wie möglich nutzen.

Wen konnte sie anrufen? Ihre Freunde zu Hause? Die costa-ricanische Polizei? Emily hatte vorsorglich einige Notfallnummern in ihrem Telefon abgespeichert, bevor sie die USA verließ, und die ging sie jetzt durch, während sich ihre Gedanken überschlugen. Sie ließ die Idee fallen, als Erstes ihre Freunde anzurufen; es gab keine Garantie dafür, dass irgendeiner von ihnen abnehmen würde, und außerdem würde es zu lange dauern, die Situation zu erklären und sie zu bitten, Hilfe zu senden. Mit der lokalen Polizei gäbe es eine Sprachbarriere. Emily konnte ein wenig Spanisch, aber sie konnte ihr auf gar keinen Fall alles vermitteln und sich verständlich machen.

Die beste Option war die amerikanische Botschaft, entschied sie nach einem Augenblick. Die Wahrscheinlichkeit, dass sie sie für eine Verrückte halten würden, war groß, aber wenn sie irgendwie zu ihnen durchdringen könnte, könnte ihre Warnung einen großen Unterschied machen.

Emily hielt ihren Atem an, drückte auf den Anrufknopf und hielt das Telefon an ihr Ohr. Eine Sekunde, zwei, drei, vier … Die Stille schien sich ewig hinzuziehen, aber gerade als Emily davon überzeugt war, dass sie nicht durchkommen würde, hörte sie den langen Rufton.

»Botschaft der Vereinigten Staaten.« Die weibliche Stimme war angenehm und ruhig. »Wie kann ich Ihnen weiterhelfen?«

Emily bekam vor Erleichterung ganz weiche Knie. »Ja, hallo. Mein Name ist Emily Ross und ich bin amerikanische Staatsbürgerin.« Sie sprach schnell, da sie nicht wusste, wie lange ihre Batterie noch durchhalten würde. »Ich werde in der Region Guanacaste gefangen gehalten. Sie müssen mir genau zuhören. Der Mann, der mich gefangen hält, hat mir von einer Gefahr für unser Land erzählt. Eine Invasion wird in einigen Tagen stattfinden. Das Volk, das kommen wird, nennt sich selbst Krinar, und sie besitzen Waffen, die viel fortschrittlicher sind als unsere. Sie müssen den Präsidenten warnen. Ich weiß, dass sich das verrückt anhört, aber …«

Das leise summende Hintergrundgeräusch an ihrem Ohr verstummte, und Emily wurde klar, dass das Gespräch beendet war.

Das Telefon war tot.

Sie ließ es sinken und blickte frustriert auf das dunkle Display. Hatte die Mitarbeiterin am Telefon alles gehört, was Emily gesagt hatte, und falls das der Fall war, würde sie die Nachricht weiterleiten oder sie als das Geschwafel einer betrunkenen Touristin abtun? Emily hatte extra das Wort »Außerirdische« vermieden, aber was sie gesagt hatte, war nicht viel besser gewesen. Selbst für ihre eigenen Ohren hatte sie sich wie eine Wahnsinnige angehört.

Emilys Handflächen waren feucht, und ihre Beine zitterten, als sie das Telefon zurück auf das schwebende Brett legte und sich auf das Bett setzte. Sie war immer noch voller Adrenalin, und sie benötigte einige Minuten, bis sie sich so weit beruhigt hatte, dass sie das Tablet ergreifen konnte, das Zaron ihr gegeben hatte. Was als Nächstes geschah, lag nicht mehr in ihren Händen. Entweder würde die Frau, mit der sie gesprochen hatte, ihre Nachricht weiterleiten – oder nicht. Emily musste sich damit zufriedengeben, dass sie alles getan hatte, was sie konnte.

Sie holte tief Luft und sagte »Independence Day« zu dem Tablet, bevor sie sich wieder aufs Bett zurückzog. Das intelligente Möbelstück wölbte sich nach oben, da es ahnte, dass sie eine Rückenlehne haben wollte, während sie den Film anschaute.

Emilys ausgewählte Unterhaltung war masochistisch, aber das war ihr egal.

Wenn sie auf dem Bildschirm sah, wie Menschen einigen Außerirdischen ordentlich in den Hintern traten, würde sie vielleicht glauben können, dass sie eine Chance im echten Leben hatten.

KAPITEL 26

Als die Tage vorbeiflogen, begann es Zaron vor der Ankunft des Schiffes zu grausen. Das lag nicht daran, dass sein Team nicht fertig war – auf ihrer Seite war alles vorbereitet –, sondern daran, dass sich mit jeder Stunde, die verging, der Tag näherte, an dem er Emily gehen lassen musste.

Sobald die Krinar mit den menschlichen Führern Kontakt aufnehmen würden, könnte er nicht länger sein Verschwiegenheitsabkommen als Rechtfertigung dafür benutzen, sie bei sich zu behalten.

Seitdem Zaron Emily von den wahren Absichten seines Volkes erzählt hatte, hatte sie ihr Bestes gegeben, ihn auf Abstand zu halten – zumindest emotional. Sie redeten nicht mehr über ihre Vergangenheit, teilten keine schmerzhaften Erlebnisse mehr. Aber nach und nach erfuhr Zaron mehr über sie, und jede neue Kleinigkeit, die er aufdeckte, verstärkte seine Faszination von dem menschlichen Mädchen – eine Faszination, die an Besessenheit grenzte.

Sie mochte Erdbeeren, aber hasste Blaubeeren, mochte Science-Fiction-Filme, aber las lieber Sachbücher. Sie dachte hochanalytisch – Zahlen und Kalkulationstabellen waren ihr Ding –, aber sie brauchte die Natur und die frische Luft, um sich vollständig zu fühlen.

»Wann immer ich Freizeit habe – was so gut wie nie ist –, gehe ich in den Park«, erzählte sie ihm, als sie endlich einmal ohne sich zu streiten am See saßen. »Das gibt mir neue Energie, hilft mir dabei, die Spinnweben abzuschütteln, die ich auf der Arbeit ansetze.«

Zaron verstand das; seine Freude an der natürlichen Umgebung war ein Hauptgrund für die Wahl seiner Spezialisierung gewesen. Schon als Kind hatten ihn lebende Dinge wie Pflanzen und Tiere fasziniert. Aber irgendetwas an dem, was Emily gesagt hatte, beschäftigte ihn. »Warum hast du so wenig Freizeit?«, wollte er mit gerunzelter Stirn wissen. »Arbeiten die meisten Menschen nicht von neun bis fünf?«

»Nicht die Investmentbankingmenschen«, antwortete sie ironisch. »Meine Brut arbeitet achtzig Stunden pro Woche, und das, wenn unser Arbeitspensum niedrig ist. Letztes Jahr musste ich für ein Projekt drei Monate lang durchgehend einhundertundvierzig Stunden pro Woche arbeiten.«

Zaron rechnete schnell im Kopf nach. Wenn sie einhundertvierzig Stunden pro Woche arbeitete, dann blieben ihr nur vier Stunden pro Tag, in denen sie nicht arbeitete – weniger als die Hälfte des täglichen Schlafes, den Menschen benötigten. *Er* konnte so viel arbeiten, weil die Krinar erheblich weniger Schlaf brauchten, aber Emilys Gesundheit konnte unter einer solchen Belastung leiden.

»Du solltest nicht so viele Stunden arbeiten«, meinte er, und war nicht in der Lage, die Kritik aus seiner Stimme zu verbannen. »Du könntest krank werden, wenn du nicht ausreichend Schlaf bekommst.«

Emily sah ihn überrascht an, bevor sie mit den Schultern zuckte. »Ja, ich nehme an, das stimmt. Ich hatte nicht vor, das für immer zu tun, nur bis ich einen ähnlichen Job mit besseren Stunden bekommen konnte – was übrigens bei dem Job bei dem Hedgefonds der Fall gewesen wäre.«

Zaron überkam ein unangenehmes Schuldgefühl bei der Erinnerung daran, dass er sie den Job gekostet hatte, den sie unbedingt gewollt hatte. Erst als er Emily besser kennengelernt hatte, hatte er verstanden, warum ihr das Vorstellungsgespräch so wichtig gewesen war. Das menschliche Mädchen war leidenschaftlich unabhängig, und sie hatte für ihre vierundzwanzig Jahre trotz ihres schlechten Starts eine Menge in ihrem Leben erreicht. Zaron hatte durch die erste Überprüfung ihres Hintergrunds gewusst, dass sie einen Uniabschluss der Northwestern hatte, einer der besten Universitäten der USA, und sofort nach ihrem Studium einen Job bei einer der größten Investmentbanken angetreten hatte. Aber erst vor zwei Tagen, als Zaron mehr über diese Einrichtung der Pflegefamilien gelesen hatte, hatte er verstanden, wie schwer Emilys Weg ohne die Unterstützung einer Familie gewesen sein musste.

»Wer hat für deine Universität bezahlt?«, wollte er wissen, und sein Stirnrunzeln verstärkte sich, als ihm diese Frage in den Sinn kam. »Diese Einrichtungen sind glaube ich sehr teuer in deinem Land.«

Emily nickte. »Das sind sie. Ich hatte Glück: Ich war sehr gut im Bahn- und Crosslauf, also wurde mir ein Stipendium angeboten, das den Großteil meiner Ausbildung finanziert hat. Für den Rest kam ich mit einer Mischung aus staatlichen Beihilfen, Teilzeitjobs und Darlehen auf.«

»Hat dir deine Tante nicht geholfen?«

Emily zog ihre Augenbrauen in die Höhe. »Tante Wendy? Nein. Sie starb an einem Schlaganfall, als ich siebzehn war, und hatte seit einigen Jahren von einer Invalidenrente gelebt. Sie hätte mir nicht einmal helfen können, wenn sie es gewollt hätte.«

»Ich verstehe.« Zaron konnte kaum einen ruhigen Ton beibehalten. Er war wütend wegen der Schwierigkeiten, die sie in ihrem Leben gehabt hatte, und er wusste nicht, warum. »Also hast du niemanden, an den du dich mal wenden kannst.«

Emily blinzelte. »Das stimmt so nicht. Ich habe meine Freunde und meinen Kater und meinen Freu…« Sie hielt mitten im Wort inne, aber es war bereits zu spät.

Aus Zarons Wut wurde brennende Eifersucht.

»Freund?« Selbst für seine Ohren hörte sich seine Stimme gefährlich leise an. »Du hast einen Freund?« Zaron hatte angenommen, dass Emily Single war, weil sie allein in einem Studioapartment lebte und allein reiste, aber jetzt bemerkte er, wie dumm diese Annahme gewesen war. So unabhängig wie Emily war, könnte sie problemlos einen Mann haben, der in New York auf sie wartete – einen Mann, den sie bis jetzt nicht erwähnt hatte.

Zu Zarons Erleichterung schüttelte sie ihren Kopf. »Nein«, sagte sie mit angespannter Stimme. »Den habe ich nicht. Nicht mehr.«

Zarons Eifersucht flammte erneut auf. Es war ganz eindeutig, dass dieser Mann, wer auch immer er war, Emily wehgetan hatte – was bedeutete, dass er ihr etwas bedeutet hatte.

Sie könnte ihn sogar immer noch lieben.

»Wer ist er?« Die Wut, die in Zarons Brust schwelte, war irrational, das wusste er, aber er konnte die feste Überzeugung nicht abschütteln, dass Emily ihm gehörte, dass sie seine war, und jeder Mann, der sie berührte, es verdient hatte, in Stücke gerissen zu werden. Männliche Krinar hatten einen Hang dazu, territorial und besitzergreifend bei ihren Frauen zu sein, aber Emily war nicht seine Partnerin. Er hatte keinen Grund, so starke Gefühle für ein menschliches Mädchen zu haben, das nur noch wenige Tage bei ihm war. Und trotzdem konnten auch noch so viele rationale Argumente nicht die Wut aus Zarons Stimme verbannen, als er fragte: »Wie heißt er?«

Emily warf ihm einen misstrauischen Blick zu. »Warum ist das wichtig? Es ist vorbei. Wir haben uns vor vier Monaten getrennt.«

Vier Monate? Rote Flecken erschienen an den Rändern von Zarons Blickfeld. Vor nur lächerlichen vier Monaten hatte ein kümmerlicher Mensch Emily berührt, sie geküsst … Liebe mit ihr gemacht.

»Wer ist er? Wie lange wart ihr beiden zusammen?« Zaron konnte den dunklen Unterton in seiner Stimme hören, und er wusste, dass Emily ihn auch bemerkte, weil sie aufstand und einen Schritt zur Seite ging, während sie ihn anschaute, als sei er ein wildes Tier.

Zaron zwang sich dazu, tief einzuatmen. Er mochte sich zwar wie ein wildes Tier fühlen, aber er wollte Emily keine Angst einjagen. Er stand mit einer langsamen und kontrollierten Bewegung auf, trat auf sie zu und ergriff sanft ihre Hand. »Sag es mir, mein Engel«, beharrte er in einem weicheren Ton. »Erzähle mir von deinem ehemaligen Freund. Was ist bei euch passiert?«

Emily sah ängstlich aus. »Du … du würdest ihm nichts tun, stimmt's?«

Scheiße. Sie war scharfsinnig. Der uralte Jäger in Zaron hatte bereits geplant, diesen menschlichen Mann aufzuspüren und seiner Existenz ein Ende zu bereiten. Jetzt konnte er das nicht mehr tun – wenn auch nur deshalb, weil es Emily aufregen würde.

»Natürlich werde ich ihm nichts tun«, sagte Zaron mit einer Ruhe, die er nicht fühlte. »Warum sollte ich?«

Die Frage war genauso an ihn selbst wie an Emily gerichtet, aber sie hatte den erwünschten Effekt. Sie entspannte sich ein wenig, auch wenn ihr Blick immer noch ängstlich war. »Ich weiß es nicht«, antwortete sie. »Du schienst einfach … einen Moment lang wütend zu sein.«

Zaron holte ein weiteres Mal tief Luft und zog Emily an sich, um ihre schlanken Kurven an seinen Körper zu schmiegen. »Das bin ich nicht«, versicherte er ihr. Und das war er auch nicht – nicht mehr. Der primitive Drang in ihm war jetzt ein anderer.

Er ließ seine Hände in Emilys Haare gleiten, beugte seinen Kopf nach unten und verschloss ihren Mund mit einem tiefen, hungrigen Kuss.

***

Zaron bekam erst Antworten auf seine Fragen, als Emily einige Stunden später müde und gesättigt in seinen Armen lag. Er hatte es noch geschafft, sie zu einer üppigen Wiese hinter dem felsigen Ufer des Sees zu bringen, bevor die Leidenschaft sie übermannte, und jetzt lagen sie dort und betrachteten das Wasser, das etwa fünfzehn Meter von ihnen entfernt in der Sonne funkelte.

»Also, erzähle mir von deinem mysteriösen Exfreund«, meinte Zaron, und sein Ton war leicht, auch wenn er immer noch den Wunsch verspürte, den unbekannten Mann in Stücke zu reißen. »Wie habt ihr euch kennengelernt?«

»An der Uni«, antwortete Emily, ohne ihren Kopf auf seiner Schulter zu bewegen. Sie hörte sich entspannt und leicht schläfrig an, und Zaron wusste, dass er es geschafft hatte, ihre Gedanken von seinem vorherigen Verhalten abzulenken. »Jason und ich waren zuerst Freunde; erst später wollte er mehr. Wir hatten beide als Hauptfach Wirtschaft, hatten denselben Freundeskreis und bewarben uns für die gleichen Arten von Jobs. Es ergab eine Menge Sinn für uns, zusammen zu sein, also haben wir es versucht. Zuerst war es leicht, einfach zwei Studenten, die ihre Zeit gemeinsam verbrachten, aber dann haben wir beide nach dem Abschluss Jobs im Investmentbanking bekommen und sind nach New York City gezogen. Um Geld zu sparen, beschlossen wir, zusammenzuziehen, und das haben wir auch getan – bis vor vier Monaten, als er mir sagte, dass er mit der Zeit, die ich auf der Arbeit verbringe, nicht zurechtkäme, und auszog.«

Sie sprach ruhig, so als ob die Trennung ihr überhaupt nichts ausmache, aber Zaron fühlte, wie die Anspannung sich in ihrem zarten Körper ausbreitete.

»Warum kam er mit deiner Arbeitszeit nicht zurecht?«, fragte er in einem ruhigen Ton. »Hatte er nicht denselben Beruf wie du?«

»Den hatte er, aber er hatte Glück. Etwa ein Jahr nach unserem Abschluss, bevor der Markt in den Keller rutschte, bekam er ein Angebot von einer Kapitalbeteiligungsgesellschaft und hatte bessere Stunden. Also ja.« Emily blickte hoch zu Zaron. »Das war sie, die ganze Geschichte. Sehr wenig Drama.«

Aber das traf nicht ganz zu, nicht für sie – so viel erkannte Zaron.

»Wie viele Jahre warst du mit diesem Jason zusammen?«, fragte er und kämpfte gegen die Eifersucht an, die ihn immer noch aufzufressen drohte. »Wann habt ihr an der Uni angefangen, zusammen zu sein?«

Emily seufzte, setzte sich hin und zog sich ihr Kleid zurecht – das jetzt etwas zerrissen und voller Gras war. »Wir waren etwas mehr als vier Jahre zusammen«, antwortete sie und strich sich das zerzauste Haar aus ihrem Gesicht. »Kein ganzes Leben oder sonst etwas in der Art.«

»Ich verstehe.« Zaron hob seine zerfetzte Jeans aus dem Gras auf und stand auf, um sie sich anzuziehen, bevor es sich nach unten beugte, um Emily hochzuheben.

»Zaron, lass mich runter! Ich kann selber gehen«, protestierte sie, als er sie in seine Arme nahm, aber er ignorierte ihre Einwände.

Er musste sie halten, um die kochende Wut in sich zu kontrollieren – und sein Versprechen zu halten, diesen menschlichen Bastard, der Emily wehgetan hatte, nicht zu erledigen.

KAPITEL 27

Als sich der Tag der Ankunft der Krinar und der versprochenen Befreiung näherte, bemerkte Emily, dass sie immer ängstlicher wurde. Sie hatte keinen Appetit mehr, und ihre Nächte waren unruhig, da sie häufig von Albträumen unterbrochen wurden. Als sie ein Kind war, hatte sie immer Albträume von dem Autounfall ihrer Eltern gehabt, aber sie war aus ihnen herausgewachsen – zumindest hatte sie das gedacht. In diesen Träumen stand sie immer auf einer Seite der Straße, sah dabei zu, wie das Auto sich überschlug, und ihr Magen würde sich bei der Erkenntnis, dass sie allein war, und dass alle, die sie liebten, tot waren, mit kaltem Entsetzen füllen.

Emily hatte sich eingeredet, dass die Albträume zurückgekommen waren, weil sie sich Sorgen über die Invasion machte, aber ein Teil von ihr kannte die Wahrheit.

Es war die bevorstehende Trennung von Zaron, die den alten Schmerz von Verlust und Verlassenwerden aufleben ließ.

»Weißt du eigentlich, dass du einer der stärksten Menschen bist, die ich kenne?«, hatte ihre Freundin Amber ihr nach ihrer Trennung von Jason gesagt. »Ich weiß nicht, wie du das machst. Hast du niemals Angst, allein zu sein? Du verhältst dich nicht so, als hätte dich dein Freund gerade verlassen, und …«

»Weil es nicht wichtig ist«, hatte Emily sie unterbrochen. »Ich war niemals auf ihn angewiesen.« Und das war die Wahrheit. Auch wenn die Trennung Emily viel mehr verletzt hatte, als sie es zugab, hatte sie sich Jason gegenüber niemals völlig geöffnet. Sie hatten zusammengelebt, und ihre Freunde dachten, dass sie ein großartiges Paar seien, aber sie waren immer getrennte Individuen gewesen, waren niemals auf einem tiefergehenden Niveau verschmolzen. Emily dachte immer, dass sie ihn liebte – und vielleicht hatte sie das auch, auf eine sehr lauwarme und oberflächliche Weise –, aber sie hatte ihn niemals wirklich an sich herangelassen. Der Grund dafür war allerdings nicht, dass sie mutig war – ganz im Gegenteil.

Sie hatte zu viel Angst davor gehabt, abhängig von Jason zu sein, um ihn wirklich zu lieben. Das war der wahre Grund für ihre Trennung gewesen, nicht die Unvereinbarkeit ihrer Arbeitsstunden, die Jason als Entschuldigung benutzt hatte. Irgendetwas hatte in ihrer Beziehung gefehlt, und Emily wusste jetzt, dass es ihre Schuld gewesen war.

Sie hatte so viel Angst davor gehabt, verlassen zu werden, dass sie Jason so lange auf Abstand gehalten hatte, bis er genau das tat.

Aber Zaron hatte es irgendwie geschafft, ihre Schale zu durchdringen. Emily wusste nicht, ob es die außergewöhnliche sexuelle Chemie zwischen ihnen war oder die Anzeichen von Verletzlichkeit, die sie hinter seiner selbstsicheren, arroganten Fassade entdeckt hatte, aber sie fühlte sich Zaron näher als allen anderen Personen, seit sie erwachsen war. Ihr Entführer machte ihr manchmal Angst, aber er zog sie gleichzeitig an, und das auf eine Weise, die normale Anziehung oder auch Sympathie und Freundschaft verblassen ließen.

Wenn sie zusammen waren, fühlte sie sich, als werde ihre Welt in ein warmes Licht getaucht, und alle ihre Sinneswahrnehmungen verschärften sich derart, dass sie wie elektrisiert waren. So gern Emily Zaron hassen wollte, nachdem sie von der Invasion erfahren hatte, konnte sie es nicht. Sie waren sich vor dieser Enthüllung bereits zu nahe gekommen, hatten sich beide dem anderen gegenüber zu sehr geöffnet, als dass sie ihn jetzt noch verachten könnte. Außerdem hatte er ihr Leben gerettet, und so sehr ihm Emily ihre Gefangenschaft verübelte und Angst vor der Zukunft hatte, die auf sie zukam, würde sie nie vergessen, dass sie nur seinetwegen am Leben war.

»Warum hast du das getan?«, fragte sie ihn eines Tages, während sie spazieren gingen. »Warum hast du den ganzen Ärger auf dich genommen, um einer Fremden das Leben zu retten? Du musstest doch wissen, dass es mit dem Abkommen und allem schwierig werden würde.«

Zarons Kiefer spannte sich an, und seine Hand umfasste ihre fester. »Weil ich musste«, antwortete er, und bevor Emily weiter nachfragen konnte, zog er sie an sich und küsste sie mit einer so wilden Leidenschaft, dass sie alles vergaß – sogar ihren eigenen Namen.

Und das war das Problem. Zarons sexuelle Erfahrung und die Tatsache, dass er ihren Körper beherrschte, führten dazu, dass sie ihm einfach nicht widerstehen konnte. Wann immer sie versuchte, Barrieren zwischen ihnen aufzubauen, würde Zaron sie mit einer erschreckenden Leichtigkeit einreißen. Sie konnte ihm nicht die kalte Schulter zeigen, weil er sie einfach zum Bett schleifen und ihr Lust verschaffen würde, bis sie dahinschmolz, und dann, wenn sie wehrlos war, würde er etwas so Süßes tun, wie das Haus zu bitten, Emilys Lieblingsessen zu kochen oder einen extra langen Spaziergang durch den Wald mit ihr machen. Seine Tendenz, zu dominieren, hielt sich die Waage mit Liebenswürdigkeit, seine etwas raue Sexualität vermischte sich mit zärtlicher Fürsorge. Er verzehrte sie und behandelte sie gleichzeitig, als sei sie zerbrechlich, und Emily wusste nicht, wie sie damit umgehen sollte.

Wenn ihre Verbindung rein sexuell wäre, wäre es einfacher gewesen. Aber immer wenn sie eine Unterhaltung führten, bei der sie sich einmal nicht stritten, hatte Emily das beunruhigende Gefühl, ihren intellektuellen Seelenverwandten gefunden zu haben. Zarons wissenschaftliche Denkweise, seine Hingabe für sein Fachgebiet, selbst seine Tendenz, bekannte Pflanzen und Tiere mit ihrem wissenschaftlichen Namen zu benennen – alles das bewunderte sie, faszinierte sie grenzenlos. Ein Spaziergang mit Zaron durch den Wald war besser als eine Stunde Discovery Channel; er war wie ein wandelndes Lexikon bei allem, was im Regenwald wuchs, krabbelte, ging und flog, und oft würde er kleine Anekdoten über Pflanzen und Tiere auf Krinar einfließen lassen. Er war vorsichtig, nicht zu viel zu sagen – wieder einmal dieses verdammte Abkommen –, aber das, was Emily erfuhr, war unglaublich.

»Ein fliegendes Reptil, das seine Eier in einem Beutel trägt und sie isst, wenn es hungrig wird? Du behauptest, solche Dinge sind auf Krinar normal?«, fragte sie fasziniert, als Zaron ihr eine Kreatur beschrieb, die Eponu heißt. »Wie kann dieses Tier überleben und sich vermehren?«

»Es legt Hunderte von Eiern«, antwortet er lächelnd. »Es isst nur etwa achtzig Prozent von ihnen während der Inkubationszeit. Wenn der Rest schlüpft, bekämpft er sich gegenseitig in dem Beutel, aus dem letztendlich nur einige wenige Gewinner kommen und davonfliegen, um Insekten und andere kleine Kreaturen zu fressen – bis es für die neuen Eponu an der Zeit ist, sich zu vermehren. Sobald die Weibchen Eier legen, gehen die Männchen wieder jagen, und die Weibchen benutzen die Eier als Nahrung und beginnen damit einen neuen Zyklus.«

Emily überhäufte ihn an dieser Stelle mit weiteren Fragen, und er beantwortete sie, da er offensichtlich der Meinung war, dass es nicht schaden würde, wenn sie etwas über die ungewöhnlichen Kreaturen auf Krinar wüsste. Er erzählte ihr auch ein wenig aus seiner Kindheit und darüber, wie seine Familie sein Interesse an der Natur von klein auf gefördert hatte.

»Ich komme aus einer Familie von Wissenschaftlern«, führte er als mögliche Erklärung dafür an. »Meine Mutter ist Botanikerin, mein Vater Physiker und drei meiner Großeltern sind wie ich Biologen. Ich nehme an, dass man sagen könnte, dass das Erforschen von Dingen uns im Blut liegt.« Er erzählte das ganz beiläufig, so als sei das keine große Sache, und Emily musste gegen einen Anflug von Neid ankämpfen.

Sie hätte alles dafür gegeben, ihre Eltern bei sich gehabt zu haben und von ihnen bei den Abenteuern ihres Lebens unterstützt zu werden.

»Was denkt deine Familie darüber, dass du hier auf der Erde bist, so weit weg von ihnen?«, fragte sie und versuchte, sich nicht so eifersüchtig anzuhören, wie sie gerade war.

Wenn Emilys Eltern und Großeltern noch am Leben wären, hätte sie sie niemals verlassen, um in eine andere Galaxie zu gehen.

Zu ihrer Überraschung spannte sich Zarons Gesicht an. »Ich weiß es nicht«, antwortete er ihr und blieb neben einem üppigen Baumfarn stehen. Sein Blick war unleserlich, aber seine Stimme hatte einen harten Unterton. »Ich habe in den letzten Jahren nicht viel mit ihnen gesprochen.«

Er gab ihr keine weiteren Erklärungen, aber Emily konnte zwischen den Zeilen lesen. Zarons Entfremdung von seinen Lieben hatte mit dem Tod seiner Frau zu tun; dessen war sie sich ziemlich sicher. Es musste ihm nach seinem tragischen Verlust schwergefallen sein, seine Familie um sich zu haben. Trauer konnte isolieren – Emily wusste das besser als jeder andere. Nach dem Tod ihrer Eltern hatte sie einige Jahre lang Probleme damit gehabt, in der Schule Freunde zu finden, weil sich die anderen Kinder in der Gegenwart einer Waise unwohl gefühlt hatten. Es war, als hätten sie Angst, dass Unglücksfälle ansteckend sein könnten, dass sie dadurch, dass sie Zeit mit ihr verbrachten, Verlust und Schmerz in ihr Leben lassen könnten. Selbst einiger Lehrer, die es gut mit ihr meinten, erreichten, dass sie sich wie eine Außenseiterin fühlte, da diese auf falsche Art ihre Anteilnahme zeigten, und es war sehr gut möglich, dass Zarons Familie das auch getan hatte, dass sie ihn wie eine gebrochene Person behandelt hatten, um ihr Überlebensschuldgefühl zu mindern.

Ohne ein Wort zu sagen, ergriff Emily seine Hand, um sie zu drücken, und sie gingen den Rest des Weges schweigend. Zaron hatte seit diesem ersten Mal nicht mehr über seine Frau gesprochen, aber Emily wusste, dass er immer noch um sie trauerte. Emily vermutete, dass einer der Gründe, warum er so oft mit ihr schlief, war, dass der Sex ihn ablenkte – dass es ein Weg war, mit seiner Trauer und seinem Schmerz umzugehen. Es war nichts, was er sagte oder tat, aber ab und an bemerkte sie einen Ausdruck reiner Qual auf seinem Gesicht, und in diesen Momenten wusste sie, dass er gerade an die Frau dachte, die er verloren hatte.

Zum Glück waren diese Momente in den letzten Tagen extrem selten geworden. Zaron schien sich sogar die meiste Zeit derart auf Emily zu konzentrieren, dass es schon fast an Besessenheit grenzte. Wenn sie nicht zusammen im Bett waren, befragte er sie andauernd zu ihrem Leben, wollte alles, angefangen von ihrem Lieblingsessen über ihren Freundeskreis bis hin zu ihren Ex-Freunden, wissen – auch wenn er sich bei letzterem Thema immer eigenartig anspannte, so als sei er eifersüchtig. Er schien generell besitzergreifend zu sein, was sie betraf – viel besitzergreifender, als Emily das unter den gegebenen Umständen für angebracht hielt.

»Zaron, du weißt, dass ich in einigen Tagen abreise, stimmt's?«, murmelte sie eines Abends, als sie nach einer heißen Runde Sex mit ineinander verschlungenen Beinen im Bett lagen. »Ich gehöre dir nicht, egal was du mich sagen lässt, wenn ich kurz davor bin, zu kommen. Das – du und ich – ist nur vorübergehend.«

Er rückte ein Stück von ihr ab, um ihr in die Augen zu schauen, und sie sah, dass sein Kiefer angespannt war. »Ich weiß.« Sein Ton war ruhig, aber sie konnte die tödliche Note hinter diesen Worten hören, die sie an das eine Mal erinnerte, als er sie zu Jason befragt hatte. Für einen kurzen Augenblick hatte sie während jener Unterhaltung den verrückten Gedanken gehabt, dass Zaron ihrem Ex-Freund etwas antun könnte. Im Nachhinein war das lächerlich, aber damals war sie überzeugt gewesen, etwas Dunkles und Gewalttätiges in dem Mann gespürt zu haben, der sie gefangen hielt – etwas, was sie erschreckt hatte.

»Du wirst mich gehen lassen, oder?«, fragte Emily und versuchte, sich ihre plötzlich aufsteigende Angst nicht anhören zu lassen. »Wenn dein Volk hier eintrifft, kann ich nach Hause gehen?«

Zarons Gesichtsausdruck veränderte sich nicht, und seine Augen waren völlig schwarz, als er antwortete: »Ja, natürlich.« Aber dann ergriff er sie, zog sie an sich heran, und Emily vergaß alle ihre Befürchtungen.

234

KAPITEL 28

*A*m Tag vor der Ankunft der Raumschiffe wachte Emily besonders deprimiert auf. Ihre Albträume in dieser Nacht waren so schlimm gewesen, dass sie zweimal weinend aufgewacht war. Zaron hatte sich Sorgen gemacht, dass sie krank sein oder Schmerzen haben könnte, aber als sie ihm erklärte, dass sie einfach nur schlecht geträumt hatte, hatte er ihr genau das gegeben, was sie gebraucht hatte: den Trost seiner starken Arme, die sie in der Dunkelheit festhielten.

Es war jene Nacht, in der Emily der Wahrheit ins Gesicht schaute.

Ihre Sorgen waren berechtigt gewesen. Sie hatte sich in den Mann von einem fremden Planeten verliebt, der einer Spezies angehörte, über die sie sehr wenig wusste.

Diese Erkenntnis entsetzte Emily bis in ihr tiefstes Inneres. Sie konnte Zaron nicht lieben; das konnte sie einfach nicht. Er hielt sie gegen ihren Willen fest, und sein Volk plante, ihren Planeten zu besetzen. Wie verrückt musste man sein, um sich unter solchen Umständen zu verlieben? Außerdem war er nicht einmal menschlich. Er sah vielleicht aus wie ein Mann, aber er unterschied sich so sehr von Emily wie sie von einer Katze. Selbst ihre Lebensdauer war nicht kompatibel. In einigen Jahren würde Emily sichtlich altern, aber er würde derselbe bleiben. Und wo würden sie dann sein?

Nein, halt. Zurück. Es war lächerlich, dass sie so weit in die Zukunft dachte. Morgen würde sie abreisen, und das wäre es dann gewesen. Trotz seines eigenartigen Besitzanspruchs hatte Zaron wahrscheinlich genug von dem Sex mit ihr und würde sich jemand neues suchen, vielleicht eine Frau seiner eigenen Spezies … jemanden, der die Partnerin ersetzen könnte, die er verloren hatte.

Jemand, der nicht Emily war.

Emilys Brustkorb zog sich schmerzhaft zusammen, und in ihren Augen standen Tränen. *Du liebst ihn nicht,* redete sie sich ein. Was sie fühlte, musste eine Verblendung sein, die durch die erzwungene Nähe ausgelöst worden war. Sie hatten in den letzten zwei Wochen so viel Zeit miteinander verbracht, dass es nur natürlich war, dass sie sich in ihn verschossen hatte. Und selbst wenn sie verrückt genug wäre, um bei ihm bleiben zu wollen, gab es keine Zukunft für sie, keine Chance, irgendwie dauerhaft zusammenzubleiben.

Nein. Entschlossen, ihren unlogischen Gefühlen nicht nachzugeben, stand Emily auf und ging unter die Dusche.

Sobald sie sich wieder in ihrem normalen Leben befinden würde, würden ihre Gefühle für Zaron mit der Zeit verschwinden.

Dessen war sie sich sicher.

KAPITEL 29

>>*A*lso wo ist es, dein menschliches Mädchen?«, fragte Ellet und sah sich dabei in Zarons Wohnzimmer um. Sie war diese Woche in Costa Rica und war Zarons Einladung, ihn zu besuchen, gefolgt. »Du hast sie immer noch, stimmt's?«

»Ja. Sie duscht gerade«, erwiderte Zaron und setzte sich auf ein langes schwebendes Brett. »Sie ist gerade erst aufgewacht, also wirst du einen Augenblick warten müssen, bis du sie kennenlernen kannst.«

»Ah, du lässt sie ausschlafen. Gut.« Ellet ging zum gleichen Brett und setzte sich neben ihn. Wie er trug sie menschliche Kleidung – Shorts, ein enges T-Shirt und Wanderschuhe – aber für Zarons Augen sah sie mit den geschmeidigen Bewegungen und der dunklen Schönheit ihrer Rasse eindeutig krinarisch aus. Sie lächelte ihn breit an und sagte: »Ich war ein wenig besorgt, dass du sie erschöpfen könntest. Menschen brauchen viel mehr Schlaf als wir, das weißt du, oder?«

Zaron runzelte die Stirn. Ellet hatte gerade seine eigenen Befürchtungen ausgesprochen. Emily hatte in letzter Zeit ziemlich müde ausgesehen – und außerdem schlecht geschlafen. War das durch das, was er von ihrem menschlichen Körper einforderte? »Ich bin vorsichtig«, meinte er, aber selbst er konnte den Zweifel in seiner Stimme hören.

»Ich bin mir sicher, dass du das bist«, sagte Ellet beruhigend. »Es ist einfach so, dass die männlichen Krinar leicht mitgerissen werden und vergessen, wie zerbrechlich Frauen sein können.« Sie hielt kurz inne, bevor sie vorsichtig fragte: »Hast du es noch einmal getan?«

»Ihr Blut getrunken? Nein.« Zaron hob sein Knie an, um die automatische Reaktion seines Körpers auf dieses Thema zu verbergen. »Ich habe ihr versprochen, es nicht mehr zu tun.«

»Was nicht mehr zu tun?«, fragte Emily, die gerade in den Raum trat.

Zaron fluchte innerlich, stand auf und drehte sich herum, um zu Emilys Schlafzimmerwand zu schauen – der Wand, die sich vor einem Augenblick geräuschlos geöffnet hatte, um Emily durchgehen zu lassen. Aus reiner Gewohnheit hatte er mit Ellet Englisch gesprochen, und sie hatte in derselben Sprache geantwortet. Wie viel hatte Emily gehört? Das Gesicht des menschlichen Mädchens war blass, und ihre Hände umklammerten den Rock ihres Kleides, aber das könnte auch so sein, weil sie überrascht war, Ellet zu sehen.

»Emily, das ist meine Freundin und Kollegin Ellet«, sagte er mit einem Lächeln, das keinen seiner Gedanken verriet. »Ellet, das ist Emily, mein Gast.«

»Hallo Emily.« Ellet stand anmutig auf, ging zu Emily und streckte ihre Hand für eine menschliche Begrüßung aus. »Ich freue mich sehr, dich kennenzulernen.«

Emily zögerte einen Augenblick, bevor sie Ellets Hand schüttelte. Zaron bemerkte, dass der Händedruck des menschlichen Mädchens fest war und sich die schlanken Muskeln und Sehnen ihres Unterarms anspannten, während sie Ellets Hand berührte. »Hallo«, sagte sie, und auf ihren Lippen erschien ein breites Lächeln – das gleiche, das sie Zaron kurz nach ihrem Kennenlernen oft geschenkt hatte. Es war Emilys künstliches Lächeln, erkannte er jetzt, das, was sie immer aufsetzte, um ihre Nervosität zu verbergen. »Ich freue mich auch, dich kennenzulernen.«

»Ellet ist eine Expertin für menschliche Biologie«, erklärte Zaron ihr und beobachtete, wie Emily zurücktrat. »Eure Spezies ist ihr Leben.«

»Bist du deshalb auf die Erde gekommen?«, fragte Emily. »Um uns zu erforschen?«

»Ja – und um bei dem Ansiedlungsprozess zu helfen.« Ellet warf Zaron einen kurzen Blick zu. »Zaron hat dir davon erzählt, nehme ich an?«

»Ja, das hat er.« Emily schenkte ihr erneut ein mehr als strahlendes Lächeln. »Er hat mir alles erzählt.«

»Puh!« Ellet fuhr sich in einer übertriebenen Geste der Erleichterung mit der Hand über die Stirn. »Und ich hatte schon Angst, hier deinetwegen einen Eiertanz aufführen zu müssen. Das ist der richtige Ausdruck dafür, oder nicht?«

Emilys Lächeln wurde ein wenig ehrlicher. Ellet versuchte, sie mit ihrem Charme zu bezaubern, dachte Zaron amüsiert.

»Das stimmt«, antwortete sie Ellet. »Auch wenn ich mir sicher bin, dass du das weißt, da dein Englisch perfekt ist.«

Ellet grinste. »Danke. Das ist wirklich nett von dir. Kein Wunder, dass Zaron dich unwiderstehlich findet.«

Emilys blasse Wangen erröteten. »Wie lange kennt ihr euch schon, Zaron und du?«, fragte sie, da sie offensichtlich schnell das Thema wechseln wollte.

»Ach, noch nicht so lange«, antwortete Ellet unbekümmert. »Zwölf oder dreizehn Jahre in etwa, Zaron?«

Zaron nickte. »Wir haben uns auf einer Veranstaltung getroffen, die Menschen eine Konferenz für Biologen nennen würden – eine Zusammenkunft von Experten in einem speziellen Forschungsfeld. Aber Emily, du hast noch nicht gefrühstückt. Ellet, hättest du auch gerne etwas zu essen?«

»Definitiv«, sagte die krinarische Frau mit einem breiten Grinsen. »Ich habe schon lange nichts mehr gegessen, was ein Haus gekocht hat.«

***

Zaron ließ das Haus eine große Auswahl an Gerichten zubereiten, und alle drei setzten sich hin, um zu frühstücken. Fast augenblicklich begann Emily, Ellet mit Fragen zu bombardieren, und wollte alles wissen, angefangen bei ihrer Rolle in dem Ansiedlungsprojekt bis hin zum Leben auf Krina. Zaron bemühte sich angestrengt, das Gespräch auf relativ sichere Themen zu lenken, aber Emily und Ellet schienen Zarons dezente Hinweise nicht wahrzunehmen.

»O ja, die Frauen auf Krina haben dieselben Rechte wie die Männer«, erklärte Ellet Emily, als das menschliche Mädchen sie zum Geschlechterverhältnis befragte. »Ich meine, Männer haben eine Tendenz, sehr territorial und beschützend zu sein, wenn es um ihre Frauen geht, aber sie halten uns nicht davon ab, die Jobs anzunehmen, die wir möchten, oder an Kämpfen in der Arena teilzunehmen, sollten wir das wollen.«

»Kämpfe in der Arena?«, fragte Emily und hakte genau bei dem Detail nach, von dem Zaron gehofft hatte, dass es ihr entgangen war.

»Das ist nur eine alte Tradition«, mischte sich Zaron ein, bevor Ellet antworten konnte. »Eine Art Sport, so eine Art gemischte Kampfkünste, wie es sie hier gibt.«

Ellet schaute ihn mit in die Höhe gezogenen Augenbrauen an, aber sie widersprach ihm nicht. Die tödlichen Wettkämpfe in der Arena waren eher wie die Kämpfe der Gladiatoren im alten Rom als der moderne menschliche Sport, aber Zaron wollte nicht, dass Emily das wusste. Um diese historische Institution der Arena zu erklären, müsste er auf die gewalttätige Geschichte der Krinar und ihren Ursprung als Raubtiere eingehen. Wenn Emily wüsste, dass sein Volk einst primitivere Primaten gejagt hatte, um deren Blut zu trinken, und dass ihre Spezies ursprünglich dafür erschaffen wurde, jene Primaten zu ersetzen, würde sie sich nur noch mehr Gedanken um die Invasion machen.

»Wie sieht es mit Menschen aus?«, wollte Emily als Nächstes wissen. »Leben einige von ihnen auf Krina? Ich meine, ihr kommt schon seit einer Weile her, also …« Sie ließ den Satz unvollendet.

»Ach, natürlich«, antwortete Ellet und nahm sich ein Stück gebratene Ipomoea batatas – Süßkartoffel. »Es leben einige bei uns zu Hause.«

Sie gab keine weiteren Erklärungen, und Zaron bemerkte, dass seine Kollegin die Tatsache verstanden hatte, dass es vielleicht nicht klug sein würde, wenn Emily zu viel wusste. Morgen früh müsste er sie gehen lassen, und sie würde frei sein, ihr Wissen mit den anderen zu teilen. Sie mussten sicherstellen, dass sie ihr nichts sagten, von dem der Rat nicht wollte, dass es die menschlichen Medien erfuhren.

»Also, was tun die Menschen auf eurem Planeten?«, beharrte Emily. »Sind sie dort, weil ihr sie erforschen wollt, oder werden sie als eine Art Immigranten angesehen? Und welche Rechte haben sie eigentlich?«

»Im Moment leben nicht viele Menschen auf Krina, also gibt es auch keine offiziellen Gesetze, was sie betrifft«, sagte Zaron, bevor Ellet antworten konnte. »Vielleicht wird sich das jetzt ändern, da es mehr Kontakt geben wird.«

In Wahrheit hatten die Menschen keine Rechte auf Krina. Im Laufe der Jahrtausende, in denen sein Volk die Erde besucht hatte, waren hunderte Menschen nach Krina gebracht worden, aber Zaron vermutete, dass nicht alle von ihnen aus freien Stücken gekommen waren. Die meisten der älteren Krinar sahen nichts Falsches darin; sie hatten schon gelebt, als Emilys Spezies noch in Höhlen gehaust hatte, also waren die Menschen für viele von ihnen nur eine Stufe über den Tieren. Die jüngeren Krinar aber, die aus Zarons und Ellets Generation, sahen das ein wenig anders, und Zaron war da keine Ausnahme. Für ihn unterschieden sich die Menschen nicht allzu sehr von den Krinar – zumindest nicht in den Punkten, auf die es ankam.

»Erzähl mir mehr von dir«, meinte Ellet zu Emily. Die Expertin für menschliche Biologie schien jetzt auch darauf aus zu sein, das Thema zu wechseln. »Warum bist du nach Costa Rica gekommen und wie hast du dich so schwer verletzt?«

Emily lächelte freundlich und erklärte ihr, dass sie hier ihren Urlaub verbrachte und eine Wanderung durch den Urwald gemacht hatte, ohne an die vorangegangenen Regenfälle zu denken. »Das war dumm von mir, ich weiß«, sagte sie und schnitt eine Grimasse. »Ich hätte nicht versuchen sollen, über diese Brücke zu gehen – zumindest nicht, nachdem ich gesehen hatte, dass sie nass war.«

Sie fuhr damit fort, zu erklären, wie sie an ihren Fingernägeln an dem Holz gehangen hatte, und Zarons Magen zog sich zusammen, als er sich daran erinnerte, wie Emilys zerstörter Körper auf den Felsen gelegen hatte. Wenn er ihren Schrei nicht gehört hätte, wenn er nicht rechtzeitig dort gewesen wäre … Der Schmerz, der ihn bei diesen Gedanken durchfuhr, war genauso schneidend wie der, den er verspürt hatte, als er von Laritas Tod erfahren hatte. Einen Augenblick lang konnte er nicht atmen, konnte an nichts anderes denken als daran, dass er Emily fast verloren hätte – sie verloren hätte, bevor er die Chance gehabt hätte, sie kennenzulernen. Einige Minuten länger, und ihr Leben wäre vorzeitig beendet gewesen, ihr heller Kopf in der zerstörten Schale ihres Körpers ausgelöscht.

»Verdammt richtig, du hättest nicht versuchen sollen, diese Brücke zu überqueren.« Er stieß diese Worte in einem so angespannten und harschen Ton hervor, dass die Frauen vor Schreck verstummten. »Was zur Hölle hast du dir dabei gedacht, allein wandern zu gehen? Etwas hätte dich stechen oder beißen können; es gibt alle möglichen giftigen Kreaturen hier – davon mal ganz abgesehen, dass du eine leichte Beute für jedes kriminelle Arschloch gewesen wärst, das deinen Weg gekreuzt hätte. Wie wolltest du dich denn verteidigen? Du hättest vergewaltigt, ausgeraubt … getötet werden können. Hast du keinen Überlebensinstinkt, keinen gesunden Menschenverstand?« Als er sprach, stand er, ohne es zu bemerken, auf und zermahlte die Tischkante mit seinen Händen. »Welcher Idiot unternimmt eine solche Wanderung allein? Was zum Henker hast du dir dabei gedacht, Emily?«

Das menschliche Mädchen starrte ihn an, als hätte er den Verstand verloren, und Ellet tat das Gleiche. Zaron konnte ihnen keinen Vorwurf daraus machen; er konnte die kaum kontrollierte Wut in seiner Stimme hören, und er wusste, dass er sich wie ein Irrer aufführte. Aber er konnte nichts dagegen tun. Seitdem Emily so wichtig für ihn geworden war, hatte er absichtlich vermieden, über ihren Unfall nachzudenken – und zwar genau aus diesem Grund.

Er konnte den Gedanken nicht ertragen, dass der Mensch, der die dunkle, schmerzhafte Leere in ihm füllte, dem Tod so nahe gewesen war.

Einige Augenblicke lang herrschte angespanntes Schweigen. Dann meinte Ellet: »Ich denke, ich sollte vielleicht besser gehen. Ich habe heute noch eine Menge Arbeit zu erledigen, und …«

»Nein, bitte, du musst nicht gehen.« Emily sprang auf, und ihr falsches strahlendes Lächeln erschien auf ihren Lippen. »Ich bin mir sicher, du und Zaron habt einiges über eure Arbeit zu besprechen, und ich habe mich gerade an etwas erinnert, was ich schon heute Morgen erledigen wollte. Es hat mich gefreut, dich kennenzulernen, Ellet. Wenn ihr mich jetzt bitte entschuldigen würdet …«

Sie drehte sich um, durchquerte leichtfüßig den Raum und verschwand im Wohnzimmer. Dann wurde es wieder still, und Zaron wusste, dass Emily in ihr Zimmer zurückgegangen war, um sich so schnell wie möglich aus der unangenehmen Situation zu befreien.

»Ähm, also dann«, sagte Ellet, und ihre Augen leuchteten vor Belustigung. »Ich denke, ich sollte auch gehen …«

»Nein, es tut mir leid.« Die Wut pulsierte immer noch giftig in seinen Adern, aber Zaron zwang sich dazu, sich hinzusetzen und seine verkrampften Muskeln zu entspannen. »Du musst nicht gehen. Du hast ja noch nicht einmal aufgegessen. Ich verspreche dir, dass ich mich benehmen werde.«

»Bist du sicher?«, fragte Ellet trocken. »Bist du wirklich schon fertig, deinen menschlichen Gast anzuschreien?«

»Ja.« Zaron holte tief Luft und atmete langsam wieder aus. »Bitte setz dich hin. Lass uns unsere Mahlzeit beenden, und danach werde ich mich bei Emily entschuldigen.«

»Okay, wenn du dir sicher bist. Ich wollte nicht in den Streit zwischen Liebhabern geraten.«

»Das ist kein Streit zwischen Liebhabern.« Fast hätte Zaron diese Worte gefaucht, aber im letzten Moment gelang es ihm, seinen Ton zu sänftigen. »Emilys Unfall hat einige unschöne Erinnerungen zurückgebracht, das ist alles.«

»Oh, ich verstehe.« Ellet blickte ihn verständnisvoll an, und alle Spuren von Belustigung verschwanden aus ihrem Gesicht. »Natürlich, Zaron. Es tut mir leid. Das war gedankenlos von mir. Nach deiner Partnerin und allem …«

»Was?« Zaron runzelte die Stirn. »Nein, das hat nichts mit Larita zu tun. Es ist nur …« Er brach ab, da er nicht wusste, wie er diese eigenartig verworrenen Gefühle in seinem Innersten erklären sollte. »Vielleicht ist es doch wegen Larita, wenn ich genauer darüber nachdenke«, meinte er und griff damit die so praktisch gelieferte Entschuldigung auf. »Es tut mir leid, dass ich deinen Besuch ruiniert habe.«

»Ach Quatsch, das hast du nicht«, entgegnete Ellet und stürzte sich demonstrativ auf das restliche gegrillte Gemüse auf ihrem Teller. »Mach dir keine Gedanken«, nuschelte sie mit vollem Mund. »Und jetzt erzähl mir bitte von deinem Plan für morgen. Wann werden wir die endgültigen Siedlungen dem Rat vorstellen?«

Den Rest der Mahlzeit verbrachten sie damit, über die Arbeit zu sprechen, und als Ellet aufstand, um wieder zu gehen, fühlte sich Zaron viel ruhiger. »Und es tut mir wirklich leid«, entschuldigte er sich noch einmal bei Ellet, als er sie nach draußen begleitete. »Ich hoffe, es hat deinen Besuch nicht allzu unangenehm gemacht.«

Ellet blieb unter einem Pachira quinate, einem Stachelrindenbaum, etwa zehn Meter von seiner Höhle entfernt stehen und lächelte ihn beruhigend an. »Natürlich nicht. Überhaupt nicht. Aber Zaron …« Sie zögerte.

»Was?«

»Hast du mal drüber nachgedacht, dieses Mädchen zu deinem Charl zu machen?«

Zarons Gesichtsausdruck musste den Schock, der ihn wie versteinert dastehen ließ, widergespiegelt haben, also fuhr Ellet schnell fort: »Ich weiß, dass es mich nichts angeht, aber es sieht so aus, als bedeute dir diese Emily etwas. Wenn sie nicht dein Charl wird, wird sie sterben. Vielleicht nicht morgen oder nächste Woche, aber in einigen wenigen Jahrzehnten. Hast du daran gedacht?«

Das hatte Zaron nicht – weil es, wenn er diesen Weg einschlug, dunkle Versuchungen und gebrochene Versprechen gab. Er hatte sich so sehr auf die Gegenwart konzentriert, darauf, jeden Augenblick, den er noch mit Emily hatte, zu genießen, dass er alle Gedanken an die Zukunft und die kalte, schmerzliche Leere, die ihn nach ihrer morgigen Abreise erwartete, verdrängt hatte. Er würde es überleben, redete er sich ein. Die Tatsache, dass er sich wegen eines Menschen so lebendig fühlte, war ein gutes Zeichen. Es bedeutete, dass er heilte, dass die Trauer, die ihn acht Jahre lang aufgefressen hatte, endlich nachließ. Er hatte sich davon abgehalten, weiterzudenken, aber jetzt war es Ellet, die alle diese Ängste und Träume ansprach, die er auf Distanz halten wollte.

In dem ruhigsten Ton, in dem er sprechen konnte, sagte Zaron: »Ich kann sie nicht zu meinem Charl machen. Ich habe ihr versprochen, dass es nur vorübergehend ist, Ellet. Ich kann sie nicht einfach behalten …«

»Das kannst du.« Ellets braune Augen waren unnachgiebig. »Du kannst alles das tun, was du möchtest, und du weißt das.«

Für Zaron fühlten sich ihre Worte wie eine punktierte Lunge an. Sie hatte recht. Wer würde ihn aufhalten, wenn er beschließen sollte, Emily länger zu behalten? Dem Rat war das Schicksal eines menschlichen Mädchens egal, und das menschliche Recht galt für ihn nicht. Er konnte sie in seinem Haus behalten – und in seinem Bett –, und das, solange er sie wollte.

»Nein«, erwiderte Zaron mit rauer Stimme. Das war eine Verneinung, die seinem eigenen Wunsch und Ellets Worten galt. »Ich kann ihr das nicht antun. Nicht, wenn ich ihr versprochen habe, sie gehen zu lassen.«

Ellet betrachtete ihn einen Moment lang schweigend; dann erschien ein Lächeln auf ihren Lippen. »Ich wusste, dass du einer der Guten bist. Dein Mädchen kann sich glücklicher schätzen, als sie denkt.« Sie drehte sich um, so als wolle sie weitergehen, aber überlegte es sich offensichtlich anders und wirbelte herum, um ihn erneut anzuschauen. »Zaron …« Ihre Stimme war sanft. »Hast du einmal in Betracht gezogen, sie einfach zu fragen, ob sie bleiben möchte?«

Zaron starrte sie an. »Du meinst dauerhaft? Als ein Charl?«

Ellet nickte.

»Nein«, meinte Zaron gedehnt. »Nicht wirklich.« Wollte er das? War er bereit für einen so großen Schritt? Es war eine Sache, Emily für einige Wochen oder Monate länger bei sich zu haben – vielleicht sogar einige Jahre –, aber sich einen Charl zu nehmen war eine lebenslange Verpflichtung. Es war mehr als das, es bedeutete, dass er sich eingestehen müsste, wie viel ihm Emily mittlerweile bedeutete – und damit würde er erneut verletzlich sein. Noch verletzlicher als bei Larita, weil Emily menschlich war, mit allen Schwächen und Gebrechen ihrer Spezies. Was wäre, wenn Zaron sie als seinen Charl nahm und sie dann verlor, so wie er seine Frau verloren hatte? Ein menschlicher Körper war so empfindlich, so zerbrechlich …

Er musste eine Zeit lang wie angefroren dagestanden haben, weil Ellet sanft meinte: »Natürlich. Das ist offensichtlich deine Entscheidung. Ich bin mir sicher, dass du weißt, was du tust.«

»Ja.« Zaron schüttelte seine uncharakteristische Lähmung ab. »Ich werde eine Lösung finden. Danke, dass du vorbeigekommen bist. Es war schön, dich zu sehen.«

»Die Freude lag ganz auf meiner Seite.« Sie lächelte ihn warm an. »Pass auf dich auf, Zaron, und viel Glück.«

Sie drehte sich herum, verschwand zwischen den Bäumen, und Zaron ging in sein Haus zurück, während in seinem Kopf die ganzen Möglichkeiten herumschwirrten, und seine Brust wegen der Gefühle schmerzte, die er nicht zugeben wollte.

KAPITEL 30

*E*mily lag auf ihrem Bett, und ihre Augen brannten, während sie an die Decke starrte. Konnte das, was sie belauscht hatte, wirklich wahr sein? Trank Zarons Volk wirklich Blut?

Außerirdische Vampire. Es hörte sich lächerlich an, so wie etwas aus einem Fünfzigerjahre-Science-Fiction-Film. Wenn jemand Emily so etwas vor einem Monat erzählt hätte, hätte sie sich vor Lachen weggeschmissen. Aber die Krinar waren echt, genauso wie ihre Eigenschaften – biologische Unsterblichkeit, übermenschliche Schnelligkeit und extreme Stärke – etwas waren, das Menschen jahrhundertelang den Kreaturen der Nacht zugeschrieben hatten. Könnte das sein? Könnten die Krinar die Quelle all dieser Legenden sein?

Es hatte jedes Quäntchen von Emilys Willensstärke erfordert, sich nicht zu verraten, zu lächeln und Ellets Hand zu schütteln, als sei das etwas Normales. So zu handeln, als sei sie einfach neugierig auf die Menschen, die auf Krina lebten, anstatt sich zu fragen, ob so etwas Entsetzliches wie Blutfarmen möglicherweise auf Zarons Planet existierten.

Ellet hatte Zaron gefragt, ob er es noch einmal getan hätte – und »es« war gewesen, Emilys Blut zu trinken. Das bedeutete, dass ihr Entführer es zumindest schon einmal getan hatte. War es damals, als sie ihre Erinnerung verloren hatte? Sie wollte keine voreiligen Schlüsse ziehen, aber es würde passen. Damals hatte er ihr gesagt, dass der Nebel in ihrem Gehirn eine »natürliche« Folge ihrer Vereinigung gewesen war, dass er ihr keine Drogen gegeben hatte, und trotzdem hatte er ihr versprochen, dass es nicht mehr passieren würde – was bedeutete, dass etwas anderes als normaler Sex zwischen ihnen stattgefunden hatte. Er musste sich bei Ellet auf das Versprechen bezogen haben, was er ihr gegeben hatte.

Emily stand auf, ging langsam ins Badezimmer und spritzte sich warmes Wasser in ihr Gesicht. Sie hätte gewollt, dass das Wasser kalt war, aber die intelligente Technologie der Krinar war nicht intelligent genug, um ihre Gedanken zu lesen. Das Waschbecken bestand darauf, ihr eine angenehme Temperatur zu geben, auch wenn Emily gerade keinen Komfort wollte. Sie brauchte einen klaren Kopf und musste die widersprüchlichen Gefühle verjagen, die sich in ihrer Brust sammelten.

Sie musste darüber nachdenken, was sie als Nächstes tat.

Emily ging zurück in ihr Zimmer, setzte sich auf ihr Bett und starrte auf die Wand, durch die Zaron kommen würde. Soweit sie es beurteilen konnte, hatte sie zwei Möglichkeiten: Sie konnte mit Zaron über ihre Vermutungen reden, oder sie konnte schweigen und weiterhin so tun, als hätte sie nichts gehört. Jede Möglichkeit hatte ihre Pros und Kontras, aber die erste Option war riskanter. Wenn Emily nichts falsch verstanden hatte – wenn Zarons Volk wirklich Blut trank, und er versucht hatte, dass vor ihr geheim zu halten –, würde er sie vielleicht nicht wie versprochen gehen lassen. Emily wurde sogar mit sinkendem Herz klar, dass Zaron, als sie versucht hatte, ihn zu ihrem Gedächtnisverlust zu befragen, explizit gesagt hatte, dass er ihr das, was sie wissen wollte, nicht erzählen konnte, ohne das Abkommen zu verletzen. Das musste der Grund für seine Verschlossenheit gewesen sein: Die Krinar würden wissen, dass Menschen sich nicht dabei wohl fühlen würden, wenn Vampire auf ihren Planeten kämen.

Die bevorstehende Invasion war, als ob sich Wölfe in einem Hühnerstall niederließen.

»Emily?« Die Wand vor ihr löste sich auf, und Zaron trat mit einer gerunzelten Stirn auf seinem unmenschlich schönen Gesicht ein. »Geht es dir gut?«

Emilys Puls raste, als sie aufsprang. »Was?« Wusste er Bescheid? Hatte er mitbekommen, dass sie gelauscht hatte?

»Das, was vorhin passiert ist, tut mir leid.« Zaron durchquerte den Raum mit seiner üblichen fließenden Anmut, um zu ihrem Bett zu gelangen, und diesmal hatte Emily keine Zweifel.

Seine Bewegungen waren die eines Raubtiers, geschmeidig und tödlich.

»Ich wollte dich nicht so anfahren«, fuhr er fort, und Emily fiel auf, dass sie sein eigenartiges Verhalten völlig vergessen hatte, da ihre Gedanken mit seiner ungewollten Enthüllung beschäftigt waren.

Sie setzte ein Lächeln auf und schaffte es, ihm zu antworten: »Das ist in Ordnung. Das ist nicht schlimm.«

Ihre Handflächen schwitzten, ihr Herz raste in ihrer Brust und sie fragte sich, ob Zaron das hören konnte … ob er ihre Angst riechen konnte. Emily war sich ziemlich sicher, dass die Krinar keine Menschen töten mussten, um ihr Blut zu trinken – zumindest hatte Zaron sie jenes Mal nicht töten müssen – aber allein der Gedanke, dass sie auf diese Art seine Beute war, füllte ihren Magen mit Blei.

Ein Vampir. Der Mann, in dessen Bett sie die vergangenen zwei Wochen verbracht hatte, war ein Vampir.

Emily sollte Angst haben, sich von ihm abgestoßen fühlen, aber als sie ihn anblickte, war alles, was sie fühlte, die vertraute dunkle Hitze, dieses summende, brummende Bewusstsein seiner Gegenwart, von der ihre Haut prickelte und ihr der Atem stockte. Sie hatte Angst, dass er wusste, dass sie gelauscht hatte, dass er sie weiterhin hier festhalten könnte, um die Verschwiegenheitserklärung nicht zu brechen, aber sie hatte keine Angst vor ihm. Sie wusste, dass Zaron ihr nicht wirklich wehtun würde – sie fühlte es mit jeder Faser ihres Seins –, und als sie die aufsteigende Hitze in seinem schwarzen Blick sah, verwandelte sich die Angst, die in ihren Adern floss, in etwas anderes … etwas genauso Beunruhigendes.

Sie leckte sich über die Lippen, da sich ihr Mund auf einmal ganz trocken anfühlte, und seine Augen folgten der

Bewegung, sein Kiefer spannte sich an, und seine kräftige Brust dehnte sich aus, als er tief einatmete.

»Emily …« Ihr Name war ein raues Ausatmen auf seinen Lippen, und er trat näher an sie heran, um sie gegen die Bettkante zu drängen. »Mein Engel, ich brauche dich so verdammt sehr.«

»Zaron, ich …« Sie wusste nicht, was sie sagen wollte, aber das machte nichts, weil er bereits auf ihr war und ihren Mund mit einem tiefen, verlangenden Kuss in Besitz nahm. Sein Hände ergriffen ihre Handgelenke und führten sie über ihrem Kopf zusammen, während er sie nach hinten auf das Bett drückte, und Emily spürte, wie sich die Hitze in ihr in eine lodernde Flamme verwandelte. Er war häufig so zu ihr – wild, dominant –, aber selbst in diesen Momenten zügelte er seine erschreckende Kraft, war sorgsam darauf bedacht, sie nicht zu verletzten. Diese kontrollierte Wildheit erregte sie, und ihr Geschlecht wurde feucht, während ihre Nippel sich zu festen, schmerzenden Spitzen zusammenzogen. Sie stöhnte in seinen Mund, bog sich seinem kräftigen Körper entgegen, da sie verzweifelt dem schmerzhaft pulsierenden Verlangen zwischen ihren Schenkeln nachgeben wollte, und spürte bereits die harte Ausbeulung in seiner Jeans.

Vampir. Das Wort kam ihr in den Sinn, und mit ihm ein beunruhigender kalter Schauer, aber er reichte nicht, um das Feuer, das ihr Innerstes verflüssigte, zu löschen. Sie wollte Zaron, brauchte ihn auf eine Art, die sie alles außer der dunklen, atemberaubenden Lust, die ihr seine Berührung verschaffte, vergessen ließ. In diesem Moment gab es nichts außer ihm, diesem Fremden, der ihr Leben gerettet und ihre Freiheit gestohlen hatte, der in den letzten zwei Wochen so wichtig für sie geworden war. Die Gefühle, die er in ihr auslöste, waren gleichzeitig angsteinflößend und berauschend, so als ob sie nur mit einer Notleine an einer Klippe klettern würde.

Zaron hielt Emilys Handgelenke in einer seiner großen Hände gefangen, während seine andere Hand auf ihrem Körper hinunterglitt, um unter ihren Rock zu fahren und den weichen, schmerzenden Ort zwischen ihren Schenkeln zu berühren. Seine Augen waren pechschwarz, als er seinen Kopf anhob, um ihr in die Augen zu schauen, und seine geübten Finger teilten ihre Falten, um nach dem pochenden Nervenbündel zwischen ihnen zu suchen. Emily schnappte nach Luft, und ihr Unterleib spannte sich an, als er auf ihre Klitoris drückte – zuerst sanft, und dann mit rauerem, grausamerem Druck. Die ganze Zeit über pinnte sein harter muskulöser Körper sie auf das Bett, so dass sie sich hilflos und klein und schwach vor Verlangen fühlte.

»Zaron.« Sie war sich nicht sicher, ob sie seinen Namen flüsterte oder hauchte, aber seine Nasenlöcher bebten, und sein Blick schärfte sich mit raubtierhafter Intensität. In seinen Augen entdeckte sie etwas, was sie nie zuvor gesehen hatte, etwas, was ihr trotz der Erregung, die in ihrem Körper brannte, Angst einflößte.

»Emily, mein Engel …« Seine Stimme war ein dunkles, raues Flüstern, während er ihren Körper bewegungsunfähig hielt und seine Finger immer noch mit ihrer Klitoris spielten. Ihr fiel auf, dass sein Blick voller Hunger und etwas anderem war, etwas, was sie nicht entschlüsseln konnte. »Geh morgen nicht«, flüsterte er und sah dabei auf sie hinunter. »Ich möchte, dass du bleibst.«

Seine Worte trafen sie wie ein Hammerschlag. Emily versteinerte, konnte nicht mehr atmen und war unfähig, etwas anderes zu tun, als ihn in schweigendem Entsetzen anzustarren. Was meinte Zaron damit? Wusste er Bescheid? Die Panik, die in ihr aufwallte, spülte den Nebel der Erregung weg und hinterließ an seiner Stelle nichts als Angst.

»Aber du hast es versprochen«, konnte sie gerade so mit tauben Lippen flüstern. »Du hast mir versprochen, dass du mich gehen lassen würdest.«

Das eigenartige Gefühl in Zarons Ausdruck verschwand, und wurde von einem kalten, harten Glanz ersetzt, während sein Mund gleichzeitig zu einer gefährlichen, dünnen Linie wurde. Es war so, als würde man dabei zusehen, wie sich ein Mann in eine Granitskulptur verwandelte – eine Skulptur, die Wut ausstrahlte.

»Gut«, meinte er schroff. »Einverstanden. Du reist morgen ab. Aber bis dahin gehörst du mir, und ich werde dir ganz genau zeigen, was das bedeutet.«

KAPITEL 31

$\mathcal{Z}$aron wusste, dass es falsch war, über Emilys Zurückweisung derart verärgert zu sein, aber er konnte nichts gegen die vulkanische Wut tun, die in seiner Brust brannte, als er auf sie hinunterschaute und die Angst in ihren blau-grünen Augen sah. Sie verschärfte den Schmerz über ihre Zurückweisung, intensivierte ihn, bis er sich fühlte, als blute er aus tausend klaffenden Schnittwunden.

Er hätte Emily statt seines Herzens genauso gut Gift angeboten haben können.

An einem anderen Tag, unter anderen Umständen, hätte er vielleicht rationaler damit umgehen können, hätte vielleicht stärker berücksichtigen können, dass sie sich nur einige Wochen kannten. Aber die Schiffe würden morgen ankommen, und das Wissen, dass er kurz davor war, sie zu verlieren, dass sie weggehen und ihn mit der qualvollen Leere der letzten acht Jahre zurücklassen würde, war wie Säure, die auf eine offene Wunde tropft. Alles, an was er denken konnte, war die Tatsache, dass Emily ihn nicht wollte, nicht diese Sehnsucht verspürte, die ihn auffraß, und ihn etwas begehren ließ, von dem er gedacht hatte, es niemals wieder zu wollen.

Dass sie ausgestreckt unter ihm lag und er seine Hand zwischen ihren weichen Schenkeln vergraben hatte, machte es nur noch schlimmer. Er konnte die Feuchtigkeit zwischen ihren Falten spüren, die flüssige Hitze, die ihr Verlangen signalisierte, und sie verschlimmerte seine Wut. Emilys Körper wollte ihn, begrüßte die Lust, die er ihr verschaffte, aber ihr Herz und ihr Kopf waren ihm gegenüber verschlossen. Es ergab keinen Sinn, aber Zaron fühlte sich benutzt, irgendwie betrogen – ein Gefühl, das durch die Lust, die leidenschaftlich in seinen Adern pumpte, verstärkt wurde.

Wenn Emily nichts weiter als Sex von ihm wollte, würde sie auch genau den bekommen.

Zaron bäumte sich auf, zog Emily an ihren Handgelenken mit sich, um sie danach auf ihren Bauch zu legen und ihre Handgelenke loszulassen. Sie schnappte nach Luft und spreizte ihre Hände auf der Matratze, so als wolle sie sich hochdrücken, aber er riss ihr bereits das Kleid vom Leib und stopfte ein Kissen unter ihre Hüften, um ihren glatten, wohlgeformten Po anzuheben. Er war von diesem Po besessen, genauso wie von jedem anderen Teil von Emilys Körper, aber trotzdem hatte er ihn noch nicht in Besitz genommen, genauso wie er eine Million andere schmutzige Dinge, die er brennend mit ihr machen wollte, nicht getan hatte. Er hatte es langsam angehen lassen, da er das menschliche Mädchen nicht überfordern wollte, und das war ein Fehler gewesen.

Morgen würde sie gehen, und Zaron hatte noch nicht einmal begonnen, seinen Hunger nach ihr zu stillen.

Er beugte sich über sie und ließ seinen Kopf sinken, bis seine Lippen über Emilys Ohr schwebten. Ihr weiches, blondes Haar kitzelte auf seinem Gesicht, und ihr süßer Duft war so berauschend, dass sein Schwanz fast ein Loch in die Hose riss. »Ich werde dich ficken«, sagte er mit einer harten, belegten Stimme, die er kaum als seine eigene erkannte. »Heute wirst du mir alles geben, mein Engel.«

Sie gab einen leisen, abgewürgten Laut von sich – eine Zustimmung? Ein Protest? – aber als Zaron zwischen ihre Beine griff, war sie kochend heiß und nass, bereit für ihn. Er schob zwei Finger in sie, drang in ihr seidiges Fleisch ein, und durch ihr Aufstöhnen, die Art, wie sich ihr Körper um seine Finger klammerte, um ihn tiefer hineinzusaugen, zogen sich seine Eier zusammen. Sie zitterte jetzt unter ihm, ihre nackte Haut war heiß und klamm vom Schweiß, und Zaron wusste, dass sie gleich kommen würde, dass sie in einem Augenblick ihm gehören würde.

Meine. Das Wort schoss ihm durch den Kopf, und mit ihm kam dieses intensive, dunkle Verlangen. Der körperliche Hunger war nur ein Teil davon; der Rest war ein Wirrwarr aus Verlust und Trauer und etwas so Leuchtendem und so weiß Glühendem, dass es den ganzen Schmerz, den es verursachen würde, wert war. Zaron wollte diesem Etwas keinen Namen geben, nicht einmal in seinem Kopf, aber es fühlte sich in ihm wie ein lebendiges Ding an, das bei jedem hämmernden Schlag seines Herzens summte und pulsierte.

Nein. Halt. Das hier war einfach nur Sex, sagte sich Zaron. Er hatte sich ganz offensichtlich zu sehr zurückgehalten; deshalb konnte er sich nicht vorstellen, Emily gehen zu lassen, deshalb fühlte er sich bei dem Gedanken an die kommenden Tage so leer. Er musste sich von ihr befreien, das tun, was nötig war, um dieses kranke, unmögliche Verlangen loszuwerden.

Während Zaron seine Finger immer wieder in ihre nasse Hitze schob und herauszog, benutzte er seine andere Hand, um den Reißverschluss seiner Jeans zu öffnen. Sein Schwanz sprang heraus, so hart und geschwollen, dass er sich nach oben in Richtung Bauch bog. Zaron zog seine Finger aus ihr und wischte mit ihnen über sein Geschlecht, um es mit ihrer Nässe zu überziehen. Emilys warmer und weiblich süßer Geruch stieg in seine Nasenlöcher, und er konnte nur unter Anstrengungen seinen pochenden Schwanz zu ihrem Eingang führen und langsam in sie eindringen, anstatt sich mit voller Länge in sie zu stürzen. In dieser Position, mit geschlossenen Beinen, war sie besonders eng um ihn, und er wusste, dass er ihr wehtun würde, wenn er nicht vorsichtig war. Aber dann stöhnte sie, verbog ihren Rücken, um ihn tiefer in sich aufzunehmen, und er konnte sich nicht mehr kontrollieren. Mit einem leisen, rauen Knurren ließ Zaron seine Hand unter ihren Bauch gleiten, um ihre Klitoris zu finden und Druck auf sie auszuüben, während er vollständig in sie eindrang.

Emily schrie auf, ihre Hände krallten sich in das Laken, und er spürte, wie sie unter ihm erschauderte, sich ihre inneren Muskeln um seinen Schwanz krampften. »Zaron …« Sein Name war ein atemloses Gebet auf ihren Lippen. »Oh mein Gott, Zaron …«

Er kannte den exakten Moment, in dem sie kam, fühlte das wellenförmige Zusammenziehen ihrer Erlösung, und er biss die Zähne zusammen, um zu vermeiden, dass er ihr folgte. Er griff nach Emilys Haar, wickelte sich die seidigen blonden Strähnen um seine Faust und zwang ihren Kopf, sich nach hinten zu beugen. Dann stützte er sich auf einem Ellenbogen ab, schob ihr die Finger seiner anderen Hand – die Finger, die gerade in ihr gewesen waren – in den Mund. Ihre Lippen und ihre Zunge fühlten sich auf seiner Haut unglaublich an, ihr Mund genauso nass und warm wie die Wände ihrer Muschi, und er drückte seine Finger tiefer hinein, um sie von ihrem Speichel bedecken zu lassen, bevor er seine Hand zu ihrem Po führte.

»Hast du das hier schon einmal getan?«, fragte er belegt, während er seine Hand in ihrem Haar dazu benutzte, ihr Gesicht gegen die Matratze zu drücken. Seine durch den Speichel feuchten Finger glitten zwischen ihre kurvigen Pobacken, fanden den engen Muskelring, der zwischen ihnen lag, und er fühlte ihr entsetztes Anspannen, als er die winzige Öffnung berührte. »Hat dich jemals jemand hier gefickt?«

»Nein.« Sie zog scharf Luft ein, als er mehr Druck ausübte und seine Fingerspitze in sie zwang. »Ich … ich habe niemals …«

»Gut. Dann gehört es mir, und nur mir.« Die Befriedigung, die Zaron verspürte, war mehr als primitiv. Sein Schwanz in ihrer Muschi schwoll an und wurde dicker, bis er fast platzte, aber mit einer enormen Willensanstrengung hielt er seine unerträgliche Begierde zurück. Zaron murmelte einen Befehl zu seinem Haus, und ein Gleitgel überzog seine Finger, die dadurch leichter in ihren Po eindrangen.

»Entspanne dich«, flüsterte er, als Emily wimmerte und ihre Backen zusammenkniff, um das Eindringen zu verhindern. Ihre Muschi zog sich um seinen Schwanz zusammen, massierte ihn unbeabsichtigt, und Zaron stöhnte, als sein Finger seinen Schwanz durch die dünne innere Wand berührte, die ihre beiden Körperöffnungen voneinander trennte. »Gleich wirst du dich daran gewöhnt haben.«

Sie keuchte in die Matratze, ihre Haut glänzte durch den Schweiß, aber er fühlte, wie die nasse Hitze in ihr zunahm und seinen Schwanz mit noch mehr Feuchtigkeit überzog. Nach einigen Sekunden ließ ihre schlimmste Anspannung nach, ihre Muskeln entspannten sich leicht, und Zaron beugte sich nach unten, ihr Ohr zu küssen und dabei sanft zu sagen: »Genau so, mein Engel. So ist es gut …« Seine beruhigenden Worte begleitete er damit, dass er mit seinem zweiten Finger gegen ihre Öffnung drückte. Sie spannte sich erneut an, aber er schaffte es, die Spitze seines zweiten Fingers hineinzuzwängen, bevor der Rest dank des Gleitgels leicht hineinglitt.

»Okay?«, murmelte er, als er spürte, dass sie zitterte, und es schien eine Ewigkeit zu dauern, bis sie ihren Kopf bewegte, um leicht zu nicken.

»Braves Mädchen.« Zaron küsste sie noch einmal aufs Ohr und drückte sich danach in eine sitzende Position.

Er kämpfte dagegen an, die Kontrolle zu verlieren, als er begann, sich zu bewegen und gleichzeitig mit seinem Schwanz und seinen Fingern in sie zu stoßen. Emily stöhnte auf, ein schmerzhaft erotisches Geräusch, das ihn beinahe seine guten Vorsätze vergessen ließ. Er musste seinen ganzen Willen aufbringen, um sanft zu bleiben, seine Bewegungen ruhig und kontrolliert auszuführen, damit er ihr nicht wehtat. Gleichzeitig verschwand ein Teil ihrer Anspannung, ihr Stöhnen wurde lauter und ihre Muschi drückte ihn mit feuchter, seidiger Hitze zusammen.

Zaron ergriff ebenfalls stöhnend ihre Hüfte mit seiner freien Hand, begann, härter zuzustoßen, und seine Finger bewegten sich im selben Rhythmus wie sein Schwanz. Er fühlte sich wie ein Vulkan kurz vor dem Ausbruch, und er wusste, dass er nicht länger als nur einige wenige Sekunden durchhalten würde – aber das musste er auch nicht.

Mit einem dünnen Aufschrei erreichte Emily ihren Höhepunkt, und ihre Muskeln umspannten ihn wie ein weicher, nasser Schraubstock. Er fühlte das spastische Zucken ihres Körpers, hörte ihr keuchendes Nach-Luft-Schnappen, und dann überkam er ihn, der Orgasmus, der ekstatische Blitze durch seine Nervenenden jagte. Ihm wurde schwarz vor Augen, als eine gewaltige Lustwelle ihn überrollte, ihn durch ihre Stärke überwältigte, und sein Samen schoss heraus, während sein Schwanz in ihr unkontrolliert zuckte.

Schwer atmend zog sich Zaron aus Emily zurück und ließ seine Finger aus ihrer hinteren Öffnung gleiten. Dann stand er auf, nahm sie in seine Arme und trug sie zur Dusche. Sie schien benebelt zu sein, kaum in der

Lage, stehen zu bleiben, als er sie in der Duschkabine hinstellte, und er beschloss, sie wieder hochzunehmen und sie vor seiner Brust zu halten, während die intelligente Technologie sie beide säuberte.

Er würde Emily einige Minuten Zeit lassen, sich zu erholen, und dann war es an der Zeit für Runde zwei.

Emily fühlte sich in Zarons Armen ausgewrungen und überwältigt. Ihr Körper pochte an Stellen, an denen er es noch nie getan hatte, und ihre Muskeln schienen aus Watte zu sein. Die rasierklingenscharfe Mischung aus Ekstase und Schmerz, die sie gerade verspürt hatte, war in Kombination mit allem anderen zu viel zum Verarbeiten.

Er würde sie morgen gehen lassen.

Emily sollte erleichtert sein, aber stattdessen breitete sich ein starker Druck in ihrer Brust aus, der ihren Brustkorb einengte und durch den sich ihr Magen zusammenzog. Hatte Zaron sie vielleicht gefragt, ob sie bleiben wollte, und ihr nicht damit gedroht, sie festzuhalten? War das der Grund dafür, weshalb er so wütend geworden war, als sie ihn an sein Versprechen erinnert hatte? Einige Augenblicke lang hatte sie befürchtet, er könne sie mit dem Sex bestrafen wollen, aber er war zärtlich gewesen – na ja, so zärtlich ein Mann, der sie doppelt penetrierte, sein konnte. Ihr hinterer Eingang brannte immer noch von seinen Fingern, aber irgendetwas an dieser eigenartigen, fremden Fülle, diesem Gefühl, ganz und gar eingenommen zu sein, hatte ihren Orgasmus unendlich intensiver gemacht.

Als sie beide sauber und trocken waren, trug Zaron sie zurück ins Schlafzimmer. Emily erwartete, dass er sie hinlegen und weggehen würde, aber er legte sie auf das Bett und bedeckte sie mit seinem Körper. Er stützte sich auf seinen Ellenbogen ab, nahm ihr Gesicht in seine großen Hände und küsste sie, bevor sie eine Gelegenheit hatte, etwas zu sagen.

Sein Atem war süß und leicht minzig von der Reinigung, aber der Kuss als solcher war überhaupt nicht süß. Er war roh und leidenschaftlich, so hungrig, als habe er sich nicht gerade in ihr entladen. Augenblicklich fühlte Emily, wie tief in ihrem Unterleib Hitze aufstieg und Erregung in ihren Venen zu pulsieren begann. Durch Zarons muskulösem Körper auf ihr wurde sie in eine Blase aus dunkler Sinnlichkeit eingehüllt, und nichts existierte mehr außerhalb dieses Kusses: keine Invasion, keine Angst, kein Morgen. Alles schien zu verschwinden, schien einzig und allein den Mann zurückzulassen, der ihren Mund verschlang, und das verzweifelte Verlangen, das ihr Blut erhitzte.

Die nächsten Stunden waren ein Nebel aus Sex, seinen Fingern und seinem Schwanz auf ihrem ganzen Körper. Er fickte sie, als sei es das allerletzte Mal, dass er Sex haben würde, und sie kam immer wieder, während sie seinen Namen schrie. Und als Emily dachte, dass sie es nicht mehr aushalten könnte, verteilte er Gleitgel auf seinem ganzen Schwanz, klappte sie nach oben, indem er ihre Beine über seine Schultern legte, und arbeite sich langsam in ihren Po vor, einen langsamen Zentimeter nach dem anderen. Es schmerzte, es brannte – sein Schwanz war viel größer als seine Finger – aber sie war zu benebelt von dem ganzen Sex, um noch protestieren zu können. Alles, was sie tun konnte, war, hilflos dazuliegen, zu versuchen, durch die beengende Fülle hindurchzuatmen, und nachdem der schlimmste stechende Schmerz nachgelassen hatte, kehrte mit Hilfe seiner fähigen Finger, die ihre geschwollenen Falten streichelten, die dunkle Lust zurück.

»Komm für mich«, flüsterte er, während er gleichzeitig ihre Klitoris zusammendrückte und tiefer in ihren Po stieß, und Emily tat genau das, und ihr erschöpfter Körper erschauderte immer wieder ekstatisch.

Sie war sich nicht sicher, ob sie danach schlief oder einfach das Bewusstsein verlor, aber als sie wieder zu sich kam, war sie sauber, und Zaron saß auf der Bettkante und hielt ein Tablett mit Beeren und gerösteten Nüssen in seinen Händen.

»Iss«, befahl er, als er ihr eine Erdbeere an den Mund hielt, und Emily biss gehorsam hinein, da sie immer noch zu müde und überwältigt war, um etwas anderes zu tun. Ihre Muskeln schmerzten an Stellen, von denen sie gar nicht gewusst hatte, dass sich dort Muskeln befanden, und ihr Geschlecht war so empfindlich, dass die leichteste Berührung ihrer Klitoris wehtat. Aber als Zaron damit fertig war, sie zu füttern, und sich erneut nach ihr ausstreckte, reagierte ihr Körper automatisch, da er auf diese überwältigende Lust, die seine Berührung mit sich brachte, konditioniert war.

Sie liebten sich erneut, dieses Mal langsam, und als Emily kaputt und erschöpft in seinen Armen lag, fühlte sie, wie ein dumpfer Schmerz sich in ihrer Brust ausbreitete. Es war noch früh am Nachmittag, aber der nächste Morgen hing wie eine dunkle Wolke über ihr, und allein der Gedanke daran erfüllte sie mit Grauen. Nach dem, was sie über Zarons Volk erfahren hatte, hatte sie Angst vor der bevorstehenden Invasion, aber sie fürchtete sich noch mehr davor, wie es sich anfühlen würde, von Zaron getrennt zu sein … zu wissen, dass sie nie wieder in seiner Umarmung liegen würde.

Was wäre, wenn sie bliebe? Dieser Gedanke war ein heimtückisches Flüstern im ihrem Kopf, dunkel und verlockend. Er hatte gesagt, dass er wolle, dass sie bei ihm bliebe. Hatte er das wirklich so gemeint, und wenn ja, für wie lange? Mit Sicherheit würde er ihrer irgendwann müde werden – wenn nicht jetzt, dann, wenn ihr menschlicher Körper Anzeichen von Alterung zeigen würde. Außerdem war da noch das Problem, dass er Blut trank, und die Tatsache, dass sein Volk dabei war, die Erde mit mysteriösen – und vielleicht dunklen – Absichten zu übernehmen.

Stockholmsyndrom. Emily wusste, was das war, sie hatte sogar in ihrem Psychologiekurs an der Uni eine Hausarbeit darüber geschrieben. Zaron missbrauchte sie nicht, aber er hatte sie gegen ihren Willen in seinem Haus festgehalten. Es bestanden gute Chancen, dass diese Entführer-Entführte-Dynamik ihre Gedanken verwirrt hatte, die physische Anziehung derart gesteigert hatte, bis sie zu einer ungesunden Abhängigkeit mutiert war. Seit dem Moment, in dem Emily in Zarons Haus aufgewacht war, war sie in allem von ihm abhängig gewesen: Essen, Wasser, Spaziergänge … selbst Lust und Geborgenheit. In diesem

Moment war er der Gott in ihrer Welt, ein Herrscher mit absoluter Macht. Er kontrollierte sie komplett. Wie konnte sie in diesem Geisteszustand eine gesunde, rationale Entscheidung treffen? Wie konnte sie sich selbst trauen, um alles aufzugeben, um mit einem Außerirdischen zusammen zu sein, dessen Spezies ihrer eigenen etwas antun könnte?

Das konnte sie nicht. So einfach war das.

Der Schmerz durchbohrte sie so scharf wie ein Messer, aber Emily wusste, dass sie stark sein musste. Das war der einzige Weg. Trotzdem konnte sie nichts gegen die Tränen tun, die in ihren Augen aufstiegen, als sie ihren Kopf von Zarons Schulter anhob, um seinen funkelnden Blick zu erwidern.

»Ich will, dass du es tust«, sagte sie, und ihre Stimme zitterte durch die Anstrengung, die Tränen zurückzuhalten. »Das, was du das zweite Mal getan hast, an dem wir Sex hatten. Das, von dem du mir versprochen hast, es nicht mehr zu tun. Ich will, dass du mich fickst und mich alles vergessen lässt.«

Zarons Körper schien sich in Stein verwandelt zu haben, und seine Augen waren wie schwarze Seen in seinem perfekt gemeißelten Gesicht. »Bist du sicher?« Seine Stimme war leise und tief. »Bist du dir wirklich sicher, mein Engel?«

Emily nickte verängstigt, aber entschieden. Sie war mehr als müde und wund, aber sie konnte sich bis zum Morgen nicht weiterhin derart quälen. Und ein Teil von ihr wollte sie erneut erleben, diese dunkle Glückseligkeit, diesen kompletten Verlust der Identität. Sie wollte, dass

Zaron ihr Blut trank, damit sie sehen konnte, wie es war und gleichzeitig ihre Sorgen vergaß.

»Tu es«, antwortete sie und sah, wie sich sein Kiefer anspannte. Er bewegte sich, und im nächsten Augenblick befand Emily sich wieder auf ihrem Rücken unter Zaron, dessen großer Körper sie gegen die Matratze drückte. Seine Hand glitt in ihr Haar, während er seinen Kopf senkte, um mit seinen Lippen über ihren Hals zu fahren, und dann fühlte sie ihn: den scharfen, schneidenden Schmerz.

Das war sein Biss, verstand sie, bevor sie überhaupt nicht mehr denken konnte, da alle ihre Sinne von der explosiven Ekstase überflutet wurden, die durch ihre Adern rauschte.

KAPITEL 32

$\mathcal{Z}$aron betrachtete Emily, wie sie sich umdrehte und dabei ihre vollen Brüste und den oberen Teil ihres flachen Bauchs freilegte. Ihre blasse Haut war makellos glatt, ihre Nippel während des Schlafens weich. Sie war wunderschön, sein menschliches Mädchen, und er sehnte sich so leidenschaftlich nach ihr, dass es ihm den Atem nahm. Die letzte Nacht hatte nicht geholfen, sie hatte es schlimmer gemacht. Ihr Geschmack war immer noch auf seiner Zunge, süß und lebendig, und das Wissen, dass er sie niemals wieder haben würde, war so qualvoll wie der Stich eines Chironex fleckeri.

Sie wollte nicht bleiben. Das musste er akzeptieren, egal wie sehr die dunkle Stimme in ihm flüsterte, dass er sie behalten konnte, ohne dass irgendjemand ihn davon abhalten würde. Er konnte sie zu seinem Charl machen, sie würde sich daran gewöhnen, es im Laufe der Zeit vielleicht sogar genießen.

Nein. Zaron unterdrückte diese Stimme. Er hatte Emily Freiheit versprochen, und er musste dieses Versprechen halten. Er könnte nicht damit leben, wenn sie beginnen würde, ihn zu hassen; egal wie sehr er sie brauchte, er wollte sie nicht unwillig und verärgert.

Er hob seine Hand und strich über die seidige Linie ihres Kinns. »Wach auf, mein Engel. Du musst aufstehen, wenn du deinen Flug bekommen möchtest.«

Emily schlug ihre Augen auf, blinzelte und sah ihn an. »Was?«

»Du musst dich anziehen und essen, damit wir losfahren können«, erklärte ihr Zaron. Auch wenn er vorgehabt hatte, eine entspannte Atmosphäre beizubehalten, klangen seine Worte angespannt und harsch. »Du möchtest doch nicht, dass dein Flugzeug ohne dich fliegt.«

»Mein Flugzeug?« Emily zog sich ihre Decke über die Brust, setzte sich hin und sah ihn verständnislos an. »Was meinst du?«

»Ich habe dir ein Flugzeugticket gekauft, um jenes zu ersetzen, das verfallen ist«, antwortete Zaron. »Jetzt muss ich dich zum Flughafen bringen.«

»Oh. Danke. Das ist wirklich aufmerksam.« Sie sprang aus dem Bett, und bei dem Anblick ihrer schlanken Kurven, als sie nackt durch den Raum ging, lief ihm das Wasser im Mund zusammen. »Ich bin gleich zurück.«

Sie verschwand im Badezimmer, und einen Moment später hörte Zaron, wie die Dusche angestellt wurde. Die Versuchung, sich zu ihr zu gesellen, war stark, aber er widerstand dem Drang. Wenn er Emily noch einmal berührte, bestand die hohe Wahrscheinlichkeit, dass sie heute nicht fliegen würde.

Als sie aus der Dusche kam, immer noch nackt, gab er ihr ein Bündel Kleidung und sah, wie sie bei dessen Anblick ihre Augenbrauen in die Höhe zog. »Das sind meine Sachen«, meinte sie und schaute ungläubig zu ihm hoch. »Woher hast du sie?«

»Ich habe sie zusammen mit deinem anderen Gepäck aus dem Hotel geholt, in dem du gewohnt hast«, antwortete Zaron und gab sein Bestes, seinen Blick nicht unter ihren Hals gleiten zu lassen. »Ich wusste, dass du deinen Reisepass und den Rest brauchen würdest.« Er war am Tag, nachdem sie aufgewacht war, dorthin gegangen, da er beschlossen hatte, sie bis zur Ankunft der Schiffe bei sich zu behalten.

»Also hattest du meine Sachen die ganze Zeit über?« Ihre Augen verengten sich. »Warum hast du sie mir nicht gegeben?«

»Du brauchtest hier nichts davon«, sagte er und ignorierte die Art und Weise, wie ihr Mund sich bei seiner Antwort anspannte. »Ich habe dir bessere, bequemere Kleidung und Schuhe gegeben.«

In Wirklichkeit wusste Zaron nicht, warum er Emily ihre Habseligkeiten nicht gegeben hatte. Sie hatte kaum etwas auf diese Reise mitgenommen – nur einen Rucksack mit den wichtigsten Dingen –, und er hatte sich nicht viele Gedanken über die ganze Angelegenheit gemacht. Er hatte die Tasche einfach aus Emilys Hotelzimmer geholt und sie weggepackt. Die Kleidung, die er für sie hergestellt hatte, war wirklich besser als die menschliche, und es hatte ihm

Freude gemacht, sie in den Kleidern zu sehen, die er für sie kreiert hatte.

Emilys Bewegungen waren steif und ruckartig, als sie sich anzog, aber sie sagte nichts – was clever von ihr war, wie Zaron dachte. Mit der unterschwelligen Wut in seiner Brust wäre es gerade mehr als einfach, ihn in einen Streit zu verwickeln.

Als Emily angezogen war, reichte er ihr den Obstsmoothie, den sein Haus zubereitet hatte, und sagte: »Gehen wir.«

Er führte sie aus dem Haus und schnappte sich auf dem Weg ihren Rucksack.

Emily, deren Gedanken ein einziges Durcheinander waren, folgte Zaron nach draußen, und sie trank ihren Smoothie, ohne etwas zu schmecken. Ihre normale Bekleidung – Shorts, ein T-Shirt und Nike-Turnschuhe – fühlte sich eigenartig rau und unbequem an, so als ob sie jemand anderem gehörte. Ihr Körper dagegen fühlte sich gut an, ohne Spuren von Schmerzen von dem gestrigen Sexmarathon. Zaron musste sie geheilt haben, während sie geschlafen hatte.

Die letzte Nacht und der Rest des gestrigen Tages waren in Emilys Kopf verschwommen, ein Wirrwarr aus Bildern und Gefühlen, an die sie sich kaum erinnerte. Alles, was sie ganz klar vor Augen hatte, war ein Glücksgefühl, das zu intensiv gewesen war, um rein sexuell zu sein. Es erinnerte sie an das eine Mal, als sie an der Uni aus Versehen eine Designerdroge probiert hatte. Es war, als sei alles verstärkt gewesen, die Ekstase surrealistisch durchdringend. Hatte das sein Biss ausgelöst, oder hatte er eine Art außerirdische Droge als Aphrodisiakum benutzt? Sie wollte ihn fragen, aber sie wollte nicht verraten, dass sie von dieser Eigenschaft der Krinar wusste – nicht, wenn sie der Freiheit so nahe war.

»Wie komme ich zum Flughafen?«, wollte sie stattdessen wissen, als Zaron begann, in Richtung des Sees zu gehen. Die Sonne stand bereits hoch am Himmel – Emily musste lange geschlafen haben –, und die Luft war schwer und feucht. »Wir können ja nicht den ganzen Weg zu Fuß gehen, oder?«

»Nein, natürlich nicht.« Seine Antwort war bissig. »Ich habe ein Fahrzeug hier in der Nähe versteckt.«

»Oh.« Er hatte ein Auto im Dschungel? »Wo?«

»Das wirst du gleich sehen.«

Sie gingen schweigend weiter. Als Emily ihren Smoothie ausgetrunken hatte, löste sich der Becher zu ihrer Überraschung in ihrer Hand auf. Sie wollte Zaron dazu befragen, aber als sie zu ihm blickte und seinen verschlossenen Blick sah, entschied sie sich dagegen. Ihr Entführer – bald ehemaliger Entführer – hatte keine gute Laune.

Nach kurzer Zeit klebte Emilys T-Shirt feucht an ihrem Rücken. Es war so schwül heute, dass es sogar schwer war, zu atmen. Am Nachmittag würde es regnen, dachte sie und fragte sich, ob das ihren Flug verspäten würde. Oder vielleicht würde das die Invasion der Außerirdischen tun, dachte sie und konnte ein Lachen über die Absurdität des Ganzen nicht verkneifen.

»Was ist so lustig?« Zaron blickte sie scharf an.

»Sind eure Schiffe bereits gelandet und haben Kontakt aufgenommen?«, fragte sie, anstatt seine Frage zu beantworten.

Zaron schüttelte seinen Kopf. »Das wird in einigen Stunden geschehen.«

»Und du lässt mich schon gehen?« Emily konnte sich den Sarkasmus in ihrer Stimme nicht verkneifen. »Was passiert, wenn ich vorher rede?«

Zarons Kiefer spannte sich an, aber er erwiderte nichts, und Emily atmete erleichtert aus, als er einfach nur weiterging. Warum hatte sie gerade versucht, ihn zu provozieren? Sie wusste, dass er bereits mehr als angespannt war. Hoffte ein kranker Teil von ihr wirklich, dass er so wütend wurde, dass er sie zwingen würde, zu bleiben?

Emily verdrängte diesen Gedanken und folgte Zaron durch den dichten Wald. Nach einer kurzen Zeit bog er nach rechts ab und folgte einem Trampelpfad, der sich durch ein Gewirr aus Bäumen und Büschen wand. Sie gingen für eine gefühlte Meile so weiter, bis sie plötzlich eine Lichtung betraten.

Dort, halb versteckt unter einem Baumdach, befand sich ein Monstertruck.

»Den werden wir für den Rest des Weges nehmen«, erklärte ihr Zaron, während er einen Schlüsselbund aus seiner Tasche zog, und Emily beobachtete mit offenem Mund, wie er das Auto öffnete, ihren Rucksack hineinwarf und auf dem Fahrersitz Platz nahm.

»Du fährst dieses Ding?«, fragte sie überrascht, und er warf ihr einen erstaunten Blick zu.

»Natürlich fahre ich es. Wie sollte ich mich sonst auf eurem Planeten fortbewegen? Wir dürfen unsere fliegenden Gondeln noch nicht benutzen.«

»Stimmt.« Emily kletterte in das riesige Fahrzeug – sie kletterte im wahrsten Sinne des Wortes, da die Stufe sich auf der Höhe ihres Oberschenkels befand – und schnallte sich an. »Ich habe mir dich einfach nie in so etwas vorgestellt.« Sie hatte überhaupt nicht gedacht, dass ihr außerirdischer Entführer Auto fuhr, aber hätte sie es getan, hätte sie etwas Schickes und Futuristisches erwartet, einen Tesla vielleicht.

»Es tut mir leid, dass ich dich enttäusche.« Zarons Gesichtsausdruck, als er den Motor anließ, war unleserlich. »Ich brauchte etwas Robustes für dieses Gelände.«

»Natürlich«, meinte Emily, als das Fahrzeug begann, sich seinen Weg durch eine anscheinend undurchdringbare Wand aus hohem Gras und niedrigen Büschen zu bahnen. Sie war dankbar für den Gurt, als sie auf einen Graben stießen und ihn überquerten. »Ich verstehe, was du meinst.«

Sie erwartete, eine ganze Weile so weiterzufahren, aber innerhalb weniger Minuten stießen sie auf einen unbefestigten Weg, und abgesehen von einigen Schlaglöchern verlief der Rest der Fahrt ruhig. Zaron sagte nichts, und Emily ebenso wenig. Seine Schultern waren während des Fahrens angespannt, seine Fingerknöchel auf dem Lenkrad weiß. Emily spürte, dass ein einziges Wort oder eine Geste von ihr ausreichen würde, damit er wieder umkehrte. Das konnte sie an der elektrischen Anspannung fühlen, die zwischen ihnen knisterte, und an der Stille, die so dick und schwer war wie die Luft draußen.

Emily biss sich auf die Zunge, um nichts zu sagen, und schaute weg, um ziellos aus dem Fenster zu starren. Sie konnte jetzt nicht schwach werden. Sie hatte zu Hause ein Leben, das sich nicht um einen umwerfenden Außerirdischen drehte, ein Leben, das sie sich durch harte Arbeit aufgebaut hatte. Sie dachte ganz offensichtlich nicht klar; ansonsten wäre sie nicht versucht, sich auf diese verrückte Sache einzulassen.

Es fühlte sich an, als würde die Fahrt ewig dauern, aber als Emily auf die Uhr des Armaturenbretts schaute, sah sie, dass erst zwei Stunden vergangen waren, seit sie in das Fahrzeug gestiegen waren.

»Fahren wir zu dem Flughafen Liberia?«, fragte sie, als sie die Stadtgrenze überfuhren, und Zaron nickte.

»Es ist der nächstgelegene mit internationalen Flügen. Ich habe dir einen Direktflug zum John F. Kennedy Airport besorgt.«

»Danke.« Emily wusste nicht, was sie sonst noch sagen sollte. Für jemanden, der sie nicht gehen lassen wollte, war Zaron unglaublich fürsorglich. »Ich weiß das wirklich zu schätzen.«

Er antwortete nicht, und einige Minuten später kamen sie schon bei den Abflügen an. Zaron parkte den Truck am Bürgersteig, stieg aus und ging um das Fahrzeug herum, um Emily die Tür zu öffnen. Sie wollte gerade herausspringen, aber er fing sie auf und setzte sie auf dem Boden ab, wobei sein Griff an ihrer Hüfte unglaublich stark und trotzdem zärtlich war.

»Ähm, danke«, murmelte Emily, als er sie losließ, und ging einen Schritt zurück. Seine Berührung hatte sie erschüttert, die Hitze seiner Handflächen war durch das dünne Gewebe ihres Shirts gedrungen, und ihr Herz schlug ihr bis zum Hals, als Zaron in den Truck griff, um ihren Rucksack herauszuholen und ihn ihr zu geben.

»Dein Reisepass ist in dem Fach außen, genauso wie dein Portemonnaie«, sagte er, und sein Gesichtsausdruck war immer noch verschlossen. »Deine Bordkarte ist im Pass.«

Emily nickte. Sie wollte ihm erneut danken, aber in ihrem Hals hatte sich ein dicker Knoten geformt, und sie wusste, dass sie anfangen würde zu weinen, sollte sie zu sprechen versuchen. Aus dem Augenwinkel bemerkte sie, dass die Menschen um sie herum sie anstarrten – oder besser gesagt Zaron. Frauen jeden Alters schienen von dem großen, dunklen Mann, der direkt aus ihren Träumen gekommen sein könnte, wie hypnotisiert zu sein. Spürte irgendjemand, dass er anders war, fragte Emily sich matt, oder waren die alle völlig geblendet von seiner umwerfenden männlichen Schönheit?

Zaron ließ ihr Gesicht nicht aus den Augen, und einen Moment lang dachte sie, dass er sie erneut bitten könnte, zu bleiben. Dieses Mal wusste Emily nicht, ob sie in der Lage sein würde, abzulehnen. Jetzt, da ihre Abreise nicht mehr hypothetisch war, konnte sie wegen des zerstörerischen Schmerzes kaum noch atmen. Die schwere, feuchte Luft schien sie von allen Seiten zusammenzupressen, und sie fühlte sich, als sei sie in einen kleinen Schrank gesperrt. Sie war noch nicht einmal im Flugzeug und vermisste ihren Entführer bereits, sehnte sich auf die schlimmste Art und Weise nach ihm.

Aber er bat sie nicht, zu bleiben. »Auf Wiedersehen, Emily«, sagte er, und bevor sie ihre Gedanken sammeln konnte, stieg er in den Truck und fuhr weg.

Emily wusste nicht, wie sie es durch die Sicherheitskontrolle und ins Flugzeug geschafft hatte. Durch die Tränen, die aus ihren Augen über ihre Wangen strömten, konnte sie nichts sehen, ihr Hals fühlte sich an, als befände er sich in einem Würgegriff, und die Verlustgefühle waren so überwältigend, dass sie alles verzehrten. Sie erinnerte sich selbst an die ganzen Gründe, warum diese hier die richtige Entscheidung war, aber das half nicht.

Sie konnten den Schmerz nicht wegargumentieren.

»Ist mit Ihnen alles in Ordnung, Señorita?«, hatte ein besorgter Sicherheitsbeamter sie in der Schlange zur Kontrolle gefragt, und sie hatte irgendetwas davon erzählt, sich von ihrem Freund getrennt zu haben. Der Mann hatte sie mitfühlend angelächelt und sie durchgewunken, und Emily war weitergestolpert, bis sie irgendwie zu dem Flugzeug gekommen war, in dem sie jetzt saß und den Ansagen des Piloten vor dem Start zuhörte.

Ihr Ticket war für einen Fensterplatz in der Business-Class – eine weitere Aufmerksamkeit von Zaron. Unter normalen Umständen hätte Emily das Upgrade wirklich genossen, aber sie war zu erschüttert, um sich über das Gourmetessen und den kostenlosen Alkohol zu freuen. So sehr sie es auch versuchte, sie konnte die Tränen nicht davon abhalten, zu fließen, und die fünf Stunden Flug schienen sich ewig lange hinzuziehen. Das Einzige, was sie schaffte, war, ihr totes Telefon zum Aufladen anzuschließen, damit es hoffentlich funktionierte, wenn sie zu Hause ankam.

Schließlich landete sie in JFK.

Ihr erster Hinweis darauf, dass etwas nicht stimmte, war die aufgeregte Menschenmenge im Terminal. Der immer geschäftige Flughafen New Yorks war bis zum Anschlag mit frustriert aussehenden Passagieren vollgestopft, die alle vorhandenen Sitze in den Abflughallen besetzten und die ganzen Wände entlang standen. Jeder Schalter des Kundenservice hatte vor sich eine Schlange von mehreren hundert Menschen, und die Angestellten hinter diesen Schaltern schienen erschöpft und überwältigt zu sein.

»Was ist hier los?«, fragte Emily einen ziemlich ruhig aussehenden Mann, der neben einem Imbissstand stand.

»Haben Sie es nicht gehört?«, wollte er wissen. »Das Luftfahrtbundesamt hat alle Flüge gestrichen. Sie haben nicht gesagt, warum, aber der Präsident wird heute Abend eine Pressekonferenz abhalten.«

KAPITEL 33

Die Wartezeit für ein Taxi betrug fast zwei Stunden, also nahm Emily den Airtrain zur U-Bahn und dann den Schnellzug in die Stadt. Die Menschenmenge in der U-Bahn brummte vor panischen Spekulationen; niemand wusste, worum es bei der bevorstehenden Ankündigung gehen würde, aber fast jeder dachte, dass es mit einer größeren Bedrohung von Terroristen zu tun hatte. Warum würde die FAA alle Flüge streichen?

Emily kannte die wirkliche Antwort, aber sie hielt ihren Mund und versuchte, die Unterhaltungen zu ignorieren, die um sie herum stattfanden. New Yorker waren Einzelgänger, darauf konditioniert, sich nicht mit Fremden zu unterhalten, aber die Angst, die durch die ungewöhnlichen Ereignisse hervorgerufen worden war, schien diese Barrieren einbrechen zu lassen. Jeder redete mit jedem, brachte seine Ideen hervor, ob es jetzt der Islamische Staat oder Al Qaida oder etwas völlig anderes war.

Als Emily bei ihrer Haltestelle, Times Square, ausstieg, schmerzte ihr Kopf, und ihr war schlecht von einer Mischung aus Jet-Lag und Hunger. Im Flugzeug war sie zu zerstört gewesen, um zu essen, und ihr Smoothie zum Frühstück war schon viele Stunden her. Nicht, dass etwas zu essen gegen die Angst helfen würde, die ein Loch in ihren Magen fraß.

Die Invasion passierte gerade. Sie war echt. Bis sie aus dem Flugzeug gestiegen war, hatte ein Teil Emilys dummerweise gehofft, dass etwas die Krinar davon abhalten würde, ihren Plan durchzuführen, dass sie aus irgendeinem Grund ihre Meinung ändern würden. Aber natürlich taten sie das nicht. Sie hatten Kontakt aufgenommen, und die US-Regierung hatte damit reagiert, alle Flüge zu streichen.

Und nicht nur die US-Regierung, bemerkte sie, als sie die durchlaufenden Meldungen auf den riesigen Bildschirmen des Times Square sah. In ganz Europa und Asien waren die Flüge gestrichen. Emily nahm an, dass der Grund dafür war, dass die Reisen von Zivilisten nicht die militärischen Luftmanöver stören würden, sollten diese notwendig werden.

Emily erschauderte bei diesem Gedanken, schob sich durch die Menschenmassen am Times Square und ging schnell zu Ambers Apartment, das sich fünf Straßen von ihrem Atelier in Midtown West entfernt befand. Dadurch, dass sie sich glücklicherweise daran erinnert hatte, ihr Handy im Flugzeug aufzuladen, hatte sie einige Balken

Empfang, aber sooft sie auch versuchte, Amber zu erreichen – sie kam nicht durch. Sie vermutete, dass es daran lag, dass die Netzwerke überlastet waren; jeder versuchte jeden anzurufen, um über die geheimnisvolle Bedrohung zu spekulieren, die den Flugverkehr lahmgelegt hatte. Hoffentlich war Amber zu Hause; es war schon weit nach zwanzig Uhr an einem Sonntag, und Amber musste normalerweise montags früh für ihren Teilzeitjob in einem Café aufstehen.

Ambers Ein-Zimmer-Apartment befand sich auf der 10th Avenue, in der vierten Etage eines Gebäudes ohne Fahrstuhl, das seit den Achtzigern nicht mehr renoviert worden war. Das Gebäude sah furchtbar aus und roch genauso, aber die Miete war niedrig – zumindest für den Standard in Manhattan – und Amber konnte es sich von ihrem Einkommen als Kassiererin/Schriftstellerin leisten.

Emily schleppte sich völlig ausgelaugt die vier Treppenabsätze nach oben und klingelte.

»Emily! Gott sei Dank!« In dem Moment, in dem die Tür sich geöffnet hatte, sprang Amber Emily quasi an, umarmte sie so stark, dass sie ihr beinahe die Knochen brach. »Ich habe mir solche Sorgen um dich gemacht!«

»Mir geht es gut«, sagte Emily und lächelte ihre Freundin an – die wie immer ein Bohemien-Kleid mit Farbspritzern trug und Farbflecken auf ihrem dicken roten Haar hatte. Amber war nicht nur eine Schriftstellerin, sondern auch eine aufstrebende Künstlerin und verbrachte ihre ganze Freizeit damit, an ihren Gemälden zu arbeiten. »Es tut mir so leid, dass ich mich derart verspätet habe.

Ich hatte nicht vor, George so lange bei dir abzuladen. Wie geht es ihm?«

»Deinem Kater geht es gut – er ist wirklich ein Süßer«, antwortete Amber und ließ Emily eintreten. »Es war kein Problem, ihn hier zu haben. Aber jetzt erzähl mir doch mal, was passiert ist. Du solltest vor zwei Wochen zurückkommen; dann bekam ich diese mysteriöse kurze E-Mail von dir, und das war's.«

»Ja, also was das betrifft …« Emily stellte ihren Rucksack auf dem Boden ab. »Könnten wir erst einmal die Nachrichten einschalten? Ich glaube, dass es einfacher sein wird, dir alles nach der Ansprache des Präsidenten zu erklären.«

»Was?« Amber runzelte verwirrt ihre Stirn. »Welche Ansprache?«

»Du hast es also gar nicht mitbekommen?« Es war nicht ungewöhnlich für Amber, ihr Telefon und ihren Computer zu verbannen, wenn sie einer ihrer künstlerischen Eingebungen folgte.

»Ich habe das ganze Wochenende gemalt«, meinte Amber und bestätigte damit Emilys Vermutung. »Warum? Ist irgendetwas passiert?«

»Das könnte man so sagen. Komm, schalte den Fernseher ein.«

Sobald sie das Wohnzimmer betraten, flitzte ein grauer Wollball laut miauend über den Boden. Lachend beugte Emily sich nach unten und hob ihren Kater hoch, der zu schnurren begann, als er sich in Emilys Armen befand.

»George hat dich wirklich vermisst«, sagte Amber und nahm die Fernbedienung in die Hand, um den Fernseher einzuschalten. »Die ersten Tage hat er nur aus dem Fenster geschaut und … ach du Scheiße!«

Der Nachrichtensender zeigte Reisende, die in Flughäfen auf der ganzen Welt festsaßen und in allen Terminals lagen, saßen und standen. Die Warteschlangen für Taxis schienen sich kilometerweit hinzuziehen, und die Verkehrsstaus auf und um die größeren Flughäfen waren entsetzlich.

»Ja, in JFK war es genauso. Ich habe es gerade noch geschafft, bevor sie die Flüge gestrichen haben«, meinte Emily. Sie setzte sich auf das Sofa, drückte George enger an ihre Brust und ließ sich von seinem warmen, pelzigen Körper trösten.

Der Nachrichtensprecher berichtete über die Lage und spekulierte über den Inhalt der bevorstehenden Pressekonferenz des Präsidenten. Was wirklich jeden überraschte, war, dass nicht nur der Präsident um neun Uhr sprach. Weltweit würden die jeweiligen Regierungschefs zur gleichen Zeit zu ihrem Volk sprechen.

»Was ist da los?« Die Sommersprossen auf Ambers blassem Gesicht stachen deutlich hervor. »Weißt du etwas darüber?«

»Schau einfach hin«, erwiderte Emily, als die Kameras auf das Weiße Haus schwenkten, in dem der Präsident den Konferenzraum betrat. Er blieb vor einem großen Podium stehen, blickte direkt in die Kamera, und Emily bemerkte Spannungslinien auf seinem normalerweise stoischen Gesicht.

»Guten Abend«, sagte er, und Emily musste seine Beherrschung einfach bewundern. Trotz allem war seine Stimme ruhig und besänftigend. »Ich bin mir sicher, dass viele von Ihnen sich fragen, was es mit den außergewöhnlichen Ereignissen von heute auf sich hat, also werde ich gleich auf den Punkt kommen. Vorhin hat die NASA ein ungewöhnliches Flugobjekt in der Umlaufbahn der Erde entdeckt. Kurz danach wurden wir – zusammen mit den meisten anderen Industrieländern – von einer menschenähnlichen außerirdischen Spezies kontaktiert, die sich Krinar nennt. Anscheinend haben sie vor Milliarden Jahren das Leben auf der Erde gesät, indem sie uns DNA von Krina, ihrem Heimatplaneten, geschickt haben. Danach beeinflussten sie unsere Evolution mit dem Ziel, eine Spezies zu entwickeln, die ihnen auf viele Arten ähnlich war. *Wir* sind diese Spezies, und sie hielten den jetzigen für den richtigen Zeitpunkt, mit uns Kontakt aufzunehmen. Ihr Botschafter hat mir versichert, dass sie, auch wenn sie vorhaben, einige Siedlungen auf unserem Planeten zu bauen, an einer friedlichen Koexistenz interessiert sind, nicht an einem Krieg.«

Er machte eine Pause, um Luft zu holen, und im Raum explodierten Fragen, wobei die Reporter versuchten, sich gegenseitig zu übertönen.

»Woher wissen Sie, dass das die Wahrheit ist und nicht irgendeine Falschmeldung?«, schrie eine blonde Frau.

»Wie sehen sie aus? Wo befindet sich ihr Planet?«, brüllte ein Mann mit schütterem Haar.

»Ist das Objekt in unserer Umlaufbahn ihr Raumschiff? Wie konnten sie sich uns unentdeckt nähern?«

»Wie sind sie hierhergekommen? Können sie schneller als mit Lichtgeschwindigkeit reisen?«

»Welche Art von Technologien haben sie? Was für Waffen?«

»Was möchten sie wirklich? Woher wissen wir, dass sie friedliche Absichten haben?«

»Warum wollen sie hier Siedlungen bauen? Versuchen sie, uns zu kolonialisieren?«

So ging es eine ganze Minute lang, bis der Präsident seine Hand anhob.

»Ruhe, bitte«, sagte er mit seiner beruhigenden Stimme – dieser Stimme, die sich während der Wahlen und der darauffolgenden Präsidentschaft als sehr nützlich erwiesen hatte. Sofort verstummten die Reporter, und das aufgeregte Gebrüll verwandelte sich in ein nervöses Brummen.

»Jetzt«, sagte der Präsident, »werde ich mein Bestes tun, um einige Ihrer Fragen zu beantworten. Die NASA hat bestätigt, dass das Objekt in unserer Umlaufbahn tatsächlich eines ihrer Schiffe ist. Es befinden sich einige weitere in seiner Nähe in unserem Sonnensystem. Zu diesem Zeitpunkt sind wir uns sicher, dass es sich nicht um eine Falschmeldung handelt. Ihr Botschafter hat uns erklärt, dass Krina sich in einer anderen Galaxie befindet, was bedeutet, dass sie schneller als mit Lichtgeschwindigkeit fliegen können. Ihre Technologie muss viel weiter entwickelt sein als unsere, und wir nehmen an, dass das Gleiche auf ihre Waffen zutrifft. Allerdings sollten wir uns deshalb keine Sorgen machen, da wir keinen Grund zu der Annahme haben, dass sie feindliche Absichten hegen. Was ihre äußere Erscheinung anbelangt, sehen sie menschlich aus. Das Bild des krinarischen Botschafters wird sofort nach dieser Pressekonferenz den Nachrichtenredaktionen übermittelt. Das ist alles, was wir bis jetzt wissen; sobald wir mehr erfahren, werden wir diese Information verbreiten. In der Zwischenzeit rufe ich Sie alle dazu auf, ruhig zu bleiben und Ihr Leben so normal wie möglich fortzuführen. Das ist ein großer Wendepunkt in unserer Geschichte. Wir sollten sicherstellen, dass es einer ist, auf den wir eines Tages stolz zurückblicken können. Ich danke Ihnen und wünsche Ihnen eine gute Nacht.«

Im Raum explodierte erneut ein Stimmengewirr, aber der Präsident verließ ihn, umringt von seinen Mitarbeitern, bereits. Sobald er aus dem Raum gegangen war, teilte sich der Bildschirm des Fernsehers in Achtel auf, um ähnliche Pressekonferenzen aus der ganzen Welt zu zeigen, und der Sprecher – der genauso tief erschüttert aussah, wie sich die Zuschauer zweifellos fühlten – begann, die Ansprache des Präsidenten zusammenzufassen.

Emily ließ den Atem heraus, den sie angehalten hatte, und setzte den immer noch schnurrenden George auf ihren Schoß. Sie fühlte sich eigenartig erleichtert. Bis zu diesem Moment hatte ein Teil von ihr immer noch befürchtet, dass Zaron mit seinem Versprechen, dass es sich um eine friedliche Ansiedlung handele, nur versucht hatte, sie zu besänftigen. Aber er hatte ihr die Wahrheit gesagt – oder zumindest die gleiche Wahrheit, die die Krinar den Führern der Industrieländer mitgeteilt hatten. Die wirklichen Absichten der Besucher würden sich zeigen, besonders in Anbetracht ihrer geheimen Tendenz, Blut zu trinken, aber Emily fühlte sich trotzdem besser.

Neben ihr schaute sich Amber die Nachrichten mit einem Gesichtsausdruck an, der bestürzte Fassungslosigkeit widerspiegelte.

»Außerirdische?« Sie drehte sich zu Emily um. »Das soll ein Scherz sein, stimmt's? Eine Art super-früher Halloweenscherz?«

»Das denke ich nicht«, antwortete Emily. Amber war ihre beste Freundin – seit ihrem Freshman Year auf der Uni waren sie unzertrennlich –, aber aus irgendeinem Grund zögerte Emily, mit ihr über Zaron zu sprechen. Sie redete sich ein, dass der Grund dafür ihre extreme Müdigkeit von der Reise war, aber in ihrem Innersten kannte sie die Wahrheit.

Sie wollte mit ihrer besten Freundin nicht über ihre Gefangenschaft reden, weil sie sich roh und zerrissen fühlte, sie das Wissen auffraß, dass sie Zaron nie wiedersehen würde. Die ganze Geschichte während des Erzählens noch einmal zu erleben wäre, wie frische Stiche aus einer noch blutenden Wunde zu reißen, und Emily wusste nicht, ob sie das ertragen könnte – zumindest jetzt noch nicht.

»Jetzt mal ehrlich. Außerirdische?« Amber sprang auf und begann, auf und ab zu gehen. »Scheiß Außerirdische? Das ist unmöglich, einfach unmöglich. Das muss ein Scherz sein – oder vielleicht haben sie sich geirrt und in Wirklichkeit handelt es sich um Nordkoreaner oder Chinesen, die eine neue Waffe ausprobieren. Oder vielleicht ist es auch eine dieser Hacktivistengruppen. Vielleicht sind sie in die Computer der NASA eingedrungen und haben sie denken lassen, dass sie Außerirdische sehen. Oder vielleicht …« Sie hörte gar nicht mehr auf, ließ sich immer kreativere Alternativen einfallen, während Emily George kraulte und einfach zuhörte, da sie zu müde und niedergeschlagen war, um etwas anderes zu tun.

Nach einer gefühlten halben Stunde bemerkte Amber schließlich, dass Emily ihr Entsetzen und ihre Ungläubigkeit nicht teilte.

»Dich scheint das Ganze nicht zu überraschen«, meinte sie, und ihre rotbraunen Augenbrauen zogen sich zusammen, als sie vor Emily stehen blieb. »Wie kann das sein? Hast du unterwegs schon etwas davon gehört?«

»Ich …« So ungern Emily auch über ihre Reise reden wollte, wollte sie trotzdem nicht lügen. »So etwas in der Art«, wich sie aus und streichelte über Georges weiches Fell.

»So etwas in der Art? Was soll das denn bedeuten?«

Emily seufzte laut. Sie hätte wissen müssen, dass Amber das Thema nicht einfach fallenlassen würde. Emilys Freundin mit ihrem oftmals verträumten Blick und Bohemien-Kleidungsstil sah vielleicht wie eine abwesende Künstlerin aus, aber sie war so aufmerksam wie eine Polizistin. Man durfte Amber nie unterschätzen – besonders dann nicht, wenn es um Emily ging, da Amber sie so gut kannte.

»Können wir morgen darüber reden?«, fragte Emily, auch wenn sie wusste, wie aussichtslos diese Bitte war. »Ich bin nach dieser Reise wirklich müde und …«

»Was? Nein, natürlich nicht! Du verschwindest zwei Wochen lang in Costa Rica; dann kommst du zurück und es gibt eine verdammte Invasion von Außerirdischen, die dich nicht zu überraschen scheint?« Amber setzte sich hin und verschränkte ihre Arme vor der Brust. »Spuck es aus. Jetzt. Du hast keinen Job, also kannst du morgen ausschlafen.«

»Okay, gut.« Wenigstens hatte sie es versucht. Emily holte tief Luft und begann, ihre Geschichte von ihrem Sturz im Dschungel zu erzählen. Ambers Mund stand vor Schock offen, ihre braunen Augen waren auf Emily gerichtet, und ihr Gesichtsausdruck, während sie der Erzählung lauschte, war eine Mischung aus Entsetzen und Faszination. Als Emily zu dem Teil kam, als sie Zaron zum ersten Mal gesehen hatte, wurde im Fernsehen das gerade freigegebene Bild des krinarischen Botschafters gezeigt – ein großer, dunkelhaariger Mann, der genauso umwerfend gut aussah wie ihr Entführer. Laut den Regierungsbeamten war sein Name Arus.

Ambers Aufmerksamkeit wandte sich dem Fernseher zu. »Heilige Scheiße«, hauchte sie, während sie das Foto auf dem Bildschirm anstarrte. »Sah dein Zaron aus wie dieser Arus?«

Emily nickte. »So ungefähr.« Zarons Gesicht war ein wenig schlanker, seine Lippen voller und sinnlicher als die des Botschafters, aber die makellose Symmetrie seiner Gesichtszüge und die bronzefarbene Glätte der Haut waren gleich. »Ich habe auch eine krinarische Frau getroffen, und sie hatte einen ähnlich dunklen Teint.«

»Du hast zwei Außerirdische getroffen?« Amber vergaß die Nachrichten und konzentrierte sich wieder auf Emily. »Oh mein Gott, erzähl mir mehr davon!«

Emily kraulte George hinter seinen Ohren und fuhr mit ihrer Geschichte fort. Sie erzählte Amber, dass Zaron sie siebzehn Tage lang festgehalten hatte, und wie intelligent ihre ganze Technologie zu sein schien. Sie beschrieb seine körperliche Erscheinung und seine unglaubliche Stärke, gab einige ihrer Unterhaltungen über Krina detaillierter wieder und sprach sogar Zarons tragischen Verlust seiner Partnerin an. Das Einzige, was sie einfach nicht sagen konnte, war, wie nahe sie ihrem Entführer während dieser siebzehn Tage gekommen war, aber wie sich herausstellte, brauchte sie das auch nicht.

»Ihr hattet Sex, stimmt's?«, fragte Amber, als Emily eine Pause machte, um Atem zu holen. Ihre Stimme war flach. »Du hattest Sex mit diesem Außerirdischen.«

Emily spürte, wie sie vom Hals an errötete. Um ihr Unbehagen zu verbergen, hob sie George an ihre Brust und drückte ihn fester an sich. »Warum denkst du das?«, wollte sie wissen und hoffte, dass sie nicht so rot aussah, wie sie sich fühlte.

Amber legte ihren Kopf schief. »Weil ich kein Idiot bin, darum. Die Art, wie du über ihn sprichst, die Weise, auf die du glühst, wenn du ihn beschreibst … ich habe dich noch nie so gesehen, nicht einmal, als du mit Jason zusammengekommen bist. Du bist ein wunderschönes Mädchen, und wenn diese Krinar den Menschen wirklich so ähnlich sind, wie du es beschreibst, ist es kein großer Schritt, sich vorzustellen, dass zwei attraktive Menschen – also ein Mensch und ein Nicht-wirklich-Mensch – sich vielleicht näherkommen, wenn sie gezwungen sind, auf so engem Raum zu leben.«

Emily erwiderte nichts, also streckte sich Amber aus und nahm George, um ihn sich auf den eigenen Schoß zu legen. »Du weißt, dass ich nicht locker lassen werde, also sag schon. Hast du mit diesem Zaron geschlafen?«

George miaute unglücklich und sprang von Ambers Schoß. Abgelenkt beugte Emily sich nach unten, um ihren Kater hochzuheben, aber der ging mit erhobenem Schwanz Richtung Küche, da er offensichtlich verärgert über die Menschen war.

»Emily …« Ambers Stimme hatte einen warnenden Unterton.

»Ja, schon gut.« Einer entschlossenen Amber konnte sie sich unter normalen Umständen schon kaum widersetzen, aber da Emily erschöpft war und Liebeskummer hatte, war es einfach unmöglich. »Ja, wir haben miteinander geschlafen, und bevor du fragst, er hat dieselbe Ausstattung wie ein männlicher Mensch. Bist du jetzt glücklich?« Trotz ihres Versuchs, ihre Fassung zu bewahren, hörte sich Emilys Stimme brüchig an, so als würde sie gleich anfangen zu weinen.

»Emily, meine Süße, das ist nicht der Grund, warum ich es angesprochen habe.« Amber runzelte jetzt ihre Stirn. »Ich meine, ja, ich bin offensichtlich neugierig, aber ich habe gefragt, weil ich mir Sorgen um dich mache. Niemand weiß etwas über diese Besucher, und dieser Mann – dieser Außerirdische, der dich gefangen gehalten hat – hat dich mit ihrer Technologie geheilt, und du hattest eine sexuelle Beziehung mit ihm. Du verstehst, wie verrückt und gefährlich das ist, stimmt's? Lass dich wenigstens von einem Arzt untersuchen, oder …«

»Nein.« Emily sprang entsetzt auf. »Das ist das Letzte, was ich brauche. Sie würden mich eingehend untersuchen wollen, und … nein. Definitiv nein.«

»Aber …«

»Nein. Auf gar keinen Fall. Amber …« Emily blickte ihre Freundin flehend an. »Du kannst keinem erzählen, was ich dir gerade anvertraut habe, okay? Ich möchte nicht, dass irgendjemand weiß, was mir passiert ist.«

»Na ja, offensichtlich werde ich nicht zu den Medien rennen.« Amber stand auf. Sie war fünf Zentimeter kleiner als Emily und hatte einen zarteren Körperbau, aber ihre überdimensionale Persönlichkeit ließ sie immer größer erscheinen. »Denkst du etwa, dass ich ein kompletter Idiot bin?«

»Nein, natürlich nicht.« Emily fuhr sich müde mit einer Hand durchs Haar. »Aber ich möchte nicht, dass es auch nur eine weitere Person weiß, nicht einmal deine Eltern oder deine Schwester. Kannst du das für mich tun?« Als Amber zögerte, fügte sie hinzu: »Bitte. Das ist wirklich wichtig.«

»Okay.« Amber atmete hörbar aus. »Ich werde es niemandem erzählen. Aber kannst du mir bitte etwas versprechen?« Ihre braunen Augen sahen düster aus. »Geh zum Arzt, nur für eine der regelmäßigen Kontrolluntersuchungen. Du musst nichts sagen, wenn du nicht möchtest, aber wenigstens weißt du danach, ob du in Ordnung bist – körperlich, meine ich.«

»Amber …« Emily seufzte. »Hätte er mir schaden wollen, hätte er mich nicht geheilt. Mir geht es hervorragend – ich bin sogar gesünder als zuvor.«

»Vielleicht hat er dir ja nicht extra etwas angehängt, aber was ist, wenn du dich mit etwas angesteckt hast, was dich später krank machen könnte oder mit dem du andere infizieren könntest?«, sagte Amber, und Emily bemerkte, dass ihre Freundin extra ein wenig mehr Abstand zu ihr hielt. »Europäer haben mit ihren Krankheiten beinahe die amerikanische Urbevölkerung ausgerottet. Selbst wenn die Krinar nicht vorhaben, uns zu töten, könnten es ihre Krankheitserreger tun. Unsere Immunsysteme sind nicht dafür geschaffen, außerirdische Erkältungen zu bekämpfen, weißt du?«

Emily starrte sie an, da sie dieser Gedanke vollkommen überraschte. Dann begann ihr Gehirn zu arbeiten, und sie schüttelte ihren Kopf. »Nein«, antwortete sie. »Das ist eine berechtigte Sorge, aber ich denke, dass Zarons Volk nicht hierhergekommen wäre, wenn die Gefahr bestünde, uns anzustecken. Sie haben die Erde seit Tausenden von Jahren besucht und sich unter uns gemischt. Wenn wir uns bei ihnen anstecken könnten, wäre das bereits passiert. Ich denke, dass ihre medizinische Technologie in der Lage ist, so etwas zu verhindern.«

»Okay, das könnte richtig sein«, gab Amber nach und sah ein wenig beruhigter aus. »Aber ich mache mir immer noch Sorgen um dich, Emily. Geht es dir wirklich gut? Ich meine nach dem Absturz und allem …?«

»Ja, natürlich.« Emily zwang sich dazu, zu lächeln. »Ich bin einfach nur müde von der Reise. Ich glaube, ich nehme mir jetzt am besten George und gehe nach Hause. Es ist schon spät, und ich muss noch etwas zu essen kaufen, damit ich morgen frühstücken kann.«

»Bist du sicher? Du kannst auch gerne hier schlafen. Ich habe diesen Futon …«

»Was?« Emily lachte. »Nein, danke. Ich kann die fünf Straßen bis zu mir noch gehen. So müde bin ich dann auch nicht.«

»Okay«, erwiderte Amber. »Aber ruf mich an, wenn du gut zu Hause angekommen bist, ja?«

»Das werde ich – wenn ich durchkommen kann.« Emily ging in die Küche, und Amber folgte ihr. Sie fanden George auf der Fensterbank, von der er auf die Straße starrte und dabei seinen Schwanz unruhig bewegte. Emily nahm den Kater hoch und trug ihn zurück ins Wohnzimmer, um ihn in seine Reisetasche zu stecken. Danach schnappte sie sich ihren Rucksack und ging Richtung Tür.

»Emily, warte«, meinte Amber, als Emily gerade das Apartment verlassen wollte.

Emily drehte sich um, um sie anzusehen. »Was denn?«

»Denkst du …«, Ambers Stimme zitterte. »Denkst du, sie haben im Fernsehen die Wahrheit über ihre Absichten gesagt? Sind sie ein friedliches Volk?«

Emily versteinerte. Als sie ihrer Freundin Zaron beschrieben hatte, hatte sie absichtlich seine raubtierhaften Merkmale und den eventuellen Vampirismus der Krinar verschwiegen. Sie wollte Amber keine Angst einjagen, wenn sie nichts weiter als Vermutungen hatte. Außerdem, selbst wenn die Krinar Blut tranken, bedeutete das nicht, dass sie darauf aus waren, die Menschheit zu zerstören – zumindest hoffte Emily das.

»Ich denke, dass das, was sie in den Nachrichten gesagt haben, die Wahrheit ist«, antwortete sie nach einem

Augenblick. »Zumindest stimmt es mit dem überein, das Zaron mir erzählt hat. Falls sie lügen, tun sie es sehr konsequent, aber ich weiß nicht, warum sie uns täuschen sollten. Ich weiß nicht viel über ihre Waffen, aber wenn ich von dem ausgehe, was ich in Zarons Haus gesehen habe, denke ich nicht, dass wir eine Chance hätten, wenn sie beschließen würden, uns zu zerstören. Und sollten sie es entschieden haben, wüsste ich nicht, wieso sie sich die Mühe mit dieser Botschaftercharade gegeben haben sollten.« Außer sie hatten es getan, um die Menschen ruhig zu halten, bis sie ihre Blutfarmen gebaut hatten – aber diese Möglichkeit behielt Emily für sich.

»Stimmt, das ergibt Sinn«, meinte Amber, auch wenn sie erneut blass aussah. »Aber denkst du, wir sollten vorsichtshalber die Stadt verlassen? Vielleicht zu meinen Eltern nach Connecticut gehen? In den Filmen greifen sie die größten Städte immer zuerst an, und genau da sind wir, mitten im Zentrum von Manhattan.«

Emily kaute auf ihrer Unterlippe herum. Wie sollte sie Amber beruhigen, wenn ihr selbst nicht ganz wohl bei der Sache war? »Wenn du dir Sorgen machst«, antwortete sie, »solltest du wahrscheinlich besser gehen. Ich bin mir sicher, dass deine Eltern sich mehr als freuen würden, dich zu sehen.«

Amber runzelte ihre Stirn. »Was ist mit dir?«

»Mir wird es gut gehen«, versicherte ihr Emily. »Ich bin gerade erst zurückgekommen und möchte wirklich nicht schon wieder weg. Der Verkehr muss wahnsinnig sein. Außerdem, wenn die Krinar vorhaben, Manhattan dem Erdboden gleichzumachen, haben wir ein größeres Problem.«

»In Ordnung, das ist deine Entscheidung«, meinte Amber. »Ich werde versuchen, meine Eltern zu erreichen, um herauszufinden, wie es ihnen geht. Sag Bescheid, wenn du deine Meinung änderst und mit mir nach Hause kommen möchtest.«

»Das werde ich«, beruhigte sie Emily. »Mir wird aber nichts passieren. Wie der Präsident gesagt hat, müssen wir einfach nur ruhig bleiben, und alles wird gut werden.«

Sie umfasste den Griff von Georges Tragetasche fester, öffnete die Tür und ging hinaus.

Es war aber nicht alles gut – eine Tatsache, die Emily erkannte, sobald sie Ambers Apartment verlassen hatte. Die Panik auf den Straßen war überdeutlich, da Fußgänger und Fahrradfahrer vorbeihetzten, während die Autos Stoßstange an Stoßstange standen. Die Fahrer hupten und fluchten, und einige Polizisten, die aussahen, als seien sie mit den Nerven am Ende, bliesen in ihre Pfeifen, um den Verkehr zu regeln. Der normale Lärm der Stadt hatte sich verzehnfacht, und Emilys Kopf schmerzte quälend, während sie sich ihren Weg über den überfüllten Bürgersteig bahnte.

»Nur noch eine Straße«, sagte sie zu George, dessen verärgertes Miauen sich zu dem Lärm gesellte. »Wir sind schon fast zu Hause.«

Endlich kam sie an dem Gebäude an, in dem sie wohnte. Wie Ambers war es ein altes und heruntergekommenes

Haus ohne Fahrstuhl. Emily hätte sich zwar auch ein Studio in einem der neueren Wolkenkratzer leisten können, aber sie hatte das Geld lieber gespart und es für die Altersvorsorge angelegt – ein Ziel, das im Moment lächerlich erschien.

Wenigstens befand sich ihre Wohnung im ersten Stock, nicht im dritten.

»Jetzt sind wir da, Georgie«, meinte sie mit beruhigender Stimme, als sie ihr Apartment betreten hatte. Sie stellte ihren Rucksack ab, öffnete die Transporttasche und ließ den Kater heraus. »Zu Hause ist es doch am schönsten.«

George zog schwanzwedelnd ab, um sein Territorium zu inspizieren, und Emily ließ sich auf den Plüschsessel fallen, der in ihrem Studio ein Sofa ersetzte. Sie fühlte sich so ausgelaugt, dass sie kaum denken konnte, aber sie wusste, dass sie Essen für morgen besorgen musste. Sie zwang sich dazu, aufzustehen, fischte sich ihre Schlüssel und ihr Portemonnaie aus dem Rucksack, steckte sich beides in die Gesäßtasche ihrer Shorts und ging nach unten zu dem kleinen Lebensmittelladen eine Straße weiter.

Der Besitzer war gerade dabei, abzuschließen, als sie dort ankam.

»Bitte warten Sie«, bat Emily, als sie genau in dem Moment die Klinke ergriff, in der er begann, das Gitter herunterzulassen. »Bitte, ich brauche nur einige Kleinigkeiten. Ich verspreche Ihnen auch, dass ich mich beeilen werde.«

Der weißhaarige Mann zögerte einen Augenblick, bevor er das Gitter wieder hochfuhr und die Glastür aufschloss. »In Ordnung, aber beeilen Sie sich wirklich«, sagte er mürrisch, während er die Tür aufzog. »Ich muss noch zu meiner Wohnung in Queens kommen, und hier draußen ist die Hölle los.«

»Kein Problem, vielen Dank!« Emily rannte bereits die Gänge hinunter und schmiss alles, was sie brauchte, plus Futter für George, in ihren Korb. Sie benötigte weniger als fünf Minuten, um alles zu finden, aber als sie ihre Einkäufe an der Kasse absetzte, sah der Eigentümer des Ladens bereits ungeduldig aus.

»Ich hatte Sie gebeten, sich zu beeilen«, grollte er, während er ihre Einkäufe zusammenrechnete.

Emily ignorierte ihre Müdigkeit und schenkte ihm ihr strahlendstes Lächeln. »Vielen lieben Dank. Ich weiß das wirklich zu schätzen. Kommen Sie gut nach Hause!«

Sie schnappte sich ihre Einkäufe und eilte aus dem Laden, um nach Hause zu gehen, aber auf halbem Wege knallte etwas Schweres in sie, wodurch sie stürzte und ihre Taschen auf den Boden fielen. Sie landete auf ihren Händen und Knien, der harte Asphalt schürfte ihre Handflächen auf, als sie nach vorn rutschte, und im nächsten Moment fühlte sie, wie jemand ihre Gesäßtasche berührte.

»Hey!«, schrie sie, sprang auf und drehte sich herum, aber der Junge im Teenageralter, der ihr Portemonnaie fest mit seiner Hand umklammerte, rannte bereits weg.

»Haltet ihn auf!« Emily begann, dem Dieb hinterherzurennen, aber er war bereits in der Menge verschwunden, und niemand schenkte ihr Beachtung, nicht einmal die Polizisten, die mit ihren Pfeifen den Verkehr regelten.

Zitternd blieb Emily stehen und ging zurück, um ihre Einkäufe aufzuheben. Die vorbeieilenden Fußgänger waren bereits auf Teile ihres Einkaufs getreten, also schob sie schnell alles zusammen, um so viel wie möglich zu retten, und stopfte die Sachen mit zitternden Händen zurück in die Tüten. Zum Glück hatte sie nichts in einer Glasverpackung gekauft, also hatten die meisten Dinge überlebt. Allerdings fühlte Emily sich, als würde sie jeden Augenblick zerbrechen. Ihre aufgekratzten Handflächen brannten und bluteten, ihr Herz schlug ihr bis zum Hals, und durch den Überschuss an Adrenalin in Kombination mit ihren Kopfschmerzen fühlte sie sich körperlich krank.

Sie wusste nicht, wie sie es zurück zu ihrem Apartment geschafft hatte, aber irgendwie fand sie sich mit den Schlüsseln in der Hand vor ihrer Wohnungstür wieder. Sie fragte sich kurz, wie sie es geschafft hatten, in ihrer Gesäßtasche zu bleiben, aber sie hatte sie, und das war alles, was zählte.

Nachdem sie eingetreten war, schloss Emily die Tür ab, wusch ihre blutigen Hände, stellte die Einkäufe weg und schüttete Trockenfutter in Georges Schüssel. Sie riss sich zusammen, bis sie unter die Dusche stieg, aber in dem Moment, in dem sie das heiße Wasser auf ihrer Haut spürte, verließen sie ihre letzten Kraftreserven.

Sie ließ sich auf den Boden sinken, umschlang ihre Knie mit ihren Armen und weinte.

KAPITEL 34

>>*G*uten Abend meine Damen und Herren. Unsere Show heute Abend fällt auf den siebenwöchigen Geburtstag des K-Days, und es ist erstaunlich, dass wir uns noch nicht in Luft aufgelöst haben«, sagte der Gastgeber der Talkshow im Fernsehen, als Emily lustlos auf den Bildschirm blickte. »Für jene unter Ihnen, die die letzte Zeit hinter dem Mond gelebt haben: Heute vor sieben Wochen sind die Krinar hier gelandet und haben unsere Welt auf den Kopf gestellt. Um dieses bedeutsame Ereignis zu feiern, haben wir heute einen Stargast, Dr. Edmonds, eingeladen, der uns von den neuesten Theorien über die Biologie unserer Besucher berichten wird.«

»Ich danke Ihnen, James«, erwiderte der Gast und setzte sich gerader hin, als die Kamera sich auf ihn richtete. »Ich freue mich, hier zu sein und zu sehen, dass so viele von Ihnen in der Stadt geblieben und heute ins Studio gekommen sind. Sie sind alle sehr mutig – oder sehr dumm.«

Das Publikum lachte und klatschte als Antwort auf diese Aussage.

»Also«, fuhr Edmonds fort, »wie alle von Ihnen wissen, wird gerade vermutet, dass die Krinar eine bedeutend längere Lebenserwartung haben als wir, genauso wie sie stärker und schneller sind. James, wenn Sie bitte das Video ablaufen lassen würden …«

Das Bild veränderte sich und zeigte eine körnige Aufnahme eines Smartphones von einem Kampf, der so schnell war, dass alles nur verschwommen zu sehen war. Das Einzige, was auszumachen war, waren die Lichtblitze der Schusswaffen und der Explosionen. Erst ein verlangsamtes Abspielen ermöglichte es, herauszufinden, was dort vor sich ging, aber Emily, genau wie alle anderen, wusste bereits, worum es in dem Video ging.

Die Aufnahme stammte aus einer dunklen Straße in Riyadh, wo eine Gruppe von dreiunddreißig mit Granaten und automatischen Sturmgewehren bewaffneten Saudis vor zwei Wochen eine kleine Delegation der Krinar angegriffen hatte. Es war ihnen gelungen, die sechs unbewaffneten Krinar zu verletzen, und das war der Punkt gewesen, an dem das Ganze eskalierte. Die Wunden hatten die Besucher nicht daran gehindert, die Saudis in Stücke zu reißen – in einigen Fällen buchstäblich. Diese unglaubliche Geschwindigkeit, mit der sie sich bewegten, und ihre unglaubliche Stärke – einer der Krinar hatte zwei Menschen fast zwanzig Meter hoch in die Luft geworfen, mit jeder

Hand einen – hatte die menschliche Bevölkerung entsetzt, genau wie die schiere Wildheit des Kampfes.

Wie Emily während ihrer Zeit mit Zaron gespürt hatte, hatten die Krinar einen angsteinflößenden Hang zur Gewalt.

Als sie das Video zum ersten Mal gesehen hatte, war ihr schlecht geworden, und sie war nicht die Einzige. Das Verlassen der großen Städte – diese entgegengesetzte Migration, die am K-Day begonnen hatte – hatte sich in den letzten zwei Wochen derart beschleunigt, dass die Staus erneut drohten das Reisen unmöglich zu gestalten. Aus irgendeinem Grund dachten die Menschen, dass sie in kleineren Städten und ländlichen Gebieten sicherer seien, und sie flohen aus den Städten, obwohl die UN letzten Monat das Abkommen zur friedlichen Koexistenz bekannt gegeben hatte.

»Ach bitte«, hatte Amber geschnauft, als Emily nach der Bekanntgabe mit ihr geskypt hatte. Sie hatte die Stadt einen Tag nach Emilys Rückkehr verlassen und lebte momentan bei ihren Eltern in Connecticut. »Jeder weiß doch, dass das Abkommen Augenwischerei ist. Die UN hat den Schwanz eingezogen, sich in die Rückenlage begeben und ihre Kehle dargeboten. Du hast gehört, was sie über die Nuklearwaffen gesagt haben, stimmt's?«

»Ja, natürlich«, hatte Emily geantwortet. Das Internet sprudelte mit Meldungen über, dass China versucht hatte, eine Rakete mit einer Nuklearwaffe zu einem der krinarischen Raumschiffe zu schicken, und die Außerirdischen hatten sich gerächt, indem sie alle Nuklearwaffen der Erde in Luft aufgelöst hätten. Niemand wusste, ob das wirklich stimmte – die Regierung stritt alles ab – aber alle paar Tage würde eine anonyme Quelle neue Details liefern, und die Geschichte würde neue Nahrung bekommen.

Verschwörungstheoretiker hatten gerade ihren großen Auftritt.

»Na ja, und da sie jetzt keine Waffen mehr haben, haben sie einfach zugestimmt«, fuhr Amber angewidert fort. »Feiglinge.«

»Okay, aber was hätten sie denn sonst tun sollen? Einen Krieg gegen die Krinar führen?«, hatte Emily gefragt, aber Amber hatte nicht auf vernünftige Argumente hören wollen. Es war einfacher, zu denken, dass die Regierungschefs Feiglinge waren, als die angsteinflößende Wahrheit zu akzeptieren, dass die Krinar ihnen technologisch derart überlegen waren, dass jeglicher militärischer Widerstand zwecklos war.

Die Menschen versuchten ebenfalls, sich ihnen auf individueller Ebene zu widersetzen. Der grausame Kampf mit den Saudis war nur eines von vielen derartigen Gemetzeln, die überall auf der Welt, wo die Menschen Kontakt zu den Eindringlingen hatten, vorkamen. Niemand war glücklich darüber, dass die Außerirdischen planten, ihre Kolonien aus unbekanntem Grund auf der Erde zu bauen, und viele Gruppen waren ihnen gegenüber geradezu feindselig eingestellt. Die Kämpfe mit den Eindringlingen brachen in verschiedenen Teilen der Erde aus, und bei jedem einzelnen mussten die Menschen lernen, wie gefährlich und gewalttätig die Krinar wirklich waren. Auch wenn die Absichten der Besucher angeblich rein friedlich waren, belief sich die Todesrate durch die Krinar auf mehrere hundert, und es gab kein Anzeichen dafür, dass die Gewalt bald nachlassen würde.

Die Situation wurde durch die Weltuntergangspanik verschlimmert, die sich in der Bevölkerung durch die verschiedenen Geschichten ausbreitete, die im Netz zirkulierten – ob sie stimmten oder nicht. Das neueste Gerücht – von dem Emily vermutete, dass es tatsächlich wahr sein könnte – war, dass die Krinar planten, die größten industriellen Agrarbetriebe zu schließen und die Fleisch- und Molkereiproduktehersteller zu zwingen, Obst und Gemüse anzubauen. Das Ergebnis dieses Gerüchts war, dass viele begannen, tierische Produkte zu horten, und die Preise für Hühnchen, Rind und Milch in den Himmel stiegen, was zu noch größeren Hamsterkäufen und Plünderungen führte.

Und das war das größte aller Probleme: die Unfähigkeit der Regierungen, ihre panischen Bürger zu kontrollieren und zu überwachen. Der Diebstahl von Emilys Portemonnaie am K-Day war erst der Anfang einer noch nie da gewesenen Verbrechenswelle gewesen, die alle Städte und Kleinstädte auf der ganzen Welt überrollt hatte. New York, die Stadt, die gerade über die Hälfte seiner Bevölkerung verloren hatte, war jetzt so gefährlich, dass Emily nach Einbruch der Dunkelheit ihr Apartment nicht mehr verließ. Trotzdem war das nichts im Vergleich zu Orten wie Moskau, Peking und Johannesburg. Es war immer noch möglich, einige Lebensmittel in Manhattan zu kaufen, und die meisten ansässigen Unternehmen wie Banken und Mediengesellschaften funktionierten weiterhin, aber jene anderen Städte versanken im Chaos.

Irgendein Experte hatte die Wochen, die der Ankunft der Krinar folgten, »die große Panik« genannt, und dieser Name war hängen geblieben.

Es war nicht das Ende der Welt, wie einige vorausgesagt hatten, aber an manchen Orten kam es dem sehr nahe.

Während die Mehrheit der Bevölkerung besessen von den Eindringlingen war, sah sich Emily die Nachrichten mit einem Desinteresse an, das an Depression grenzte. Sie wusste, dass sie sich dafür interessieren sollte, und manchmal überlegte sie, mit dem kleinen bisschen zusätzlichen Wissen, das sie besaß, zu den Behörden zu gehen, aber an den meisten Tagen war sie so antriebslos, dass sie nicht mehr tat, als aufzustehen, sich um George zu kümmern und ein paar Bewerbungsunterlagen auszufüllen. Nicht, dass sie überhaupt jemand in dem derzeitigen Klima einstellen würde. Aktien, Anleihen und andere Sicherheiten waren nach dem K-Day augenblicklich abgestürzt, und jede neue Geschichte über die Eindringlinge führte dazu, dass die Märkte so wild schwankten, dass diese Sprunghaftigkeit sogar die schlimmsten Monate der großen Rezession übertraf. Milliarden von in Fonds investierten Dollars waren bei Angstverkäufen verloren gegangen, und Emily wusste, dass mindestens zehn Hedgefonds in den letzten Wochen zusammengebrochen waren, da sie die großen Verluste nicht tragen konnten. Es gab keine Fluchtmöglichkeit, nicht einmal in die mit AAA bewerteten Staatsanleihen, die normalerweise die sicherste Investition waren. Wenn man nicht wusste, ob es die Vereinigten Staaten nächsten

Monat noch geben würde, war es egal, ob etwas das volle Vertrauen und die Bonität der US-Regierung besaß.

Emilys eigenes Anlageportfolio, das durch die Rezession bereits geschrumpft war, war jetzt bemitleidenswert winzig, und ihr Erspartes schrumpfte in alarmierender Geschwindigkeit. Oder zumindest hätte diese Rate die alte Emily alarmiert, diejenige, die sich innerlich nicht so völlig leer gefühlt hatte. Die Emily, die aus Costa Rica zurückgekehrt war, konnte nicht die Energie aufbringen, sich für irgendetwas zu interessieren – einfach zu existieren kostete sie alle Kraft, die sie hatte.

Ihre Sehnsucht nach Zaron war wie eine Wunde, die nicht heilen wollte. Egal, was sie tat, sie vermisste ihn immer – sein Lächeln, seine Lachen, seine Berührungen … selbst die raubtierhafte Intensität, die ihr manchmal Angst gemacht hatte. Die entsetzlichen Geschichten in den Nachrichten sollten es geschafft haben, dass sie ihn hasste – alle Krinar hasste –, aber alles, an was sie denken konnte, war die Art und Weise, wie er sie nachts umarmt hatte, und dass sie sich ihm näher gefühlt hatte als jedem Mann, den sie jemals kennengelernt hatte.

Einmal versuchte sie, auszugehen. Zwei ihrer Freundinnen von der Arbeit waren in die Stadt gekommen, und die drei waren an dem Wochenende, bevor die Verbrechenswelle wirklich schlimm geworden war, durch die Bars gezogen. Emily hatte gelacht und mit den Männern geflirtet, die sie angesprochen hatten, aber alle von ihnen hatten sie kalt gelassen, und sie war allein nach Hause gegangen und hatte sich noch leerer gefühlt als zuvor.

Wenn sie eine Zeitmaschine benutzen und zu dem Moment zurückkehren könnte, als Zaron sie gebeten hatte, zu bleiben, würde sie eine andere Entscheidung treffen. Vielleicht waren ihre Gefühle für Zaron ein Resultat ihrer Gefangenschaft, aber das machte sie nicht weniger echt. Ihn zu verlassen war keine rationale Entscheidung gewesen, wusste Emily jetzt. Alle ihre logischen Argumente waren nur ein Versuch gewesen, etwas Irrationales zu rechtfertigen, die Angst zu unterdrücken und zu ignorieren, die sie seit dem Tod ihrer Eltern hatte.

Sie hatte so viel Angst davor gehabt, Zaron könnte sie verlassen, dass sie ihn weggestoßen hatte – genauso wie sie es bei Jason getan hatte.

Stöhnend schaltete Emily den Fernseher aus und stand auf, um in ihrem winzigen Studio hin und her zu laufen. Auch wenn sie erst vor einigen Stunden nach draußen gegangen war, um Lebensmittel zu kaufen, begann sie, sich eingesperrt und klaustrophobisch zu fühlen. Sie wollte laufen gehen, etwas tun, um die Depression zu verjagen, die alles Leben aus ihr saugte, aber es war zu gefährlich, so spät noch hinauszugehen. Die Überlegung, hinauszugehen, machte die Dinge noch schlimmer, da sie der Gedanke daran erinnerte, wie sehr sie die üppige Natur in Costa Rica während ihrer Spaziergänge mit Zaron durch den Dschungel genossen hatte.

Wie sehr sie sie *zusammen* genossen hatten.

Ein schneidender Schmerz durchfuhr bei diesen Erinnerungen ihre Brust, und brennende Tränen stiegen in ihren Augen auf. Um gegen den Drang, zu weinen, anzukämpfen, zog Emily ihre Yogamatte hervor und begann, Situps zu machen. Das war nicht das Gleiche wie draußen laufen zu gehen, aber es war besser als nichts – und es war definitiv besser als ein Heulkrampf unter der Dusche. Sie konnte das durchstehen; sie *würde* das durchstehen.

Sie war eine Kämpferin, und sie war entschlossen.

Bei ihrem siebenundzwanzigsten Situp hatte Emily eine Idee. Sie hatte keine Möglichkeit, Kontakt zu Zaron aufzunehmen – er hatte ihr weder eine E-Mail-Adresse noch eine Telefonnummer, oder was auch immer Krinar benutzten, gegeben – aber sie wusste in etwa, wo sein Haus lag. Konnte sie das tun? Konnte sie ihren Stolz herunterschlucken und ihn bitten, sie zurückzunehmen? Ja, es bestand das Risiko, dass er sie nicht wollen würde, dass er mittlerweile jemand anderen gefunden hatte, und ja, sie würden nur wenige Jahre zusammen haben, bevor Emily beginnen würde, sichtlich zu altern, aber waren einige wenige Jahre nicht besser als gar nichts?

War es nicht besser, glücklich zu sein, wenn auch nur für eine kleine Weile, als durch das Leben zu gehen und einzig diese aufzehrende Einsamkeit zu fühlen?

Emily, die plötzlich energiegeladen war, sprang von ihrer Matte auf und rannte zu ihrem Computer. Die zivile Luftfahrt war wieder erlaubt, und auch wenn die Flugzeugtickets wegen der überwältigenden Nachfrage extrem teuer geworden waren, gab es nichts, was Emily davon abhielt, ihre verbliebenen Ersparnisse für ein One-Way-Ticket nach Costa Rica auszugeben.

Zur Hölle mit ihrer Angst und ihrem Stolz. Sie würde in diese Zeitmaschine steigen und versuchen, ihren Fehler wiedergutzumachen.

Sie war gerade dabei, die Zahlungsinformationen auf der Webseite der United Airlines einzugeben, als es an ihrer Tür klingelte. Verwundert ging Emily zur Tür, um durch den Spion zu schauen, und ihr Herz schlug augenblicklich bis zum Hals.

Zwei Männer in Anzügen standen auf der anderen Seite der Tür. Einer von beiden war durchschnittlich groß und schlank, während der andere fast so breit wie hoch war.

»Ja bitte?«, rief Emily, ohne die Tür zu öffnen. Ihre Handflächen waren schweißnass, und ihr Magen zog sich in einer bösen Vorahnung zusammen. »Wie kann ich Ihnen helfen?«

»Frau Ross, ich bin Agent Wolfe, und das ist Agent Janson«, antwortete der schlanke Mann und hielt eine offiziell aussehende Marke hoch. »Wir sind vom Ministerium für Innere Sicherheit. Falls es Ihnen recht ist, würden wir gerne mit Ihnen über einen Anruf bei der US-Botschaft in Costa Rica einige Tage vor dem K-Day sprechen.«

KAPITEL 35

Die Sharipflanzen entwickelten sich gut in dem Boden in Costa Rica. Die Wurzeln waren dick und gesund, und der Scan zeigte, dass sie in einigen Monaten blühen und Früchte tragen würden. Überhaupt schien es so, als hätte Zaron den Platz für die Siedlung gut ausgewählt. Das Klima war angenehm, und der Boden reich. Wie Zaron gehofft hatte, hatte der Rat beschlossen, diese Siedlung als Hauptbasis zu nutzen. Er hatte sie Lenkarda genannt, was »ein erfolgreicher Start« bedeutete. Außerdem hatte er Zaron und sein Team ebenfalls für die Auswahl der Orte der anderen Siedlungen gelobt. Zaron sollte sich darüber freuen, aber alles, was er fühlte, war eine Art düstere Gleichgültigkeit – die gleiche leere Taubheit, die ihn ständig begleitete, seit Emily abgereist war.

Er verließ das Anbaugebiet der sich entwickelnden Siedlung und ging zu seinem Haus zurück. Selbst mit seiner natürlichen Geschwindigkeit benötigte er länger als eine Stunde, um zu Fuß nach Hause zu gehen, aber das war Zaron egal. Er hätte näher an Lenkarda heran ziehen können, aber er mochte die Abgeschiedenheit. Die Gesellschaft der anderen Krinar war ihm gerade unangenehm, fast schmerzhaft. Die seltenen Male, an denen die Taubheit, die ihn fest im Griff hatte, ein wenig nachließ, fühlte er sich innerlich roh, wie ein Baum, dessen schützende Rinde entfernt wurde, und mit anderen zu tun zu haben schien dieses Gefühl zu verschlimmern.

Emily zu verlieren war genauso unerträglich wie er vermutet hatte.

Zaron betrat das Haus, duschte sich und ging in Emilys Zimmer. Ihr Duft lag immer noch in der Luft, besonders in der Bettwäsche, die das Haus auf seinen Befehl hin nicht wechseln durfte. Er legte sich auf das Bett, atmete ein und schloss die Augen, um so zu tun, als sei sie immer noch bei ihm, als könne er sie berühren, wenn er sich ausstreckte … als könne er sie umarmen.

Aber natürlich konnte er das nicht. Nicht, weil sie weit weg war – einige tausend Kilometer waren keine Entfernung für die Krinar – sondern weil er ihr etwas versprochen hatte.

»Du kannst sie zurückbekommen, wie du weißt«, hatte Ellet letzte Woche gesagt, und ihm die Versuchung wieder einmal vor Augen geführt. »Geh einfach nach New York und bringe sie zurück. Wer weiß, vielleicht wird sie sogar froh sein, dich zu sehen. Du weißt ja, wie die Lage in diesen menschlichen Städten gerade ist. Willst du wirklich, dass sie dort lebt?«

Zaron hatte seine Kollegin angefahren, ihr gesagt, sie solle sich um ihre eigenen Angelegenheiten kümmern, aber ein ähnlicher Gedanke war ihm bereits mehr als einmal gekommen – jede Nacht, um ehrlich zu sein. Er vermisste Emily so sehr, dass er manchmal dachte, von dieser unerträglichen Sehnsucht verrückt zu werden. Auf gewisse Weise war es sogar schlimmer als damals, als Larita gestorben war. Damals hatte er keine andere Wahl gehabt, als zu akzeptieren, dass seine Partnerin von ihm gegangen war, dass er sie für immer verloren hatte, aber bei Emily verfolgte ihn das Wissen, dass er sie zurückhaben könnte, und das führte dazu, dass er seine Prinzipien und gegebenen Versprechen vergessen wollte.

Er könnte sie haben – alles, was er dafür tun müsste, war, ihre Wünsche zu ignorieren und ihr ihre Freiheit zu nehmen.

Zaron schob diesen Gedanken beiseite und versuchte einzuschlafen. Zu seinem Ärger konnte er nicht einschlafen. Er wälzte sich eine ganze Stunde lang hin und her, bevor er aufgab. Er stand auf, berührte den Computer an seinem Handgelenk und sagte: »Zeig sie mir.«

Ein dreidimensionales Bild von Emilys Apartment erschien vor ihm. Einen Tag, nachdem sie abgereist war, hatte sich Zaron Zugriff auf die Kamera ihres Laptops verschafft und sich dabei eingeredet, dass er wegen der panischen Reaktion der Menschen auf die Ankunft der Krinar sichergehen musste, dass Emily gut zu Hause angekommen war. In diesem Punkt hatte er die Verantwortung für sie, da er der Grund dafür gewesen war, dass sie nicht eher nach New York zurückgekehrt war.

Zu seiner Erleichterung war sie an jenem Abend in ihrem Apartment gewesen und hatte mit einer grauen, auf ihrem Schoß zusammengerollten Katze ferngesehen. Das musste ihr Kater George sein, erkannte Zaron, als er gierig das Bild in sich aufnahm. Nach einigen Minuten hatte er sich gezwungen, die Aufnahme zu beenden, hatte sich gesagt, dass er sie in Ruhe lassen müsse, aber am nächsten Tag hatte er sich erneut Zugriff auf die Kamera verschafft und Emily dabei zugesehen, wie sie ein Sandwich aß, während sie ein Buch las. Am nächsten Tag war sie nicht da gewesen, und er war panisch geworden, hatte sich Sorgen gemacht, dass ihr etwas zugestoßen sein könnte, aber sie war nach einer Stunde nach Hause gekommen, und er hatte sich wieder entspannt. »Es reicht«, hatte er sich zu diesem Zeitpunkt gesagt, aber der Computer zog ihn immer wieder an, so dass er alle paar Tage einen Rückfall bekommen und sie dabei beobachten würde, wie sie schlief, aß, mit ihrer Katze spielte oder im menschlichen Internet nach Jobs suchte. Das war ein furchtbares Eindringen in ihre Privatsphäre, aber er konnte sich nicht davon abhalten.

Sie in diesen Aufzeichnungen zu sehen war das Einzige, was Zaron derzeit Freude bereitete.

Aus diesem Grund betrachtete er gierig das Bild vor ihm, suchte nach Anzeichen dafür, dass Emily zu Hause war. Manchmal war sie gerade im Badezimmer, und er würde sie nicht sofort sehen, aber sie kam nach einigen Minuten immer wieder in ihr Zimmer zurück. Dieser Raum war Emilys ganzes Apartment, weshalb Zaron sie gleich sehen würde, wenn sie zu Hause war.

Aber er sah sie nicht. Nur ihre Katze war da, saß auf dem Boden und leckte ihre Pfote, bevor sie damit über ihr haariges Gesicht fuhr. Zaron musste zugeben, dass die Grimassen des Tieres faszinierend waren und dass er an einem anderen Tag die Vorstellung genossen hätte, aber Emilys Abwesenheit beunruhigte ihn. Es war schon spät, und sie hatte in den letzten Wochen damit aufgehört, abends hinauszugehen – wahrscheinlich wegen der wachsenden Kriminalitätsrate in der Stadt. Also wo könnte sie sein? Was könnte sie gerade tun?

Er wartete eineinhalb Stunden, und sein ungutes Gefühl wuchs sekündlich, aber sie kam nicht nach Hause.

Zaron sah auf die Uhr. Es war bereits weit nach Mitternacht in New York. Es gab keinen Grund, weshalb Emily so spät nicht in ihrem Apartment sein sollte. Sie musste wissen, wie gefährlich es für eine junge Frau war, dieser Tage allein durch die Stadt zu gehen.

Außer … außer sie war nicht allein.

Bei diesem Gedanken zog sich alles in Zaron zusammen, und die Wut blies wie eine Feuersbrunst durch seine Adern. Er hatte gewusst, dass Emily irgendwann einen Partner finden würde – sie war viel zu clever und hübsch, um das nicht zu tun – aber es lagen Welten zwischen etwas zu wissen und damit konfrontiert zu werden. Emily, seine Emily, könnte in diesem Augenblick mit einem anderen Mann zusammen sein, und das konnte Zaron nicht ertragen. Er stellte sich vor, wie sie in der Umarmung eines menschlichen Mannes schlief, und seine Fäuste ballten sich, weil er diesen Mann umbringen, ihn mit seinen bloßen Händen in Stücke reißen wollte. Es war ihm egal, dass er Emily gehen lassen hatte; der uralte territoriale Instinkt in ihm bestand darauf, dass sie ihm gehörte – und dass sie für immer sein wäre.

Seine Wut war so stark, dass er kaum mitbekam, was er seinem Computer befahl. Erst als Emilys E-Mails und Textnachrichten als dreidimensionales Bild vor ihm erschienen, fiel Zaron auf, wie verrückt er sich verhielt. Trotzdem konnte er nichts dagegen tun. Er überflog alle ihre neuesten Unterhaltungen, suchte nach Hinweisen darauf, wo sie sein könnte und mit wem, aber zu seiner Enttäuschung fand er nichts – keine vereinbarten Verabredungen, nicht einmal ansatzweises Flirten.

Zarons Eifersucht verwandelte sich in Sorge.

»Mach ihr Handy ausfindig«, sagte er schneidend, und sein Computer befolgte die Anweisung, indem er die menschlichen Satelliten nach dem GPS-Signal absuchte.

Aber es gab kein Signal – zumindest keins, das sein Computer entdecken konnte.

Zaron zog seine Stirn in Falten und versuchte es erneut. Und noch einmal.

Nichts.

Es war, als sei Emilys Telefon verschwunden.

»Greife auf ihr Laptop zu«, befahl Zaron seinem Computer. »Durchsuche ihren Browser.«

Und dort, in Emilys Browser, entdeckte Zaron sie: die unbeendete Buchung eines One-Way-Flugtickets nach Costa Rica.

Einen Moment lang hatte er keinen Puls, bevor er wieder zum Leben erwachte, und sein Herz gegen seinen Brustkorb schlug.

Emily kam zurück.

Sie kam zurück zu ihm.

Eine Sekunde übermannte ihn die Hochstimmung fast, aber dann begriff Zaron, dass Emily ihre Buchung nicht beendet hatte

Sie hatte ihre Wohnung verlassen, bevor sie ihr Ticket gekauft hatte, und er war der Frage, wo sie war oder was mit ihr geschehen war, nicht einen Schritt näher gekommen.

KAPITEL 36

>> *I*ch habe Ihnen bereits alles gesagt, was ich weiß«, sagte Emily und konnte ihre Frustration nicht länger verbergen. Sie befragten sie seit Stunden in diesem kleinen, stickigen Raum, und sie konnte spüren, wie sich die Wände um sie zusammenzogen. Sie versuchte, ihre Klaustrophobie in den Griff zu bekommen, indem sie tief durchatmete, aber das half nicht. Was alles noch schlimmer machte, war die Tatsache, dass sie so müde war, dass es sie ihre letzte Energie kostete, überhaupt in dem Metallstuhl sitzen zu können. Wie spät war es gerade? Zwei Uhr morgens? Drei? An der Wand hing keine Uhr, und sie hatten ihr das Handy weggenommen. Sie hatte immer angenommen, dass die Regierungsbeamten von neun bis fünf arbeiteten, aber das war offensichtlich nicht der Fall bei der Abteilung für innere Sicherheit – oder zumindest nicht bei dieser speziellen Unterabteilung.

Emily hatte den starken Verdacht, dass die Beamten, die zu ihr nach Hause gekommen waren, nicht vom normalen Grenzschutz waren.

»Sie haben uns kaum etwas gesagt, Frau Ross«, meinte Agent Wolfe, und sein schmales Gesicht war ausdruckslos. »Sie sind abgestürzt, wurden von einem Krinar gerettet, der Sie für zweieinhalb Wochen festgehalten hat, und dann kamen Sie am K-Day zurück. Erwarten Sie ernsthaft, dass wir Ihnen diese Geschichte glauben?«

»Das ist alles«, erwiderte Emily müde. »Ja, ich wusste, dass die Invasion bevorstand – deshalb hatte ich ja auch bei der Botschaft angerufen – aber das ist alles. Ich weiß nichts weiter über ihre Pläne. Ich habe auch keinen Kontakt mehr zu Zaron. In dem Moment, in dem er mich freigelassen hat, bin ich nach Hause geflogen. Ich weiß nichts über ihre Waffen, und ich habe Ihnen bereits das beschrieben, was ich von ihrer Technologie gesehen habe – was nicht viel war, da sie sich in einem Wohnhaus befand.«

»Aber trotzdem hat Sie Zaron, als Sie auf der Schwelle des Todes standen, mit der medizinischen Technologie gerettet, die er in seinem Haus hatte«, meinte Agent Janson, und sein Doppelkinn bebte bei jedem Wort. »Er hat Ihre gebrochene Wirbelsäule geheilt, haben Sie gesagt?«

»Ja.« Emily bereute, ihnen davon erzählt zu haben, aber als sie begonnen hatten, sie zu befragen, war sie zu eingeschüchtert gewesen, um eine plausible Lüge zu finden. Sobald sie die Tür geöffnet hatte, hatten sie sie nach unten geführt, sie in ein schwarzes Auto gesetzt und in ein heruntergekommenes Lagerhaus in Queens gebracht – oder besser gesagt in diese Einrichtung, die sich im

Keller dieses Lagerhauses befand. Emily hatte kaum noch Zeit gehabt, sich ihr Portemonnaie, ihre Schlüssel und ihr Handy zu schnappen – Dinge, die sie konfisziert hatten, bevor sie sie in diesen Raum gebracht und befragt hatten, als sei sie ein Terrorist.

Wenigstens war sie geistesgegenwärtig genug gewesen, ihnen nichts über die sexuelle Seite ihrer Beziehung zu Zaron und ihre Vermutung, dass die Krinar eine Vampirspezies waren, zu verraten. Letzteres auch deshalb, weil sie sich nicht sicher war, dass sie recht hatte, und weil sie Angst vor dem hatte, was passieren könnte, wenn solche Gerüchte die Runde machten. Würden die Panik auf den Straßen und die Guerillaangriffe auf die Krinar schlimmer werden? Könnte ein wirklicher Krieg ausbrechen?

Sie könnte es nicht ertragen, wenn sie aus irgendeinem Grund für noch mehr Gewalt verantwortlich wäre. Diese »friedliche« Invasion war ihr bereits zu blutig.

»Frau Ross …«, mischte sich Agent Wolfe ein. »Sie helfen sich nicht damit, dass Sie uns ausweichen. Es ist offensichtlich, dass Sie mehr wissen, als Sie sagen. Sie haben zweieinhalb Wochen mit einem von ihnen verbracht. Sie müssen uns alles sagen, was Sie gesehen und gehört haben – jedes Detail, egal wie winzig es ist. Sie denken vielleicht, dass es nicht wichtig ist, aber es wird uns dabei helfen, ein vollständigeres Bild des Feindes zu bekommen.«

»Des Feindes? Ich dachte, wir hätten Frieden«, erwiderte Emily, die zu müde war, um ihren Sarkasmus zu verbergen. »Geht es in dem Abkommen zur friedlichen Koexistenz nicht genau darum?«

Janson verschränkte seine Arme vor der Brust und legte sie auf seinem riesigen Bauch ab. »Seien Sie nicht so naiv, Frau Ross. Die Krinar sind nicht unsere Freunde, und sie werden es auch nie werden, solange wir fast nichts über sie wissen. Warum sind sie hier? Was wollen sie von uns? Wir wissen es nicht, und das werden wir auch so lange nicht, bis sie sich dazu herablassen, es uns zu sagen. Aber Sie könnten etwas wissen, und wenn das so ist, ist es Ihre Pflicht als amerikanische Bürgerin – als ein Mensch –, es uns zu sagen.«

»Ich weiß nicht mehr, als ich Ihnen schon erklärt habe«, sagte Emily zum fünfzehnten Mal. Die Wände schienen mit jeder Sekunde näher an sie heranzurücken, und sie hatte Schwierigkeiten, zu atmen. Wenn sie sie nicht bald aus diesem Raum ließen, würde sie verrückt werden. »Sie kennen die ganze Geschichte.«

»Nein«, widersprach Wolfe. »Das tun wir nicht. Aber wenn Sie heute Nacht lieber nicht mit uns reden möchten, ist das in Ordnung. Wir werden morgen fortfahren. In der Zwischenzeit werden wir sehen, ob wir auf eine andere Art Antworten bekommen können.« Er stand auf und drehte sich zu dem anderen Beamten um. »Janson, bitte führen Sie Frau Ross zur ärztlichen Untersuchung. Mal schauen, ob diese außerirdische Heilung irgendwelche Spuren hinterlassen hat.«

»Warten Sie, nein. Das können Sie nicht tun«, protestierte Emily und wich zurück, als Janson aufstand und auf sie zukam. Ihr Herz schlug so schnell, dass sie dachte, sie müsse sich gleich übergeben. »Ich stimme dieser Untersuchung nicht zu. Ich möchte einen Anwalt.«

Aber Janson umfasste ihren Arm mit seinen dicken Fingern und zog sie auf die Füße. Seine Hand fühlte sich auf ihrer Haut feucht und kalt an, als er sagte: »Gehen wir. Es ist an der Zeit, dass wir mehr über Ihre Verletzungen erfahren.«

KAPITEL 37

>>*D*u willst, dass ich ein menschliches Mädchen finde?« Korum zog seine Stirn in Falten. Das Ratsmitglied schien ebenso irritiert wie verärgert über Zarons Bitte zu sein. »Warum?«

»Weil sie mir gehört und ich sie zurückhaben will«, antwortete Zaron. Er hatte keine Zeit, um Spiele zu spielen und vorzugeben, dass seine Bitte etwas anderes als ein persönlicher Gefallen war. Er konnte das Gefühl nicht abschütteln, dass etwas ganz und gar nicht stimmte. Jede Sekunde, in der er Emily nicht aufspüren konnte, fühlte sich wie eine Stunde an, und die Angst, die er innerlich verspürte, wuchs unkontrollierbar. »Ich habe sie gerettet, als sie verletzt war, und sie hat eine Weile bei mir gewohnt«, erklärte er. »Allerdings habe ich den Fehler gemacht, sie nach New York zurückgehen zu lassen, und etwas ist mit ihr geschehen. Ich kann sie nirgendwo finden.«

Korums Stirnrunzeln verstärkte sich. »Und wie, denkst du, kann ich sie finden?«

»Über die Nanozyten in ihrem Körper«, erwiderte Zaron. Dieser Gedanke war ihm früher am Morgen gekommen, und er hatte sofort um ein persönliches Treffen mit dem Ratsmitglied gebeten. »Ich habe herausgefunden, dass dein Unternehmen die Jansha hergestellt hat, die ich benutzt habe, um sie zu heilen. Ich habe keinen Code, um die Trackingfunktion der Nanozyten zu aktivieren, aber ich weiß, dass es eine solche Funktion gibt, oder nicht?«

»Die gibt es«, bestätigte Korum. »Alle Nanozyten haben eine einzigartige Signatur, die aufgespürt werden kann. Aber ich muss die Jansha sehen, um herauszufinden, welche Ladung Nanozyten bei ihr benutzt wurden.«

»Hier ist sie.« Zaron streckte seinen Arm aus, öffnete seine Hand und zeigte ihm den kleinen, röhrenförmigen Heilapparat. »Ich habe gedacht, dass du ihn vielleicht benötigen würdest.«

»In Ordnung«, meinte Korum und nahm das Gerät von Zaron. »Ich werde das für dich nachsehen. Es könnte einige Tage dauern, also …«

»Nein«, widersprach Zaron schneidend, und seine Muskeln spannten sich durch seine aufsteigende Wut an. »Ich habe nicht einige Tage lang Zeit.«

»Wie bitte?« Korums Blick wurde hart.

»Es ist wichtig«, sagte Zaron und zwang sich zu einem ruhigeren Ton. Er konnte es sich nicht erlauben, sich die einzige Person zum Gegner zu machen, die ihm helfen konnte. »Sie ist wichtig.«

»Wichtiger als meine Pflichten im Rat und die Designs, an denen ich arbeite?« Korums Nasenlöcher bebten. »Ich verstehe, dass du dein menschliches Haustier zurückhaben möchtest, aber …«

»Sie ist mein Charl.« Zaron erwiderte Korums eisigen Blick und weigerte sich, klein beizugeben. Der notorisch rücksichtslose Ratsherr war niemand, den man verärgern sollte, aber es gab nichts, was Zaron nicht tun würde, um Emily zurückzubekommen.

Er würde Korum zu einem Kampf in der Arena herausfordern, wenn er müsste.

»Dein Charl?« Ein Teil der kalten Wut in Korums Stimme verschwand. »Wie Arus' Delia?«

»Ja.« Zaron hatte nicht das Bedürfnis, ihm zu erklären, dass Emily noch nicht sein Charl war. Sie würde es werden, sobald er sie fand; das hatte er letzte Nacht beschlossen. Sie hatte sich dazu entschieden, zu ihm zurückzukehren – das war der Grund für das halbgekaufte Flugticket – aber selbst wenn sie noch Vorbehalte dagegen haben sollte, zu ihm zu gehören, würde Zaron diese beseitigen.

Sobald er Emily wieder bei sich hatte, würde er sie nie wieder gehen lassen.

»Ich verstehe.« Korums Gesichtsausdruck wurde leicht amüsiert. »Mir war gar nicht aufgefallen, dass du und Arus so viel gemeinsam habt. Ich werde wohl niemals den Reiz eines Charls verstehen, aber wenn du einen Menschen möchtest, nehme ich an, dass das deine Entscheidung ist.«

Zaron versuchte angestrengt, seine Erleichterung zu verbergen. »Also wirst du mir helfen? Heute?«

»Ja, das werde ich«, erwiderte Korum. »Komm in zwei Stunden wieder. Bis dahin sollte ich ihren Aufenthaltsort herausgefunden haben.«

———

Die zwei Stunden vergingen wie im Zeitlupentempo. Um sich abzulenken, ging Zaron zu dem See und schwamm fünfzig Bahnen, bevor er achtzig Kilometer durch den Dschungel rannte. Obwohl er letzte Nacht nicht geschlafen hatte, fühlte er sich wie aufgezogen, und sein Körper vibrierte voller gewaltiger Energie.

Sollte er auf diese menschlichen Guerillakämpfer stoßen, hätten sie ein Problem.

Aber Zaron traf niemanden, und auf die Sekunde genau zwei Stunden nach dem Gespräch war er wieder zurück in dem Raum, in dem in Lenkarda Ratssitzungen abgehalten wurden.

Korum erwartete ihn vor einem dreidimensionalen schwebenden Bild.

»Sie ist dort«, sagte er ohne Einleitung, und zeigte auf ein heruntergekommenes Lagerhaus in einer zugemüllten Straße. »Es ist ein Gebäude in einem halbverlassenen Industriegebiet in Queens, einem der Stadtteile New York Citys. Ich habe für dich ein wenig nachgegraben. Es hat sich herausgestellt, dass das Gebäude der US-Regierung gehört. Sie haben verschiedene Scheinfirmen benutzt, um diese Tatsache zu verschleiern, weshalb ich denke, dass es keines ihrer offiziellen Büros ist.«

»Ein Regierungsgebäude?« Zaron sah auf das Bild und runzelte seine Stirn. »Warum sollte sie dort sein?«

»Das weiß ich nicht«, antwortete Korum. »Vielleicht hat sie beschlossen, mit ihnen über dich zu reden, ihnen zu erzählen, was sie während ihrer Zeit mit dir erfahren hat. Wie lange hast du sie bei dir gehabt?«

»Etwa zweieinhalb Wochen. Aber sie hat nur die allereinfachste Haustechnologie gesehen, also bezweifle ich, dass sie ihnen irgendetwas Nützliches sagen kann.«

»Du hättest ihr nicht einmal das zeigen sollen«, meinte Korum, und das Bild verschwand. »Das Verschwiegenheitsabkommen ist aufgehoben worden, aber wir sind immer noch an die Nichteinmischungsanordnung gebunden. Wir können ihnen nichts geben oder zeigen, was die Richtung ihrer natürlichen technologischen Entwicklung beeinflusst. Überhaupt ist es ein Problem, dass die Regierung sie hat. Die Nanozyten sind zwar gerade nicht aktiv, aber sie hat sie noch in ihrem Körper, und es handelt sich dabei nicht um eine Technologie, die wir in nächster Zukunft mit den Menschen teilen möchten.«

»Keine Sorge. Das Problem wird nicht mehr lange bestehen«, meinte Zaron. »Ich werde sie zurückholen.« Er bezweifelte, dass die Menschen ausreichend fortgeschrittene Technologie besaßen, um irgendetwas mit den Nanozyten anzufangen, aber das sagte er nicht.

Er hatte Emilys Aufenthaltsort, und das war alles, worauf es ankam.

Korum blickte ihn ernst an. »Du weißt, dass du nicht einfach dort auftauchen und sie herausschleifen kannst. Sie könnten an diesem Ort Sicherheitsvorkehrungen getroffen haben, die man von außen nicht sieht. Wenn es sich dabei wirklich um ein Gebäude der Regierung handelt, könntest du einen größeren interplanetarischen Zwischenfall auslösen, wenn du hineinstürmst und verletzt wirst.«

»Also, was schlägst du vor?«, wollte Zaron wissen und unterdrückte seine aufsteigende Ungeduld. Da er jetzt wusste, wo sich Emily befand, konnte er es kaum erwarten, sie zu holen.

»Arus könnte über offizielle diplomatische Kanäle eine Anfrage für dich stellen«, meinte Korum. »Das würde vielleicht einige Zeit in Anspruch nehmen, aber ...«

»Nein.« Zarons Ablehnung war instinktiv, ein Bauchgefühl aus seinem dringenden Bedürfnis heraus, Emily augenblicklich zurückzuhaben, aber als er Korums Gesichtsausdruck sah, wusste er, dass er eine plausiblere Erklärung haben musste. »Wenn wir um sie bitten, werden sie denken, dass sie wichtig ist«, fügte er hinzu. »Sie könnten abstreiten, dass sie sie haben, oder ihre Auslieferung an mich verzögern, um sie zu befragen. Es wäre leichter, wenn ich selbst dorthin ginge und sie zurückholte. Wenn ich wie ein menschlicher Krimineller einbreche, werden sie niemals wissen, dass ein Krinar involviert war, also ...«

»Nein.« Diesmal war es Korum, der unterbrach. »Das ist kein guter Plan. Wenn deine Emily ihnen alles erzählt haben sollte, könnten sie erwarten, dass wir sie holen werden. Du kannst nicht einfach unvorbereitet und unbewaffnet hineingehen. Wenn du wirklich nicht abwarten kannst, werde ich dir helfen. Ich habe einige Designs, die ich schon lange unbedingt einmal testen will.«

Als der Ratsherr seinen Plan erklärte und seine goldenen Augen dabei glänzten, spürte Zaron, wie sich der Spannungsknoten in seiner Brust zu lösen begannen.

So oder so, er würde seine Emily zurückbekommen.

Es war an der Zeit, dass sein Engel nach Hause kam.

KAPITEL 38

$\mathcal{E}$milys Herz schlug unregelmäßig, als sie die weißhaarige Krankenschwester beobachtete, die sich darauf vorbereitete, ihr noch eine Nadel in den Arm zu stechen. Die ältere Frau hatte ein freundliches Gesicht, das Emily an die Schauspielerin Betty White erinnerte, aber bis jetzt hatte sie ihr Flehen, aufzuhören und ihr einen Anwalt zu rufen, ignoriert.

Die erste Testrunde hatte daraus bestanden, einige Röhrchen von Emilys Blut zu nehmen, jeden Teil ihres Körpers zu röntgen und ein CT sowie ein MRT aufzunehmen. Danach hatten sie Emily einige Stunden auf einer harten Pritsche in einem winzigen, grauen Raum schlafen lassen, und als sie aufgewacht war, hatte sie sich gefühlt, als ob sie gleich ersticken würde. Sie brauchte frische Luft, sie brauchte sie so dringend, dass sie dachte, sie würde gleich sterben, aber anstatt sie herauszulassen, hatten sie ihr ein Beruhigungsmittel gegeben, damit ihre Panik nachließ. Eine Zeit lang hatte sie in einem Drogennebel geschwebt, hatte davon geträumt, dass Zaron kam, um sie zu retten, aber die Wirkung der Droge begann nachzulassen, und die Klaustrophobie kam zurück. Außerdem war ihr von dem Mittel übel, und ihr leerer Magen war aufgewühlt. Emily hatte sich nach dem Kaffee und den Donuts, die sie ihr vor einer halben Stunde gebracht hatten, übergeben, und der Hunger verschlimmerte die pochenden Kopfschmerzen hinter ihren Schläfen.

»Bitte tun Sie das nicht«, bettelte Emily erneut, als die Betty-White-Doppelgängerin sich ihr mit einer Spritze näherte. Ihre Zunge fühlte sich in ihrem Mund dick und schwer an. »Bitte. Ich bin eine US-Staatsbürgerin. Ich habe nichts Falsches getan.«

Die Krankenschwester ignorierte sie, und ihr nettes Gesicht sah unerschütterlich aus. Emily versuchte, ihren Arm vor der Spritze wegzuziehen, aber die gepolsterten Handschellen um ihre Handgelenke hielten sie an Ort und Stelle. Zwei Krankenpfleger hatten sie an den Metallstuhl gekettet, nachdem sie versucht hatte, sich der zweiten Testrunde zu widersetzen, und die Fesseln hatten ihre Klaustrophobie verschlimmert, hatten ihren Puls übelkeitserregend ansteigen lassen. Sie war so sicher festgeschnallt wie in einer psychiatrischen Anstalt, konnte weder aufstehen noch weggehen. Emily hatte Nadeln schon immer gehasst, hatte sogar Grippeimpfungen immer umgangen, aber das hier konnte sie nicht verhindern.

Sie war eine Gefangene, und es gab keine Fluchtmöglichkeit.

Die Schwester ergriff Emilys Arm, um ihn ruhigzuhalten, und die Nadel durchstach ihre Haut, bevor sie in die Vene in der Ellenbeuge eindrang.

»Aufhören«, stöhnte Emily, und Magensäure stieg in ihrem Hals auf, während das Blut in das Röhrchen floss, welches an die Spritze angeschlossen war. »Mir wird schlecht.«

Die Krankenschwester hielt die Spritze mit einer Hand fest, während sie mit der anderen nach einer in der Nähe stehenden Kunststoffschale griff. »Hier«, meinte sie und schob die leere Schale unter Emilys Kinn. »Sie können sich hierhinein übergeben, wenn Sie müssen.«

Emily zitterte, ihre Haut war mit kaltem Schweiß bedeckt, aber sie schaffte es, nicht zu erbrechen. Als die Schwester sah, dass die Schale nicht benötigt wurde, stellte sie sie wieder zurück. Sie zog die Nadel aus Emilys Arm, drückte einen Wattebausch auf die Wunde und klebte ein Pflaster darüber.

»Wir sind erst einmal fertig«, sagte sie. »Lehnen Sie sich zurück und entspannen Sie sich. Agent Wolfe und Agent Janson werden gleich zu Ihnen kommen.«

Sie verließ den Raum, ohne Emily die Handschellen abzunehmen, und zwei Minuten später betraten Wolfe und Janson das Zimmer. Keiner der beiden Beamten zuckte mit der Wimper, als sie sie an den Stuhl gefesselt sahen, und sie verstand, dass sie für sie keine Person war.

Sie war der Feind, und sie würden bis zum Äußersten gehen, um sie zu brechen.

»Bitte nehmen Sie mir die Handschellen ab«, sagte sie. Es kostete sie ihre ganze Kraft, eine ruhige Stimme zu haben. Ihr war schwindelig, und sie fühlte sich, als würde der Sauerstoff den Raum verlassen. »Ich werde Sie nicht angreifen.«

Wolfe lächelte sie schmallippig an. »Ich bin mir sicher, dass Sie das nicht tun werden, aber die Krankenschwestern werden vielleicht noch ein paar weitere Tests durchführen müssen, also ist es praktischer, wenn wir sie noch umlassen. Ich bin mir sicher, dass Sie das verstehen.«

»Nein, das verstehe ich nicht«, widersprach Emily, die ihren Ärger und ihre Verzweiflung nicht verbergen konnte. »Ich habe kein Verbrechen begangen, aber selbst wenn, gäbe es immer noch die Rechtsstaatlichkeit. Wenn Sie mich weiterhin derart festhalten, verlange ich, einen Anwalt zu sehen und …«

»Frau Ross, bitte.« Janson setzte sich auf den Stuhl ihr gegenüber, und seine Fleischrollen wabbelten bei jeder Bewegung. »Sie sind eine clevere junge Frau. Ich bin mir sicher, dass Sie wissen, dass uns der USA Patriot Act einen großen Handlungsspielraum einräumt, wenn es um die Bedrohung der nationalen Sicherheit geht. Sie müssen auch wissen, dass die Krinar die größte Bedrohung sind, der wir jemals ausgesetzt waren. Da Sie sich weigern, mit uns zusammenzuarbeiten, …«

»Ich arbeite mit Ihnen zusammen!«

»… haben wir keine andere Wahl, als Sie hierzubehalten«, fuhr Janson fort, so als hätte Emily nichts gesagt. »Die einleitenden Tests haben ergeben, dass sie wirklich mit einer Technologie geheilt worden sind, die bei weitem alles übertrifft, was wir bis jetzt kennen. Ihre zahnärztlichen Aufzeichnungen zum Beispiel …« Er sprach eintönig weiter, zählte alles auf, was sie bis jetzt entdeckt hatten, aber Emily hörte nicht länger zu.

Ein brummendes Geräusch – das dem Summen eines Bienenstocks aus einiger Entfernung glich – hatte ihre Aufmerksamkeit auf sich gezogen.

Plötzlich flackerten die Lichter und gingen aus, während sich das Brummen verstärkte.

»Scheiße«, meinte Wolfe und zog sein Handy hervor, um es als Taschenlampe zu benutzen. »Janson, sind Sie in Ordnung?«

Aber Janson achtete nicht auf ihn. Er war verstummt, hielt das Telefon über seinen Kopf und ließ dessen Licht auf die Decke über ihm scheinen.

»Was ist das?«, fragte Wolfe, legte seinen Kopf in den Nacken, und Emily folgte seinem Blick.

Die Decke sah aus, als ob sie schimmerte – nein, als ob sie gerade schmolz.

Wolfe sprang auf und zog seine Waffe, aber es war zu spät.

Ein großer Teil der Decke verschwand, die dicke Zementschicht löste sich in Luft auf, so als sei sie aus Rauch. Sonnenlicht schien durch die Öffnung und blendete sie, aber dann konnte sie ihn sehen.

Den großen, breitschultrigen Mann, der am Rand der Öffnung stand.

Das grelle Sonnenlicht von oben warf einen Schatten auf sein Gesicht, aber die katzenartige Anmut, mit der er sich bewegte, war unverwechselbar.

Fassungslos starrte Emily Zaron an, während sie unglaubliche Erleichterung überkam.

Ihr außerirdischer Entführer war gekommen, um sie zu holen.

Er wollte sie zurück.

»Bleiben Sie sofort stehen!«, rief Janson und hob seine Waffe, aber Zaron sprang bereits in den Raum.

Das ohrenbetäubende *Pop-pop-pop* der Schüsse erfüllte die Luft, und Emily hielt den Atem an, während ihr Herz mit eisigem Entsetzen klopfte. Sie wusste, dass die Krinar schnell und stark waren, aber das bedeutete nicht, dass sie nicht getötet werden konnten. Wenn Zaron etwas zustieß … Bevor die Angst ihr die Luft abschneiden konnte, sah sie, dass er auf seinen Füßen aufgekommen war – unverletzt.

Die Sekunden, die folgten, waren verschwommen. Zaron bewegte sich wie ein tödlicher Wirbelsturm. Innerhalb eines gefühlten Wimpernschlags lagen beide Beamten auf dem Boden, schrien vor Schmerzen, und Emily sah mit lähmenden Entsetzen dabei zu, wie Zaron Janson an seinem Hals packte, ihn anhob und ihn mit einer Hand in der Luft hielt, so als würde der einhundertfünfzig Kilo schwere Mann nichts wiegen. Janson rechter Arm stand in einem eigenartigen Winkel an seiner Seite ab, aber seine linke Hand krallte sich voller Panik an Zarons Fingern fest, während seine Füße verzweifelt in die Luft traten.

Zaron erwürgte diesen Beamten gerade buchstäblich.

»Halt!«, schrie Emily entsetzt. »Zaron, bitte hör auf!«

Ihr Liebhaber versteinerte, und sie sah, wie sein kräftiger Körper erschauderte. Sein Gesicht war weggedreht, also konnte sie nur sein angespanntes Kinn sehen, aber sie konnte seine kaum kontrollierte Wut spüren. Gewalt elektrisierte die Luft, dunkel und exotisch, und Emily wusste, dass Zaron diese zwei Männer umbringen würde, wenn sie nicht eingriff.

Wie die Krinar in jenen Videos würde er sie in Stücke reißen.

»Zaron, bitte.« Emily schluckte ihre Panik hinunter, und sagte mit angestrengt weicher und schmeichelnder Stimme: »Lass ihn runter.«

Janson Gegenwehr wurde bereits schwächer, seine Beine traten weniger kräftig zu, und einen Moment lang dachte Emily, dass Zaron nicht auf sie hören würde. Aber dann lockerte sich sein Griff, und der Beamte fiel zu Boden, während er hörbar nach Luft schnappte. Wolfe lag wimmernd neben ihm, und beide seiner Arme standen in unnatürlichen Winkeln ab.

Eine erneute Übelkeitswelle überrollte Emily, aber sie zwang sich dazu, Zaron dabei zuzuschauen, wie er über Jansons sich krümmende Massen stieg und mit einem Gesichtsausdruck zu ihr kam, in dem etwas Dunkles und Angsteinflößendes brannte.

»Sie haben dir wehgetan.« Seine Stimme war vor Wut belegt, als er vor ihr stehen blieb, und sie verstand, dass er auf die Nadeleinstiche und blauen Flecken auf ihrem Arm blickte. »Diese Bastarde haben dir wehgetan.« Er zitterte vor Wut, und seine großen Hände waren unsicher, als er ihre Fesseln löste, um sie hochzuziehen.

»Sie haben mir nur etwas Blut abgenommen«, sagte Emily betäubt, aber Zaron beugte sich bereits nach unten, um sie in seine Arme zu heben. Trotz seiner Wut war sein

Griff zärtlich, und seine unmenschliche Stärke gebändigt, als er sie an seine Brust drückte.

Umhüllt von seiner Wärme und seinem vertrauten Geruch, begann Emily zu zittern. Sie schlang ihre Arme um seinen Hals, vergrub ihr Gesicht an seiner Schulter und versuchte, die Tränen, die in ihren Augen brannten, zurückzuhalten. Sie fühlte sich gleichzeitig euphorisch und überwältigt, da die überschwängliche Freude, Zaron zu sehen, gegen das Entsetzen über das, was er getan hatte, ankämpfte.

Nach zwei Monaten qualvoller Sehnsucht war sie endlich bei dem Mann, den sie liebte – einem außerirdischen Raubtier, das um Haaresbreite zwei Menschen getötet hätte.

»Halt dich fest«, sagte Zaron, und Emily spürte, wie sich seine Muskeln anspannten. Sie umklammerte seinen Hals noch fester, und dann flogen sie – oder zumindest schien es einen Augenblick lang so. Bevor sie verarbeiten konnte, was passierte, befanden sie sich im Erdgeschoss des Gebäudes und standen auf einem Teil der Decke, der sich nicht aufgelöst hatte.

Zaron war vom Keller nach oben gesprungen, bemerkte Emily benebelt. An einem anderen Tag hätte sie seine unmenschliche Sportlichkeit bewundert, aber ihre Aufmerksamkeit wurde gerade von anderen Dingen beansprucht.

Um sie herum lagen lauter Körper – menschliche Körper. Groß und klein, bewaffnet und unbewaffnet, lagen sie in eigenartigen Posen auf dem Boden, und ihre leblosen Körper wurden vom dem Sonnenlicht beschienen, das jetzt durch das nicht mehr existierende Dach einfallen konnte.

»Sind sie …« Emily konnte das Wort nicht einmal aussprechen. Sie erschauderte und drückte sich ein Stück von Zarons Brust ab, um ihn anzuschauen. »Zaron, sind sie …?«

»Sie schlafen«, meinte Zaron und umgriff sie fester. »Ich habe sie bewusstlos geschlagen, um Todesopfer zu vermeiden.«

Emily hatte ihren Kopf auf seiner Schulter abgelegt und atmete zitternd ein, während die Erleichterung wie eine Flutwelle über sie schwappte. Sie wusste nicht, ob sie damit hätte leben können, wenn der Krinar, den sie liebte, sich als ein Massenmörder entpuppt hätte.

»Wohin bringst du mich?«, fragte sie, als er mit ihr in seinen Armen über einige bewusstlose Körper trat.

»Das wirst du gleich sehen«, antwortete Zaron, und sie spürte, wie sich seine Muskeln für einen weiteren übermenschlichen Sprung anspannten.

Sie landeten auf dem verbliebenen Stück Dach, und Emily fühlte die warme Sommerbrise auf ihrer Haut. Ihre Lungen weiteten sich, füllten sich mit Luft, und die klaustrophobische Anspannung, die ihren Brustkorb eingeengt hatte, schmolz dahin – und mit ihr die restlichen Zweifel.

Endlich war sie wieder bei Zaron.

Er war gekommen, um sie zu holen.

»Wie hast du mich gefunden?«, fragte sie, lehnte sich ein Stück nach hinten, um ihn anzuschauen, und ihr Puls begann zu rasen, als sie in seine Augen blickte.

Zaron betrachtete sie mit kompromisslosem Besitzanspruch, mit einem Hunger, der so stark war, dass ihr ganz flau im Magen wurde.

»Mit Hilfe der Nanozyten, die ich benutzt hatte, um dich zu heilen«, antwortete er, und Emily brauchte einen Moment, bis sie verstand, dass er gerade ihre Frage beantwortete. »Ich konnte sie nachverfolgen.«

»Oh.« Sie spürte Unbehagen in sich aufsteigen, aber bevor sie weitere Fragen stellen konnte, ging Zaron nach links, und sie erblickte etwas Eigenartiges.

Auf dem verbliebenen Dach des Warenhauses befand sich eine kugelförmige Gondel aus einem eigenartigen elfenbeinfarbenen Material. Sie hatte einen Durchmesser von nur etwa einem Meter, und es gab keine sichtbaren Fenster oder Türen.

»Ist das …«

»Unser Transportmittel nach Hause, ja«, bestätigte Zaron, während er darauf zuging. Als er sich ihr näherte, löste sich die Wand der Gondel auf und erschuf einen Eingang für sie.

Zaron trat ein und setzte Emily vorsichtig auf einem der zwei schwebenden Bretter ab, die es in der Gondel gab. Augenblicklich passte sich das Brett ihrem Körper an, indem es die Form ihres Rückens und Pos annahm. Das war so unglaublich bequem, dass Emily zum ersten Mal bemerkte, wie sehr sie die intuitive Technologie der Krinar vermisst hatte.

»Wohin fliegen wir?«, wollte sie wissen und sah sich um. Die Wände der Gondel waren von innen durchsichtig, und sie hatte den Eindruck, in einer riesigen Glaskugel zu sitzen. Das sollte ihr Angst machen, aber stattdessen fühlte sie sich leicht und frei. Diese transparenten Wände engten sie nicht ein, auch wenn sie genauso eine Gefangene war wie zuvor in dem Keller. Zaron würde sie nie wieder gehen lassen – das wusste sie mit einer Sicherheit, die über rationales Wissen hinausging –, aber dieses Wissen machte ihr keine Angst.

Sie wollte nie wieder ohne ihn sein.

»Wir werden nach Costa Rica zurückgehen«, sagte Zaron und setzte sich auf das andere Brett. »Es gibt dort eine neue Siedlung mit dem Namen Lenkarda. Sie befindet sich nicht weit von meinem Zuhause entfernt – das jetzt auch dein Zuhause ist.«

»Was ist mit meinem Kater?« Es gab eine Million anderer Fragen, die Emily wahrscheinlich zuerst gefragt haben sollte, aber ihre Sorge um George war größer.

»Wir werden an deinem Apartment halten, um ihn zu holen«, antwortete Zaron ohne ein Anzeichen von Überraschung oder Zögern, und sie wusste, dass er darauf vorbereitet gewesen sein musste.

Ihr Gefühl war richtig gewesen: Er hatte nicht vor, sie gehen zu lassen.

»Was wird aus meinem Apartment?«, wollte Emily wissen, als die logischen Fragen endlich die Oberhand gewannen. Der Adrenalinrausch durch die gewalttätige Rettung ließ nach, und sie begann, sich erneut überwältigt zu fühlen. »Was ist mit meinen Sachen? Von was werde ich leben, wenn …«

»Emily.« Zaron drehte sich auf seinem Brett, um sie anzuschauen. Er nahm ihre Hand in seine beiden

Handflächen und sagte sanft: »Du musst dir um nichts Gedanken machen, mein Engel. Ich werde mich um alles kümmern.«

Emily starrte ihn an, und ihr Kopf drehte sich. Niemand hatte sich um sie gekümmert, seit ihre Eltern gestorben waren. »Aber …«

»Schscht«, murmelte er und hob seine Hand an, um über ihre Wange zu streichen, und sie sah, dass der Besitzanspruch in seinem Blick mit Zärtlichkeit vermischt war, der Hunger durch etwas Sanftes und Warmes gedämpft wurde. »Du musst keine Angst haben, mein Engel. Du bist nicht mehr allein.«

Sie holte Luft, da ihre Augen durch plötzlich aufsteigende Tränen brannten. »Zaron …«

»Wir werden weiterreden, wenn wir nach Hause kommen«, meinte er, und sie nickte, da die Gefühle sie zu sehr überwältigten, um protestieren zu können.

Mit einem leichten, geräuschlosen Schub hob die Gondel ab und stieg in die Luft. Emily stockte der Atem, als sie über New York rasten und die Strecke von Queens nach Manhattan in weniger als einer Minute zurücklegten. Von einer derart schnellen Beschleunigung hätte sie ein Schleudertrauma davontragen müssen, aber sie fühlte keinerlei Unwohlsein durch die Geschwindigkeit. Der Flug war so ruhig und leicht, als flögen sie mit fünf km/h.

Sie landeten auf dem Dach ihres Gebäudes, und Zaron sprang aus der Gondel, sobald die Wand sich öffnete. »Bleib hier. Ich bin gleich zurück«, sagte er, und bevor Emily ihm widersprechen konnte, verschwand er hinter einem Schornstein.

Emily stieg aus der Gondel, um ihm zu folgen, aber bevor sie mehr als ein Dutzend Schritte gemacht hatte, kam Zaron bereits mit einem verwirrt blickenden George in seinen Armen zurück. Als der Kater sie sah, miaute er so laut, dass Emily ihn schnell aus Zarons Armen nahm und dabei auflachen musste, weil der Kater seinem Ärger darüber, von einem fremden Mann mitgenommen worden zu sein, damit Luft machte, mit seiner Pfote nach ihr zu schlagen.

»Was ist mit seinem Katzenklo?«, fragte sie und schaute zu Zaron hoch, sobald George es sich in ihren Armen gemütlich gemacht hatte und schnurrte. »Und sein Fressen und seine Spielsachen und …«

»Ich werde deinem Kater alles geben, was er braucht«, unterbrach Zaron sie und legte seine Hand auf ihr Kreuz, um sie zur Gondel zu führen. »Wir sollten jetzt gehen. Ich denke, die Luftfahrtbehörde hat uns bereits entdeckt.«

Im gleichen Augenblick hörte Emily das Dröhnen von Hubschraubern und das Kreischen von Sirenen in einiger Entfernung. Hatten die Beamten des Gebäudes in Queens Zarons Angriff gemeldet? Würde das als ein Bruch des Abkommens gelten? Emily wollte Zaron fragen, aber der schob sie bereits in die Gondel und versiegelte den Eingang. Sie hatte kaum Zeit, sich auf ihr Brett zu setzen und George sicher auf ihrem Schoß zu platzieren, als die Gondel abhob und bis hoch über die Stadt stieg.

Die Wolken unter ihnen verschwammen, und George miaute und klammerte sich verängstigt an Emilys Beinen fest. Sie streichelte ihn beruhigend, da sie wusste, wie erschreckend das alles für eine Katze sein musste, die

Manhattan niemals verlassen hatte. Selbst für sie fühlte es sich surreal an, sich mit dieser verrückten Geschwindigkeit in einer Glaskugel fortzubewegen.

»Wie lange fliegen wir, bis wir da sind?«, fragte sie, und auf Zarons vollen Lippen erschien ein amüsiertes Lächeln.

»Wir sind schon da«, antwortete er, und sie bemerkte, dass die Gondel bereits in das grüne Dach des Regenwalds eintauchte, nachdem sie die Entfernung von New York nach Costa Rica in einigen wenigen Minuten zurückgelegt hatte.

Sie landeten auf einer Lichtung neben dem kleinen Berg, in den Zarons Haus eingebettet war. Für Emily fühlte es sich eigenartigerweise an, als käme sie nach Hause. Sie hatte hier weniger als drei Wochen verbracht, aber die frische, feuchte Luft und die saftige Vegetation zogen sie an und bewirkten, dass sie sich auf eine Art lebendig und vollständig fühlte, wie sie es in den Straßen New York Citys niemals könnte.

Mit George gegen ihre Brust gedrückt, stieg sie aus der Gondel und folgte Zaron in die versteckte Höhle, die er zu seinem Zuhause gemacht hatte.

Innen war alles, wie sie es zurückgelassen hatte, angefangen bei den schwebenden Möbeln bis hin zu den sauberen elfenbeinfarbenen Wänden. Die Öffnung in der Wand hinter Zaron verschwand, schloss sie in das Haus ein, und Emily setzte George auf dem Boden ab. Der Kater blickte einen Moment unsicher auf den Boden, aber dann gewann seine Furchtlosigkeit die Oberhand, und er ging weg, um sein neues Zuhause zu erkunden.

Emily richtete sich auf, blickte Zaron an, und ihr Puls beschleunigte sich vor nervöser Aufregung. Zaron blickte sie mit schweren Augenlidern an, und seine Gesichtszüge waren angespannt und hart.

Das war's. Sie mussten nirgendwohin eilen, an keinem anderen Ort sein.

Es gab nur sie beide, und die Anspannung, die in der Luft lag, war eine gegenseitige Anziehung, die so stark war, dass Emily sie wie eine elektrische Aufladung auf ihrer Haut spüren konnte.

»Zaron …« Sie wusste nicht, ob sie auf ihn zugegangen war oder ob er sich zuerst bewegt hatte, aber das war unwichtig, weil sie irgendwie in seinen Armen lag, und sein Mund sie mit rauem, forderndem Hunger verschlang, während seine Hände über ihren Körper fuhren. Sein Geschmack, sein Geruch, seine Berührung – das war alles, wovon sie in den letzten mehr als sieben Wochen geträumt hatte, und die Realität war noch eindringlicher und intensiver als in ihren Erinnerungen. Seine Zunge schob sich zwischen ihre Lippen, nahm ihren Mund mit ungezügelter Leidenschaft in Besitz, und sie spürte die Härte seiner Erektion, als er sie anhob, sie gegen sich drückte und ihre Schenkel spreizte, um sein Becken an ihrem pochenden Geschlecht zu reiben. Seine Jeans und ihre Yogahose waren zwischen ihnen, aber sie hätten genauso gut nackt sein können. Emily fühlte sich, als würde sie brennen, jede Bewegung seiner Hüften sandte schneidende, überschäumende Lust durch ihren Körper. Ihre aufgerichteten Nippel schmerzten in ihrem BH, und ihre Klitoris war so geschwollen und empfindlich, dass ihre

Unterwäsche von ihrem pulsierenden Verlangen bereits feucht war.

Emily stöhnte in Zarons Mund, ergriff eine Handvoll seines dicken, seidigen Haares und versuchte, ihn noch näher an sich zu ziehen, da sie mehr davon, von ihm, brauchte. Unterschwellig nahm sie reißende Geräusche wahr; dann lagen ihre beiden T-Shirts auf dem Boden, Emilys nackte Brüste drückten gegen seine Brust, und die Erleichterung über den Hautkontakt war fast orgastisch. Allerdings hatte Emily immer noch ihre Hose an, und das konnte sie nicht ertragen. Jede Barriere zwischen ihnen war zu viel. Als würde er das spüren, stellte Zaron sie ab, indem er sie an seinem muskulösen Körper hinabgleiten ließ, und im nächsten Moment hingen ihre Yogahose und die Unterwäsche um ihre Knöchel.

Sie trat ihre Schuhe weg, stieg aus den Hosen, und Zaron wirbelte herum, um sie umzudrehen und sie auf allen vieren zu positionieren. Sie hörte das Geräusch seines Reißverschlusses, und dann war er auch schon hinter und über ihr, ein muskulöser Unterarm schob sich unter ihre Hüften, um sie festzuhalten, während der andere ihr Haar ergriff. Er hielt sie rau und besitzergreifend fest, seine Atmung war heiser und schwer gegen ihren Hals, und ihre Muskeln spannten sich mit instinktivem Unbehagen an, als sie seine große Eichel gegen ihre Falten drücken spürte. Er war so viel größer als sie, so viel stärker. Selbst wenn er menschlich wäre, wäre sie in seiner Umarmung hilflos.

»Du gehörst mir«, flüsterte er rau in ihr Ohr, und sie bekam eine Gänsehaut. »Diese hübsche rosafarbene Muschi ist mein. Alles an dir ist meins. Ich werde dich ficken, bis du vergisst, wie es ist, mich nicht in dir zu haben, mein Engel … bis du mich nie wieder verlassen willst.«

Sein bildliches Versprechen verängstige Emily genauso, wie es sie erregte, aber bevor sie etwas erwidern konnte, drang er in sie ein, und sein dicker, harter Schwanz schob sich mit einem harten Stoß in sie. Die Luft verließ ihre Lungen, und ihr empfindliches inneres Gewebe zitterte vor Schock über sein Eindringen. Sie war nass, aber sie fühlte sich trotzdem überdehnt und überrumpelt, da ihr Körper nicht länger an seine Größe gewöhnt war. Und trotzdem kühlte sich die Hitze in ihr nicht ab, und die Lust kämpfte gegen die Unannehmlichkeiten seines rauen Eindringens an.

»Zaron, bitte …« Sie wusste nicht, worum sie bettelte, aber er schien es zu wissen, weil sein Arm unter ihren Hüften sich bewegte, und seine Finger auf ihrem Geschlecht landeten, um die nassen Falten, die ihre Klitoris bedeckten, zu öffnen. Zielsicher fand er ihren empfindlichsten Punkt, und Emilys Unbehagen verschwand, ihre Atmung wurde schneller und ihr Rückgrat spannte sich an, als er in einem gleichmäßigen Tempo zustieß und jeder starke Schlag seines Schwanzes ihre Klitoris gegen diese kundigen Finger drückte.

»Meins«, hauchte er, fuhr mit seinen Zähnen über die zarte Haut ihres Nackens, und die Anspannung in Emily wuchs ins Unerträgliche, die Hitze verwandelte sich in eine sengende Feuersbrunst. Einen Augenblick lang konnte sie nicht atmen, nichts sehen, und dann explodierte ihr Körper mit einem Orgasmus, einer dunklen und glühenden Lust, deren Intensität sie erschlug. Er schien ewig anzudauern, da die gleichmäßigen Stöße Zarons Schwanzes die Gefühle verstärkten und verlängerten. Schweiß lief Emilys Rücken hinunter, und ihre Zehen verkrampften sich, als Zaron sie durch ihren Höhepunkt fickte, genau dann, als die schmerzhafte Ekstase sich abzuschwächen begann, in ihre pochende Klitoris kniff und dadurch augenblicklich eine zweite Entladung bei ihr auslöste.

Die Lustwellen waren so überwältigend, dass es Emily völlig unvorbereitet traf, als Zaron mit einem wilden Stöhnen in sie stieß und sie spürte, wie sein Schwanz sich ausdehnte und in ihr zuckte. Seine reibenden Bewegungen sandten Nachbeben durch ihren Körper, und sie stöhnte auf, während sich ihre inneren Muskeln zusammenzogen, als sein Samen sie mit mehreren warmen Entladungen füllte.

Erschöpft versuchte sie, sich auf den Boden sinken zu lassen, aber Zaron ließ sie nicht. Er hob sie hoch, trug sie zur Dusche und wusch jeden Millimeter ihres Körpers, wobei sich seine Berührungen schmerzhaft zärtlich auf ihrem empfindlichen Fleisch anfühlten.

Sauber und mit einem rosafarbenen Kleid bekleidet, das Zaron ihr gegeben hatte, konnte Emily gerade noch ausreichend Energie aufbringen, sich an den schwebenden Küchentisch zu setzen, während Zaron seinem Haus befahl, etwas zu essen für sie zuzubereiten. Nach einigen Minuten erschien das Essen, und sie stürzte sich in dem Moment, in dem es vor ihr stand, derart ausgehungert darauf, als hätte sie seit Wochen keine Nahrung zu sich genommen.

»Woher wusstest du, dass ich Hunger hatte?«, fragte sie, nachdem sie den Großteil ihres Salates und eine große Schüssel mit einem köstlichen Eintopf verschlungen hatte. Das war eine unwichtige Frage, aber sie brachte es nicht über sich, die wichtigeren zu stellen, wie zum Beispiel, warum er sie zurückgeholt hatte und was er von ihr wollte. Das Essen hatte einen Energieschub in ihr ausgelöst, aber ihr Körper pochte immer noch von seiner Inbesitznahme, und ihre Wangen röteten sich, als George auf ihren Schoß sprang und an ihrem Schritt schnüffelte, bevor er ein lautes Miauen von sich gab. Emily nahm an, dass der Kater Zaron an ihr riechen konnte und sich nicht sicher war, ob er es mochte.

»Dein Magen hat vorhin geknurrt«, antwortete Zaron und betrachtete George über den Tisch hinweg. Wie sie trug er neue Kleidung – eine Jeans und ein weißes T-Shirt – und sah unglaublich sexy aus, wie er dort saß und sie mit seinen dunklen Augen und einer besitzergreifenden Intensität anschaute. »Sie haben dir nichts zu essen gegeben, stimmt's?«

»Heute Morgen habe ich etwas bekommen, aber ich habe mich übergeben«, gab Emily zu. »Mir ist von den Medikamenten, die sie mir gegeben haben, schlecht geworden.«

Zarons Kiefer spannte sich an. »Du hättest mich nicht davon abhalten sollen, sie zu töten.«

Emilys Puls begann zu rasen, und sie beugte sich nach unten, um George auf den Boden zu setzen. »Zaron …«

Sie richtete sich auf, um ihn anzuschauen. »Was genau ist dein Volk?«

»Wie meinst du das?« Er runzelte seine Stirn.

»Seid ihr …« Sie konnte es kaum über sich bringen, es zu sagen. »Seid ihr eine Art Vampire?«

Sein Blick schärfte sich. »Wieso fragst du mich das?«

»Ich habe die Unterhaltung zwischen dir und Ellet mitbekommen«, erklärte ihm Emily und schob ihren Teller beiseite. »Und dann …« Sie biss sich auf die Lippe. »Na ja, ich bin mir ziemlich sicher, dass das, was du mit mir in der Nacht vor meiner Abreise getan hast, kein normaler Sex war.«

»Du wusstest es und wolltest trotzdem, dass ich es tue?«

»Was genau ist ›es‹?«, fragte Emily frustriert. »Habe ich recht mit dem Bluttrinken?«

Zaron verschränkte die Arme vor seiner Brust und lehnte sich zurück. »Ja … und nein.« Seine Augen funkelten wie dunkle Edelsteine. »Menschliches Blut enthält Hämoglobin, das wir einst zum Überleben brauchten, bis wir unsere genetische Veranlagung dahingehend veränderten, dass wir kein Blut mehr benötigen – biologisch gesehen zumindest. Ein Teil des psychologischen Hungers danach ist allerdings geblieben, und auch wenn wir es nicht mehr zum Überleben benötigen, bekommen wir eine Art Rausch davon – ein Glücksgefühl, das fast sexueller Natur ist.«

Emily bekam einen trockenen Mund. »Du … wirst berauscht von meinem Blut?«

»Ja – aber nur, wenn ich es während des Sexes nehme. Also mach dir keine Sorgen, mein Engel. Ich werde dich nicht einfach so beißen – auch wenn ich mir sicher bin, dass du es angenehm finden würdest, wenn ich es täte. Unser Speichel hat einen berauschenden Effekt auf unsere Beute, weshalb du es jene beiden Male genossen hast, als ich dein Blut genommen habe.«

Unsere Beute. Ein Schauer lief Emilys Rücken hinunter, und sie musste dagegen ankämpfen, nicht zurückzuweichen. Es war eine Sache, Vermutungen zu haben, aber dass Zaron sie so freimütig bestätigt hatte …

»Das verstehe ich nicht«, meinte sie, während sich die Gedanken in ihrem Kopf überschlugen. »Wie kann das menschliche Blut das Hämoglobin enthalten, das ihr zum Überleben gebraucht habt? Dafür hätten wir uns an eurer Seite entwickeln müssen, aber du hast gesagt, dass die Krinar viel älter sind als meine Spezies. Außer …« Sie zog scharf Luft ein. »Außer es gab auf eurem Planeten eine Spezies, die mit den Menschen vergleichbar war, und ihr habt unsere DNA manipuliert, damit wir wie sie sein würden?«

»Sehr gut«, antwortete Zaron anerkennend. »Du würdest eine hervorragende Biologin abgeben. Ja, das ist völlig richtig. Auf Krinar gab es eine primatenähnliche Spezies mit dem Namen Lonar, die von meinen Vorfahren gejagt wurde. Ihr Blut besaß das Hämoglobin, das wir benötigten. Leider waren sie schwache und empfindliche Kreaturen mit niedrigen Geburtenraten und einer kurzen Lebenserwartung, und als eine Seuche sie fast auslöschte, haben wir verstanden, dass wir eine Alternative benötigten.

Menschen – oder besser gesagt eure primitiven Vorfahren – sollten diese Alternative werden. Allerdings brauchten wir sie dann doch nicht; als sich die Primaten auf der Erde endlich so weit entwickelt hatten, dass ihr Blut Hämoglobin besaß, hatten wir bereits synthetische Blutalternativen entwickelt und außerdem unsere Gene verändert, um diese Abhängigkeit loszuwerden.«

»Aber warum habt ihr dann weiterhin unsere Evolution manipuliert?«, wollte Emily verwirrt wissen. »Das habt ihr doch, richtig? Wie sonst könnten die Menschen euch so ähnlich sein?«

Zaron nickte zustimmend. »Ja, du hast recht. Als wir nicht mehr länger euer Blut benötigten, hat sich das Ziel unseres Experiments verändert. Unsere Wissenschaftler wollten sehen, ob sie eine den Krinar ähnliche Spezies erschaffen konnten, indem sie die Evolution einer der primitiven Spezies auf der Erde beeinflussten.«

»Diese Spezies, aus der der moderne Homo sapiens geworden ist?«

»Ja, genau.« Es schien ihm sehr zu gefallen, dass Emily alles verstand, und sie fragte sich, ob das bedeutete, dass ihn ihre Intelligenz überraschte. Ein furchtbarer Gedanke kam ihr in den Sinn.

Was war, wenn Zaron sie als einen außergewöhnlich cleveren Affen betrachtete oder eine Art genetisches Experiment?

Ihre Lungen verweigerten ihre Arbeit, ihr Magen zog sich einen schrecklichen Augenblick lang zusammen, aber dann erinnerte sie sich daran, wie sich Zaron ihr über seine

Partnerin anvertraut hatte, dass er nicht gewollt hatte, dass Emily ging, aber ihre Wünsche trotzdem respektiert hatte.

Nein. Sie begann, wieder zu atmen. Diese Sorge war unbegründet. Was auch immer die Krinar über ihre Spezies dachten, Zaron sah Emily nicht als ein Labortier – dessen war sie sich sicher.

Als spürte er ihren Gedankengang, beugte Zaron sich nach vorn und nahm ihre Hand. »Emily, hör mir zu, mein Engel.« Seine Stimme war sanft, aber sein Blick so intensiv, dass sie ihm nicht ausweichen konnte. »Ich weiß, dass das, was ich bin – was mein Volk ist –, noch neu für dich ist, und dass es manchmal beängstigend sein muss. Aber du musst keine Angst haben, bitte glaube mir. Ich werde auf dich aufpassen. Ich werde dir geben, was immer du brauchst, und ich werde alles in meiner Macht Stehende tun, um sicherzustellen, dass du glücklich und in Sicherheit bist.« Seine Augen glitzerten gefährlich, als er hinzufügte: »Niemand wird dir jemals wieder wehtun.«

Emily holte zitternd Luft. »Zaron …« Der Knoten in ihrem Hals breitete sich immer mehr aus. »Warum hast du mich zurückgeholt?«

»Weil du mir gehörst«, antwortete er, und seine Hand umfasste ihre Finger fester »Weil du vom ersten Augenblick an mein warst, als ich dich auf jenen Felsen liegen gesehen habe, zerstört, und trotzdem mit deiner ganzen Kraft am Leben hängend. Damals wusste ich es noch nicht, aber als ich dich gerettet habe – als ich dir dein Leben zurückgegeben habe –, hast du mir meines zurückgegeben, Emily.«

Der Knoten in ihrem Hals wurde noch größer, und ihre Augen begannen zu brennen, als Zaron aufstand und um den schwebenden Tisch herumging, bevor er sie mit der Hand, die ihre Finger umfasste, hochzog und an seine Brust drückte. Er schaute zu ihr hinunter, nahm ihre beiden Hände in seine, hob sie an seine Brust, und die rohe Verletzlichkeit seines Ausdrucks traf sie mitten ins Herz.

»Nachdem ich Larita verloren hatte, habe ich in Dunkelheit gelebt«, fuhr er ruhig fort. »Ich existierte in einer so trostlosen und grauen Welt, dass ich alle meine Energien aufbringen musste, um morgens aufzustehen. Es gab Tage, an denen ich dachte, dass ich sie nicht überleben würde, und Nächte, in denen …« Sein Adamsapfel bewegte sich, als er schlucken musste. »In denen ich nicht mehr *wollte*.«

»Ach, Zaron.« Emily fühlte sich, als zerrisse es ihr das Herz. »Das tut mir so unglaublich leid …«

»Nein, das muss es nicht.« Er drückte zärtlich ihre Hand mit seinen starken und warmen Fingern. »Du verstehst mich nicht, mein Engel. Ich erzähle dir das nicht, weil ich dein Mitleid möchte. Ich möchte nur, dass du es verstehst.«

»Was verstehe?«, flüsterte Emily und blinzelte, um den Tränenschleier vor ihren Augen zu entfernen. Ihr Herz schlug in einem schnellen, flachen Rhythmus, und der warme Glanz in seinen Augen führte dazu, dass sie beim Atmen zitterte.

»Verstehst, warum ich dich liebe«, erklärte er. »Warum ich dich für den Rest meines Lebens bei mir haben möchte. Du hast mir etwas zurückgegeben, von dem ich dachte, dass ich es niemals wieder haben würde, und ich kann nicht ertragen, es erneut zu verlieren, Emily. Ich kann es nicht ertragen, dich zu verlieren. Ich habe dich damals gehen lassen, weil ich dir ein Versprechen gegeben hatte, aber das kann ich nicht noch einmal tun. Ich brauche dich, mein Engel. Ich brauche dich für immer bei mir.«

»Du …« Emilys Stimme brach, und Tränen strömten ihre Wange hinab. »Du hast mich, Zaron. Ich bin hier. Ich liebe dich, und ich werde so lange dir gehören, wie du mich möchtest. Es tut mir leid. Es tut mir so leid, dass ich damals gegangen bin. Ich dachte, ich müsste das tun – habe mir eingeredet, dass es die vernünftige Entscheidung war –, aber ich habe einfach nur aus Angst gehandelt. Ich wollte nicht, dass du mich verlässt, also habe ich dich vorher verlassen und …«

»Und ich habe dich nicht aufgehalten, weil ich Angst hatte«, unterbrach Zaron sie und drückte ihre Hände fester. »Ich hatte Angst, dass ich dich verlieren würde, so wie ich Larita verloren habe, also habe ich nicht einmal versucht, dir zu erklären, dir verständlich zu machen, was ich dir geben könnte.« Sein Mund verzog sich bitter, als er ihre Hände losließ und seine Arme an den Seiten baumeln ließ. »Ich hätte auf das Abkommen pfeifen und dir die Wahrheit sagen sollen, aber stattdessen habe ich wie ein Feigling geschwiegen und dich aus meinem Leben gehen lassen.«

»Wovon redest du?«, flüsterte Emily und blinzelte ihn verständnislos an. Sie fühlte sich ohne seine Berührung nackt, so verloren wie ein verlassenes Kind. »Du hast mich gebeten, zu bleiben. Was hat das Abkommen mit der ganzen Sache zu tun?«

»Das tut es nicht – nicht wirklich.« Seine Stimme war wegen seiner Selbstvorwürfe angespannt. »Das war die ganze Zeit eine Lüge. Ich dachte, ich könnte dir nicht alles erzählen, weil ich mein Versprechen gebrochen hätte, wenn du danach nicht bei mir geblieben wärst. Aber das war meine eigene Angst davor, mit dir zu reden, nichts anderes.« Er holte tief Luft. »Es tut mir leid, mein Engel. Die Wahrheit ist, dass ich dich gehen lassen habe, weil ich mich in dich verliebt hatte und den Gedanken nicht ertragen konnte, dass ich dich eines Tages verlieren könnte … dass dich irgendein beschissener Unfall dein Leben kosten würde, wenn ich es am wenigsten erwarte.«

»Oh, Zaron …« Emily ertrug es nicht, ihm länger zuzuhören. Sie trat näher an ihn heran, nahm seine großen Hände in ihre und zog sie an ihre Brust, so wie er das zuvor mit ihren Händen getan hatte. Sie war wieder tränenerstickt, und ihr Herz schmerzte von seinem bittersüßen Geständnis. »Du wirst mich verlieren; das ist unvermeidbar«, sagte sie rau. »Aber das bedeutet nicht, dass wir nicht bis dahin zusammen sein können … dass wir uns nicht bis dahin lieben können. Selbst einige wenige Jahre sind besser, als …«

»Nein, mein Engel.« Zu Emilys Überraschung erschien ein leichtes Lächeln auf Zarons Lippen. »Du verstehst mich immer noch nicht.« Er entzog ihr sanft seine Hände und umfasste ihre Schultern mit einer warmen und zärtlich-besitzergreifenden Berührung. »Es geht dabei nicht um einige wenige Jahre, verstehst du? Nicht, wenn du ganz und gar zu mir gehörst.«

»Was?« Emily starrte ihn an. Er konnte doch bestimmt nicht meinen …

»Es gibt eine andere Art von Nanozyten – eine, die viel fortgeschrittener und komplexer ist als die, mit der ich dich geheilt habe«, erklärte ihr Zaron. »Diese Nanozyten wurden dazu geschaffen, Zell- und DNA-Schäden zu reparieren, solange sie sich in einem lebenden menschlichen Körper befinden.«

Emily öffnete ihren Mund und schloss ihn dann wieder. Sie schüttelte ihren Kopf, ging einen Schritt zurück und bewegte ihre Schultern kreisförmig, um sich aus Zarons Griff zu befreien. »Schäden der DNA reparieren? Du …« Sie konnte kaum sprechen. »Du redest über biologische Unsterblichkeit.«

»Ja.« Er folge ihr, ergriff ihr Handgelenk und hinderte sie daran, sich von ihm zurückzuziehen. »Wie du siehst, mein Engel, müssen es nicht nur einige wenige Jahre sein – nicht, wenn du mein Charl wirst.«

»Dein was?« Emilys Kopf drehte sich.

»Charl«, wiederholte er. »So nennen wir die Menschen, die wir vollständig in unsere Gesellschaft einführen. Der Name ist aber irrelevant. Was wichtig ist, ist, was ich dir geben kann: Zugang zu jenen Nanozyten und ein Leben frei von verheerenden Krankheiten und Alterung – ein Leben an meiner Seite, das Jahrtausende oder länger andauern kann.«

»Oh mein Gott, Zaron …« Was er ihr gerade sagte, war völlig unglaublich, aber wenn es stimmte … »Euer Volk kann uns Unsterblichkeit geben?«

Er schüttelte seinen Kopf. »Nein, nicht allen von euch. Nur denjenigen, die wir als Charl einfordern – so wie ich dich einfordere.«

»Aber wenn ihr diese Technologie habt …«

»Emily.« Er ließ ihre Handgelenke los, um ihr Gesicht in seine Hände zu nehmen. Er blickte zu ihr hinunter, wischte ihr die Tränen mit seinen Daumen von den Wangen und sagte sanft: »Hör mir zu, mein Engel. Ich verstehe, wie das auf dich wirken muss, aber es gibt nichts, was ich für die gesamte menschliche Rasse tun kann. Das liegt in den Händen des Rats und der Ältesten. Eines Tages werden sie diese Technologie vielleicht mit euch teilen, aber bis dahin können wir diese Nanozyten nur unseren Charls geben. *Ich kann sie nur dir geben.*«

Emily blickte zu ihm hoch und umgriff seine Handgelenke. Seine Knochen waren dick und fest, so stark wie der Rest dieses Mannes. Sie wusste nicht, was sie denken sollte, wie sie das verarbeiten sollte, was er ihr gerade erzählte. Sollte sie egoistischerweise glücklich darüber sein, dass Zaron ihr dieses unglaubliche Geschenk machen würde, oder entsetzt darüber, dass die Krinar es dem Rest der Erdbevölkerung vorenthielten? Wie viele Leben könnten mit der Technologie der Krinar gerettet werden? Wie viel Leiden verhindert? Ihr Herz schmerzte, als sie an all die kranken und sterbenden Menschen auf der ganzen Welt dachte und begriff, dass sie keiner von ihnen sein würde.

Sie würde niemals einer von ihnen sein, weil sie zu Zaron gehören würde.

Anstatt einiger weniger Jahre, die sie sich für sie zusammen vorgestellt hatte, hätten sie eine Ewigkeit.

»Weine nicht, mein Engel«, flüsterte er, und Emily fiel auf, dass ihr erneut Tränen über das Gesicht liefen, dass ihre Hände, die seine Handgelenke umfassten, zitterten. Er beugte seinen Kopf nach unten, trocknete ihre Wangen mit seinen Küssen, aber die Tränen liefen weiterhin, da sie die Flut der Gefühle nicht kontrollieren konnte. Ihre Freude vermischte sich mit Schuldgefühlen, ihr Glücksgefühl wurde durch das Wissen gedämpft, dass sie eine der wenigen Privilegierten war, dass ihre Freunde altern und sterben würden, während sie unverändert mit dem Mann zusammenblieb, den sie liebte.

Sie versuchte, aufzuhören zu weinen und ihr Gesicht von Zarons beruhigenden Küssen wegzudrehen, aber seine Lippen fingen ihre ein, und die dunkle Hitze, die zwischen ihnen brannte, entflammte erneut, schwächte ihre Knie und benebelte ihre Gedanken. Ein Stöhnen vibrierte in ihrer Kehle, und sein Kuss wurde wild fordernd, seine Zunge drang in ihren Mund ein, während er sie gegen die Wand drückte, mit einer Hand ihre Handgelenke über ihrem Kopf festhielt und mit der anderen den Reißverschluss seiner Jeans öffnete, um seinen erigierten Schwanz zu befreien. Er küsste sie immer noch, als er ihre Handgelenke freigab und seine Hände nach unten glitten, um ihre Oberschenkel zu ergreifen und sie vom Boden zu heben. Überwältigt klammerte sich Emily an seine Schultern. Sie trug keine Unterwäsche, und seine dicke Eichel drückte sich gegen ihr nacktes Geschlecht, streichelte die pulsierende Hitze in ihr.

»Zaron«, stöhnte sie und warf ihren Kopf nach hinten, als seine Lippen über ihr Kinn fuhren und eine heiße, feuchte Spur zurückließen, bevor sie es spürte: das scharfe Ritzen seiner Zähne auf der zarten Haut ihrer Kehle.

»Mein«, sagte er rau, bevor sein Mund ihre Wunde verschloss und ihre Welt verschwand, von der weiß glühenden Ekstase aufgezehrt wurde, die sie beide überkam.

KAPITEL 39

*B*is zum nächsten Morgen, als Emily neben Zaron aufwachte, hatte sie nicht die Gelegenheit, all das, was geschehen war, zu verarbeiten.

Er lag auf der Seite und beobachtete sie dabei, wie sie ihre Augen öffnete, und die besitzergreifende Wärme in seinen Augen erfüllte sie mit einer verwirrenden Mischung aus Glück und Angst.

Sie gehörte jetzt zu Zaron. Für immer. So deutlich hatte er es nicht gesagt, aber sie wusste, dass selbst wenn sie ihn darum bäte, er sie nicht noch einmal gehen lassen würde, und der Grund dafür war nicht nur, dass er das Abkommen gebrochen hatte, als er ihr über die Fähigkeiten der medizinischen Technologie der Krinar erzählt hatte.

Er würde sie behalten, weil er sie brauchte – und weil er wusste, dass sie ihn brauchte.

»Guten Morgen, mein Engel«, murmelte er, während er ihr gleichzeitig eine Haarsträhne aus dem Gesicht strich, und Emilys Haut erhitzte sich, als sie sich daran erinnerte, was gestern passiert war. Er hatte erneut ihr Blut genommen, und der Sex, der daraufhin folgte, war nicht von dieser Welt gewesen. Sie erinnerte sich mehr als nach den ersten beiden Malen – vielleicht weil ihr Körper sich an das gewöhnte, was sein Speichel mit ihr machte –, und die Erinnerungen sandten einen Schwall warme Flüssigkeit zu ihrem Geschlecht. Zaron war unersättlich gewesen, hatte sie auf alle möglichen Weisen genommen, und sie hatte alle genossen, da ihr Körper sich nach jedem dieser schmutzigen, lasterhaften Dinge gesehnt hatte, die er mit ihr gemacht hatte.

»Hast du Hunger?«, fragte er, und Emily nickte, während sie versuchte, diese bildlichen Erinnerungen aus ihrem Kopf zu verbannen.

»Ich bin gleich zurück«, meinte sie, sprang aus dem Bett und ignorierte den hungrigen Blick, mit dem er sie verfolgte, als sie nackt zum Badezimmer ging.

Als sie einige Minuten später wieder herauskam, fand sie Zaron in ungewöhnlicher Kleidung vor: einem ärmellosen, elfenbeinfarbenen Shirt und locker sitzenden weißen Shorts, die bis zu seinen Knien hingen. Die Schlichtheit dieser Kleidung unterstrich seinen kräftigen Körperbau und das weich aussehende Material umspielte seine Muskeln auf eine Weise, von der ihr das Wasser im Mund zusammenlief. Er sah eindrucksvoll-umwerfend aus, die helle Farbe des Outfits unterstrich den tiefen

Bronzeton seiner Haut, und Emily atmete tief ein, als er mit einem sinnlichen Lächeln auf den Lippen auf sie zutrat.

»Ich trage krinarische Kleidung«, erklärte er, als sie ihn weiterhin anstarrte. »Hier, ich habe für dich auch welche gemacht.«

Er gab ihr ein blass pfirsichfarbenes Kleid mit dünnen Trägern und einem tiefen Rückenausschnitt. Emily zog es an und bewunderte, wie gut es ihr passte. Der weiche, fleeceartige Stoff war so ähnlich wie der der Bekleidung, die er ihr vorher gegeben hatte, aber der Stil war anders. Das Oberteil des Kleides bedeckte und entblößte gleichzeitig, unterstrich die Form ihrer Brüste, ohne ihre Nippel zu zeigen, und der Rock, der bis einige Zentimeter über ihr Knie reichte, schwang hübsch um ihre Beine.

»Das ist wunderschön«, sagte sie, als Zaron ein Kommando auf Krinarisch gab und eine der Wände sich in einen Spiegel verwandelte, damit Emily sich betrachten konnte. »Danke.«

»Gern geschehen.« Er stellte sich hinter sie, legte seine Hände auf ihre Schultern, und ein Schauer lief ihr über den Rücken, als sie die Wärme seiner Handflächen auf ihrer nackten Haut spürte. Das Spiegelbild zeigte deutlich ihre Unterschiede. Zaron hinter ihr war einen Kopf größer und mit seinen muskelbepackten Schultern, die doppelt so breit waren wie ihr schlanker Körper, kompromisslos männlich. Auch wenn sich Emily nie für besonders klein gehalten hatte, sah sie neben ihm winzig aus, und ihre helle Haut und das blonde Haar ließen seinen dunklen Teint noch exotischer wirken.

Zum ersten Mal wurde ihr bewusst, dass sie unter Zarons Volk eine Ausländerin sein würde. Nein, keine Ausländerin – eine Außerirdische, ein Mitglied einer völlig anderen Spezies.

Emilys Magen zog sich vor Angst zusammen, und sie drehte sich herum, um ihren Liebsten anzuschauen. »Zaron …« Ihre Stimme war unsicher. »Wo werden wir leben?«

»Das nächste Jahr lang hier, in der Nähe Lenkardas«, antwortete er und lächelte sie an. »Danach, wenn ich hier nicht länger gebraucht werde, um die Fortschritte des Siedlungsprozesses zu überwachen, können wir zusammen entscheiden, wo wir als Nächstes leben wollen. Wir können hierbleiben oder nach Krina gehen. Oder wir können in einer eurer Städte leben, wenn du das möchtest, auch wenn ich die ersten beiden Optionen bevorzuge.«

»Du würdest mit mir nach New York kommen?«, fragte Emily überrascht. Wegen der ängstlichen und feindlichen Einstellung der allgemeinen Öffentlichkeit den Krinar gegenüber war sie niemals auf die Idee gekommen, dass Zaron zu ihr nach Manhattan ziehen könnte.

»Wenn sich die Dinge beruhigen, ja. Andernfalls wäre es nicht sicher für dich.«

»Für mich?« Emily runzelte ihre Stirn. »Ich glaube nicht, dass diese Beamten es sich noch einmal trauen würden, mir zu nahe zu kommen. Ich habe mir deinetwegen Sorgen gemacht, wegen der Unruhen auf den Straßen und …«

»Ich kann auf mich aufpassen«, entgegnete er und winkte mit seiner Hand ab. »Und nein, ich denke nicht, dass eure Regierung dich erneut verfolgen wird, aber das bedeutet nicht, dass das Gleiche auf diese albernen menschlichen Widerstandsgruppen zutrifft.«

»Oh.« Sie hatte diesen Aspekt der Situation nicht bedacht, aber Zaron hatte recht. Wenn jemand etwas über Emilys Beziehung zu Zaron herausfand, würde sie eine Zielperson für diejenigen werden, die die Krinar hassten. Sie würden sie als eine Verräterin abstempeln – und sie hätten damit nicht unbedingt Unrecht, dachte sie mit einem aufwallenden Schuldgefühl.

Sie schlief mit dem Feind – einem Feind, der plante, ihr ein unvorstellbares Geschenk zu machen.

»Mach dir keine Gedanken«, sagte Zaron, der die Betroffenheit auf ihrem Gesicht falsch verstand. Er hob seine Hand und strich ihr sanft über die Wange. »Niemand wird dir etwas antun, mein Engel. Das verspreche ich dir.«

»Ich weiß.« Emily legte ihre Hand auf seine und drückte sie gegen ihre Wange. Wärme durchflutete sie bei der unverborgenen Liebe, die in seinem Blick leuchtete. »Das weiß ich, Zaron.«

Er lächelte strahlender, als sie es jemals gesehen hatte. »Gut. Und jetzt lass uns essen – und deinen Kater finden.«

Sie fanden George zusammengerollt auf einem der schwebenden Sofas im Wohnzimmer. Er sah sehr zufrieden aus, und als Emily wissen wollte, wie Zaron das Problem mit dem Futter gelöst hatte, erklärte er ihr, dass er dem Haus Anweisungen gegeben hatte, sicherzustellen, dass die Katze regelmäßig gefüttert und ihr ein angemessenes Umfeld für ihre weiteren Bedürfnisse zur Verfügung gestellt wurde.

»Was für ein angemessenes Umfeld für weitere Bedürfnisse?«, wollte Emily amüsiert wissen, also berichtete Zaron ihr, dass das Haus eine spezielle Ecke erschaffen hatte, wo die Katze ihre Notdurft verrichten konnte. Emily bestand darauf, sie zu sehen, und Zaron führte sie zu einem Raum, in dem sie noch nie gewesen war – und dessen Boden komplett aus Erde bestand.

»Zaron, der Raum ist riesig«, meinte sie und sah sich erstaunt um. »Hat das Haus ihn extra für George gebaut?«

Zaron nickte. »Ich möchte, dass auch George hier glücklich ist«, antwortete er völlig ernst und beugte sich nach unten, um den Kater hochzuheben, der ihnen hierher gefolgt war. »Später werde ich mit ihm Mäuse und Vögel jagen gehen. Seine Spezies braucht das.«

Emilys Kinnlade klappte nach unten. »Du gehst mit meinem Kater jagen? Im Dschungel?«

»Ja, aber mach dir keine Sorgen.« Zaron hielt George an seiner Brust und ignorierte die Versuche des Tieres, von seinem Arm zu springen. »Ich bin schnell genug, um sicherzustellen, dass er weder wegrennt noch verletzt wird. Ich weiß, dass er eine Hauskatze ist.«

Und damit war es beschlossene Sache. Während sie frühstückten, behielt Zaron George auf seinem Schoß, damit er sich an ihn gewöhnte, und nach einigen lauten Miaus und einem erfolglosen Versuch, ihn zu kratzen, machte es sich der Kater gemütlich und ließ sich von Zaron über das Fell streichen und hinter dem Ohr kraulen. Als sie die Mahlzeit beendeten, schnurrte George bereits laut.

Es schien, als seien auch Katzen nicht immun gegen die nachdrückliche Zärtlichkeit ihres Liebsten.

Nach dem Essen machten sie einen Spaziergang – ohne den Kater, da Emily definitiv nicht schnell genug war, ihn zu fangen, sollte er weglaufen – und sie sprach ein anderes Problem an, das sie an diesem Morgen beschäftigte.

»Zaron … kann ich meinen Freunden sagen, wo ich bin und mit wem?«, fragte sie, als sie auf ihrem Weg zum See unter einem Guanacaste-Baum entlanggingen. »Amber könnte sich Sorgen machen, wenn sie mich nicht erreichen kann, und die anderen werden sich wahrscheinlich auch nach einer Weile über meine Abwesenheit wundern.«

Zaron blickte sie an. »Du kannst ihnen erzählen, dass du mit mir in Costa Rica bist. Aber du darfst nichts über die Nanozyten sagen – und so ziemlich alles andere, was du bald sehen und kennenlernen wirst.«

Emily schluckte. »Ich verstehe.« Ihr Leben würde sich sehr von dem ihrer Freunde unterscheiden; eigentlich tat es das schon. Dank Zaron hatte sie den Sturz von der Brücke überlebt, aber ihr altes Leben hatte auf jenen Steinen geendet. Selbst bevor er sie zurückgeholt hatte, hatte sie sich verändert – und zwar für immer, weil sie einen Mann getroffen und lieben gelernt hatte, der so außergewöhnlich war, dass sie niemals gedacht hätte, dass er existieren könnte.

Kein Wunder, dass sie sich während dieser sieben Wochen in New York wie ein Zombie gefühlt hatte. Sie hatte versucht, die alte Emily wiederzubeleben, anstatt die Person zu akzeptieren, die sie geworden war.

Sie gingen in angenehmem Schweigen, bis sie den See erreichten. Es war heiß und feucht, und als sie das klare Wasser erreichten, tauchten sie beide dankbar ein und schwammen eine Stunde lang, bis Emily müde wurde.

»Werde ich durch die Nanozyten stärker werden?«, wollte sie wissen, während sie sich an Zarons Schultern festhielt, als er mit ihr auf dem Rücken von der Mitte des Sees zum Ufer schwamm, ohne auch nur das kleinste Anzeichen von Anstrengung zu zeigen. »Werde ich mit dir mithalten können, beim Schwimmen und anderen Aktivitäten?«

»Nein, leider nicht«, antwortete er, hielt an und drehte sich um, um sie anzusehen. Seine langen Beine bewegten sich, um sie beide über Wasser zu halten. »Du wirst weder altern noch krank werden, aber du wirst immer noch menschlich bleiben, mit allem, was das ausmacht. Aber weil die Nanozyten alle Schäden an deinen Zellen schnell heilen werden, egal wie klein sie sind, wirst du dich schneller erholen, wenn du hart trainierst, und deine Ausdauer wird sich verbessern. Wenn du also sehr viel trainierst, wirst du stark und fit wie einer eurer besten Athleten werden, nur in einer viel kürzeren Zeit.«

»Oh, cool.« Allein der Gedanke daran ließ Emilys Herz schneller schlagen. »Ich kann es kaum erwarten.«

»Du musst auch nicht lange warten«, erwiderte Zaron, und ein warmes Lächeln erschien auf seinen Lippen. »Du wirst die Nanozyten heute Nacht bekommen.«

Und damit zog er sie mit einer solchen Leidenschaft an sich, dass es sie überraschte, dass das Wasser um sie herum nicht anfing zu kochen.

KAPITEL 40

>>*B*ist du bereit?«, fragte Zaron, der Emilys Hand hielt. Er konnte die Angst in ihren Augen sehen, aber sie schob ihr Kinn nach vorne und lächelte strahlend.

»Ja, natürlich.«

»Gut.« Zaron drückte beruhigend ihre Hand, bevor er sich Ellet zuwandte. »Ist alles vorbereitet?«

Die Expertin für menschliche Biologie nickte. »Ich habe einige Simulationen durchgeführt, und alles ist für den Eingriff bereit. Emily, ich werde jetzt die Narkose einleiten, okay?«

»Okay.« Emilys Lächeln wurde weniger strahlend, und ihre Hand spannte sich in Zarons an. »Es wird nicht lange dauern, nur ganz kurz, oder?«

»Ja, mach dir keine Sorgen.« Ellet näherte sich mit ihrem janshaähnlichen Apparat. »Es wird sich wie ein Traum anfühlen.«

»Okay, dann los«, meinte Emily, und Ellet drückte das Gerät gegen ihren Nacken. Emily erschlaffte sofort in Zarons Armen, und ihre Augen schlossen sich, als die Narkose ihre Wirkung entfaltete.

»Alles ist normal«, sagte Ellet, die gerade den janshaähnlichen Apparat gegen ein komplexeres Gerät zum Einsetzen der Nanozyten auswechselte, und Zaron wurde klar, dass sein Gesicht seine Besorgnis verraten haben musste. Er wusste, dass das Verfahren sicher war – seit Tausenden von Jahren wurde es bei Menschen angewandt –, aber trotzdem beunruhigte es ihn, Emily so zu sehen: bewusst- und völlig schutzlos.

Es erinnerte ihn daran, wie sie in den ersten Tagen in seinem Haus gewesen war, als sie sich von ihrem Sturz erholen musste.

Natürlich war das hier nicht sein Haus. Es war Ellets neues Labor in Lenkarda, ein Ort, der mit der modernsten medizinischen Technologie der Krinar ausgestattet war. Selbst der einfachste Apparat hier war unendlich fortschrittlicher als alles, was Zaron zu Hause hatte.

Dieses Wissen sollte ihn beruhigen, aber die Angst blieb und nagte an ihm wie ein Parasit. Das Risiko, dass während der Prozedur etwas schiefging, war genauso hoch wie die Wahrscheinlichkeit, dass die Welt morgen unterging, aber das minderte seine irrationale Angst nicht. Wenn Emily etwas zustoßen sollte … Nein. So durfte er nicht denken.

Er konnte nicht erneut seine Angst ihre Beziehung steuern lassen.

»Du liebst sie, stimmt's?«, fragte Ellet, während sie mit ihrer Arbeit fortfuhr, und Zaron wandte seinen Blick gerade so lange von Emily ab, um einen schnellen Blick auf die krinarische Frau zu werfen und kurz zu nicken.

»Natürlich tue ich das«, antwortete er mit angespannter Stimme. »Warum sollte ich denn sonst hier sein?«

Ellet lächelte, und ihre Augen blickten ermutigend. »Es wird alles gut gehen. Mach dir keine Sorgen«, sagte sie, und er wusste, dass sie nicht nur über diese Prozedur sprach.

»Ich weiß.« Zaron richtete seine Aufmerksamkeit wieder auf Emily und streichelte ihre Handfläche mit seinem Daumen. »Das weiß ich.«

Und das tat er. Emily zu verlieren würde immer sein schlimmster Albtraum sein, aber er würde nie wieder zulassen, dass diese Angst sie auseinandertrieb.

Ihre gemeinsame Zeit war zu kostbar dafür.

Emilys Hand in seiner zuckte, was Zaron aus seinen Gedanken riss, und er verstand, dass sie bereits aufwachte.

»Es ist alles gut gelaufen«, meinte Ellet, als er sie besorgt anblickte. »Die Nanozyten befinden sich an ihren Plätzen und funktionieren wie geplant. Hier, ich kann es dir zeigen.« Sie griff nach einem kleinen Messer, da sie wahrscheinlich vorhatte, Emily einen leichten Schnitt zuzufügen, um es ihm zu beweisen, aber Zaron hielt ihren Arm fest, bevor er auch nur ansatzweise in die Nähe von Emilys Haut kam.

»Nein«, sagte er scharf. Er wusste, dass er krankhaft überfürsorglich war, aber er konnte den Gedanken nicht ertragen, dass Emily verletzt wurde.

Niemand würde ihr wehtun, solange er auf sie aufpasste.

Ellet sah überrascht aus, aber erholte sich schnell. »Natürlich, wie du möchtest.« Sie zog ihren Arm aus seinem Griff und legte das Messer zurück auf den schwebenden Tisch. »Sie würde nichts spüren – sie ist immer noch ein wenig betäubt – aber wenn du nicht möchtest, dass ich es tue, werde ich es nicht tun.«

»Gut.« Zarons Muskeln waren fest angespannt. »Ich möchte nicht, dass du es tust.«

»Zaron?« Emilys Stimme war leise und schläfrig, aber auf ihn hatte sie die Wirkung eines Blitzes. Seine Aufmerksamkeit war augenblicklich wieder auf sie gerichtet, und seine Finger umfassten ihre Hand fester.

»Ich bin hier, mein Engel«, sagte er und beobachtete sie dabei, wie sie ihre Augen aufschlug. »Wie fühlst du dich?«

»Na ja …« Sie sah desorientiert aus, als sie versuchte, sich hinzusetzen, und Zaron half ihr, indem er seinen Arm um ihren Rücken legte. Die weichen, blonden und gut riechenden Strähnen ihrer langen Haare kitzelten auf seinem Gesicht, und er nahm ihren zarten Duft auf, bevor er ein wenig von ihr abrückte, um ihr in die Augen zu schauen.

»Ich fühle mich genauso wie vorher«, meinte Emily, wobei sie ihn irritiert anblinzelte, und Zaron lächelte, weil ihm ein Stein von der Brust fiel.

Der Eingriff war gut verlaufen. Sein Engel würde die nächsten Jahrhunderte und Jahrtausende lang gesund sein.

»Du solltest dich auch nicht anders fühlen«, meinte Ellet, während Zaron Emily in seine Arme hob.

»Zumindest nicht sofort. Mit der Zeit wirst du einige Verbesserungen bemerken. Du wirst zum Beispiel keine Erkältungen bekommen, und solltest du dich verletzen, wirst du schneller gesund werden.«

»Danke, Ellet«, sagte Zaron und bereute, dass er eben noch so unfreundlich zu ihr gewesen war. »Ich weiß das wirklich zu schätzen.«

»Es war mir eine Freude«, sagte sie mit einem warmen Lächeln, und Zaron verließ mit Emily an seine Brust gedrückt das Labor.

Als sie das Haus betraten, wurden sie von George mit einem lauten Miau begrüßt, und Zaron stellte Emily vorsichtig hin, damit sie allein gehen konnte. Sie sah nicht länger benommen aus, aber sie war ein wenig still, und er wusste, dass sie sich immer noch von dem Eingriff erholte.

Er ließ sie einige Minuten lang George kraulen, bevor er es nicht mehr aushielt.

»Komm«, sagte er, nahm ihren Arm und führte sie zum Schlafzimmer.

»Schon wieder?«, fragte sie mit großen Augen. »Wir hatten doch erst kurz vor dem Abendessen Sex.«

»Ich weiß«, erwiderte Zaron, während er ihr das Kleid auszog. Sein Körper versteifte sich bei dem Anblick ihrer nackten, schlanken Kurven, aber er war nicht auf Sex aus – zumindest nicht in diesem Moment. Nachdem er seine eigene Kleidung ausgezogen hatte, nahm er Emily hoch, legte sie aufs Bett und begab sich neben sie, um sie in seine Arme zu ziehen.

Als sie verstand, was er wollte, schmiegte sie sich an ihn, legte ihren Kopf auf seine Schulter und schlang ihr Bein um seine Oberschenkel. Ihre Brüste fühlten sich an seiner Seite weich und voll an, und ihr Körper passte sich seinem an, als sei sie für ihn geschaffen worden. Zaron ignorierte die Lust, die in seinem Körper wütete, hielt sie fest in seinen Armen und genoss dieses schwindelerregend perfekte Gefühl, einfach bei ihr zu sein ... sie zu lieben. Glück, zerbrechlich, aber echt, lag in ihrer Reichweite, und er hatte nicht länger Angst davor, es zu ergreifen. Der Schmerz, Larita verloren zu haben, würde niemals vollständig verschwinden – seine ehemalige Partnerin würde immer einen Platz in seinem Herzen haben –, aber Emily zu lieben machte die Trauer erträglich.

Emily zu lieben machte das Leben wieder lebenswert.

»Ich liebe dich, Zaron«, flüsterte sie, während sie ihren Kopf hob, um ihn anzuschauen, und er lächelte, da er wusste, dass sie irgendwie seine Gedanken gespürt hatte.

»Ich liebe dich auch, mein Engel«, sagte er sanft, während er in ihre strahlend hellen Augen blickte. »Du gehörst mir – jetzt und für alle Ewigkeit.«

EPILOG
Zehn Monate später

>>Geht es dir gut?«, wollte Zaron wissen, ohne seinen Blick von Emilys Gesicht abzuwenden, und sie nickte, auch wenn ihr Herz wie verrückt bis zum Hals klopfte. George miaute in ihren Armen, also beugte sie sich nach unten, um ihn auf den Boden zu setzen. Der Kater sprang sofort auf ein schwebendes Brett – sein neues Lieblingsmöbelstück – und begann, sich ohne jegliches Anzeichen der Nervosität, die Emily verspürte, seine Pfoten zu lecken.

Das letzte Jahr war völlig surreal gewesen, aber das Abenteuer, auf das sie sich jetzt eingelassen hatte, übertraf ihre wildesten Träume. In weniger als zwei Minuten würde das krinarische Raumschiff die Umlaufbahn der Erde verlassen, um Emily, Zaron, George und Hunderte krinarischer Wissenschaftler nach Krina zu bringen.

In weniger als zwei Minuten würden sich Emily und ihre Katze auf ihrem Weg zu ihrem neuen Zuhause in einer anderen Galaxie befinden.

Zaron hatte ihnen ein eigenes Zimmer außen am Rumpf des Schiffes besorgt – damit Emily den besten Blick haben würde, wie er ihr erklärt hatte. Von außen sah das kugelförmige Raumschiff nicht besonders futuristisch aus, aber innen war es wie Zarons Haus auf Steroiden. Alles war leicht und luftig, mit schwebenden Möbeln, exotisch aussehenden Pflanzen und der intelligenten krinarischen Technologie. Das Beste war, dass die Außenwände von innen durchsichtig waren, was Emily ermöglichte, die Erde von dem günstigen Blickwinkel eines Astronauten zu sehen.

Sie drehte sich herum, um den hübschen blauen Ball zu betrachten, der der Geburtsort der Menschen war. »Du hast gesagt, dass wir zuerst langsamer als mit Lichtgeschwindigkeit fliegen werden?«, fragte sie und wandte ihre Augen von dem umwerfenden Blick ab, um Zaron anzuschauen. »Wir werden nicht gleich mir Warpgeschwindigkeit fliegen, richtig?«

»Ja, das ist richtig«, bestätigte er ihr, und ein Lächeln erschien auf seinen wunderschönen Lippen. »Wir werden erst einmal einige Tage lang von der Erde wegfliegen. Damit vermeiden wir, Störungen hervorzurufen, wenn wir die Raumzeit krümmen.«

»Okay, das habe ich verstanden. Nur ein billiges Raumzeit-Krümmen. Nichts Großartiges«, meinte Emily und versuchte, sich nicht so verängstigt anzuhören, wie sie war. »Es wird so sein, als machten wir einen Spaziergang.«

»Genau so«, versprach Zaron und strich ihr eine Haarsträhne hinter das Ohr. »Du wirst genauso gut mit dem Reisen im Weltall zurechtkommen wie mit allem anderen.«

Seine Worte – und der warme Blick seiner Augen – beruhigten sie ein wenig. Zaron hatte recht: Emily hatte sich erstaunlich leicht an ihr neues Leben gewöhnt. Sie hatte New York und ihre Karriere im Finanzwesen nicht das kleinste bisschen vermisst, sondern war stattdessen in Costa Rica aufgeblüht. Innerhalb eines Monats hatte sie sich derart an die einfachsten krinarischen Anwendungen gewöhnt, dass sie ihr so normal vorkamen wie die menschliche Technologie, und mit Hilfe des neuralen Sprachenimplantats – das sie eine Woche nach den Nanozyten bekommen hatte – hatte Emily die letzten zehn Monate damit verbracht, alles, was sie konnte, über die krinarische Wissenschaft und Gesellschaft zu lernen.

Ihr Wissen war so stark gewachsen, dass sie ernsthaft darüber nachdachte, ihren Kindheitstraum wahr werden zu lassen und eine Wissenschaftlerin zu werden.

Sie hatte erwartet, dass Zaron in Lachen ausbrechen würde, als sie die Idee erwähnt hatte, aber er war mehr als erfreut gewesen und hatte sofort damit begonnen, ihr alles über die verschiedenen Pflanzen und Tiere auf Krina beizubringen. Seine Leidenschaft war so ansteckend gewesen, dass Emily jetzt darüber nachdachte, Biologe zu werden, so wie er.

»Du musst das nicht jetzt entscheiden«, hatte Zaron gesagt, als sie ihm davon erzählt hatte. »Eigentlich musst du dich überhaupt nicht entscheiden. Viele von uns probieren verschiedene Felder aus, und das kannst du auch. Wie du möchtest. Ich weiß, dass du auf jeden Fall erfolgreich sein wirst.«

Es war die Art von Ermutigung und uneingeschränkter Unterstützung, die Zaron Emily entgegenbrachte, die sie dazu bewogen hatte, zuzustimmen, mit ihm nach Krina zu ziehen. Zaron war dort eine neue Forschungsmöglichkeit angeboten worden, und er freute sich darauf, sich seiner Familie wieder anzunähern und die Kluft zwischen ihnen zu schließen – etwas, was Emily sehr zu schätzen wusste. Es hatte sie beschäftigt, dass Zaron Eltern hatte, die ihn liebten, er sich aber von ihnen entfernt hatte. Sie hatte ihn ermutigt, auf sie zuzugehen, auch wenn sie sich Sorgen gemacht hatte, dass sie etwas gegen seine Beziehung zu ihr haben könnten. Aber Zaron hatte letzten Monat in der virtuellen Realität mit ihnen gesprochen, hatte ihnen von ihr erzählt, und er hatte ihr danach versichert, dass niemand ein Problem damit hatte, dass sie menschlich war. Sie freuten sich alle darauf, sie kennenzulernen, hatte er ihr gesagt, und Emily freute sich jetzt darauf, sie zu treffen. Trotzdem war sie immer noch mehr als nervös, die Erde zu verlassen.

Es half auch nicht gerade, dass ihre Freundin Amber ihr gesagt hatte, dass sie verrückt sei.

»Du lebst bereits Tür an Tür mit einer außerirdischen Siedlung – mit einem Außerirdischen«, hatte sie gefaucht, als Emily sie letzten Monat in New York getroffen hatte. »Und du denkst darüber nach, nach Krina zu gehen? Was zum Henker wirst du da tun? Du sprichst nicht einmal ihre Sprache!«

Emily konnte Amber nicht erzählen, dass sie dank des Sprachenimplantats Krinarisch sprach, also hatte sie geschwiegen, und Amber hatte weitergeredet, alle möglichen düsteren Vorhersagen über Emilys Schicksal auf Krina getroffen. Emily hatte ihre Warnungen vorsichtig aufgenommen, da Amber wie die meisten Menschen nach der großen Panik so viel Angst vor den Krinar hatte, dass sie Zaron nicht einmal kennenlernen wollte. Leider konnte sie die Warnungen ihrer Freundin nicht völlig ignorieren.

Nicht alle Krinar standen den Menschen so erleuchtet gegenüber wie Zaron; das war auch der Grund dafür gewesen, weshalb sie sich so viele Sorgen über Zarons Familie gemacht hatte. Selbst in Lenkarda, wo die meisten Bewohner Zeit unter Menschen verbracht hatten, war Emily auf einige Krinar getroffen, die sie als eine Mischung aus Zarons Haustier und Sexualobjekt zu betrachten schienen.

Wenn sie sich nicht sicher wäre, dass Zaron sie liebte und respektierte, hätte sie nicht zugestimmt, nach Krina zu gehen.

»Mein Engel …« Zaron nahm ihr Gesicht in seine Hände, und die heiße Intensität seines Blickes verjagte die Angst, die sie wieder überkommen hatte. »Du musst dir überhaupt keine Sorgen machen. Ich bin bei dir, und ich werde es nicht zulassen, dass dir irgendetwas zustößt, okay?«

»Okay«, flüsterte Emily, die Zarons Worte noch mehr beruhigt hatten, und Zaron schlang seine Arme um ihre Schultern und drückte sie an sich, als eine leise Glocke ertönte, um den Start ihrer Reise anzukündigen.

Wie hypnotisiert blickte Emily durch die durchsichtige Wand, als das Raumschiff begann, sich zu bewegen, und sie von der Erde wegtrug. Die hübsche blaue Kugel, die ihr Heimatplanet war, wurde mit jeder Sekunde kleiner, aber die Reise, die vor ihr lag, machte Emily keine Angst mehr. Was auch immer die Zukunft für sie bereithielt, sie würde ihr zusammen mit dem Mann entgegentreten, der sie mit einem so zärtlichen Besitzanspruch umarmte, dem Krinar, der ihr Leben gerettet und ihr Herz erobert hatte.

Sie war bei Zaron, und das war alles, was zählte.

LESEPROBEN

Vielen Dank, dass Sie dieses Buch gelesen haben! Ich würde mich sehr darüber freuen, wenn Sie eine Buchkritik hinterließen.

Die Geschichte von Emily und Zaron ist zwar zu Ende, aber es gibt weitere Bücher in diesem Universum, einschließlich einer kompletten Trilogie über *Mia und Korum, Swept Away – Mitgerissen*, ein Kurzroman über das Kennenlernen von Arus und Delia im alten Griechenland, und *Der X-Klub*, ein kurzer erotischer Roman über eine Journalistin, die einen Krinar trifft.

Sollten Sie die Geschichte von Nora & Julian noch nicht gelesen haben, empfehle ich ihnen einen Blick in *Twist Me - Verschleppt* zu werfen. Alle drei Bücher der Trilogie sind jetzt im Handel erhältlich.

Allen Hörbuchliebhabern empfehle ich Audible.de zu besuchen, wo Sie diese Serie und unsere anderen Bücher finden können.

Jetzt wünsche ich Ihnen viel Spaß mit Leseproben aus *Gefährliche Begegnungen, Twist Me – Verschleppt* und *Capture Me – Ergreife Mich.*

AUSZUG AUS
GEFÄHRLICHE BEGEGNUNGEN

Anmerkungen der Autorin: *Gefährliche Begegnungen* ist das erste Buch meiner Science-Fiction Romanserie, die Krinar Chroniken. Auch wenn es nicht so düster ist wie *Twist Me – Verschleppt* und *Capture Me – Ergreife mich* ist, könnte es trotzdem etwas für diejenigen von Ihnen sein, die dunkle Erotik mögen.

Eine düstere und anregende Liebesgeschichte, die die Fans erotischer und turbulenter Beziehungen begeistern wird ...

In der nahen Zukunft herrschen die Krinar auf der Erde. Sie sind eine sehr fortgeschrittene Rasse aus einer anderen Galaxie und immer noch ein Geheimnis für uns – außerdem sind wir ihnen völlig ausgeliefert.

Mia Stalis, schüchtern und unschuldig, ist eine Studentin in New York, die ein sehr normales Leben führt. Wie die meisten Menschen, hat sie nie etwas mit den

Eindringlingen zu tun gehabt – bis zu diesem schicksalhaften Tag im Park, der ihr ganzes Leben auf den Kopf stellt. Da sie Korums Aufmerksamkeit auf sich gezogen hat, muss sie jetzt mit einem mächtigen, gefährlich verführerischen Krinar fertig werden, der sie besitzen möchte und vor nichts Halt machen wird, bis er sein Ziel erreicht.

Wie weit würden Sie gehen, um ihre Freiheit wiederzuerlangen? Wie viel würden sie aufgeben, um anderen Menschen zu helfen? Welche Wahl würden Sie treffen, wenn sie beginnen, sich in ihren Feind zu verlieben?

<hr>

Die Luft war frisch und rein, als Mia mit schnellen Schritten einen gewundenen Pfad im Central Park entlangging. Überall zeigte sich schon der Frühling, in winzigen Knospen auf den noch immer kahlen Bäumen und in der rasch wachsenden Anzahl an Kindermädchen, die sich draußen mit ihren wilden Schützlingen über den ersten warmen Tag freuten.

Es war eigenartig, wie sehr sich alles in den letzten paar Jahren verändert hatte und wie sehr es doch gleich geblieben war. Wäre Mia vor zehn Jahren gefragt worden, was sie denke, wie ihr Leben wohl nach der Invasion einer anderen Rasse aussehen würde, hätte sie sich das bestimmt nicht so vorgestellt. Independence Day, Der Krieg der Welten – keiner dieser Filme näherte sich auch nur ansatzweise dem, was tatsächlich geschehen würde. Die Menschen trafen eine höher entwickelte Spezies, als diese zu Ihnen auf die Erde kam. Es war weder zum Kampf, noch zu irgendeinem Widerstand auf der Regierungsebene gekommen. *Sie* hatten es nicht erlaubt. Rückblickend wurde klar, wie dumm diese Filme gewesen waren. Nuklearwaffen, Satelliten, Kampfjets waren nicht mehr als kleine Steine und Stöcke für diese uralte Zivilisation, die schneller als mit Lichtgeschwindigkeit das Universum durchqueren konnte.

Als sie eine leere Bank nahe am See sah, ging Mia dankbar auf diese zu. Auf ihren Schultern machte sich die Last des Rucksacks bemerkbar, in dem sie ihren schweren zwölf Jahre alten Laptop und einige altmodische, noch auf Papier gedruckte Bücher hatte. Mit einundzwanzig fühlte sie sich manchmal alt, fehl am Platz in dieser schnellen neuen Welt der extra-schlanken Tablets und den in die Armbanduhren integrierten Handys. Die Geschwindigkeit der technischen Entwicklungen war seit dem K-Day nicht langsamer geworden, wenn Überhaupt, waren jetzt viele neue Spielereien durch das beeinflusst, was die Krinar besaßen. Nicht dass die Krinar irgendetwas ihrer kostbaren Technologie Preis gegeben hätten. Ihrer Meinung nach sollte ihr kleines Experiment ohne größere Beeinflussungen fortgeführt werden.

Mia öffnete den Reißverschluss ihres Rucksacks und holte ihren alten Mac heraus. Das Gerät war schwer und langsam, aber es funktionierte, und als arme Studentin konnte sich Mia nichts Besseres leisten. Sie loggte sich ein, öffnete ein neues Word-Dokument und machte sich bereit, sich durch das Schreiben ihrer Hausarbeit in Soziologie zu quälen.

Zehn Minuten und genau Null Worte später gab sie auf. Wem wollte sie denn damit etwas vor machen? Hätte sie wirklich dieses verdammte Ding schreiben wollen, wäre sie doch niemals in den Central Park gekommen. So verlockend es auch war, sich fest vorzunehmen die frische Luft zu genießen und gleichzeitig etwas zu arbeiten, in Wirklichkeit hatte Mia das noch nie hinbekommen. Eine muffige alte Bibliothek war ein viel besserer Ort für solche Tätigkeiten, die derartig das Hirn zermartern.

Mia gab sich in Gedanken einen Tritt für die eigene Faulheit, seufzte und sah sich trotzdem erst mal um. Die Menschen in New York zu beobachten amüsierte sie immer wieder.

Das Bild, was sie vor sich sah, war ein Klassiker, mit dem Obdachlosen auf der Parkbank – zum Glück nicht auf der neben ihr, er sah nämlich so aus, als würde er schon sehr streng riechen – und den beiden Kindermädchen, die miteinander auf Spanisch redeten, während sie langsam ihre Kinderwagen vor sich her schoben. Ein Mädchen mit leuchtend pinkfarbenen Reeboks, die einen schönen Kontrast zu ihren blauen Leggins bildeten, joggte auf einem Weg weiter vorne. Mias Blick folgte neidisch der Joggerin, als diese um die Ecke bog. Ihr eigener hektischer Tagesablauf ließ ihr nur wenig Zeit zum Trainieren und sie bezweifelte, dass sie derzeitig auch nur einen Kilometer lang mit diesem Mädchen mithalten konnte.

Rechts konnte sie die Bogenbrücke sehen, die über den ganzen See reichte. Ein Mann lehnte am Brückengeländer und schaute über das Wasser. Sein Gesicht war von ihr weg gedreht, weshalb Mia nur einen Teil seines Profils sehen konnte. Trotzdem zog irgendetwas an ihm ihre Aufmerksamkeit auf sich.

Sie war sich nicht sicher, was es war. Er war zweifellos groß und schien unter seinem teuer aussehenden Trenchcoat auch einen gut gebauten Körper zu besitzen, aber das konnte es nicht sein. Große, gut aussehende Männer waren in dem von Modells überlaufenden New York nichts Besonderes. Nein, es war irgendetwas anderes. Vielleicht war es die Art und Weise, wie er da stand – völlig bewegungslos. Sein Haar war dunkel und glänzte in der hellen Nachmittagssonne, vorne gerade lang genug, um leicht im warmen Frühlingswind zu wehen.

Außerdem war er völlig alleine.

Das ist es, bemerkte Mia auf einmal. Die normalerweise sehr beliebte und malerische Brücke war völlig leer, mit Ausnahme des Mannes, der dort am Geländer stand. Heute schien aus irgendeinem Grund jeder einen weiten Bogen um sie zu machen. Tatsächlich saß niemand außer ihr und ihrem hocharomatischen, obdachlosen Nachbarn auf den sonst so beliebten Bänken in der ersten Reihe am See, sie waren alle leer.

Als ob es ihren Blick auf sich spüren würde, drehte das Objekt ihrer Aufmerksamkeit langsam seinen Kopf und sah Mia direkt an. Bevor ihr Hirn sich dieser Tatsache bewusst werden konnte, fühlte sie, wie ihr Blut gefror und sie sich bewegungslos dem Feind ausgeliefert sah. Während sie ihn nur hilflos anstarren konnte, schien er sie sehr interessiert zu durchleuchten.

Atme, Mia, atme. Irgendwo in ihrem Hinterkopf wiederholte eine kleine rationale Stimme immer wieder diese

Worte. Diesem seltsam objektiven Teil von ihr fiel auch sein symmetrisches Gesicht auf und die straffe goldfarbene Haut, die sich eng an hohe Wangenknochen und ein energisches Kinn schmiegte. Die Bilder und Videos die sie von den Krinar gesehen hatte, wurden ihnen kaum gerecht. Dieses Wesen, das weniger als 10 Meter von ihr entfernt stand, war einfach atemberaubend schön.

Während sie ihn weiterhin bewegungslos anstarrte, richtete er sich auf und ging auf sie zu. Er pirscht sich eher heran, kam ihr dummerweise in den Sinn, da jede seiner Bewegungen sie an eine junge Raubkatze erinnerte, die sich geschmeidig einer Gazelle annähert. Seine Augen ließen sie die ganze Zeit nicht aus dem Blick. Als er näherkam, konnte sie einzelne gelbe Sprenkel in seinen goldenen Augen erkennen und auch die vollen langen Wimpern sehen, die sie einrahmten.

Sie sah entsetzt und ungläubig, wie er sich weniger als einen Meter von ihr entfernt auf die gleiche Bank setzte und eine ebenmäßige Reihe weißer Zähne entblößte, als er sie anlächelte. Keine Fangzähne, bemerkte sie mit einem Teil ihres Gehirns, der noch zu funktionieren schien. Nicht die leiseste Spur von ihnen. Das war eines der Gerüchte über sie, genauso wie ihr vermeintlicher Abscheu vor der Sonne.

»Wie heißt du?« Das Wesen schnurrte die Frage förmlich. Seine Stimme war leise und weich, völlig ohne Akzent. Seine Nasenlöcher bebten leicht, als er ihren Duft einatmete.

»Ähm« Mia schluckte nervös. »M-Mia.«

»Mia«, wiederholte er langsam, und es schien, als würde er sich ihren Namen auf der Zunge zergehen lassen. »Mia, und weiter?«

»Mia Stalis.« Ach du Scheiße, warum wollte er denn ihren Namen wissen? Warum war er hier und redete mit ihr? Und überhaupt, was machte er eigentlich im Central Park, fernab aller Siedlungen der Krinar? *Atme, Mia, atme.*

»Entspanne dich, Mia Stalis.« Sein Lächeln wurde breiter und es kam ein Grübchen in seiner linken Wange zum Vorschein. Ein Grübchen? Die Krinar hatten Grübchen? »Bist du bis jetzt noch nie auf einen von uns getroffen?«

»Nein, noch nie«, stieß Mia kurz hervor und dabei fiel ihr auf, dass sie ihren Atem die ganze Zeit anhielt. Sie war stolz darauf, dass ihre Stimme nicht so zitterig klang, wie sie sich anfühlte. Sollte sie fragen? Wollte sie es wirklich wissen?

Sie nahm all ihren Mut zusammen. »Was, äh –« nochmal Schlucken. »Was willst du von mir?«

»Jetzt gerade, mich mit dir unterhalten.« Mit diesen goldenen Augen, die sich an den Winkeln leicht zusammen zogen, sah er aus, als würde er gleich über sie lachen.

Seltsamerweise machte sie das so wütend, dass sie dadurch ihre Angst verdrängte. Wenn es etwas gab, das Mia mehr hasste als alles andere, dann war das, ausgelacht zu werden. Mit ihrem kleinen, dünnen Körper und ihrem allgemeinen Mangel an sozialer Kompetenz seit Teenagerzeiten – sie hatte das komplette Albtraumprogramm absolviert: Zahnspange, krauses Haar und Brille – waren schon mehr als einmal Witze auf Mias Kosten gemacht worden.

Sie schob angriffslustig ihr Kinn in die Höhe. »Also schön, und wie heißt du?«

»Korum.«

»Nur Korum?«

»Wir haben keine richtigen Nachnamen, zumindest nicht so wie ihr das habt. Mein voller Name ist sehr viel länger, aber du könntest ihn nicht aussprechen wenn ich ihn dir sagen würde.«

Okay, das war doch mal interessant. Sie erinnerte sich daran, mal so etwas in der *New York Times* gelesen zu haben. So weit, so gut. Ihre Beine hatten schon fast aufgehört zu zittern und ihre Atmung wurde auch wieder gleichmäßiger. Vielleicht, hatte sie ja doch noch eine klitzekleine Chance, aus dieser Nummer lebend herauszukommen. Diese Unterhaltung schien recht ungefährlich zu sein, auch wenn es sie etwas aus der Fassung brachte, dass er sie die ganze Zeit mit diesen gelblichen Augen anstarrte, ohne zu blinzeln. Sie beschloss, ihn reden zu lassen.

»Was machst du hier, Korum?«

»Das habe ich dir doch gerade gesagt. Ich unterhalte mich mit dir, Mia.« Seine Stimme hatte wieder den Hauch eines Lachens.

Frustriert stieß Mia ihren Atem aus. »Ich meine, was machst du hier im Central Park? Überhaupt in New York City?«

Er lächelte wieder und neigte seinen Kopf leicht zu einer Seite. »Vielleicht habe ich gehofft, hier ein hübsches Mädchen mit Locken zu treffen.«

Also, das reichte jetzt wirklich. Er spielte ganz klar mit ihr. Jetzt, da sie ihren Verstand wieder gebrauchen konnte, fiel ihr auf, dass sie sich mitten im Central Park befanden, in der Gegenwart einer Unmenge von Zeugen. Sie blickte sich verstohlen um, nur um sicherzugehen. Ja, obwohl die Menschen diese Bank und das darauf sitzende fremdartige Wesen offensichtlich mieden, gab es tatsächlich einige mutige Seelen, die aus sicherer Entfernung zu ihnen starrten. Ein Paar wagte es sogar, sie vorsichtig mit ihren in die Armbanduhren eingebauten Kameras zu filmen. Wenn der Krinar ihr irgendetwas antun sollte, wäre es umgehend auf YouTube zu sehen und das müsste er auch wissen. Natürlich könnte ihm das auch egal sein.

Da sie immer noch davon ausging, dass sie relativ sicher war – sie hatte noch nie von Videos gehört, die Übergriffe der Krinar auf Studentinnen mitten im Central Park zeigten – griff sie nach ihrem Laptop und hob ihn an, um ihn zurück in ihren Rucksack zu packen.

»Lass mich dir damit helfen, Mia –«

Und bevor sie auch nur blinzeln konnte, merkte sie, wie er den schweren Laptop aus ihren plötzlich kraftlosen Fingern nahm und dabei leicht deren Knöchel streifte. Als er sie berührte, durchfuhr Mia ein Gefühl wie ein elektrischer Schock, der, als er abebbte, kribbelnde Nervenverbindungen hinterließ.

Er nahm ihren Rucksack und packte den Laptop mit einer weichen und geschmeidigen Bewegung weg. »So, fertig.«

Oh Gott, er hatte sie berührt. Vielleicht war ihre Theorie über die Sicherheit auf öffentlichen Plätzen doch falsch. Sie merkte, wie sich ihre Atmung wieder beschleunigte, und ihre Herzfrequenz befand sich wahrscheinlich auch schon im Sauerstoff unabhängigen Bereich.

»Ich muss jetzt los ... Tschüss!«

Wie sie es schaffte, diese Worte herauszuquetschen ohne zu hyperventilieren, würde sie wohl nie herausfinden. Sie griff sich den Riemen ihres Rucksacks, den er soeben losgelassen hatte und sprang auf ihre Füße. Dabei fiel ihr irgendwo im Hinterkopf auf, dass die Lähmung von vorhin verschwunden war.

»Tschüss Mia. Bis später.« Seine Stimme mit dem leicht spottenden Unterton war noch lange in der klaren Frühlingsluft zu hören, als sie losging und fast rannte, weil sie es so eilig hatte, von ihm wegzukommen.

Wenn Sie mehr darüber erfahren möchten, besuchen Sie bitte Annas Webseite
http://annazaires.com/series/deutsch/.

AUSZUG AUS
TWIST ME - VERSCHLEPPT

Anmerkungen der Autorin: Dieses Buch gehört zu einer Reihe von Büchern, die auf Grund ihres sexuellen Inhalts definitiv als Lektüre für Erwachsene gedacht sind. Bewahren Sie deshalb dieses Buch am besten außerhalb der Reichweite von Kindern im lesefähigen Alter auf. Es unterscheidet sich außerdem von meinen anderen Büchern, da die Hauptperson diese Geschichte erzählt. Alle drei Bücher der Trilogie *Verschleppt* sind jetzt erhältlich.

Entführt und auf eine einsame Insel verschleppt.

Ich hätte niemals gedacht, dass mir so etwas passiert. Ich hätte mir niemals vorstellen können, dass eine zufällige Begegnung kurz vor meinem achtzehnten Geburtstag mein Leben völlig umkrempeln würde.

Jetzt gehöre ich ihm. Julian. Dem Mann, der genauso rücksichtslos wie gutaussehend ist – dem Mann, dessen

Berührungen mich brennen lassen. Ein Mann, dessen Zärtlichkeit ich verstörender finde, als seine Grausamkeit.

Mein Entführer ist ein Rätsel für mich. Ich weiß nicht, wer er ist, oder warum er mich verschleppt hat. In ihm ist eine Dunkelheit – eine Dunkelheit, die mir genauso Angst macht, wie sie mich anzieht.

Mein Name ist Nora Leston und das ist meine Geschichte.

In dem Moment, als die Achtzehnjährige Nora Leston die Aufmerksamkeit von Julian auf sich zieht, verändert sich ihr Leben komplett. Sie wird verschleppt und auf eine einsame Insel im Pazifischen Ozean gebracht, wo sie die Begierden ihres sadistischen Entführers befriedigen muss – einem dunklen geheimnisvollen Mann, der genauso grausam wie gut aussehend ist ...

Hinweis: Dieses Buch ist dunkle Erotik, kein Liebesroman. Es bietet: eine junge und unberührte Heldin, beunruhigende Szenen mit dubiosem Inhalt, Gefangenschaft, Machtspiele und sehr viel Sex, bei dem die Blümchen vor der Tür bleiben.

Jetzt ist schon Abend. Mit jeder Minute, die vergeht, werde ich ängstlicher bei dem Gedanken daran, meinen Peiniger wiederzusehen.

Ich kann mich nicht länger auf den Roman konzentrieren, den ich gerade gelesen habe. Ich lege ihn weg und drehe Runden in dem Zimmer.

Ich habe die Sachen an, die Beth mir vorhin gegeben hat. Es ist keine Kleidung, die ich mir selber ausgesucht hätte, aber sie ist besser als ein Bademantel. Ein sexy Spitzenhöschen und einen dazu passenden BH als Unterwäsche. Ein hübsches blaues Sommerkleid zum vorne zuknöpfen. Alles passt mir verdächtig gut. Hat er mich schon eine ganze Weile verfolgt? Hat er alles über mich herausgefunden, einschließlich meiner Kleidergröße?

Mir wird schlecht bei dem Gedanken daran.

Ich versuche, nicht darüber nachzudenken, was noch alles passieren kann, aber das ist unmöglich. Ich weiß nicht warum ich mir so sicher bin, dass er heute Nacht zu mir kommen wird. Es ist natürlich möglich, dass er einen ganzen Harem voller Frauen hier auf dieser Insel festhält und jede nur einmal die Woche besucht, wie das die Sultane damals taten.

Und trotzdem weiß ich irgendwie, dass er bald hier sein würde. Die letzte Nacht hatte lediglich seinen Appetit angeregt. Ich weiß, dass er noch nicht mit mir fertig ist, noch lange nicht.

Endlich geht die Tür auf.

Er kommt herein, als würde ihm dies alles hier gehören. Was es natürlich auch tut.

Und wieder bin ich von seiner männlichen Schönheit beeindruckt. Mit so einem Gesicht hätte er ein Model oder ein Filmstar sein können. Wenn es auf dieser Welt Gerechtigkeit gäbe, wäre er klein oder hätte einen anderen Makel, der von seinem Gesicht ablenken würde.

Hat er aber nicht. Sein Körper ist groß und muskulös, mit perfekten Proportionen. Ich erinnere mich daran, wie es ist, ihn in mir zu haben und fühle ein unwillkommenes Aufflackern von Erregung.

Er trägt wieder Jeans und T-Shirt. Diesmal ein graues. Er scheint eine Vorliebe für schlichte Kleidung zu haben und das ist clever von ihm. So kommt sein Aussehen am besten zur Geltung.

Er lächelt mich an. Mit diesem Lächeln, dass ihn wie einen gefallenen Engel aussehen lässt – dunkel und verführerisch. »Hallo Nora.«

Ich weiß nicht, was ich ihm sagen soll, also platze ich mit dem ersten heraus, das mir in den Sinn kommt. »Wie lange wirst du mich hier fest halten?«

Er legt seinen Kopf leicht zur Seite. »Hier in diesem Raum? Oder auf der Insel?«

»Beides«

»Beth wird dir morgen die Umgebung zeigen und mit dir schwimmen gehen, falls du Lust dazu hast«, sagt er und kommt dabei immer näher. »Du wirst nicht mehr eingesperrt sein, außer du machst Dummheiten.«

»Wie zum Beispiel?« frage ich und mein Herz klopft, als er neben mir stehen bleibt und seine Hand hebt, um mein Haar zu berühren.

»Versuchen, dir oder Beth etwas anzutun.« Seine Stimme war sanft und sein Blick hypnotisierend als er zu mir hinunter sieht. Die Art und Weise, wie er mein Haar berührt, war sonderbar entspannend.

Ich zwinkere, um seinen Zauber zu brechen. »Und was ist mit der Insel? Wie lange wirst du mich hier festhalten?«

Seine Hand streichelt jetzt mein Gesicht und fährt an meiner Wange entlang. Ich erwische mich dabei, wie ich mich seiner Berührung hingebe, wie eine Katze, die gekrault wird, und versteife augenblicklich.

Seine Lippen verziehen sich zu einem wissenden Lächeln. Dieser Bastard weiß genau welche Wirkung er auf mich hat. »Eine lange Zeit, hoffe ich«, sagt er.

Aus irgendeinem Grund bin ich nicht überrascht. Er würde sich nicht die Umstände gemacht haben, mich bis hierherzubringen, wenn er mich nur einige Male ficken wollte. Ich habe Angst, aber bin nicht wirklich verwundert.

Ich nehme all meinen Mut zusammen und frage die nächste logische Frage. »Warum hast du mich entführt?«

Das Lächeln verschwindet aus seinem Gesicht. Er antwortet nicht, sondern schaut mich nur mit einem undurchschaubaren melancholischen Blick an.

Ich fange an zu zittern. »Wirst du mich töten?«

»Nein, Nora, ich werde dich nicht töten.«

Seine Verneinung beruhigt mich, auch wenn er mich gerade anlügen könnte. Ich bin ein kleines bisschen ruhiger, aber es gibt da noch eine weitere Sache, die ich unbedingt wissen muss. »Wirst du mir wehtun?«

Einen Moment lang antwortet er wieder nicht. Etwas Dunkles flackert kurz in seinen Augen auf. »Wahrscheinlich«, sagt er ruhig.

Und dann beugt er sich hinunter und küsst mich, mit seinen warmen Lippen weich und zärtlich auf meine.

Eine Sekunde lang stehe ich stocksteif da, ohne irgendeine Reaktion. Ich glaube ihm. Ich weiß, dass er mir die Wahrheit sagt, wenn er behauptet, dass er mir wehtun wird. Er hat etwas an sich, das mir Angst   Macht – das mir schon von Anfang an Angst gemacht hat.

Er ist überhaupt nicht wie die Jungs, mit denen ich Verabredungen hatte. Er ist zu allem fähig.

Und ich bin ihm völlig ausgeliefert.

Ich denke darüber nach, mich zu wehren. Das wäre das Normale, was man in meiner Situation machen würde. Das wäre mutig.

Und trotzdem mache ich es nicht.

Ich kann die dunklen Abgründe in ihm fühlen. Irgendetwas stimmt mit ihm nicht. Seine äußere Schönheit verbirgt etwas Grauenvolles im Inneren.

Ich möchte diese Dunkelheit nicht entfesseln. Ich weiß nicht, was passieren wird, wenn ich es tue.

Also stehe ich bewegungslos in seiner Umarmung und lasse mich von ihm küssen. Und als er mich aufhebt und zum Bett trägt, versuche ich überhaupt nicht, etwas dagegen zu machen.

Stattdessen schließe ich meine Augen und gebe mich den Empfindungen hin.

Alle drei Bücher der Trilogie *Verschleppt* sind jetzt erhältlich. Um mehr darüber zu erfahren, besuchen Sie bitte meine Seite http://annazaires.com/series/deutsch/ und tragen Sie sich für meinen Newsletter zu Neuerscheinungen ein.

AUSZUG AUS
CAPTURE ME – ERGREIFE MICH

Anmerkungen der Autorin: Dieser Ausschnitt wird aus Yulias Perspektive erzählt. Für alle diejenigen, die die *Twist Me – Verschleppt* Reihe kennen: diese Szene spielt sich zu dem Zeitpunkt in Moskau ab, als Lucas und Julian sich dort mit den russischen Funktionären treffen.

Sie fürchtet ihn von dem Moment an, in dem sie ihn das erste Mal sieht.

Yulia Tzakova kennt gefährliche Männer. Sie ist mit ihnen aufgewachsen. Sie hat sie überlebt. Aber als sie Lucas Kent trifft, weiß sie, dass dieser ehemalige Soldat der gefährlichste von allen sein könnte.

Eine Nacht – das sollte alles sein. Eine Gelegenheit, um einen verpatzten Auftrag wiedergutzumachen und Informationen über Kents Boss, einen Waffenhändler, zu bekommen. Sobald das Flugzeug abstürzt, sollte alles vorbei sein.

Stattdessen fängt es gerade erst an.

Er will sie von dem Moment an, in dem er sie zum ersten Mal sieht.

Lucas Kent hatte schon immer eine Schwäche für Blondinen mit langen Beinen und Yulia Tzakova ist ein besonders schönes Exemplar. Die russische Übersetzerin mag versucht haben, seinen Boss zu verführen, aber landet stattdessen in Lucas' Bett – und er hat definitiv vor, sie erneut dort zu haben.

Dann stürzt sein Flugzeug ab und er erfährt die Wahrheit.

Sie hat ihn verraten.

Jetzt wird sie dafür bezahlen.

Er betritt mein Apartment sobald sich die Tür öffnet. Er zögert nicht, er grüßt nicht — er tritt einfach ein.

Überrascht weiche ich zurück und der kurze, enge Flur fühlt sich plötzlich bedrückend klein an. Ich hatte ganz vergessen wie groß er ist, wie breit seine Schultern sind. Für eine Frau bin ich groß — groß genug um so zu tun als sei ich ein Model, falls es für einen Auftrag nötig ist — aber er überragt mich um einen Kopf. Mit der schweren Daunenjacke die er trägt, nimmt er fast den ganzen Flur ein.

Immer noch schweigend schließt er die Tür hinter sich und kommt auf mich zu. Instinktiv trete ich noch weiter zurück, da ich mich wie eine in die Ecke getriebene Beute fühle.

»Hallo Yulia«, murmelt er und hält an, als wir aus dem Flur treten. Sein blasser Blick ruht auf meinem Gesicht. »Ich habe nicht erwartet, dich so zu sehen.«

Ich schlucke und mein Puls rast. »Ich habe gerade gebadet.« Ich möchte ruhig und selbstsicher wirken, aber er hat mich völlig aus dem Konzept gebracht. »Ich habe keine Besucher erwartet.«

»Das kann ich sehen.« Ein leichtes Lächeln erscheint auf seinen Lippen und die harte Linie seines Mundes wird weicher. »Und trotzdem hast du mich hineingelassen. Warum?«

»Weil ich mich nicht weiter durch die Tür hindurch unterhalten wollte.« Ich atme beruhigend ein. »Kann ich dir einen Tee anbieten?« Es ist dumm das zu fragen wenn man bedenkt weshalb er hier ist, aber ich benötige noch einen Augenblick um mich zu fangen.

Er zieht seine Augenbrauen in die Höhe. »Tee? Nein, Danke.«

»Kann ich dir deine Jacke abnehmen?« Offensichtlich kann ich nicht damit aufhören die Gastgeberin zu spielen, da ich mit der Höflichkeit meine Angst überspiele. »Sie sieht ziemlich warm aus.«

Ein Hauch von Belustigung flackert in seinem eisigen Gesichtsausdruck auf. »Gerne.« Er zieht seine Daunenjacke aus und reicht sie mir. Er trägt einen schwarzen Pullover und eine dunkle Hose, die er in schwarze Winterstiefel gesteckt hat. Die Jeans sitzt eng an seinen muskulösen

Oberschenkeln und kräftigen Waden, und an seinem Gürtel sehe ich eine Waffe in einem Holster.

Ungewollt atme ich bei seinem Anblick schneller und muss mich anstrengen, damit meine Hände nicht zittern während ich ihm die Jacke abnehme und sie in meinen winzigen Kleiderschrank hänge. Es ist keine Überraschung, dass er eine Waffe trägt — ich wäre entsetzt wenn das nicht der Fall wäre — aber die Waffe erinnert mich deutlich daran, wer Lucas Kent ist.

Was er ist.

Das ist keine große Sache, sage ich mir um meine angespannten Nerven zu beruhigen. Ich bin an gefährliche Männer gewöhnt. Ich wuchs unter ihnen auf. Dieser Mann ist nicht anders. Ich werde mit ihm schlafen, so viele Informationen herausholen wie ich kann und dann wird er aus meinem Leben verschwunden sein.

Genauso wird es sein. Je schneller ich es hinter mich bringe, desto eher wird das ganze vorbei sein.

Ich schließe die Schranktür, setze mein geübtes Lächeln auf und drehe mich herum um ihn anzuschauen, da ich endlich bereit bin, in die Rolle der selbstsicheren Verführerin zu schlüpfen.

Aber er befindet sich bereits neben mir, da er offensichtlich lautlos den Raum durchquert hat.

Mein Puls rast erneut und ich verliere meine neuerrungene Fassung. Er steht so dicht neben mir, dass ich die grauen Schlieren in seinen blassblauen Augen erkennen kann, so nahe bei mir, dass er mich berühren könnte.

Und eine Sekunde später tut er es auch.

Er hebt seinen Arm, um mit seinem Handrücken über mein Kinn zu streichen.

Ich blicke ihn an und werde von der augenblicklichen Reaktion meines Körpers überrascht. Meine Haut erwärmt sich, meine Nippel werden hart und meine Atmung beschleunigt sich. Es ergibt keinen Sinn, dass mich dieser harte, rücksichtslose Fremde so sehr erregt. Sein Chef sieht besser aus, und trotzdem reagiert mein Körper auf Kent. Er hat nur mein Gesicht berührt. Das sollte mir nichts bedeuten, aber trotzdem geht es mir nahe.

Es geht mir nahe und verwirrt mich.

Ich schlucke erneut. »Herr Kent — Lucas — bist du sicher, dass ich dir nichts zu trinken anbieten kann? Vielleicht einen Kaffee oder —« Meine Worte enden damit, dass ich nach Luft schnappe als er nach dem Gürtel meines Bademantels greift und so selbstverständlich daran zieht, als würde er ein Paket auspacken.

»Nein.« Er sieht dabei zu, wie der Bademantel zu Boden gleitet und meinen nackten Körper freigibt. »Keinen Kaffee.«

Und dann berührt er mich wirklich, bedeckt meine Brust mit seiner großen, harten Handfläche. Seine Finger sind schwielig und rau. Und kalt, da er gerade von draußen kommt. Sein Daumen streicht über meinen harten Nippel und ich spüre tief in mir ein Ziehen, ein wachsendes Bedürfnis, das sich genauso fremd anfühlt wie seine Berührung.

Ich kämpfe gegen meinen Drang an, zurückzuweichen, und befeuchte meine trockenen Lippen. »Du bist sehr direkt.«

»Ich habe keine Zeit für Spielchen.« Seine Augen blitzen auf, als sein Daumen erneut über meinen Nippel streicht. »Wir wissen beide, warum ich hier bin.«

»Um Sex mit mir zu haben.«

»Ja.« Er gibt sich keine Mühe die Dinge zu beschönigen, mir etwas anderes als die brutale Wahrheit zu sagen. Er bedeckt meine Brust immer noch so mit seiner Hand, als hätte er das Recht dazu, mein nacktes Fleisch zu berühren. »Um Sex mit dir zu haben.«

»Und wenn ich nein sage?« Ich weiß nicht einmal, warum ich ihn das frage. So war das Ganze nicht geplant. Ich sollte ihn verführen und nicht versuchen, ihn vom Sex abzubringen. Trotzdem wehrt sich etwas in mir gegen seine selbstverständliche Annahme, dass er mich einfach so nehmen kann. Andere Männer sind auch davon ausgegangen und es hat mich nicht ansatzweise so sehr gestört. Ich weiß nicht, was dieses Mal anders ist, aber ich möchte, dass er zurücktritt und aufhört mich zu berühren. Ich möchte es so sehr, dass sich meine Hände an meinen Seiten zu Fäusten ballen und sich meine Muskeln anspannen, da ich den Drang verspüre, gegen ihn anzukämpfen.

»Sagst du nein?« Er fragt ruhig während seine Daumen über meine Brustwarze kreist. Als ich nach einer Antwort suche, fährt er mit seiner anderen Hand in mein Haar und umfasst besitzergreifend meinen Hinterkopf.

Ich blicke ihn an und atme stockend. »Und wenn ich es tun würde?« Zu meinem Missfallen klingt meine Stimme dünn und verängstigt. Es ist, als sei ich wieder eine Jungfrau, die von ihrem Trainer in der Umkleidekabine in die Ecke getrieben wird. »Würdest du gehen?«

Einer seiner Mundwinkel verzieht sich zu einem halben Lächeln. »Was denkst du?« Seine Finger verstärken ihren Griff in meinem Haar und ziehen genau so fest, dass ich einen Hauch von Schmerzen verspüre. Seine andere Hand, die auf meiner Brust liegt, ist immer noch zärtlich, aber das bedeutet nichts.

Ich weiß meine Antwort bereits.

Als seine Hand meine Brust verlässt und meinen Bauch hinunterfährt, wehre ich mich nicht. Stattdessen öffne ich meine Beine und lasse ihn meine glatte, frischgewachste Muschi berühren. Als sein harter, direkter Finger in mich stößt, versuche ich nicht, mich wegzubewegen. Ich stehe einfach nur da und versuche meine abgehackte Atmung zu kontrollieren, versuche mich davon zu überzeugen, dass sich dieser Auftrag nicht von den anderen unterscheidet.

Aber er tut es.

Ich möchte nicht, dass es so ist, aber genau das ist der Fall.

»Du bist feucht«, murmelt er und betrachtet mich, während er seinen Finger tiefer hineinschiebt. »Sehr feucht. Wirst du immer so feucht bei Männern, die du nicht begehrst?«

»Warum denkst du, dass ich dich nicht begehre?« Zu meiner Erleichterung ist meine Stimme diesmal fester. Meine nächste Frage hört sich sanft an, fast amüsiert, während ich seinen Blick erwidere. »Ich habe dich hineingelassen, oder etwa nicht?«

»Du hast dich ihm angeboten.« Kents Kiefer spannt sich an und seine Hand auf meinem Hinterkopf bewegt sich, greift nach einem Büschel meiner Haare. »Vor einigen Stunden hast du ihn gewollt.«

»Das habe ich.« Diese Darstellung typisch männlicher Eifersucht macht mich sicherer, da ich mich durch sie auf vertrauterem Terrain befinde. Meine Stimme wird noch sanfter, noch verführerischer. »Und jetzt möchte ich dich. Stört dich das?«

Kents Augen verengen sich. »Nein.« Er zwängt einen zweiten Finger in mich und drückt gleichzeitig seinen Daumen auf meine Klitoris. »Überhaupt nicht.«

Ich will etwas Intelligentes sagen, eine knackige Antwort geben, aber ich kann nicht. Die Lust überkommt mich durchdringend und überraschend. Meine inneren Muskeln ziehen sich zusammen, umschlingen seine rauen, eindringenden Finger und ich kann nichts Anderes tun, als wegen der Gefühle die mich überkommen laut aufzustöhnen. Ungewollt hebe ich meine Hände an und greife nach seinem Unterarm. Ich weiß nicht, ob ich versuche ihn wegzudrücken oder möchte, dass er weitermacht, aber das ist auch unwichtig. Der Arm unter der weichen Wolle seines Pullovers ist voller stahlharter Muskeln. Ich kann seine Bewegungen nicht kontrollieren — alles was ich tun kann, ist, mich an ihm festzuhalten während er mit diesen harten, gnadenlosen Fingern immer tiefer in mich eindringt.

»Das gefällt dir, nicht wahr?«, murmelt er, schaut mir in die Augen und ich ziehe scharf Luft ein als er beginnt, mit seinem Daumen über meine Klitoris zu streichen, von links nach rechts, von oben nach unten. Er krümmt seine Finger in mir und ich unterdrücke ein Stöhnen, als er einen Punkt berührt der eine noch schärfere Lustwelle durch meine Nervenbahnen jagt. Eine Spannung beginnt sich in mir aufzubauen, die Lust wird stärker und intensiver, und mit Entsetzen wird mir klar, dass ich kurz vor einem Orgasmus stehe.

Mein Körper, der normalerweise sehr langsam reagiert, pocht mit schmerzhafter Begierde nach der Berührung eines Mannes, der mir Angst macht — eine Entwicklung, die mich erstaunt und mich verunsichert.

Ich weiß nicht, ob er das von meinem Gesicht ablesen kann oder ob er die Anspannung in meinem Körper spürt, aber seine Pupillen weiten sich und seine blassen Augen werden dunkel. »Ja, genau so.« Seine Stimme ist ein leises, tiefes Grollen. »Komm für mich, meine Schöne« — sein Daumen drückt fest auf meine Klitoris — »jetzt.«

Und ich komme. Mit einem unterdrückten Stöhnen ziehe ich mich um seine Finger zusammen und die harten Kanten seiner kurzen, stumpfen Fingernägel bohren sich in mein kontaktierendes Fleisch. Mein Blick verschwimmt, meine Haut prickelt heiß als ich auf einer Welle aus Gefühlen reite, bevor ich zusammensacke und nur von seiner Hand in meinen Haaren und seinen Fingern in meinem Körper gehalten werde.

»Na bitte«, sagt er belegt und als ich meine Umwelt wieder wahrnehmen kann, sehe ich, dass er mich eindringlich betrachtet. »Das war doch nett, oder nicht?«

Ich kann nicht einmal nicken, aber er scheint meine Bestätigung auch nicht zu benötigen. Und warum auch? Ich kann die Feuchtigkeit in mir fühlen, die Nässe, die diese rauen männlichen Finger bedeckt — Finger, die sich langsam aus mir zurückziehen, während er die ganze Zeit mein

Gesicht anschaut. Ich will meine Augen schließen oder mich wenigstens von seinem stechenden Blick abwenden, aber ich kann nicht.

Nicht, ohne dass er bemerken würde, wie viel Angst er mir macht.

Anstatt meinem eigentlichen Bedürfnis nachzugeben, betrachte ich ihn ebenfalls und sehe Zeichen von Erregung auf seinen starken Gesichtszügen. Sein Kiefer ist angespannt, während er mich anblickt und ein kleiner Muskel neben seinem rechten Ohr pulsiert. Selbst durch den sonnengebräunten Teint seiner Haut kann ich die rötlichere Farbe auf seinen flügelartigen Wangenknochen erkennen.

Er will mich unbedingt — und dieses Wissen gibt mir den Mut zu handeln.

Ich fasse nach unten und bedecke die harte Ausbeulung im Schritt seiner Jeans mit meiner Hand. »Es war nett«, flüstere ich und sehe zu ihm hoch. »Und jetzt bist du dran.«

Seine Pupillen werden noch größer und seine Brust weitet sich durch ein tiefes Einatmen. »Ja.« Seine Stimme ist voller Begehren, als er seine Hand in meinem Haar dazu benutzt, mich näher an ihn heranzuziehen. »Ja, ich denke das bin ich.« Und bevor ich darüber nachdenken kann, ob es clever war ihn so unverhohlen zu provozieren, beugt er seinen Kopf hinunter und nimmt meinen Mund mit seinem in Besitz.

Ich schnappe nach Luft, meine Lippen öffnen sich überrascht und er nutzt diese Tatsache sofort aus, um den Kuss zu vertiefen. Sein Mund, der so hart aussieht, fühlt sich erstaunlich weich an, seine Lippen sind warm und glatt als seine Zunge hungrig meinen Mund erforscht. In diesem Kuss verbinden sich Können mit Selbstsicherheit; es ist der Kuss eines Mannes der weiß, wie er einer Frau Lust verschaffen kann, wie er sie mit nichts weiter als der Berührung seiner Lippen verführen kann.

Die Hitze, die in mir glüht, verstärkt sich und die Anspannung in mir nimmt zu. Er hält mich so nahe bei sich, dass meine nackten Brüste gegen seinen Pullover drücken und die Wolle gegen meine aufgestellten Nippel reibt. Ich kann seine Erektion durch das raue Material seiner Jeans spüren. Sie drückt sich in meinen Unterbauch und lässt mich erkennen, wie sehr er mich will, wie schwach seine vorgespielte Kontrolle in Wirklichkeit ist. Ich bekomme kaum mit, dass der Bademantel von meiner Schulter geglitten ist und ich jetzt komplett nackt bin, aber ich vergesse die Tatsache sofort wieder, als in seiner Kehle ein knurrendes Geräusch ertönt und er mich gegen die Wand stößt.

Der Schreck über die kalte Oberfläche an meinem Rücken lässt mich einen Moment lang zu klarem Verstand kommen, aber er öffnet bereits den Reißverschluss seiner Jeans, seine Knie zwängen sich zwischen meine Beine, spreizen sie und er hebt seinen Kopf um mich anzublicken. Ich höre das Geräusch einer Folie die geöffnet wird und dann nimmt er meine Pobacken in seine Hände und hebt mich hoch. Mit rasendem Herzen halte ich mich instinktiv an seinen Schultern fest, als er mir rau befielt: »Schlinge deine Beine um mich« — und mich auf seinen steifen Schwanz hinabsinken lässt, ohne auch nur einen Moment lang seinen Blick von mir abzuwenden.

Sein Stoß ist hart und tief, da er komplett in mich eindringt. Mein Atem stockt wegen der Gewalt dieses

Eindringens, seiner kompromisslosen Brutalität. Meine inneren Muskeln ziehen sich um ihn zusammen und versuchen erfolglos, ihn nicht hineinzulassen. Sein Schwanz ist so groß wie sein restlicher Körper, so lang und dick dass er mich bis zu einem Punkt ausdehnt, der schmerzhaft ist. Wäre ich nicht so feucht, hätte er mich zerrissen. Aber ich bin nass und nach einigen Augenblicken gibt mein Körper nach und gewöhnt sich an seine Dicke. Unbewusst hebe ich meine Beine an und umschlinge seine Hüfte, genauso wie er es befohlen hat. Diese neue Stellung lässt ihn noch tiefer in mich hineingleiten und ich schreie wegen der überwältigenden Sensation auf.

Jetzt beginnt er sich zu bewegen und seine Augen funkeln, als er mich betrachtet. Jeder Stoß ist genauso hart wie derjenige, der uns vereinigt hat, aber mein Körper versucht nicht länger, sich dagegen zu wehren. Stattdessen gibt er mehr Feuchtigkeit ab, um seinen Weg zu erleichtern. Jedes Mal wenn er in mich stößt, drückt seine Lende gegen mein Geschlecht, presst sich auf meine Klitoris, und die Anspannung tief in mir ist wieder da, wächst mit jeder Sekunde die vergeht. Fassungslos wird mir klar, dass ich mich meinem zweiten Orgasmus nähere … und dann ist er auch schon da. Die Anspannung erreicht ihren Höhepunkt und ich explodiere so stark, dass ich nicht mehr denken kann, sondern nur noch meine geladenen Nervenbahnen spüre.

Ich fühle mein eigenes Pulsieren, spüre, wie sich meine Muskeln immer wieder abwechselnd um seinen Schwanz zusammenziehen und ihn freigeben. Ich bemerke, dass sein Blick abschweift und er gleichzeitig aufhört zuzustoßen.

Ein raues, tiefes Stöhnen entweicht seiner Kehle als er sich in mir reibt und ich weiß, dass er ebenfalls gekommen ist, ihn mein Orgasmus mitgerissen hat.

Meine Brust hebt und senkt sich schwer während ich zu ihm hochblicke um dabei zuzusehen, wie sich seine blassblauen Augen wieder auf mich richten. Er ist immer noch in mir und plötzlich kann ich diese Intimität nicht mehr ertragen. Er ist niemand für mich, ein Fremder, und trotzdem hat er mich gefickt.

Er hat mich gefickt und ich habe es zugelassen, weil es mein Job ist.

Ich schlucke, drücke gegen seine Brust und meine Beine geben seine Hüfte frei. »Bitte, lass mich runter.« Ich weiß, ich sollte ihn umschmeicheln und sein Ego polieren. Ich sollte ihm sagen wie unglaublich es war, und dass er mir mehr Lust bereitet hat als jemals ein anderer Mann zuvor. Das wäre nicht einmal gelogen — ich bin noch nie zweimal hintereinander gekommen. Aber ich kann das nicht tun. Ich fühle mich zu verwundet, zu überfallen.

Bei diesem Mann verliere ich die Kontrolle und dieses Wissen macht mir Angst.

Ich weiß nicht, ob er das spüren kann oder ob er einfach nur mit mir spielen will, aber ein ironisches Lächeln erscheint auf seinen Lippen.

»Es ist zu spät um es zu bereuen, meine Schöne«, murmelt er und bevor ich etwas erwidern kann, setzt er mich ab und nimmt seine Hände von meinem Po. Sein erschlaffendes Geschlecht gleitet aus meinen Körper als er zurücktritt und ich sehe ihm ungleichmäßig atmend dabei zu, wie er beiläufig das Kondom abnimmt und es auf den Boden fallen lässt.

Aus irgendeinem Grund erröte ich deshalb. Etwas an diesem Kondom, das hier liegt, ist falsch und schmutzig. Vielleicht ist der Grund dafür, dass ich mich wie dieses Kondom fühle: benutzt und weggeworfen. Ich sehe meinen Bademantel auf dem Boden und bewege mich um ihn aufzuheben, aber Lucas Hand auf meinem Arm hält mich davon ab.

»Was tust du?«, fragt er und blickt mich dabei an. Es scheint ihn überhaupt nicht zu stören, dass seine Jeans immer noch einen geöffneten Reißverschluss haben und sein Schwanz heraushängt. »Wir sind noch nicht fertig.«

Mein Herz setzt einen Schlag aus. »Sind wir nicht?«

»Nein«, sagt er und tritt näher an mich heran. Entsetzt bemerke ich, dass er sich schon wieder aufrichtet, da er meinen Bauch berührt. »Wir sind noch lange nicht fertig.«

Und damit führt er mich an meinem Arm zum Bett.

Capture Me – Ergreife mich ist jetzt erhältlich. Falls Sie mehr darüber erfahren möchten, besuchen Sie bitte meine Homepage http://annazaires.com/series/deutsch/.

AUSZUG AUS *DIE GEDANKENLESER - THE THOUGHT READERS*

Anmerkung des Autors: Wenn Sie etwas anderes aus-probieren möchten – ganz besonders, wenn Sie Urban Fantasy und Science-Fiction mögen – sollten Sie einen Blick in *Die Gedankenleser* werfen, dem ersten Buch der Serie *Gedankendimensionen*, einem Gemeinschaftsprojekt mit meinem Mann Dima Zales. Ich muss Sie allerdings warnen, dass es in dem Buch kaum um Liebe oder Sex geht. Statt Sex gibt es Gedankenlesen. Das Buch ist jetzt bei den meisten Händlern erhältlich.

Alle denken, ich sei ein Genie.

Alle liegen falsch.

Sicher, ich habe Harvard im Alter von achtzehn Jahren abgeschlossen und verdiene jetzt eine unglaubliche Menge Geld mit einem Hedgefonds. Der Grund dafür ist allerdings nicht, dass ich besonders clever bin oder wie verrückt arbeite.

Ich betrüge.

Ich besitze eine einzigartige Fähigkeit. Ich kann die Gegenwart verlassen und in meine eigene persönliche Version der Realität eintauchen – den Ort, den ich die Stille nenne – an dem ich meine Umgebung erkunden kann, während die restliche Welt innehält.

Eigentlich dachte ich immer, ich sei der Einzige, der das tun kann – bis ich sie getroffen habe.

Ich heiße Darren, und das ist die Geschichte, wie ich herausgefunden habe, dass ich ein Leser bin.

Manchmal denke ich, dass ich verrückt bin. In diesem Moment sitze ich an einem Kasinotisch, und jeder um mich herum ist bewegungslos, so wie eingefroren. Ich nenne das die Stille, so als würde es das Ganze realer machen, wenn es einen Namen hätte – so als würde der Name die Tatsache ändern, dass alle Spieler um mich herum wie Statuen sind. Sie sitzen einfach nur da, und ich gehe um sie herum, schaue mir die Karten an, die sie gerade erhalten haben. Hört sich das verrückt an?

Das Problem an der Theorie, ich sei verrückt, ist, dass auch wenn ich die Welt »entfriere«, so wie ich es gerade getan habe, die Karten, welche die Spieler aufdecken, immer noch dieselben sind. Wäre ich verrückt, sollten die Karten dann nicht vermischt sein? Außer natürlich, ich bin schon so verrückt, dass ich mir auch die Karten auf dem Tisch einbilde.

Aber selbst dann gewinne ich. Sollte das auch Einbildung sein – sollte der Stapel Chips neben mir auf dem Tisch nur eingebildet sein –, dann könnte ich auch gleich alles in Frage stellen. Vielleicht heiße ich auch gar nicht Darren.

Nein. So kann ich nicht denken. Wenn ich wirklich so verwirrt sein sollte, dann möchte ich gar nicht aus diesem Zustand herausgeholt werden – weil, wenn das passiert, werde ich höchstwahrscheinlich in einer psychiatrischen Anstalt aufwachen.

Außerdem liebe ich mein Leben, verrückt oder nicht.

Meine Psychiaterin denkt, die Stille sei eine Erfindung, um die inneren Vorgänge meines Genies zu beschreiben. Das hört sich für mich verrückt an. Es könnte auch sein, dass sie mich begehrt, aber das steht außer Frage. Sie befindet sich komplett außerhalb der Altersgruppe, mit der ich ausgehe. Ihre Erklärung würde sowieso nicht helfen, da sie nicht auf die Art und Weise zutrifft, mit der ich Dinge weiß, die selbst ein Genie nicht erahnen könnte – wie den genauen Wert des Blattes der anderen Spieler.

Ich sehe dem Croupier dabei zu, wie er eine neue Runde eröffnet. Außer mir befinden sich noch drei weitere Spieler am Tisch. Der Cowboy, die Großmutter und der Professionelle, wie ich sie in Gedanken nenne. Ich kann die jetzt fast spürbare Angst fühlen, die mit dem Hineingleiten einhergeht – das ist der Name, den ich dem Prozess gegeben habe: in die Stille hineingleiten. Meine Sorge, ich könne verrückt sein, hat das Hineingleiten schon immer vereinfacht. Angst scheint diesen Prozess zu begünstigen.

Ich gleite hinein, und alles ist still. Daher der Name für diesen Vorgang.

Selbst jetzt finde ich das noch unheimlich. In diesem Kasino ist es normalerweise sehr laut. Betrunkene Menschen, die sich unterhalten. Spielautomaten, das Läuten bei Gewinnen, Musik – nur in einem Klub oder bei Konzerten ist es lauter. Und trotzdem, genau in diesem Moment könnte ich wahrscheinlich eine Stecknadel fallen hören. Es ist so, als sei ich gegenüber dem Chaos um mich herum taub geworden.

So viele eingefrorene Menschen um mich herum zu haben macht das Ganze nur noch eigenartiger. Hier ist eine Kellnerin, die mitten im Schritt mit ihrem Tablett auf dem Arm angehalten hat. Eine Frau, die gerade dabei ist, eine Münze in einen Spielautomaten zu schmeißen. An meinem eigenen Tisch ist die Hand des Croupiers erhoben, und die letzte Karte, die er gezogen hat, hängt unnatürlich in der Luft. Ich gehe von der Seite des Tisches auf sie zu und nehme sie in die Hand. Es ist ein König, der für den Professionellen bestimmt ist. Als ich die Karte loslasse, fällt sie auf den Tisch, anstatt weiter in der Luft zu schweben, wie sie es vorher getan hat. Ich weiß allerdings genau, dass sie sich wieder dort befinden wird, in genau der Position, in der sie war, als ich sie genommen habe, sobald ich mich aus diesem Zustand zurückziehe.

Der Professionelle sieht genau so aus, wie ich mir immer Menschen vorgestellt habe, die mit Pokerspielen ihr Geld verdienen: ungepflegt, Schatten unter den Augen und generell ein wenig eigenartig. Er hat sein Pokerface das ganze Spiel über perfekt im Griff gehabt – es hat nicht ein einziges Mal ein Muskel gezuckt. Sein Gesicht ist so unbeweglich, dass ich mich frage, ob ihm vielleicht Botox dabei hilft, eine so steinerne Miene aufrechtzuerhalten. Seine Hand befindet sich auf dem Tisch und bedeckt beschützend die Karten, die ihm gegeben wurden.

Ich bewege seine schlaffe Hand zur Seite. Das fühlt sich normal an. Also gewissermaßen. Seine Hand ist schweißnass und haarig, weshalb es unangenehm ist, sie zur Seite zu legen. Es ist anormal, das zu tun. Der normale Teil des Ganzen ist, dass seine Hand eher warm als kalt ist. Als ich noch ein Kind war, erwartete ich, dass sich die Menschen in der Stille kalt anfühlen würden, wie Statuen aus Stein.

Nachdem ich die Hand des Professionellen zur Seite gelegt habe, nehme ich seine Karten auf. Zusammen mit dem König, der gerade in der Luft hängt, hat er ein hübsches hohes Blatt. Gut zu wissen.

Ich gehe zur Großmutter hinüber. Sie hält ihre Karten in der Hand. Dadurch, dass sie sie wie einen Fächer ausgebreitet hat, kann ich es vermeiden, ihre faltigen und fleckigen Hände zu berühren. Das ist eine Erleichterung, da ich in der letzten Zeit meine Probleme damit habe, in der Stille Menschen anzufassen – genauer gesagt Frauen. Falls ich es tun müsste, würde ich das Berühren von Großmutters Hand rational als harmlos ansehen – oder es zumindest nicht gruselig finden –, aber es ist trotzdem besser, es möglichst zu vermeiden.

Auf jeden Fall hat sie ein niedriges Blatt. Ich fühle mich schlecht für sie. Sie hat heute Nacht eine ganze Menge verloren. Ihre Chips gehen zur Neige. Vielleicht sind ihre

Verluste, zumindest teilweise, der Tatsache zuzuschreiben, dass sie kein gutes Pokerface aufsetzen kann. Schon bevor ich einen Blick auf ihre Karten geworfen hatte, wusste ich, dass sie nicht gut sein würden. Ich konnte sehen, dass sie nicht glücklich mit dem war, was sie in der Hand hielt, sobald sie ihre Karten bekam. Ich habe sie außerdem vor einigen Runden bei einem fröhlichen Aufblitzen ihrer Augen ertappt, als sie ein Dreierpaar hatte, welches gewann.

Pokern ist zu einem Großteil eine Übung, um Menschen besser lesen zu können – eine Fähigkeit, die ich gerne besser beherrschen würde. Auf meiner Arbeit wurde mir gesagt, ich sei großartig darin, Menschen zu lesen. Aber das bin ich nicht. Ich bin einfach nur gut darin, die Stille zu verwenden, um ihnen das vorzumachen. Ich möchte aber trotzdem lernen, es wirklich zu können.

Was mich am Pokern eher weniger interessiert, ist das Geld. Mir geht es finanziell gut genug, um nicht auf den Gewinn durch das Spielen angewiesen zu sein. Mir ist es egal, ob ich gewinne oder verliere, auch wenn das Verfünffachen meines Geldes an dem Black-Jack-Tisch Spaß gemacht hatte. Dieser ganze Ausflug zum Spielen findet überhaupt nur deshalb statt, weil ich es mit einundzwanzig endlich darf. Ich war nie ein Freund von falschen Ausweisen, und deshalb ist das wirklich ein Meilenstein für mich.

Ich verlasse die Großmutter und gehe hinüber zum Cowboy. Ich kann seinem Strohhut nicht widerstehen und setze ihn mir auf. Ich frage mich dabei, ob ich dadurch Läuse bekommen könnte. Da ich noch nie leblose Objekte aus der Stille zurückbringen konnte und auch anderweitig die Welt nicht nachhaltig beeinflusst habe, denke ich, dass ich auch keine lebenden Viecher mit mir zurücknehme. Ich lege den Hut zurück und schaue auf seine Karten. Er hat einige Asse – eine bessere Hand als der Professionelle. Der Cowboy könnte auch ein Professioneller sein. Soweit ich das beurteilen kann, hat er ein gutes Pokerface. Es wird interessant werden, die beiden in der nächsten Runde zu beobachten.

Dann schlendere ich zum Kartenstapel und schaue mir die obersten Karten an, um sie mir einzuprägen. Ich überlasse nichts dem Zufall.

Als ich meine Aufgabe in der Stille abgeschlossen habe, gehe ich zurück zu mir. Ach ja, habe ich erwähnt, dass ich mich selbst dort sitzen sehen kann? Genauso eingefroren wie alle anderen? Das ist der verrückteste Teil. Es ist so wie eine außerkörperliche Erfahrung.

Ich nähere mich meinem eingefrorenen Ich und schaue es an. Normalerweise vermeide ich das, weil es so beunruhigend ist. Weder sich selbst unzählige Male im Spiegel zu sehen noch sich Videos mit sich selbst auf YouTube anzuschauen kann einen auf den Anblick des eigenen Körpers in 3D vorbereiten. Das ist nichts, was dafür gedacht ist, es zu erleben. Außer vielleicht, man ist ein eineiiger Zwilling.

Es ist kaum zu glauben, dass ich diese Person bin. Sie sieht eher wie ein ganz normaler Typ aus. Vielleicht nach ein wenig mehr. Ich finde diesen Typen sehr interessant. Normalerweise ist für mich das Aussehen anderer Männer nicht interessant, aber ich bin neugierig, wie mein eingefrorenes Ich aussieht. Oder um ganz ehrlich zu sein: Ich mag es, wie mein eingefrorenes Ich aussieht. Es sieht cool aus. Es sieht clever aus.

Ich denke, Frauen könnten es als gut aussehend bezeichnen, auch wenn es nicht bescheiden von mir ist, das zu behaupten.

Ich bin nicht gut darin, die Attraktivität von Männern zu bewerten – das war ich noch nie –, aber einige Dinge sind allgemeingültig. Ich kann erkennen, wenn ein Typ hässlich ist, und mein eingefrorenes Ich ist es nicht. Ich weiß auch, dass generell ein symmetrisches Gesicht als schön angesehen wird – und meine Statue hat so eines. Ein starkes Kinn ist auch nichts Schlechtes. Das habe ich. Breite Schultern zu haben ist gut, und groß zu sein wirklich hilfreich. Diese Punkte decke ich auch ab. Ich habe blaue Augen – was ein Pluspunkt zu sein scheint. Mädchen haben mir gesagt, dass sie meine Augen mögen, auch wenn sie an meinem gefrorenen Ich jetzt gerade ein wenig angsteinflößend wirken – glasig und glänzend. Sie sehen aus wie die Augen einer Wachsfigur. Leblos.

Als mir auffällt, dass ich mich zu lange bei diesem Thema aufhalte, schüttele ich meinen Kopf. Ich stelle mir vor, wie meine Psychiaterin diesen Moment analysieren würde. Wer würde diese Selbstbewunderung schon als Teil der psychischen Erkrankung sehen? Ich sehe sie vor mir, wie sie Worte wie »Narzisstisch« notiert.

Genug. Ich muss die Stille verlassen. Ich hebe meine Hand und berühre mein eingefrorenes Ich auf der Stirn. Sobald ich meinen derzeitigen Zustand verlasse, kehren die Geräusche zurück.

Alles ist wieder normal.

Der König, auf den ich noch vor einem Moment schaute – der König, den ich auf dem Tisch liegen ließ – befindet sich wieder in der Luft und folgt der Bahn, die ihm vorherbestimmt war. Er landet neben der Hand des Professionellen. Die Großmutter betrachtet immer noch enttäuscht ihre gefächerten Karten, und der Cowboy hat seinen Hut wieder auf, auch wenn ich ihn in der Stille abgenommen hatte. Es ist alles genau so wie in dem Augenblick, bevor ich in die Stille hineinglitt.

Auf einer bestimmten Ebene hört mein Gehirn nie auf, über diese Unterschiede zwischen der Stille und außerhalb überrascht zu sein. Es ist fast vorprogrammiert, die Realität in Frage zu stellen, wenn solche Dinge passieren. Als ich versuchte, meine Psychiaterin am Anfang der Therapie auszutricksen, las ich einmal ein ganzes Lehrbuch über Psychologie während unserer Sitzung. Ihr ist das natürlich nicht aufgefallen, da ich es in der Stille tat. Das Buch handelte davon, dass Babys, auch wenn sie erst zwei Monate alt sind, schon überrascht darüber sind, wenn sie etwas Ungewöhnliches sehen – wenn zum Beispiel eine Sache gegen die Regeln der Schwerkraft zu verstoßen scheint. Kein Wunder, dass mein Gehirn Schwierigkeiten damit hat, mit diesen Vorgängen zurechtzukommen. Bis ich zehn war, war alles normal, aber dann begannen die eigenartigen Dinge, um es vorsichtig auszudrücken.

Ich blicke hinab und stelle fest, drei Gleiche in der Hand zu halten. Das nächste Mal werde ich mir meine Karten anschauen, bevor ich hineingleite. Wenn ich so ein starkes Blatt habe, kann ich es auch darauf ankommen lassen und fair spielen.

Die Partie verläuft wie erwartet, weil ich ja die Karten sämtlicher Mitspieler kenne. Schließlich gibt die Großmutter auf. Sie hat offensichtlich genug Geld verloren.

In diesem Moment sehe ich sie zum ersten Mal.

Sie ist heiß. Mein Freund Bert von der Arbeit behauptet, ich hätte einen bestimmten Frauentyp. Er hat ihn mir sogar beschrieben, nachdem er einige der Mädchen, mit denen ich ausgegangen war, gesehen hatte. Ich lehne dieses Konzept eines »Frauentyps« generell ab. Ich mag es nicht, von mir selbst zu denken, ich sei oberflächlich oder berechenbar. Allerdings könnte das schon ein wenig auf mich zutreffen, da dieses Mädchen genau in das Beuteschema passt, welches Bert mir beschrieben hat. Und ich bin, milde ausgedrückt, extrem interessiert an ihr.

Große, blaue Augen, deutlich erkennbare Wangenknochen, ein schmales Gesicht mit einem Hauch Exotik. Lange, extrem wohlgeformte Beine, die zu einer Tänzerin gehören könnten. Dunkles, gewelltes Haar, das, wie ich es mag, zu einem Pferdeschwanz gebunden ist. Kein Pony – sehr gut. Ich hasse Ponys und kann mir auch nicht erklären, wie manche Mädchen sich so etwas antun können. Auch wenn die Abwesenheit des Ponys in Berts Beschreibung meines Frauentyps nicht vorkam, gehört dieses Kriterium definitiv dazu.

Ich starre sie weiterhin an. Mit den hohen Absätzen und dem engen Rock wirkt sie an diesem Ort overdressed. Oder vielleicht bin ich mit meiner Jeans und dem T-Shirt auch einfach underdressed. Wie dem auch sei, es interessiert mich nicht. Ich muss versuchen, mit ihr ins Gespräch zu kommen.

Ich denke darüber nach, in die Stille einzutauchen und mich ihr anzunähern. Auf diese Weise könnte ich etwas Unheimliches tun, wie sie aus nächster Nähe anstarren oder sogar ihre Taschen zu durchwühlen. Irgendetwas, das mir dabei hilft, mit ihr zu reden.

Ich entscheide mich dagegen.

Dieser Verstoß gegen mein gewöhnliches Verhalten, falls man das überhaupt so nennen kann, ist sehr eigenartig. Und da ich gerade von voreiligem Handeln spreche – ich stelle mir die folgende Handlungskette vor: Sie stimmt zu, sich mit mir zu verabreden, es wird ernst zwischen uns und, weil wir diese tiefe Verbindung haben, erzähle ich ihr von der Stille. Sie erfährt, dass ich etwas Unheimliches tue, bekommt Angst und verlässt mich. Es ist natürlich lächerlich, sich so etwas auszumalen, bevor wir überhaupt miteinander gesprochen haben. Möglicherweise hat sie einen IQ von unter 70 oder besitzt die Persönlichkeit eines Holzstücks. Es könnte zwanzig verschiedene Gründe dafür geben, weshalb ich mich nicht mit ihr treffen möchte. Und außerdem hängt das ja auch nicht von mir ab. Sie könnte mir genauso gut zu verstehen geben, sie in Ruhe zu lassen, sobald ich versuche, mit ihr zu sprechen.

Die Arbeit mit sicheren Geldanlagen hat mich allerdings gelehrt, mich abzusichern. So verrückt diese Entscheidung, nicht in die Stille einzutauchen, auch ist, ich bleibe bei ihr. Ich weiß, dass es so höflicher ist. Aus dem gleichen Grund beschließe ich außerdem, in dieser Pokerrunde nicht zu schummeln.

Sobald die Karten ausgegeben sind, denke ich darüber nach, wie gut es sich anfühlt, so ehrenvoll gehandelt zu haben – auch wenn das niemand weiß. Vielleicht sollte ich häufiger versuchen, die Privatsphäre meiner Mitmenschen zu achten. *Ja, richtig.* Ich muss auch realistisch bleiben. Ich wäre nicht dort, wo ich heutzutage bin, wenn ich diesem Rat gefolgt wäre. Ich würde sogar innerhalb weniger Tage meinen Job verlieren, sollte ich anfangen, die Privatsphäre anderer Menschen zu respektieren – und damit auch die ganzen Annehmlichkeiten, an die ich mich gewöhnt habe.

Ich mache es dem Professionellen nach und bedecke meine Karten, sobald ich sie bekomme, mit meiner Hand. Ich bin gerade dabei, einen Blick auf sie zu werfen, als etwas Ungewöhnliches passiert.

Die Welt um mich herum wird still, so, als würde ich gerade eintauchen … aber diesmal habe ich nichts gemacht.

Einen Augenblick später sehe ich sie – das Mädchen, welches mir am Tisch gegenübersitzt, das Mädchen, an das ich gerade gedacht habe. Sie steht neben mir und zieht ihre Hand von meiner weg. Oder genauer gesagt, der Hand meines eingefrorenen Ichs – ich stehe ja daneben und schaue sie an.

Allerdings sitzt sie auch noch mir gegenüber am Tisch, eine eingefrorene Statue wie alle anderen auch.

Mir kommt nicht einmal der Gedanke, das zweite Mädchen könne ihre Zwillingsschwester oder etwas Ähnliches sein. Ich weiß, dass sie es ist. Sie tut das Gleiche, was ich vor einigen Minuten getan habe. Sie geht in der Stille umher. Die Welt um uns herum ist eingefroren, aber wir sind es nicht.

Sie sieht schockiert aus, als ihr das Gleiche klar wird. Mit einer Hand greift sie über den Tisch und berührt ihre eigene Stirn.

Die Welt wird wieder normal.

Sie starrt mich schockiert mit ihren großen Augen und dem blassen Gesicht an. Ich kann sehen, wie ihre Hände zittern, während sie aufspringt. Ohne ein Wort zu sagen, dreht sie sich um und geht weg.

Als sie anfängt zu rennen, zögere ich nicht. Ich stehe auf und folge ihr. Das ist nicht sehr clever. Sie würde sich wohl kaum mit einem unbekannten Typen verabreden, der hinter ihr herrennt. Aber über diesen Punkt bin ich schon hinaus. Sie ist die einzige Person, die ich jemals getroffen habe, die das Gleiche kann wie ich. Sie ist der Beweis dafür, dass ich nicht verrückt bin. Sie könnte das besitzen, was ich mehr als alles andere möchte.

Sie könnte Antworten haben.

Wenn Sie mehr über unsere Fantasy- und Science-Fiction-Bücher erfahren möchten, besuchen Sie bitte Dima Zales' Seite http://www.dimazales.com/series/deutsch/ und tragen Sie sich für seinen Newsletter zu Neuerscheinungen ein. Sie können ihn auch bei Facebook, Google Plus, Twitter und Goodreads finden.

ÜBER DIE AUTORIN

Anna Zaires ist eine New-York–Times- *und* USA-Today-Bestsellerautorin in den Genres Science-Fiction-Liebesromane und zeitgenössische dunkle Liebesromane. Sie hat sich bereits im zarten Alter von fünf Jahren in Bücher verliebt, in dem ihr ihre Großmutter das Lesen beibrachte. Kurz darauf schrieb sie auch schon ihre erste Geschichte. Seitdem lebt Anna neben der realen Welt ständig in einer Phantasiewelt, in der nur ihre eigene Vorstellungskraft ihr Grenzen setzen kann. Zurzeit lebt die glücklich verheiratete Anna mit ihrem Ehemann Dima Zales (einem Science-Fiction- und Fantasyautor) in Florida, wo die beiden eng an allen ihren Werken zusammenarbeiten.

Um mehr zu erfahren, besuchen Sie bitte die Seite
http://annazaires.com/series/deutsch/.

www.ingramcontent.com/pod-product-compliance
Lightning Source LLC
Chambersburg PA
CBHW072002110726
47910CB00005B/1632